변경

8

변 경

이문열 대하소설

邊境

RHK
알에이치코리아

2부 시드는 대지(大地) 8

주고받기

'싫어! 정말 싫어……'

영희는 화장을 하다 말고 몇 번이나 그렇게 중얼거렸다. 마음속이 그래선지 화장발이 영 받아 주지 않았다. 로션부터 잘 먹지 않는 기분이었고, 크림도 파운데이션도 계속해 속을 썩였다. 그래서 왠지 얼굴이 얼룩덜룩해진 것 같아 파운데이션을 진하게 발랐더니 이번에는 덕지덕지 들고일어나는 식이었다.

'망할 영감쟁이, 만난 지 며칠 됐다고 대낮부터…… 시답지도 못한 주제에.'

영희는 화장지로 거칠게 얼굴을 닦아 내며 다시 애꿎은 박 원장에게 욕을 퍼부었다. 지난 수요일에 만났으니 아직 나흘밖에 되지 않은 것은 사실이었으나 따지고 보면 박 원장의 요구가 그리 별난 것도 아니었다. 전에도 더러 그랬을 뿐만 아니라 한때는 영희 자신도 그걸 자신에 대한 박 원장의 짙은 애정으로 보아 은근히 기뻐하고 바라기까지 하지 않았던가.

실은 별나진 것이 있다면 영희 자신의 감정이었다. 뜻 아니한 재회가 있고 나서 한때는 박 원장과의 관계가 옛날 박치과 시절의 좋았던 한때만큼이나 달콤한 애정을 회복한 적도 있었다. 그게 좀 심드렁해진 뒤에도 부드럽고 따뜻한 감정은 그대로 유지되었다. 나가던 비어홀을 그만두고 모니카와 혜라의 방을 나와 따로 살기 시작한 때가 그랬다. 특히 미장원을 차리고 부근에다 인철과 함께 두 칸짜리 전세방을 얻을 무렵에는 죽을 때까지 당신과, 하는 다짐까지 되뇌었다.

그런데 언제부터인가 박 원장과의 접촉이 조금씩 시들해지더니 그 무렵에는 일주일에 한두 번인 낮시간의 밀회조차 견디기 힘들어졌다. 억지로 참아 넘기기는 해도 그와 몇 시간 보내고 돌아오면 하루 종일 구역질에 시달릴 때까지 있었다.

말할 것도 없이 그런 심경의 변화 뒤에는 다시 만난 창현이 있었다. 가만히 따져 보면 창현과 다시 만나게 되면서부터 박 원장이 싫어지기 시작한 게 분명했다. 사랑은 한꺼번에 둘이 있을 수 없다더니 그 말이 옳은가 보았다.

그러나 영희는 자신의 변심 뒤에 창현이 있는 걸 인정하기보다는 그 까닭을 박 원장 탓으로 돌리려 애썼다. 일종의 본능적인 방어 심리로서, 그래야만 배신과 불륜의 비난을 혼자서만 뒤집어쓰지 않을 수 있기 때문이었다. 배신과 불륜의 시초는 도덕적인 마비나 망각에서 열리지만 그 마비나 망각이 끝내 지속될 수는 없다. 결국은 나름대로 배신과 불륜의 논리를 만들어 내야 하는데 영희로서는 그런 식으로 만들어 내는 수밖에 없었다.

영희가 근래 들어 박 원장이 싫어진 까닭으로 드는 것은 침실에서의 짓거리가 전보다 더 지저분해졌다든가, 전과 달리 인색을 떤다든가, 의심이 늘었다든가 따위였다. 하지만 가만히 따지고 보면 실은 그것도 그녀 탓이라는 편이 옳았다. 영희의 성적인 반응이 심드렁해지자 박 원장 쪽에서 적극성을 띠어 본 것이 지저분함으로 몰렸고, 갑자기 늘어난 씀씀이로 만날 때마다 영희가 손을 내밀자 매번 들어줄 수 없게 된 게 인색으로 몰렸으며, 자주 미장원을 비우는 것 같아 간 곳과 만난 사람을 따져 본 게 의심이 많아진 것으로 몰리는 식이었다.

영희가 자신의 정당함을 지켜내기 위해 만들어 낸 논리의 취약성은 영희 자신에게도 곧 의식되었다. 그래서 최근에 다시 되살리기 시작한 게 옛날의 원한이었다. 곧 박 원장이 어린 자신을 버려 놓고 비정하게 처가의 등 뒤로 숨어 버렸던 옛일을 떠올림으로써 자신의 배신과 불륜을 변호하는 것인데, 그 방법은 상당히 효과가 있었다. 그 뒤 다시 영희를 만나 얼마나 성실하게 대했건 얼마나 많은 것을 베풀었건 이미 있었던 일을 지워 버릴 재간은 박 원장에게 없었기 때문이다.

'차라리 핑계를 대고 미뤄 버릴걸. 아니, 지금이라도 연락을 해

약속을 취소해 버릴까. 그런다고 지까짓 게 뭘 어쩌겠어? 지가 내 몸을 통째로 사기라도 한 거야.'

평소에는 잘 붙던 인조 속눈썹까지 말썽을 부리자 영희는 불쑥 그런 생각까지 했다. 그러나 그 생각은 뒤이어 떠오른 창현의 어두운 얼굴로 이내 지워졌다. 지난번 만났을 때 영희는 더 못 견딜 기분이 되어 모든 걸 박 원장에게 털어놓고 떳떳하게 함께 사는 길을 찾아보자고 제안해 본 적이 있었다. 그때 창현은 눈물이 가득 고인 눈으로 영희를 보다가 깊은 한숨과 함께 우울하기 그지없는 투로 말했다.

"그래야지. 나도 하루라도 빨리 그러고 싶어. 그렇지만 산다는 게 그리 간단한 거야? 나도 유도 이젠 어린애가 아냐. 더구나 유의 나이를 생각해 봐. 여자 스물넷이면 이제 몇 년 안 남은 거라고. 그래, 우리 둘이서 시작해서 어쩌겠다는 거야? 나 아직 이 모양이고 유도 신장개업 거품 경기가 꺼져 가는 변두리 미장원뿐 털터리나 다름없어. 설령 그 사람이 인심 좋게 그 미장원을 통째로 유에게 준다 해도 별거 아니란 뜻이야. 값이야 부르기 좋아 20만 원, 30만 원 하지만 사실 거기 뭐 있어? 집주인 따로 있고, 의자 거울은 한번 뜯어내면 반값도 안 되는 고물이고, 고데기 몇 개 빠마(파마) 약 몇 통…… 그건 장사 안 되면 바로 빈손이 된다는 거나 같은 말이야. 게다가 요즘은 손님까지 떨어진다며?

나도 이런 소리 하기 정말 괴롭지만 얼마만 더 참아. 그리고 독한 마음 먹고 뭘 좀 제대로 만들어 봐. 최소한 명동쯤은 되는 장기 전세 건물에 버젓이 차려진 일류 미장원이나, 아니면 변두리라도 노른 자위 땅에 집세 안 내는 내 물건을 차지하고 앉아야지. 막말로 닥터 박, 그 사람도 그래. 결국 그 사람이 유의 인생을 망쳐 놓은 사람 아냐? 거기다가 이제는 데리고 살다시피 하며 왜 그리 쩨쩨해? 저는 서울에만도 세 채 네 채 건물을 가지고 있으면서. 유도 마찬가지야. 유가 무슨 몸 가지고 자선사업하는 사람이야? 왜 꽃 같은 청춘을 바치고 변두리 동네에 헐쩍한 미장원 하나 얻어걸린 걸로 떨어지려는 거야? 정말로 그 사람을 사랑한다면 모를까⋯⋯ 마음 단단히 먹어. 그리고 유가 정말로 날 사랑한다면 서둘러. 미장원 명동으로 옮겨. 비까번쩍하게 못 차려 주겠으면 변두리에 작더라도 건물이나 한 채 사 달라고 해. 안 되면 부인한테 이르겠다고 공갈이라도 치고. 공갈 치는 일이라면 내가 친구들 시켜 도와줄 수도 있어. 그렇지만 오해는 하지 마. 유, 유 나 잘 알지? 내가 얼마나 유를 사랑하는지. 이 모든 게 다 유를 위해서 하는 소리야. 만약 유가 정말로 그 사람을 사랑해서 그럴 수 없다면 차라리 유의 행복을 위해 내가 떠나 줄게. 이 세상에서 자취 없이 사라져 줄게. 아주 자취없이⋯⋯."

그리고 마지막에는 어린애처럼 손등으로 눈물까지 훔쳤다. 그런 창현을 떠올리자 영희는 문득 가슴이 미어지는 듯했다. 오죽하면, 싶자 어렵잖게 마음을 다잡아 먹을 수가 있었다. 암, 박 원장을 만나야지. 만나야 하고말고. 그래서 보상을 받아야지. 내 청춘이 짓밟힌 보상을. 나는 보상받을 권리가 있어. 그는 반드시 내게 보상해 줘야 할 의무가 있고.

박 원장은 늘 그래 온 것처럼 호텔 커피숍 구석진 자리에 앉아
있었다. 그런데 알 수 없는 것은 영희를 맞는 그의 태도였다. 전
같으면 먼저 알아보고 일어나 손짓을 보내게 마련인데 그날은 영
희가 곁에 다가가 내려보고 섰는데도 뭔가 깊은 생각에 잠겨 깨
날 줄 몰랐다.

"으응, 언제 왔어? 앉아."

영희가 손을 내밀어 가만히 그의 어깨를 짚자 그제야 박 원장
이 놀라 깨어났다. 영희가 안 나오는 미소를 억지로 지으며 가벼
운 농담처럼 물었다.

"뭘 하세요? 어젯밤 못 주무셨어요?"

"아냐, 좀 생각할 게 있어서."

역시 전 같으면 그쯤에서 활짝 피어나야 할 그의 얼굴이 그날
은 여전히 어두운 채였다. 뭔가 있구나. 영희는 그제야 어떤 심상
찮은 예감을 느꼈다. 그러나 걱정할 만큼 심각한 문제 같지는 않
았다. 오히려 이런 때야말로 자신의 위로가 필요한 때이겠거니 해
서 은근히 자신감까지 키웠다.

"무슨 일인지 모르지만 객실로 옮겨서 얘기해요. 몇 호실이죠?"

영희는 성적인 분위기를 암시하는 눈짓까지 찡긋하며 핸드백
을 집었다. 이번에도 역시 이전과는 뒤집힌 순서였다. 평소에는 언
제나 박 원장이 객실로 옮기는 것을 서둘렀는데 그날은 영희의 그

같은 말을 듣고도 움찔하지 않았다. 대신 의미를 짐작할 수 없는 멀건 눈길로 영희를 건너다볼 뿐이었다.

영희가 조금만 주의 깊었더라도 그때쯤은 사태의 심각함을 얼마간은 깨달았을 것이다. 하지만 창현과의 불장난에 빠져 총체적인 혼란과 마비 상태에 있는 거나 다름없는 영희의 의식은 아직 아무것도 감지해 내지 못했다. 기껏 전에 효과 있던 다른 방법을 찾아낸다는 게 짜증부터 부리고 보는 일이었다.

"그럼, 여기서 얘기나 하다가 헤어지자는 거예요?"

"오늘은 그래야 될 것 같은데……."

영희의 짜증이 조금도 먹혀든 것 같지 않은 듯 느리고 무거운 박 원장의 대답이었다. 그게 정말로 짜증이 나 영희가 한층 목소리를 올렸다.

"증말 별난 일이네. 뭐예요? 무슨 일 있어요?"

"그래, 있지. 아마 들으면…… 영희도 좀 놀랄 거야."

박 원장은 그렇게 느릿느릿 대답해 놓고 다시 한동안 영희를 앞서의 그 의미 모를 눈길로 지그시 바라보았다.

"무슨 소리를 하려고 이리 뜸을 들이실까. 어쨌거나 무슨 일인가를 내가 묻고 있잖아요."

영희가 이제는 짜증을 넘어 성났다는 표정까지 지으며 다그쳤다. 그래도 박 원장은 한참이나 더 머뭇거리다가 한층 무겁게 가라앉은 목소리로 말했다.

"나 오늘 정식으로 이혼 수속 시작했어. 서로가 동의한 합의이혼이니까 곧 처리가 될 거야."

"네?"

영희는 너무도 뜻밖이라 저도 모르게 놀란 소리로 반문하지 않을 수 없었다. 박 원장의 이혼. 한때 그것은 영희가 꿀 수 있는 꿈 중에 가장 간절하고 또한 화려한 꿈인 적이 있었다. 다시 만난 지 석 달 이쪽저쪽의 일인데, 그때는 박 원장도 꽤나 구체적이고 진지하게 그 일을 밀고 나갔다. 그러나 정이야 있건 없건 결혼해 산 지 벌써 20년 가깝고 자식이 둘이나 있는 부부의 이혼이란 게 그리 쉬운 일일 수는 없었다. 거기다가 오래잖아 영희가 다시 창현을 만나 그들 부부의 이혼을 졸라대지 않게 됨으로써 그 일은 두 사람 모두에게 없었던 일처럼 잊히고 말았다.

"아내 쪽에서 먼저 제의를 하더군. 아이들 데리고 미국 가서 살 겠대. 우리 그 드센 처제, 영희도 알지? 미국서 살 만한 모양인지 장모님 모셔 가겠다고 나왔는데 저희끼리 무슨 얘기가 있는 모양 이야. 그동안 그렇게 이혼해 주지 못하겠다고 뻗대더니 이번에는 자기 쪽에서 먼저 제의해 왔어."

"그래도…… 아무리 동생이 뭐라 했다지만 그걸로……."

"물론 이유야 따로 있지. 너와 나의 일, 그 여자 말이, 진작부터 우리 일을 알고 있었대. 우리 다시 만나는 걸. 아마도 홍신소(興信所)를 쓴 모양인데 말하는 걸 들어보니 정말 알 만한 건 다 알고 있더군. 하지만 자기로서는 무력하더래. 아무리 법으로 이긴들 내 마음이 이미 떠나 버렸는데 무슨 소용이냐는 거야. 돈이나 넉넉히 주면 여기 남아 속 썩이고 살 것 없이 애들 데리고 미국 가서 남은 삶을 보내겠다는 생각인 모양인데……."

그러면서 영희를 살피는 박 원장의 눈길에는 애매한 대로 어떤 기대 같은 게 담겨 있었다. 그때쯤 해서야 겨우 박 원장의 말을 제대로 알아들을 만큼 정신을 가다듬게 된 영희도 그 기대를 읽었다. 결혼하자는 거겠지. 그 기대의 내용을 그렇게 해석하고 나니 영희는 갑자기 당황스러웠다. 한때 그래야 할 수백 개의 이유가 있었고, 또 간절하게 원한 적도 있었지만 어느새 그 기억은 새까맣게 지워져 이제는 창현과의 곡절 많은 사랑에 또 새로운 난관이 솟아오른 듯 느껴질 뿐이었다. 그래서 얼른 무어라고 대꾸를 못 하고 있는데 박 원장이 일깨우듯 말했다.

"별로 기뻐하지 않는구나?"

"뭘요?"

"우리 이혼."

"제가 왜 그걸 기뻐해요?"

영희는 자신도 모르게 불쑥 그렇게 대꾸하고 말았다. 그때 잠깐 박 원장의 눈길에 뭔가가 번쩍하는 듯했다. 그러나 이내 다시 힘없는 탐색의 눈길로 돌아가 물었다.

"한때 너도 몹시 바랐던 걸로 알고 있는데…… 그럼 이제 내가 너에게 결혼하자고 청한다면?"

"그건……."

"안 되겠니?"

다시 말하지만 영희가 조금만 더 밝게 의식이 깨어 있었어도 바로 뒤에 있을 그런 무참한 낭패는 당하지 않았을 것이다. 그러나 그때 그녀는 단순히 창현과의 치정에 빠져 있는 것이 아니라 보다 크고 근원적인 어떤 음산한 운명에 휘몰리고 있었다는 편이 옳았다. 앞뒤 아무것도 헤아리지 않고 그 자리에서의 기분만을 주의 없이 드러내고 말았다.

"우리는…… 20년 넘게 나이 차가 나고…… 세상의 눈도…….."

"그건 전에 상관없다고 한 것 같은데."

"집에서도…… 어머니나 오빠가…….."

영희는 거부를 드러내는데 다급해져서 그런 일로는 한 번도 떠올려 본 적이 없는 어머니와 오빠까지 끌어댔다. 어느새 관찰의 눈길로 바뀐 박 원장이 차갑게 받았다.

"이미 떠난 집이잖아."

"제 과거도…… 정말 괜찮으시겠어요……?"

다시 그렇게 둘러댄 영희가 머릿속에서 또다른 구실을 찾고 있는데 박 원장이 가만히 영희를 바라보았다. 왠지 힘없고 텅 빈 것 같은 눈길이었다.

"그만둬라. 실은 그 대답은 이미 알고 있었다."

갑자기 몸을 바로 세운 박 원장이 지금까지와는 전혀 다른 어조로 영희의 말을 끊었다. 그리고 진작부터 탁자 위에 얹혀 있던 두툼한 봉투를 영희 쪽으로 슬며시 밀어내며 왠지 싸늘해진 눈길로 덧붙였다.

"이걸 좀 봐라."

그때야 겨우 어떤 위기감을 느낀 영희가 반사적으로 봉투를 열어 보았다. 안에 든 것은 모두가 작은 공책 크기로 확대된 흑백 사진들이었다. 하나같이 자신과 창현이 나란히 나오는 것인데 둘이 팔을 끼고 걷는 것이 있는가 하면 함께 여관 문을 들어서는 장면에, 드물게는 속옷 차림으로 방 안에 함께 앉은 것도 있었다.

"이제 내가 어떻게 네 대답을 미리 알고 있었는지 알겠니?"

멍하니 사진을 들여다보고 있는 영희에게 박 원장이 꼭 남의 일처럼 물었다.

"뭐예요? 이거."

영희는 그렇게 소리치며 박 원장을 쏘아보았다. 사진 중에 결정적인 정사(情事)의 장면은 없다는 것과 이런 일은 어떻게든 부인해 놓고 봐야 한다는 본능적인 판단에 따른 것이었다. 그리고 그때를 시작으로 몽롱한 잠 같은 마비와 둔감에 빠져 있던 영희의 의식은 다시 차갑게 깨어났다.

"미안하다. 아내에게 배운 것인데 나도 흥신소 신세를 좀 졌다. 내가 꼴사나워지기는 했어도 속은 차라리 시원하구나. 이런 나에게 너무 성내지 마라. 나도 네게 성내지 않으마."

그래도 영희는 어떻게든 그 낭패스러운 반전에 저항해 보려고 했다. 이를 악물고 눈을 매섭게 치뜨며 몸까지 과장되게 부들부들 떨었다. 정말로 억울한 일을 당한, 또는 입에 담기 어려울 정도로 욕된 모함을 입은 사람 같은 연출이었다.

"증말, 진짜 진짜루 실망했어요. 어찌 제게 이럴 수가 있어요? 뒤로 사람을 사서…… 터무니없는 일을……."

그때까지는 영희가 그 정도로 성을 내면 어지간한 것은 박 원장의 항복으로 끝나게 되어 있었다. 그러나 그날은 아무런 소용이 없었다. 박 원장은 바위처럼 끄떡도 하지 않았다.

"터무니없다니? 어째서 그렇지?"

"걘 창현이란 앤데…… 옛날부터 알던, 친구같이……."

"나도 그렇게 믿고 싶다. 아니면 고종이나 이종 오빠로라도. 하지만 그저께 한남동 금수장(錦繡莊)에서는 주책없이 내가 직접 보고 듣기까지 했다. 녹음도 있고…… 어쨌든 그 얘기는 그만하자."

그렇다면 더 안 들어도 알 만했다. 이제 잡아떼 봤자 아무 소용이 없다는 걸 알자 영희는 순간적인 역습으로 나갔다.

"오해 마세요. 우리 사일 부인하려는 게 아니라고요. 좋아요. 그랬다 쳐요. 그 사람 내 애인 맞아요. 하지만 그래서 어쨌다는 거예요? 아무렴, 다 늙어 가면서 절 죽을 때까지 첩으로 데리고 살거나 후취로 맞아 평생 부려먹을 생각은 아니셨겠죠? 철모르는 기집애 꾀어 인생 망쳐 놨으면 됐지, 평생 노리개로 가지고 놀려고 하셨어요? 내가 가만히 있으니까 언제까지고 이대로 자선사업이나 하고 있을 줄 알았어요?"

그러자 박 원장의 얼굴이 심하게 일그러졌다. 무언가 스스로를 처참해하는 표정이었다. 그러나 이내 침착을 회복해 심짓 담담하게 말했다.

"네 말 잘 알겠다. 하지만 자선사업이란 건 또 뭐지?"

"나이 들고 처자 있는 사람에게 아무 받는 것 없이 정조 바치고 몸 바치는 거 그게 자선사업 아니고 뭐예요?"

"아무것도 받은 것 없이……."

"그래요. 제게 뭘 해 주셨어요? 그 알량한 미장원? 아침부터 저녁까지 내 몸 안 꿈지럭거리면 밥벌이도 안 되는 그 미장원요? 그럼 그걸로 저를 통째 사신 줄 아셨어요?"

"목소리가 높다. 나는 지금 너를 나무라려 불러낸 게 아니다. 그러니 너무 긴장할 거 없어."

박 원장이 격렬한 분노로 맞섰으면 영희에게는 대응이 훨씬 쉬웠을 것이다. 그런데 그런 예상 밖의 담담함이 오히려 영희를 맥 빠지게 했다. 박 원장은 영희의 감정이 좀 가라앉기를 기다려 역시 담담하기 그지없는 목소리로 이었다.

"이 세상에서 너와 나는 두 번 악연(惡緣)으로 만났다. 먼저는 내가 너에게 악연이었고 이제는 네가 나에게 악연이 된 것 같다. 아니, 두 번 모두 내가 너에게 악연이었는지도 모르지. 어쨌든 이제 우리 악연을 끝낼 때가 온 것 같다."

"어떻게 끝내시겠어요?"

목소리는 낮추었지만 영희는 여전히 도전적으로 받았다. 무슨 자신이 있어서가 아니라 그래야만 스스로를 지탱할 수 있을 것 같아서였다. 박 원장이 조용히 양복 안주머니에서 하얗고 두툼한 봉투 하나를 꺼냈다.

"사람의 인연은 만나지 않으면 끊어진다. 나는 다시는 너를 보지 않겠다. 앞으로 너도 어쩌다 길거리에서 나를 만나게 되더라도 외면해 다오. 지금 그 미장원과 그동안 내가 해 주었던 것은 모두 네가 가져라. 건물 전세와 월세 보증금 모두. 그리고 이거 10만 원이다. 얼마 전에 네가 필요하다고 한. 넉넉하진 않겠지만 이걸로 이제부터는 혼자 어떻게 해 봐라."

"참 후하신 네플류도프 씨셔."

영희는 이제는 거의 허세로 그렇게 버텼다. 영희의 의식 속에서 네플류도프는 언젠가 인철에게 한 번 써먹은 뒤로 박 원장의 딴 이름이 되어 있었다. 나중에「카추샤」란 국산 영화를 본 적이 있는데, 그때는 카추샤가 하녀로 나오는 것 때문에 기분이 나빴으나 그 이름 말고 달리 마땅한 별칭을 찾기가 쉽지 않았다. 그런데 우연히 떠올라 영희가 불쑥 내뱉은 그 이름이 박 원장의 감상을 자극한 것 같았다.

"아내가 이혼 제의를 하면서 내가 꾸기 시작했던 꿈을 너는 모를 거다. 너와 함께할 나머지 삶을 얼마나 아름답게 상상했는지…… 하지만 그래도 널 사랑했던 걸 후회하지는 않는다. 잘못이 있었다면 모두 내게 있었다. 어디를 가든지 부디 행복해라."

완연히 떨리는 목소리로 그렇게 말을 마친 박 원장은 그 길로 천천히 일어나더니 따로이 작별 인사도 없이 휘청휘청 걸어 나갔다. 그러나 그때까지만 해도 영희는 자신이 무엇을 얻고 무엇을 잃었는지를 깨닫지 못했다. 그저 어렵게 생각했던 한판의 주고받기가 생각보다 조용하고 깨끗하게 처리되었다는 홀가분함뿐이었다.

　박 원장이 왠지 주춤거리듯 비틀거리듯 하는 걸음으로 호텔 커피숍을 빠져나가고 나서도 영희는 한동안을 더 제자리에 머물러 앉아 있었다. 아직은 다시 만난 열정으로 뜨거운 창현과의 앞날이 남아 있다는 믿음에서일까, 마침내 그가 호텔 로비의 출구 쪽으로 자취를 감추었을 때만 해도 부끄러움 섞인 안도와 함께 후련한 느낌까지 들었다.

　그런데 알 수 없는 것은 그다음이었다. 이제 나는 다시 홀로가되었다 — 그런 느낌으로 새롭게 일상을 정리하려 하자 느닷없이 빠져 들게 된 막막함과 무력감이 그랬다. 이제 나는 무엇을 해야 하나. 어디서 어떻게 다시 시작해야 하나…….

　지난 몇 년 영희가 젊은 여성으로서 또래보다 더 혹독하게 삶의 밑바닥을 헤쳐 나와야 했던 것을 한 전락이라고 할 수 있다면, 그 구체적인 출발은 박 원장과의 뒤틀린 만남에서 비롯되었다고 볼 수도 있다. 따라서 어린 영희를 향한 박 원장의 비뚤어진 욕정과 그 분별없는 추구는 영희에게 저항할 수 없는 유혹이었을 수도 있고, 영희가 그를 네플류도프로 빈정거린 것 또한 『부활』을 통속적으로 이해한 탓으로만 단정할 수는 없을 것이다.

　그리고 지난여름 영희가 비어홀 파라다이스에서 박 원장을 다시 만나게 된 것은, 박 원장이 단속적이기는 하지만 새로운 형태의 비어홀식 매음에서 영희를 빼내 건강한 삶으로 되돌려 준 것은,

지난 잘못을 씻으려는 그의 적극적인 참회와 보상을 넘어 한번 뒤틀려 버린 영희의 삶에 부활 또는 재생의 의미를 가질 수도 있었다. 거기에 무엇보다도 마지막으로 박원장이 제시한 아내와의 이혼과 영희와의 결혼은 당시의 한국적인 풍속도로 보면 자신의 욕정과 변덕이 훼손한 영희의 보편적인 여성으로서의 삶을 온전하게 복원해 줄 수 있는 길이기도 했다.

거기다가 창현과의 밀회를 다 알고 나서도 박 원장이 영희에게 남겨 준 것은 감격해도 좋을 베풂이라 할 만했다. 그가 보기에 창현은 카투사와 함께 시베리아로 유형을 떠나는 정치범과는 비교할 수 없는 부박한 도회의 떠돌이에 지나지 않았을 것이다. 그런 창현에게 아무런 원혐(怨嫌)을 드러냄이 없이 모든 것을 그대로 영희에게 남기고 떠나는 그의 뒷모습에는 감동 받을 만한 너그러움이 있었다. 아마도 그때 잠깐이나마 영희가 느꼈던 막막함과 무력감은 박 원장과 함께 사라진 부활 또는 재생의 의미나 그 후 그녀의 삶에서는 두 번 다시 느껴 보지 못한 참회와 보상의 너그러움이 준 어떤 감동의 변형이었을는지도 모른다.

그러나 당장은 다시 만나 한창 달아오른 창현과의 치정에 들떠 있는 영희에게는 아무것도 보이지 않았다. 그때 영희의 의식을 사로잡고 있는 것은 언제까지고 꺼지지 않을 것 같은 창현의 사랑과 그 변형으로 펼쳐질 달콤한 앞날의 삶이었다. 따라서 영희는 이미 떠난 박 원장에게 부질없는 미련을 품기보다는 차라리 자신의 비상한 결단이 창현과의 사랑에 위대한 승리를 안겨 준 것으로 믿고 싶었다. 그 비바람 치던 밤 거칠게 다가들던 박 원장을 받아들이던 때의 은폐된 자발성 또는 적극적인 포기는 철저하게 부인되고, 자신은 회개한 그의 선의와 관대함을 배신한 것이 아니라 옛날의 비열하고 부당한 유린에 정당한 보복을 한 것으로 변호하였다. 그리고 더 나아가서는 자신의 의지가 그에게서 기대할 수 있는 물질적인 풍요의 유혹으로부터 창현과의 순수한 사랑을 지켜 낸 것으로 윤색하기까지 했다.

그렇게 생각이 눈부신 비약을 거듭하자 오랫동안 의식 깊은 곳에서 영희를 괴롭히던 인철의 고민 어린 눈길까지 거침없이 끌려 나왔다.

"그 예민한 아이도 이제 더는 박 원장을 고민스럽게 의식하지 않아도 된다. 아무리 내가 일해 번다지만 그와 내연 관계를 유지하면서 그가 차려 준 미장원에서 번 돈을 그 아이는 정당한 내 것으로 인정하기 어려웠을 것이다. 그 터무니없는 자존심 때문에 박 원장은 그동안 그 아이에게 끊임없이 상처가 되어 왔을 것임에 틀림이 없다. 그런데 이제 그는 떠나고 내게는 누구도 그와의 사랑을 트집 잡을 수 없는 창현 씨만 남았다. 온전히 내 것이 된 미장원과 정직한 노동으로 버는 벌이도 더는 그 아이에게 구차한 더부살이 느낌을 주는 일은 없을 것이다. 이제 그 아이는 하루에도 몇 번씩 그 유별난 결벽과 영악한 현실감각 사이의 갈등에 부대끼며 짐을 쌌다 풀었다 하지 않아도 된다. 이것도 오늘 내가 박 원장과 싸워 얻은 자랑거리가 될 수 있다……."

하지만 그 무렵의 인철에게는 창현이 더 큰 상처가 되고 있음을 영희는 알지 못했다. 오히려 인철로부터 시작된 자신에게 우호적인 방향으로의 연상은 진작부터 영희의 의식 주변에서 어른거리던 어머니까지 끌어내었다.

"그래, 이렇게 박 원장을 떠나보낸 것은 어머니, 그 악귀 같은 여자와의 싸움에서도 한 전기가 될 것이다. 그 여자가 인철에게 물었다는, 누군가 나이 들고 돈 많은 그 칙칙한 영감쟁이는 오늘로 내 삶에서 영영 사라졌다. 이제부터는 나 혼자, 열아홉 살 어둡고 차가운 겨울 강가에서 머리를 깎이는 학대와 수모를 당해 가며 받은 피해보상으로 온전히 내 것이 된 자산에 의지해, 그 여자의 눈 먼 증오와 모멸에 맞서 보겠다. 그리고 그 싸움에서 창현 씨는 무엇보다도 내게 유용한 무기가 될 것이다. 나는 모든 수단을 동원해 그를 이 나라 은막의 스타로 만들고 그 절정의 순간에 그를 그 자리에 이르도록 내조한 아내로서 어디 내놓아도 부끄럽지 않은 딸이 되어 그 여자 — 내 어머니를 찾아간다. 물론 그 여자는 그때도 창현 씨의 성공을 광대니, 딴따라니 하며 인정하지 않으려 들 수도 있겠지. 하지만 나는 한 번 가지고 누려 본 적이 있기에 더 절실할 수밖에 없는 그 여자의 물욕을 안다. 그 바글거리는 악의와 의심 속에서도 내가 끊어 주는 비단 옷감을 세 벌 네 벌 받아 들고 황홀해하던 그 사치와 허영을 안다. 일제 때도 화신백화점에서 산 옷을 입고 자라며 길렀다는…… 벌건 개간지를 옥토로 바꾸고 소 떼가 들어찬 목장과 풍차를 세울 만한 자금에도 그 여자가 여전히 냉담할 수 있는지 보자. 화신 신세계의 사치품 진열대와 해외 유람의 유혹에도 지난번 옷고름을 떼어 놓고 떠날 때처럼 초연할 수 있는가 보자. 그때도 '염량(炎凉)이 뒤 뚫렸다'는 말 한마디로 나를 여지없이 몰아낼 수 있는지 보자……."

창현이 벌써 스타가 되어 돈을 쓸어 담는 듯한 망상과 함께였지만 생각이 거기에 미치자 그때껏 여운처럼 남아 있던 막막함과 무력감은 자취 없이 사라지고 영희는 새로운 의욕과 투지로 자리를 떨치고 일어났다. 그리고 뒷날 천민자본주의 행렬의 끄트머리에서 복부인이 되어 얻은 허황된 자족감에 지칠 때까지 이어지게 될 그녀만의 처절하고 고단한 행군으로 들어섰다.

그길로 명동으로 들어선 영희는 금 석 돈으로 된 반지 한 쌍을 맞추고 1만 2천 원이나 하는 일제 오메가 시계 하나를 샀다. 이제부터는 드러내놓고 함께할 창현과의 삶을 기념할 예물들이었다. 그리고 따로 인철을 위해서는 변함없는 후원의 뜻을 드러내는 선물로 2천 원 가까운 파카 만년필 한 자루를 마련했다.

집으로 돌아가는 길에는 복덕방과 미용 재료 상점에도 들렀다. 복덕방에 인철과 함께 쓰는 방 두 칸 별채 셋집을 내놓고, 아울러 미장원 시세까지 알아보자 복덕방 아저씨가 두꺼운 돋보기 너머로 바라보며 물었다.

"갑자기 잘 돼 가는 미장원은 왜?"

"명동이나 종로 쪽으로 좀 알아보려고요."

영희가 그렇게 대답하자 복덕방 아저씨가 한층 깊숙한 우려의 눈길로 물었다.

"명동 종로라도 그 미장원만 한 매상이 쉬울까?"

"시골 사람들 말대로 덤불이 커야 도깨비도 크다고, 아무래도 이런 변두리 동네는 한계가 있어서요."

영희가 다시 그렇게 받자 복덕방 아저씨가 뭔가 떨떠름한 얼굴로 우물거렸다.

"자칫 팔아먹은 집, 되돌아 서서 다시 사고 막은 우물 다시 여는 꼴 나지 않을까 걱정이네. 아무튼 알아보기는 하지. 하지만 임자를 잘 만나야 제값을 받을 텐데, 이리 급작스럽게야……."

단골 재료상 박씨도 영희가 미장원을 내놓겠다고 하자 그리 밝은 표정이 아니었다.

"그 미장원 그거 재료 들어가는 것으로 보아서는 사대문 안 요지 못지않던데, 그래. 왜? 좀 더 뽑아 먹고 매상 부풀린 뒤에 작업 들어가지 않고……."

둘 다 젊고 억척스러운 영희에게 호감을 가지고 대하는 사람들이라 그들의 걱정이 마음에 걸렸으나 저물 무렵 미장원으로 돌아가는 영희의 발걸음은 가볍기만 했다.

영희가 자신이 얻고 잃은 것에 대해 조금씩 다시 생각하게 된 것은 그날 밤 그 일로 창현을 만나고 나서였다. 박 원장과의 관계가 완전히 끝났다는 말을 들으면 당연히 기뻐할 줄 알았으나 창현은 오히려 화부터 냈다.

"거 봐. 조심하랬잖아? 이제 와서 이게 뭐야? 이거 오갈 데 없이 끈 떨어진 조롱박 신세잖아? 겨우겨우 뭐가 좀 되는가 싶더니⋯⋯ 유가 너무 서두르더라고."

그러다가 느닷없이 박 원장에게 욕을 퍼붓기 시작했다.

"그 쌔끼 정말 약은 쌔끼네. 남의 계집 싸게 데리고 놀다가 미꾸라지처럼 빠져나갔잖아? 이럴 줄 알았으면 진작 혼인신고라도 해 두고 그 쌔끼 먹살 한번 잡는 건데. 껍데기뿐인 미장원에 겨우 돈 10만 원? 그 쌔끼 정말 싸게 데리고 놀았네. 더구나 니 처녀까지 따먹은 쌔끼라며? 씨팔, 지금이라도 혼빙(婚憑: 혼인빙자간음죄) 같은 걸로 한번 걸어 봐?"

아무리 그와의 치정에 눈멀어 있는 영희라도 아무런 절제 없이 드러내는 창현의 그 같은 천박함은 견뎌 낼 수가 없었다. 전에는 느끼지 못했던 박 원장의 인품이 그런 창현에게 대비되어 새롭게 돋보이며, 비로소 자신이 잃은 것이 생각보다 큰 것일지 모른다는 불안이 일었다.

"그래도 쉽지 않은 사람이야. 내 앞에서 그 사람 욕하지 마."

영희가 듣다 못해 그렇게 말리자 창현은 더욱 펄펄 뛰며 막말로 나왔다.

"왜, 아까워? 원장 싸모님 될 기회를 놓쳐서? 지금이라도 따라가지. 그래, 맞아. 지금이라도 따라가라고. 나 같은 딴따라 평생 따라다녀 봤자 별 볼 일 없어."

전에 없이 야비하게 들리는 창현의 이죽거림이었다. 영희는 놀라 소스라치듯 자신만의 환상에서 깨어났다. 그러자 박 원장이 말할 때는 흘려들은 것들도 비로소 제 의미로 되살아나기 시작했다. 내가 그에게 무엇을 주고 무엇을 받았는가. 나는 무얼 얻고 무얼 잃었는가…….

짧디짧은 봄

탕기에서 나는 냄새가 약이 거의 다 달여졌음을 알려 주었다. 스무 첩 보약의 마지막 탕이라 영희도 그쯤은 냄새로 분간할 수 있었다. 진흙 풍로 안의 숯도 다 사그라져 작은 불씨만을 남기고 있을 뿐이었다.

영희는 풍로의 바람구멍에서 신문지 마개를 빼고 연탄 화덕으로 돌아와 공들인 아침 준비를 마무리했다. 끓고 있던 된장찌개 냄비를 들어내고 석쇠로 장어를 굽는 일이었다. 밥과 국은 이미 방 안에 들여놓은 터였다.

"아유, 이 집 무슨 잔치해? 아침부터 웬일이야? 지지고 볶고."

연탄불이 센지 양념 바른 장어가 타며 나는 연기와 냄새에 주인집 아주머니가 부엌 쪽문을 열고 들여다보며 물었다. 언제나 기분 나쁜 탐색의 눈길이었다.

"아뇨, 잔치는 무슨…… 그냥."

영희는 그렇게 얼버무리려다 문득 마음을 바꿔 먹고 자랑스
레 말했다.

"실은 오늘 우리 그이 카메라 테스트가 있어서요."

"카메라 테스트? 그게 뭔데?"

영희가 기대한 대로 집주인 아줌마가 반짝, 호기심에 찬 눈으
로 그렇게 받았다.

"영화 찍는 카메라 있잖아요? 그걸로 그이의 실제 연기를 찍어
보는 거라고요."

"그럼 신랑이 영화배우 모집에 나가는 거야?"

무엇에든 나서기 좋아하는 아줌마가 제법 말을 알아듣는 척
했다.

"모집에 나가는 게 아니고요, 배우로 뽑힌 거예요. 그것도 주인
공으로다가. 테스트는 무슨 시험을 치는 게 아니라 촬영에 들어가
기 전에 받는 확인 같은 거고요. 감독이 우리 그이 연기를 어떻게
풀어내야 하나 알아보기 위해서 하는 절차인가 봐요."

영희는 창현에게 들은 대로 그렇게 설명해 주었다. 왠지 말을
하면서도 고소한 기분이 들었다. 평소 창현을 못마땅하게 혹은
의심스럽게 보는 그녀의 눈초리를 의식해서였는지도 모를 일이었
다. 잠시 떨떠름한 표정을 짓던 주인아줌마가 갑자기 캐묻는 말투
로 나왔다.

"그래? 그럼 벌써 배우가 된 거네. 그런데 감독이 누구야? 무슨 영화사고?"

그 물음에도 영희는 자신이 있었다.

"박노식이가 주연한 「샹하이 박(朴)」하고 황해가 주연한 「삼형제」 아시죠? 그거 감독한 양일수 감독 밑에서 조감독으로 있다가 이번에 입뽕(입본: 立本)하는 김광배 감독이에요. 영화사는 대영(大榮)이라고 충무로에서도 알아주는 큰 회사고요."

"그래? 솔직히 젊은 사람이 하는 일 없이 빈둥대는 것 같아 걱정했는데…… 색시 신랑이 그렇게 대단한 줄 몰랐네. 그럼 전부터 그쪽에서 일한 거야?"

말은 그래도 별로 믿는 눈치가 아니었다. 그게 영희의 심사를 건드려 실제보다 과장된 대답을 하게 했다.

"출연은 이번이 처음이지만 충무로에서는 진작부터 그일 알아주었다고요. 배우 수업도 착실히 해 왔고요. 탐내는 감독도 많았고…… 확실한 작품을 기다리느라 늦었지 시시한 데 출연하려고 했으면 배우가 되어도 예전에 벌써 되었을 거예요. 두고 보세요. 우리 그인 이제 곧 스타가 될 거예요."

"그래애? 그럼 스타 사모님 되거든 옛정 잊지나 말아요."

주인아줌마가 애매한 표정으로 그렇게 말하고는 쪽문을 닫았다. 그사이 장어가 익어 영희는 연탄 화덕 위에 철판 뚜껑을 덮고 석쇠를 올려놓은 뒤 방 안으로 들어갔다.

창현은 아직 깊은 잠에 빠져 있었다. 전날 밤 자정이 가까워서야 돌아온 그였다. 김 감독과 대본을 검토하며 한잔했다는 것인데 기분이 몹시 들떠 있었다.

"내일 카메라 테스트 있고 곧 촬영에 들어갈 거야. 청춘물(靑春物)이라 석 달이면 끝난대. 그러면 이 김창현이도 뜨는 거야. 세상이 다 알아주는 스타가 되는 거라고. 유는 그 스타의 내조자(內助者)로 덩달아 유명해지고. 자, 이제 고생 끝, 행복 시작이야!"

창현은 자정이 넘도록 그렇게 되뇌다가 잠이 들었다. 평소 같으면 영희에게 술주정을 할 엄두도 못 내는 그였으나 전날 밤은 제법 으름장도 곁들였다.

"이영희, 너 말이야. 너도 내일부터는 달라져야 해. 옛날의 너는 이제 없는 거야. 스타 김창현의 현숙한 내조자로서 이영희가 있을 뿐이라고. 스타란 인기를 먹고 사는 직업이야. 그만큼 비정한 거니까 옛날 냄새 조금이라도 피웠다간 그걸로 우린 끝나는 줄 알아!"

전 같으면 아니꼽게 들을 말이었으나 전날 밤은 그저 황홀하기만 했다. 죽으라면 죽는 시늉이라도 할 수 있을 것 같았다.

창현이 하도 깊이 잠들어 있어 영희는 깨우기가 망설여졌다. 그러나 시간이 벌써 여덟 시가 넘어 더는 늑장을 부릴 여유가 없었다. 거기다가 그동안 정성 들여 조리한 음식들도 식어 가 더는 깨우기를 망설일 수 없게 했다.

"창현 씨, 창현 씨이. 일어나요."

영희가 자신도 모르게 콧소리를 섞어 창현을 깨웠다. 보기보다는 깊은 잠이 아니었던지 창현이 곧 눈을 떴다.

"으응, 지금 몇 시야?"

"벌써 여덟 시가 넘었어. 오늘 열 시 약속 아냐?"

그러자 창현이 화닥닥 일어나더니 그다음은 더 채근할 필요 없이 알아서 서둘렀다. 오래 찬물에 찜질하듯 하는 그 특유의 세수에 이어 면도기와 족집게로 정성 들여 얼굴을 다듬고 머리칼을 매만졌다. 그사이 밥상을 다 차린 영희가 그를 달래듯 상머리로 끌어들였다.

"또 쇠고깃국이야? 술 먹은 다음 날은 콩나물국 같은 거 시원하게 끓여 볼 수 없어?"

창현이 수저도 잡지 않고 타박부터 했다. 역시 전에 없던 일이었다. 영희로서는 그게 창현의 자신감에서 우러난 변화 같아 그저 대견스럽기만 했다.

"나도 그 생각을 해 봤는데 — 오늘은 중요한 날이잖아? 유가 힘들 것 같아 든든하게 먹고 나가라고."

영희가 마음 좋은 누이처럼 그렇게 대답하자 창현은 겨우 잡은 젓가락으로 장어 구이를 가리키며 말했다.

"이것도 그래. 안 그래도 속이 느글거리는데 아침부터 이게 뭐야?"

그제야 영희도 슬며시 속이 상했다. 특별한 날이라 참기는 해도 대답을 하는 목소리가 곱지 못했다.

"것도 몸에 좋다기에 비싼 값 물고 사 온 거야. 유, 사람 인물이란 거 말이야. 그게 다 음식이고 영양이다. 먹고 죽은 귀신은 때깔도 좋단 말 들어 봤지? 그게 바로 그 소리야. 잘 먹어야 인물도 나는 법이라고. 양념을 짜고 맵게 했으니까 먹을 만할 거야. 먹어 봐."

창현도 영희의 목소리로 그게 참을성의 한계라는 걸 알아차린 듯했다. 더는 타박을 주지 않고 상으로 다가들었다. 그러나 젓가락으로만 께적거리는 게 영 밥맛이 없어 보였다. 영희가 그런 상머리로 돌아가 어린아이 밥 먹이듯 이것도 집어 주고 저것도 덜어 주자 겨우 몇 숟갈 떠넘기는 시늉을 했다.

창현이 밥을 반 그릇도 비우지 않고 수저를 놓자 다시 속이 치밀어 올랐으나 영희는 참았다.

"다음엔 중요한 일 앞두고 술 먹지 마. 그래 가지고 오늘 카메라 테스트 잘되겠어?"

그런 가벼운 핀잔과 함께 자신도 따라서 수저를 놓았다. 그제야 창현도 미안한지 변명조가 되어 말했다.

"나 술 좋아하지 않는 거 유도 잘 알잖아? 하지만 다른 사람도 아니고 김 감독님이 한잔하자는데 어떡해? 것도 예술하는 사람들은 술도 한잔씩 할 줄 알아야 된다는데."

그러고는 다시 정성 들여 옷치장에 들어갔다. 원래부터 많던 색색의 와이셔츠에 그 무렵에 맞춘 세 벌의 새 양복을 번갈아 걸쳐 보며 옷을 고르더니 영희의 눈에는 보이지도 않는 먼지와 얼룩을 털고 닦았다. 옷을 입는 데도 어느 때보다 정성을 들였다. 와이셔츠와 양복의 재봉선에다 넥타이와 혁대의 버클 사이 간격까지도 꼼꼼하게 따져 가며 옷을 걸치는데, 보기가 답답할 지경이었다.

"그거 조금만 걸어 다녀도 다 흐트러질 텐데 뭘 그리 꾸물거려? 차라리 이따가 카메라 앞에 설 때나 한번 매만지지."

보다 못한 영희가 가볍게 핀잔까지 주었으나 별로 소용이 없었다. 거기다가 보약을 떠먹이듯 먹이느라 또 시간이 걸려 창현은 아홉시 반이 되어서야 겨우 집을 나섰다. 언제나 그렇지만 영희는 정성들여 차려입고 나서는 그를 보면 가벼운 황홀감을 느꼈다. 그날은 평소보다 훨씬 더해, 대문을 나서는 그의 주위를 무슨 휘황한 빛무리 같은 게 둘러싸고 있는 듯했다.

"유, 정말 멋져. 신성일이 남궁원이 저리 가라야."

영희가 그때껏 속으로 느끼던 짜증을 깨끗이 잊고 조금도 과장하는 기분 없이 그렇게 말했다. 창현이 더욱 기특한 말로 받았다.

"저녁은 밖에서 먹는 게 어때? 잘하면 오늘 게랑트(개런티) 조금 나올지 몰라. 계약금 조로다가. 그럼 내 한턱 살게."

창현이 나간 뒤 영희는 설거지를 하면서도 방 안을 치우면서도 줄곧 황홀한 상상 속을 헤맸다. 그녀의 머릿속 영사기에서는 그녀가 본 영화 중에서 멋지다고 생각한 모든 영화의 남주인공이 창현으로 바뀌어 돌아가고 있었다. 대중잡지에서 읽은 영화배우의 화려하고도 풍족한 삶이 어김없이 자신의 것으로 바뀌어 떠올랐고, 그럴수록 현실은 더욱 무의미하고 추상적인 것이 되어 갔다.

행복이란 어떤 면에서는 개체(個體)에게 주어진 시간과 물질을 그 개체에게 가장 만족스럽게 소비하는 것이라고도 할 수 있다.

영희의 상상력은 먼저 둘만의 소비에서 불타올랐다. 생물적인 욕구부터 정신적인 허영에 이르기까지 필요로 하는 모든 것을 획득의 수고로움 없이 소비하는 과정이었다.

맛난 음식, 고운 옷과 좋은 집으로 시작한 상상이 값진 보석과 문화적인 여가의 소비에 호화스러운 외국 여행을 거친 뒤 남에게 베푸는 것으로까지 이어졌을 때였다. 거기서 비로소 여태껏 고려되지 않았던 불확실성과 위험이 처음으로 모습을 드러냈다.

돌내골 집도 이젠 걱정 없어졌어. 오빠도 마음 놓고 상록수의 꿈을 꿀 수 있게 해 줄 거야. 오빠가 그렇게도 꿈꾸던 목장과 성채 같은 집과 풍차를 다 가질 수 있게 할 거야. 자신을 떠난 상상이 그렇게 가족들에게로 옮아 갔을 때였다. 문득 모든 것은 창현의 성공이고 그의 획득일 뿐 자신이 가진 것은 하나도 없다는 게 떠올랐다. 그때 정말 그이가 내 말을 선선히 들어줄까. 그의 성취가 곧 나의 성취일 수 있을까…….

그러자 그때껏 고려하지 않고 있던 다른 위험과 불확실성이 일시에 고개를 들었다. 성공한 창현에게 일어날 수 있는 여러 가지 변화였다. 아냐, 그럴 리 없어. 그 모든 게 내가 뒷받침이 된 성공인데 자기가 어떻게 감히……. 그 자리에 없는 창현에게 다짐이라도 받듯 그렇게 중얼거려 보았지만 스스로도 억지스럽다는 느낌이 들었다.

'맞아. 오늘 창현 씨가 영화의 주인공으로 뽑히고, 다시 계속해 스타의 자리를 굳혀 간다 해도 그건 그의 성공이야. 아무리 부부

라 해도 그의 모든 게 바로 내 것일 수는 없지. 나도 무언가를 가져야 해.'

한번 깨어난 상상력은 이번에는 필요 이상으로 엄격하고 냉정한 현실 인식으로 이어졌다.

'그의 성공도 그래. 오직 그가 떠벌린 것뿐, 아직 아무것도 보장된 것은 없어. 오늘 이날이 있기 위해 적잖은 경비와 노력을 들인 것은 사실이지만 배우가 된다는 게 그것만으로 전부는 아닐 거야. 그렇게 쉽게 되는 거라면 스타가 왜 귀하겠어. 더구나 그의 재능이 진정한 스타가 될 만한지 아닌지에 관해서는 아무것도 모르잖아.

좋을 때를 위해서는 따로 대비할 필요가 없어. 그러나 나쁠 때를 위해서는 반드시 대비가 필요해. 그래, 내가 너무 오랫동안 그이 한 사람에게만 목매달고, 세상 사는 법을 잊어 왔어. 오늘 일이 그이 말대로 된다 해도 배우로서의 성공까지 보장된 건 아니야. 거기다가 오늘 당장도 그의 큰소리처럼 되지 않을 수도 있어. 또 그가 성공한다 해서 그게 바로 내 행복을 보장하는 것도 아니고…… 그 어떤 쪽이든 대비가 필요해. 이제라도 정신 차려 현실의 삶을 돌아봐야 해. 모든 게 확실해지는 날까지 이 삶을 지탱할 수 있어야 해.'

영희는 그렇게 중얼거리면서 무슨 길고 황홀한 꿈에서라도 깨난 듯 낯설어 보이는 현실을 돌아보았다.

두 달 전 박 원장과 헤어질 때만 해도 영희의 경제적인 상태는 스스로도 흐뭇할 만큼 여유가 있었다. 인수한 뒤 실내장식과 설비에 들인 덧돈이 있어 불광동 미장원은 30만 원에 넘길 수 있었고, 창현과 좀 흥청거리기는 했지만 그동안의 저축도 10만 원은 넘었다. 거기다가 박 원장이 10만 원을 마지막으로 보냈고 지금은 인철 혼자 쓰고 있는 방의 전세금 8만 원도 살아 있었다. 미장원 빼고도 다 합치면 변두리에 어지간한 집 한 채를 장만할 수 있는 돈이었다.

원래 영희는 그 돈으로 작더라도 종로나 명동 쪽으로 미장원을 옮겨 보려 했다. 그런데 그때 창현의 배우 데뷔가 끼어들었다. 단칸방이지만 제법 부엌까지 딸린 별채를 빌려 두 사람만의 공간을 마련한 지 며칠 안 된 어느 날이었다. 어디 나갔다가 대낮같이 돌아온 창현이 걸신들린 사람처럼 영희에게 덤벼들어 한바탕 땀을 빼고 난 뒤에 담배를 물며 심각하게 말했다.

"창피해서 말 안 했지만 실은 나 유가 서울 없을 때 배우 학원 속성으로 마쳐 둔 게 있어. 그때도 동기들 중 가장 유망하다는 말들이 있었는데, 세상일이 그렇잖아? 손에 쥔 게 있어야지. 학원장한테 줄을 대 잘나가는 감독이라도 소개 받고, 감독한테도 뒷돈을 찔러 줘야 잠시라도 화면에 얼굴을 내비칠 수 있는 게 그 바닥이거든. 지금은 누구누구하며 잘나가는 녀석들도 시작은 다 그랬대. 그래서 요 모양 요 꼴로 떠돌이 약사 노릇이나 계속할 수밖에 없었는데 말이야, 이번에 기회가 생겼어. 아까 낮에 있잖아, 놀기 삼아 옛날 그 영화배우 학원에 들렀더니 원장님이 불러 귀띔해 주는 거야. 김광배라고 재주 있는 감독이 있는데 이번에 입뽕 영화에 쓸 신인 배우를 찾고 있다나. 처음에는 돈 들어갈 일이 겁나 손부터 내저었지만 듣고 보니 그게 아녔어. 큰돈 안 들어가고 스타로 뜰 길이 있을 것 같아."

"어떻게 하면 된대?"

왠지 아득해지는 느낌에서 미처 깨나지 못한 채 영희가 무심코 그렇게 받았다. 창현이 전에 없이 달라진 눈빛으로 열을 올렸다.

"원장님 말로는 내가 경력이 좀 약하대. 그래서 한 3만 원 내고 속성 수강증 하나 더 끊으면 1년 장기반(長期班) 마친 걸로 쳐 김 감독한테 소개해 주겠다는 거야. 김 감독한테 주는 뒷돈도 그리 대단한 건 아니래. 그 사람이 원래 돈보다는 배우의 소질을 더 보는 사람이라 나 정도면 한 5만 원만 쥐어 줘도 될 거래. 그렇담 한번 해 볼 만하잖아?"

그때 영희는 새로 시작한 둘만의 생활에 깊이 빠져들어 평소의 억셈이나 도시 밑바닥에서 단련된 경계심이 많이 느슨해져 있었다. 거기다가 가진 돈도 평생 처음 쥐어 보는 액수라 그런지 턱없이 여유 있게 느껴졌다. 설령 그 일이 잘못된다 해도 변두리로 나가 다시 미장원 하나 낼 돈은 넉넉히 남을 것 같았다.

"하지만 조심해. 영화판 거기 발치 험한 판이래."

그렇게 주의는 주어도 별 불안 없이 8만 원을 건넸다. 하지만 그게 시작이었다. 한 며칠 바쁘게 충무로를 싸돌아다니던 창현이 다시 풀 죽은 소리를 했다.

"기계도 기름을 많이 쳐야 잘 돌아간다고, 아무래도 뒷돈이 너무 적었던가 봐. 김 감독이 영 서두르지를 않아. 남은 바빠 죽겠는데 말이야. 그리고 원장님한테도 수강증 끊은 것만으로는 좀 야박한 것 같아. 한 5만 원만 더 해 줘."

그제야 영희도 좀 긴장이 되었으나 이미 시작한 일이라 5만 원을 더 꺼내 주었다. 다음 날 밝은 얼굴로 돌아온 창현이 이번에는 자신 있게 요구했다.

"옷이 날개라고 배우는 무엇보다도 의상이야. 유, 의상비 좀 투자하지 않을래? 나중에 몇 배로 갚아 줄게."

그리고 영희를 명동으로 끌고 가 새 양복을 세 벌이나 맞췄다. 그 양복에 맞춰 구두며 와이셔츠며 넥타이며 구색을 갖추고 영희도 덩달아 옷 몇 벌을 해 입고 나니 다시 5만 원 넘는 목돈이 나가 버렸다. 그러나 남에게 준 돈이 아니어서인지 그때는 돈이 줄어드는 것조차 느낄 수 없었다.

창현의 씀씀이도 점차 커졌다. 이전에는 돈을 얻어 가도 며칠에 기껏해야 몇천 원 정도였는데, 그 무렵 들어서는 최소 단위가 아예 만 원이었다.

"교제비란 말 들어 봤지? 은막(銀幕) 생활 하려면 꼭 와이로(뇌물)가 아니고도 교제비가 있어야 돼. 하지만 이게 다 투자야. 소금 먹은 놈이 물 켠다고 다 들인 대로 나오는 거라고. 이왕 시작한 거 한번 제대로 해 보자고."

그런데 이미 들어간 돈 때문일까, 그새 영희는 창현이 배우로 출세하는 데 본인보다 훨씬 더 맹목적이 되어 있었다. 이제는 남은 돈을 셈하지도 않고 창현이 손 벌리는 대로 내주고 있었다.

'그러고 보니 내가 너무 오래 셈을 안 했어. 보자, 남은 돈이 얼마나 되지? 일수 아줌마한테서 돌아가고 있는 게 10만 원이고, 인철이만 쓰고 있는 방에 남은 보증금 5만 원 아직 그대로 있고, 혜라가 3만 원 빌려 갔고…… 이 집 사글세 보증금 5만 원이 있고…… 그다음에는 지금 내가 가진 것뿐이구나.'

가진 돈이란 은행을 싫어하는 영희가 겨울옷 뭉치 속에, 잘 안 보는 책갈피에, 장롱 바닥 따위에 뭉턱뭉턱 숨겨 두었던 것들인데 그 무렵 들어 생각 없이 여기저기서 꺼내 쓰다 보니 남은 게 얼마나 되는지 얼른 가늠이 되지 않았다. 영희는 방 안을 들쑤시듯 그 돈들을 찾아냈다. 막상 찾아 꺼내 놓고 보니 생각 밖으로 형편없이 줄어 있었다. 다 합쳐 3만 원 남짓이었다.

줄잡아 50만 원은 넘던 돈이라 영희는 처음 도둑이라도 맞은 게 아닌가 싶었다. 그러나 다시 한 번 꼼꼼히 따져 보니 도둑 맞은 것은 아니었다. 창현이 뭉칫돈으로 들고 나간 것은 13만 원뿐이었지만 의상비란 명목으로 5만 원이 나간 적이 있었고 또 교제비란 이름으로 5천 원씩 만 원씩 가져간 것도 의상비만큼은 될 것 같았다. 새집을 얻어 살림을 차리는 데도 3만 원은 들었는데 침대라든가 호마이카(포마이커) 장롱 따위 당시로는 단칸 셋방에 어울리지 않게 고급스러운 가구들 탓이었다. 거기다가 벌써 한 달 가까이 둘이서 흥청거린 돈은 또 얼마인가. 오히려 3만 원이라도 남은 게 용할 지경이었다.

'안 되겠어. 이렇게 모든 걸 창현 씨의 성공에만 의지하는 게 아니었어. 늦었지만 지금이라도 최소한의 생계 수단은 마련해 두어야지. 자칫하면 또다시 맨몸으로 거리에 나가게 될지 몰라……'

그제야 정신이 번쩍 든 영희는 그렇게 마음을 정하고 외출 채비를 했다. 낮의 남는 시간으로 알아볼 걸 좀 알아보고 그 길로 창현과의 약속 장소에 나갈 작정이었다.

돈은 이미 반 넘게 줄어들었지만 그래도 마음에 남아 있는 허영이 있어 영희는 먼저 종로 쪽으로 나가 보았다. 남은 20만 원 남짓으로 명동 근처에는 얼씬하지 못한다 해도 종로 뒷골목이라면 어떻게 자리 잡아 볼 수도 있을 것 같았다.

그러나 첫 번째 복덕방에서 영희는 이미 그게 어림도 없는 일이라는 걸 깨닫게 되었다. 작년 처음 미장원을 보러 다닐 때로부터 1년도 지나지 않았는데 부동산 임대료가 엄청나게 치솟아 있었다. 종로는 대로(大路)가 아닌 뒷골목이라도 미장원을 제대로 낼 만한 곳이면 전세로 50만 원 이하가 없었다.

20만 원을 보증금으로 넣고 나머지를 월세로 돌린다면 임대료만으로도 한 달에 5부 이자 쳐서 1만 5천 원을 부담해야 한다는 뜻이었다. 거기다가 시다바리(견습, 초보)를 두지 않는다 해도 미용사 봉급 만 원이 추가되고, 빌려야 하는 설비비 이자에다 최소한의 생활비를 보태면 줄잡아 한 달에 5만 원 순익을 내야 버텨 낼 수 있었다. 그러려면 가장 비싼 파마 손님만으로도 하루 스무 명이 넘게 들어야 했다.

그런데도 영희는 종로에 미련을 버리지 못하고 5가 쪽으로 내려가 다시 복덕방을 찾았다. 이번에는 싸게 나온 미장원을 중심으로 형세를 살펴볼 작정이었다. 결과는 좀 전과 마찬가지였다. 나와 있는 미장원은 장사가 된다 싶은 곳이면 권리금이 붙어 말도 붙여 보지 못할 만큼 부르는 값이 높았고, 무리를 하면 어떻게 맞출 수 있겠다 싶은 곳은 한눈에 보기에도 망하기 딱 알맞은 곳이었다.

몇 번 헛다리 품을 판 복덕방 할아버지가 나중에야 영희의 사정을 짐작한 듯 권했다.

"색시, 보아하니 가진 돈이 그리 넉넉하지 못한 모양이구먼. 그렇다면 내 한 군데 소개하지, 흑석동 쪽으로 가 봐요. 거기서 복덕방을 하는 내 친구 말대로라면 색시가 찾는 물건이 있을 성도 싶소."

"흑석동이라면 중앙대 있는 그 허허벌판 말이에요?"

몇 년 전 중앙대 근처에 가 본 적이 있는 영희가 그렇게 물었다.

"그건 옛날 얘기요. 버스 종점 부근은 이미 오래전에 여기 뺨 치게 되었고 지금도 그 산등성이로 동네가 하루가 다르게 커 가는 중이라고 하더구먼. 새집이 많아 집세도 싸고…… 꿩 잡는 게 매지 어디서 하든 돈만 많이 벌면 되는 거 아뇨? 없는 돈에 굳이 종로 고집할 게 뭐 있소?"

원래 영희는 전에 있던 불광동 쪽으로 다시 가 볼까 하고 있었다. 그곳이라면 지리도 잘 알 뿐만 아니라 이전 단골들이 힘이 되어 줄 것 같아서였다. 그러나 복덕방 영감의 말을 듣고 나니 마음이 달라졌다. 어차피 전보다 더 번듯하게 차릴 수 없을 바에야 차라리 낯선 곳에서 새로 시작하는 게 마음 편할 듯싶었다.

하지만 흑석동도 들은 것처럼 만만하지는 않았다. 집세는 대강 종로 절반을 조금 넘는 수준이었으나 아직도 커 가는 동네라 도무지 목이 가늠되지 않았다. 그러다가 좀 자리가 잡혔다 싶으면 이번에는 턱없이 권리금이 붙어 종로에 못잖게 부르는 값이 높았다.

첫 번째 복덕방에서 대강 그곳 사정을 알게 된 영희는 다음부터 복덕방 소개 없이 동네 변두리를 돌아보았다. 주로 새로 지은 집이 많은 곳인데 군데군데 집주인이 직접 써 붙인 '세점포(貰店鋪)' 광고가 붙어 있었다. 그중 전봇대에 써 붙인 광고 하나가 영희의 눈길을 끌었다.

점포 있음. 시장 골목, 신축 가옥. 홀 열두 평에 살림방 딸림. 전세 15만 원.

영희는 무엇보다도 전세금이 자신의 형편에 맞는 게 반가웠다. 그 정도라면 보증금 10만 원 정도의 월세로 돌리고 남은 돈으로 궁색하지 않게 미장원을 차려 낼 수 있을 것 같았다. 살림방이 딸려 있어 따로 방을 얻지 않아도 되는 것 또한 그 점포의 매력이었다.

영희는 자신이 찾아가는 사이라도 누가 먼저 계약을 해 버릴까 걱정이 돼 종종걸음으로 광고 끝에 붙은 약도를 따라갔다. 쓸데없는 걱정이었다. 영희가 찾아간 집은 그 동네 제일 끝 집이나 다름없는 새집이었다. 두 개의 좁은 골목이 만나는 곳이긴 해도 골목 건너편은 아직 야산을 벗겨 놓은 허허벌판이라 지나다니는 사람이 거의 없었다.

하기야 점포의 넓이나 살림방이 딸린 것은 광고에서 말한 대로였다. 시장 골목이란 말도 거짓이 아니었다. 그러나 시장에서 동네 끝으로 가는 골목이라 손님을 보태 주는 데는 아무 도움이 안 될 듯 싶었다. 일삼아 찾아온다면 모를까 그 시장에 장 보러 온 사람이 자연스럽게 거기까지 오기를 기대하기는 어려웠다.

영희는 집주인을 만나 보기도 전에 맥이 빠졌다. 마음속으로 '정히 안 되면'이란 단서를 단 뒤에야 겨우 점포의 양철 덧문을 두드릴 수 있었다. 몇 번이나 두드려도 응답이 없다가 영희가 돌아설 무렵하여 점포 곁 쪽문이 열리며 맑게 생긴 중년이 나왔다.

집주인과 몇 가지 계약 조건을 절충하는 중에 그 집에 호감을 가질 이유가 둘 늘어났다. 그 하나는 집주인이 좀 여유 있는 퇴직 공무원이어서 월세(月貰)로의 전환을 선선히 들어주었을 뿐만 아니라 다른 일에도 융통성을 보여 주는 점이었다. 이를테면 내부 개조나 외부 장식에 관대한 점이 그랬다. 다른 하나는 그 시장 안에 미장원이 없어 시장에서 장사하는 여자들이 얼마간은 고객이 될 수도 있다는 점이었다. 하지만 다시 오겠다는 말로 그 집을 나설 때만 해도 영희는 전혀 그 집에 세 들 생각이 없었다.

버스로는 아무래도 늦을 것 같아 택시를 타고 무교동의 약속된 다방으로 달려가니 창현이 뜻밖에도 낯선 젊은이 하나와 함께 영희를 기다리고 있었다.

"인사 드려. 내 휘앙세(피앙세)야. 곧 와이프가 될 사람이라고."

그즈음 들어 부쩍 대화에 영어 단어를 많이 끼워 넣는 창현이 영희를 가리키며 그렇게 말하자 겉보기에는 창현보다 나이가 많을 듯한 그 젊은이가 공손히 머리를 숙였다.

"형수님, 인사드립니다. 저 박운규라고 합니다."

둘만의 호젓한 외식을 기대하고 나온 영희에게 처음 그 불청객은 그리 반갑지가 않았다. 그러나 인사를 끝내고 둘이 기고만장 떠드는 소리를 들으니 그게 아니었다. 그도 창현과 같이 카메라 테스트를 받은 배우 지망생이어서 그를 통해 창현에게 듣지 못한 영화판 얘기를 많이 들을 수 있었기 때문이다.

"우리 학원장님 왕년에 충무로에서 한가락 하던 분이라는 건 저도 오늘 처음 알았슴다."

"김 감독님 이제 입뽕이라면서 끗발 대낄로(매우) 쎄대요. 제가 듣기에 이 판에서는 제작자가 왕이라던데 오늘 보니 영 아니잖아요? 김 감독 페이스대로 나간다면 이번 영화 틀림없이 잘 빠진 예술영화가 될 겁니다."

"하반기에는 신성일이 영화가 별로 없다죠? 그것도 우리 같은 신출내기 청춘물 스타 지망생들에게는 큰 다행이라고요."

그런 일반적인 영화가 얘기로부터 그날 카메라 테스트를 포함

한 창현의 근황까지 그는 잘도 주위섬겼다.

"아까 말임다. 형님 참 멋있습디다. 사랑하기 때문에 너를 버린다, 캬 — 그거 죽여 주는 대사 아닙니까. 거기다가 형님 그 연기, 그걸 보고 왜 제가 조연이 되고 형님이 주연급이 되었는지 단박 알겠더라고요."

"어때요? 늦어도 8월에는 크랭크 인 하겠지요? 시나리오에 보니 여름 신이 있던데, 설마 내년 여름 기다리겠어요?"

"그나저나 형님 왕기 떴습니다. 보니 김 감독이고 제작자고 이미 마음을 정한 눈치더라고요. 제길, 나는 언제 한번 주인공으로 왕창 떠 보나……."

"형수님, 정신 바짝 차리셔야 함다. 형님 대역할 기집애 아직 크게 뜨지는 못했어도 모찌방(얼굴)이 여간 삼빡하게 생긴 게 아녜요. 물론 감독님하고 제작자 다음에야 형님 차례가 오겠지만 까딱하면 약혼자 잃어버림다."

뒷날 가만히 돌이켜 보면 창현이 일부러 데리고 나온 바람잡이 같은 데도 있었지만, 그날 영희에게는 하나같이 새로울 뿐만 아니라 듣기 싫은 소리가 없었다. 거기다가 눈치도 빨라 저녁 식사를 위해 자리에서 일어날 무렵에는 스스로 빠져 줄 줄도 알았다.

"그럼 두 분 즐겁게 식사하십시오. 저는 이만 가 보겠슴다."

그가 그러면서 먼저 일어나는 걸 보고 영희가 잡았다.

"저희들하고 함께 가시죠."

처음과는 달리 그때 영희는 정말로 그와 함께 저녁을 먹어도 괜찮겠다고 생각을 바꾸고 있었다. 그러나 그는 굳이 마다하고 자리를 떴다.

"유 후배, 아주 괜찮은 사람 같은데?"

영희가 오히려 그렇게 아쉬움을 나타내자 창현은 마치 관록 있는 배우나 된 듯 받았다.

"충무로 바닥에 흔한 똘마니야. 눈치 하나로 사는 놈이 무슨 간땡이로 우리 저녁 식사판에 끼어들어 훼방을 놓겠어?"

그렇게 한마디로 그를 깔아뭉개 버리는 게 영희에게는 또 그만큼 창현이 대단하고 믿음직스러워 보였다. 그 바람에 영희는 창현을 만나기 직전까지 다져 온 절약의 결의를 까맣게 잊고 스스로 앞장서며 물었다.

"우리 어디 가서 맛있는 것 먹고 들어가. 어디로 갈까?"

"오늘은 어디 가서 칼로 좀 썰자. 그래, 호텔 양식부 어때? 조선호텔."

그제야 영희는 퍼뜩 돈 문제를 떠올렸다. 조선호텔 양식부라면 전에 박 원장이 한 번 데려가 준 적이 있는데 그 음식값이 엄청났던 게 기억났다. 그러나 당장 궁금한 것은 그날 창현이 거둔 실제적인 성과였다.

"유, 그럼 오늘 정말 게랑튼가 뭔가 받은 거야? 얼마나 돼?"

그 말에 창현의 얼굴이 흐려졌다. 그러나 이내 아무렇지 않은 표정으로 농담처럼 받아넘겼다.

"오늘 같은 날 우리 휘앙세가 왜 이리 궁색하게 나오시나? 입맛

떨어지게 돈부터 따지고 밥 먹을 생각이야?"

그러고는 앞장서 다방을 나가 지나가는 택시를 잡았다. 택시비를 치른 것은 평소처럼 당연히 영희였다.

조선호텔로 가는 택시 안에서 영희는 은근한 자부심과 함께 양식당에서의 식사 예절을 떠올렸다.

"앞으로 국제화 시대가 오면 양식을 먹을 때의 매너도 알아야 돼. 지켜야 할 예절인 동시에 이 시대의 교양이야."

다시 만나 한창 영희를 살갑게 대하던 시절 박 원장은 무슨 생각에선지 영희에게 양식 먹는 예절을 가르쳤다. 처음에는 값싼 경양식집에서 시작해 정식 코스를 내는 데까지 차례로 데려갔는데, 그 마지막이 조선호텔 양식부였다.

"미팔군(美八軍) 영내(營內)를 빼고는 여기가 제일 정통이라 할 수 있지. 그동안 익힌 대로 하면 실수는 없을 거야."

그날 박 원장은 무슨 시험이라도 감독하는 사람처럼 영희가 먹는 양을 눈여겨보다가 틀린 게 있으면 자상하게 바로잡아 주었다. 그 덕분에 영희는 양식이라면 어느 정도 자신을 가지고 먹게 되었다.

고기를 너무 크게 썰지 마라. 칼을 입가에 가져가선 안 된다. 한꺼번에 너무 많이 입에 넣지 마라. 트림을 하지 마라. 물로 입 안을 부셔서는 안 된다. 영희가 그런 주의들을 떠올리면서 흘끔 창현을 훔쳐보았다. 도대체 이 사람이 양식이 뭔지나 알고 가자고 한 것일까.

영희의 짐작으로는 창현이 제대로 된 양식을 한 번이라도 먹어 보았을 것 같지 않았다. 기껏해야 허름한 경양식집에서 돈가스나 썰어 본 게 전부일 텐데, 싶자 가슴까지 두근거려 왔다. 다시 한 번 자신의 우위(優位)를 확인시켜 줄 기회를 잡았다는 느낌 때문이었다.

그런데 실로 알 수 없는 일이 일어났다. 양식을 주문할 때부터 창현은 결코 양식이 처음인 사람이 아니었다. 웨이터가 고기를 어떻게 익혀야 할까를 물어 왔을 때 창현은 언제 저런 영어를 다 알았지, 싶을 정도로 자연스럽게 받았다.

"미디엄으로 해 줘요. 유는…… 음, 웰던으로 하는 게 좋을 거야."

포도주를 주문할 때도 그랬다. 영희는 겨우 레드와 화이트 정도만 구분했으나 그는 레드 중에서도 다시 상품명까지 알아 주문했다. 보르도라던가. 샐러드가 나왔을 때도 마찬가지였다. 영희는 색깔로밖에 구분하지 못하는 소스를 그는 이름까지 척척 대 가며 골랐다. 냅킨을 두르는 것이며 칼과 포크를 잡는 법도 영희의 눈에는 익숙하기 짝이 없어 보였다.

"유, 전에 양식 자주 해 본 사람 같아. 언제 누구한테 배웠어?"

메인 디시가 나올 무렵 영희가 오히려 움츠러든 기분으로 그렇게 물어보았다. 창현이 무엇 때문인지 멈칫하며 영희를 빤히 건너보다가 되물었다.

"유도 별로 서투른 사람 같지는 않네. 이런 데 오기 쉽지 않을 텐데 말이야. 여긴 전에 누구랑 왔지?"

그 말에 영희는 화끈 낯이 달아올랐다. 한편으로는 박 원장이 상기되어서였고 다른 한편으로는 창현이 거기 오게 된 것 역시 자신과 비슷한 경로였을 거란 추측 때문이었다.

"국제화 시대에 익혀 둬야 할 예절이잖아. 윤혜라라고 모르는 것 없는 기집애가 하나 있는데 걔 덕분에 공부하듯 한번 와 봤어."

겨우 그렇게 둘러대기는 했어도 마음속은 이미 뒤틀어져 있었다. 그런 영희의 속을 알아챘는지 창현도 필요 이상의 설명 조가 되어 받았다.

"난 뭐 그렇게 대단한 건 아니고 전에 밤업소 다닐 때 양식 좋아하는 선배가 있었어. 8군 무대에서 뛴 적도 있다는 선밴데, 어쩌다 한턱 쓰면 꼭 양식이었지. 근래에는 교제상 몇 번 왔고. 그래, 김 감독하고도 한 번 왔었어. 자기 알다시피 나 술 별로 못하잖아? 술도 먹지 못하면서 비싼 요정에 가기보다는 여기서 밥 한번 사는 게 돈도 적게 들고 모양도 그럴듯해서……."

그러나 설명이 긴 게 오히려 어색하게 들렸다. 애인 중에 돈 많은 과부라도 있었던 게지 — 그런 말이 입안을 맴돌았으나 영희는 억지로 참았다. 거기에 맞춘 듯 창현의 다음 말이 자칫 깨질 뻔했던 분위기를 살려 냈다.

"나 빨리 성공해서 유랑 외국 여행 한번 그럴듯하게 가야 되는데 말이야. 이렇게 흉내만 낸 게 아니라 본바닥에 가서 제대로 된 양식도 좀 하고."

"나는 스위스가 좋더라. 눈 덮인 알프스를 배경으로 그림같이 세워진 커다란 집들 말이야. 창마다 제라늄 화분이 늘어서 있고…… 정말 유가 성공하면 그런 데 가 볼 수 있을까?"

영희가 달력에서 본 스위스의 풍경 사진을 떠올리며 그렇게 받자 그 자리는 이내 둘만의 호젓하고도 화사한 분위기로 돌아갔다.

"못 할 게 뭐 있어? 신성일이 말이야, 올해만 벌써 서른 편에나 출연했대. 한 편에 백만 원만 잡아도 그게 얼마야? 외국 여행이 아니라 스위스에 별장도 사겠다. 그래, 까짓 거. 나중에 성공하면 유한테 스위스에 별장 하나 사 주지. 유가 원한다면."

창현이 한 잔 마신 포도주에 발그레해진 얼굴로 그렇게 받았다. 영희는 그 말에 가슴이 저려 오는 듯한 감동을 받았다.

"고마워. 말만 들어도. 하지만 필요 없어. 나는 산골 오두막이라도 유만 있으면 돼. 유의 마음만 변치 않으면 그걸로 행복할 거야."

"내 마음이 변하다니, 지금 무슨 소릴 하는 거야? 유는 뭐야, 바로 나의 조강지처잖아? 내가 어떻게 조강지처를 잊어? 아무리 해보는 소리라도 그런 소린 함부로 하지 마."

창현이 제법 정색하며 영희를 나무랐다. 그러나 달콤한 나무람이었다. 영희는 주책없이 눈물이라도 쏟아질 것 같아 황급히 물잔을 들어 입가로 가져갔다.

그런데 다시 그런 달콤한 분위기가 위협 받을 일이 생겼다. 영희의 감격에 이은 물음이 그 발단이었다.

"한데 말이야. 유, 오늘 카메라 테스트 어떻게 됐어? 영화는 언제부터 찍게 된대?”

“또 그 얘기야? 밥 다 먹고 하면 안 돼?”

“이제 다 먹었잖아? 왜, 뭐가 안 됐어? 아까 후배라는 사람이 하는 말로는 다 잘된 것 같던데…….”

“카메라 테스트야 그렇지. 내가 누구야? 그런데, 휘유. 영화란 게 어디 그래? 감독 맘대로냐고?”

“그럼 뭐야? 왜 제작자가 틀기라도 해? 제작자도 유를 좋아한다고 했잖아?”

영희가 갑자기 불안해져 목소리를 떨며 물었다. 창현이 어려움에 빠지면 곧잘 하는 제스처로 들어갈 듯하다가 갑자기 대범한 표정으로 싱긋 웃었다.

“그건 그래. 하지만 제작자가 나를 좋아한다는 것과 돈 문제는 다르지.”

“돈 문제? 또 돈 문제가 있어? 그럼 제작자한테도 돈을 줘야 하는 거야?”

“그건 아닌데…….”

창현이 그러면서 무언가를 잠시 망설이다가 결심한 듯 말했다.

“실은 아까 카메라 테스트 끝나고 제작자를 따로 만났는데 말이야. 제작비에 좀 투자할 수 없냐고 넌지시 묻더군.”

“배우가 무슨 돈이 있어? 더군다나 영화 제작비라면 한두 푼이 아닐 텐데.”

“그러니까 투자라고 말하지 않았어? 워낙 출연진이 많은 데다 호화 로케(로케이션 촬영)가 잦아 제작비가 엄청나대. 그래서 한 백만 원만 투자하면 이익 배당을 해주겠다는 거야. 내 게랑티 백만 원까지 보태 1할 배당을 하겠다는 건데…….”

“뭐? 백만 원씩이나? 우리가 그런 돈이 어딨어?”

“그래서 나도 안 된다고 그랬어. 그 사람도 크게 서운해하는 것 같지는 않았는데 왠지 찜찜해. 오늘 같이 카메라 테스트 받은 녀석들 중엔 살 만한 집 애들도 있다고. 이것들이 돈 보따리 싸 들고 매달리면, 또 알아? 연기력이고 뭐고 당장 제작비가 달리는 판에…….”

창현의 그 같은 말로 화사하던 외식(外食)의 분위기는 일시에 어둡게 가라앉았다. 하지만 워낙 가망 없는 돈이라 둘 모두 체념이 빨랐다.

“그렇지만 걱정 마. 영화는 뭐니 뭐니 해도 배우의 연기니까. 아무리 돈이 급하다 해도 되지도 않은 것들 주인공으로 내세워 영화 망쳐 먹기야 하겠어? 내 연기를 믿어. 아마 주연은 그대로 내가 하게 될 거야.”

창현이 그렇게 영희를 안심시켰고 영희는 영희대로 창현을 위로했다.

“맞아. 돈 백만 원 때문에 엉터리 주인공을 쓴다면 그 영화 보나마나 알조야. 그냥 제작자가 한번 해 본 소리겠지. 제작자가 정말로 한 소리면 그 영화 그만둬도 하나도 아까울 거 없고…….”

그러자 자리의 분위기는 다시 조금씩 살아나기 시작했다. 둘은 그 어느 때보다 다정한 연인으로 돌아가 식사를 마치고 호텔을 나섰다.

거리는 걷기에 꼭 알맞은 초여름 밤이었다. 그게 또 영희의 현실감을 마비시켜 그때쯤은 꺼내도 좋을 궁색한 얘기를 자제하게 만들었다. 생각보다 심하게 악화된 경제 사정이나 앞뒤 없는 탕진을 함께 짚어 보고 더 이상의 흥청거림을 경계하는 일이 필요했지만 적어도 그 밤은 아니었다.

영희는 오히려 내켜 하지 않는 창현을 졸라 시청 앞 광장을 건넜다. 그리고 창현에게 기대듯 덕수궁 돌담 길을 끼고 걷다가 밤이 늦어서야 집으로 돌아갔다. 택시가 집 앞에 멎을 때까지도 두 사람의 달콤한 분위기는 이어졌고, 그 바람에 그날 밤의 방사(房事)는 그 어느 때보다 요란스러웠다. 거의 끝나 가고는 있지만 아직은 다디단 사랑의 봄날이었다.

다가오는 출발

"차렷, 경례!"

자리에서 일어난 철의 구령에 따라 아이들이 앉은 채 꾸벅 머리를 숙였다. 조금 전까지도 시끌벅적했던 교실이 일시에 조용해졌다. 그사이 구령 전의 작은 긴장에서 벗어난 인철은 덤덤한 일상의 일부가 된 자신의 역할을 마치고 자리에 앉았다.

"이인철, 앞으로 한 달 동안 임시 급장을 맡도록. 우리 반(班)에서는 입학시험 성적이 가장 좋고, 나이도 평균보다 한 살 위라 담임의 직권으로 급장에 임명한다. 정식 급장은 서로에 대해서 좀 알게 된 한 달 뒤에 선거로 뽑는다."

인철은 입학식 다음 날 첫 홈룸(실내 조회) 시간에 담임선생으로부터 그렇게 일방적으로 급장에 임명되었다. 담임선생님은 좀 뜻밖에도 마흔이 넘어뵈는 미술 선생이었다. 그리고 한 달 뒤 급장 선거가 있었지만 입학시험 성적이나 한 해 늦은 나이 덕분인지 이렇다 할 경쟁자가 없어 그대로 급장 자리에 눌러앉게 되었다.

아이들의 인사를 받는 둥 마는 둥하고 출석부를 펼친 미술 선생은 출석 번호 1번부터 하나하나 이름을 불러 갔다. 대답 소리와 함께 교실 안이 조금 시끄러워지기 시작했다.

따지고 보면 미술 시간은 그 학교에서는 흔치 않게 숨통이 트이는 수업 시간 중의 하나였다.

이제 갓 중학교를 졸업하고 올라온 까까머리 신입생들에겐 취업률 백 퍼센트를 자랑으로 삼는 그 공전(工專)의 교과 과정이 너나 없이 갑갑하고 지루하기 그지없었다. 교과과정의 태반이 넘는 공업 이론이란 것도 그들이 공상 과학 만화에서 선망을 키운 그 눈부신 '과학문명'과는 거의 무관했다. 거기다가 아직은 일주일에 두 시간밖에 없는 기계 실습도 재미보다는 권태이거나 공포의 시간일 뿐이었다.

실습보다는 견학에 가까운 선반 실습에서 지난달 벌써 한 아이가 손가락 한 개를 잃었다. 비록 개인적인 부주의 탓이라고는 하지만 한 번 경험한 기계의 그 같은 파괴력과 폭력성은 공업전문학교를 우주 로켓 조종사 훈련소쯤으로 공상하고 온 나이 어린 녀석들에게는 낭패스러운 감정까지도 느끼게 했을 것이다.

따라서 멋쟁이 시인이 맡고 있는 국어와 여선생님이 맡은 음악, 그리고 실기(實技) 위주인 체육은 방금의 미술과 더불어 일주

일에 몇 번 안 되는 인기과목 시간이었다. 적성과 소질이야 어디에 있건 그들이 짓눌려 있는 공업 기술 교육의 일부가 아니라는 점만으로도 우선 해방감부터 느끼게 해 주었다. 점점 커지는 아이들의 잡담 소리에 활기까지 느껴지는 것은 바로 그런 해방감 때문임에 틀림없었다.

그러나 인철만은 그런 아이들과 기분이 달랐다. 급장으로서 그 미술 선생과 맺고 있는 특수한 관계가 원인이었다.

그 미술 선생은 아이들에게 국전(國展)에 '파스(패스)'한 화가로 알려져 있었다. 그 '파스'란 게 특선을 말하는지 입선을 말하는지 분명하지 않고, 그게 언제였는지도 밝혀지지 않았지만, 적어도 그가 흔히 보는 화가 지망생인 미술 교사일 뿐이지 않음은 분명했다. 마흔이 훨씬 넘어 보이는 나이도 그렇지만, 수업 중에 무심코(어쩌면 고의적으로) 집어넣는 사담(私談)에서 더욱 그랬다. 그에 따르면 미술 교과서에 그림이 나오는 한국의 화가는 거의가 은사(恩師)거나 선배 또는 함께 공부한 사람이었고, 국전 특선이거나 초대 작가인 사람들은 거의가 함께 공부한 친구 아니면 후배로 '개'거나 '그 녀석'이었다.

그림 실력에 있어서도 그 미술 선생은 — 적어도 철의 안목으로는 — 대단한 사람이었다. 실기 시간에 학생용 물감과 도화지로 장난처럼 그리고 있는 그림을 훔쳐보아도 그의 놀라운 사실력(寫實力)은 금세 드러났다. 색채를 쓰는 법 또한 감탄할 만한 것이었는데, 나중에 어느 정도 그림에 대한 안목을 갖게 된 인철이 기억을 더듬어 추측한 바로는 전기(前期) 인상파의 기법인 것 같았다.

그러나 무엇보다도 그가 아이들을 감탄하게 만드는 것은 고대 벽화부터 현대 전위활동까지 그가 앞뒤를 훤히 꿰고 있는 듯한 서양 미술사였다.

그는 이름난 서양 화가와 그 작품뿐만 아니라 그들의 사생활까지도 마치 절친한 친구나 함께 공부한 동창의 일처럼 시시콜콜히 다 알고 있었다. 따라서 그의 수업 시간은 태반이 미술사 뒤에 감춰진 이런저런 재미난 일화로 채워졌는데, 그게 그 수업 시간이 가진 가장 큰 매력이기도 했다.

인철도 처음 한동안은 그에게 매혹에 가까운 호감을 느꼈다. 비록 자신도 모르게 열중해 온 문학과 그 도구는 달랐지만 예술 일반에 길러 온 친근감에다 미술의 산문적(散文的)인 요소가 그 원인이었을 것이다.

하지만 그 호감은 입학하고 나서 네 번째 미술 시간부터 엷어져 가기 시작했다.

"다음 시간부터는 석고 데생이다."

그런 예고로 세 번째 수업을 마친 미술 선생은 다음 날 일찍 등교한 인철을 미술실로 불렀다.

"에, 들었는지 모르지만 선생님이 조그마하게 미술 재료 공장을 운영하고 있다. 이번 석고대생 수업에 쓸 목탄과 픽서티브, 켄트지는 시중 가격으로 너희 반 전체가 우리 공장에서 공동 구입해 주었으면 좋겠다."

그게 인철을 부른 그의 용건이었다.

돈을 거두고 물건을 나눠 주고 하는 따위, 개인 구입에 맡기면 하지 않아도 될 일을 떠맡게 된 게 귀찮기는 했지만 그때까지만 해도 그게 그를 향한 인철의 호감을 거둘 정도는 아니었다. 그 때문에 인철은 그런 일에 반드시 몇 명씩은 있게 마련인 반 아이들의 툴툴거림을 달래 가며 돈을 거두었다. 개인적으로 이미 가지고 있다든가 형이나 누나의 것을 쓰면 된다고 우기는 녀석까지 설득해 60명 전원에게서 70원씩 받아들였다.

그런데 네 번째 미술 시간 시작 몇 분 전 교무실로 인철을 불러 미술 선생이 내민 재료 꾸러미는 참으로 한심했다.

시멘트 부대 종이에 싸서 가는 새끼로 묶어 내민 그 꾸러미에는 그가 말한 목탄과 픽서티브와 켄트지가 분명 들어 있었지만 그 포장과 질이 조악하기 그지없었다. 목탄이란 것은 붉은 싸구려 마분지를 성의 없이 잘라 만든 작은 곽에 가늘고 구불구불한 숯이 몇 토막 든 것이었고, 픽서티브란 것도 레터르조차 떼지 않은 페니실린 약병에 든 희뿌연 액체 몇 방울과 양철로 된 싸구려 모기약 분무기였다. 그리고 켄트지는 전지(全紙)를 사서 자른 것인 듯한데, 긴 자를 대고 면도날로 긋다가 잘못된 것인지 낱장 가장자리가 거칠고 들쭉날쭉했다.

그걸 인철에서 나눠 받은 아이들은 한입 가득 불평을 물고 수업에 들어갔다. 그러나 수업이 시작된 지 5분도 안 돼 아이들의 입은 쑥 들어가고 말았다.

"일 못하는 대목이 연장 나무란다고, 뭐야? 목탄 어디 제대로 그려지지 않는 게 있어? 픽서티브가 엉터리야? 그리고 켄트지 좀 산뜻하게 잘라져 있지 않다고 아그리파가 비뚤게 그려져? 어릿한 것들. 눈동자는 흐릿하게 죽어들 가지고……."

미술 선생이 경멸에 찬 어조로 그렇게 소리치자 아이들은 도리어 죄진 얼굴로 수그러들었다. 그들과는 달리 세상일에 닳을 만큼 닳은 인철도 그 순간만은 알지 못할 부끄러움이 앞섰다.

요란스러운 준비에 비해 두 시간 만에 석고 데생이 끝나자 조소(彫塑)가 시작되었다. 그런데 그게 시작되기 전에 인철은 다시 급장으로서 달갑잖은 일을 떠맡게 되었다.

"이번에도 재료는 우리 공장에서 공동으로 구입하도록. 찰흙 3백 그램과 석고 2백 그램에 분리제(分離齊) 한 병, 시중 가격으로 해서 1인당 백 2십 원씩 거둬 와."

그리고 철이 밝지 않은 얼굴로 대답을 머뭇거리자 내리누르듯 덧붙였다.

"또 뭐 그놈의 포장이나 모양새 가지고 그러는 거냐? 달을 가리키면 달을 봐야지, 손가락 끝은 왜 봐? 그리고 문방구에서 백 그램짜리 봉지로 사면 석고값만 해도 백 원이야."

인철이 군소리 못 하고 물러난 것은 아마도 "달을 가리키면……." 하는 그 멋진 구절 때문이었을 것이다. 그게 이름난 선사(禪師)의 명구(名句)라는 것까지는 아직 몰라도 인철의 남다른 언어 감각은 그 미술 선생이 기대한 이상의 효과로 그의 불만을 눌러 버렸다.

하지만 그 주 일요일을 계기로 어렵게 유지되던 미술 선생에 대한 철의 호감은 끝장을 보고 말았다. 그 전날인 토요일 방과 후 부름을 받고 교무실로 간 인철에게 그는 성의 없게 그린 약도 하나를 내주며 말했다.

"찰흙과 석고만 해도 너희 반 모두의 것을 합치면 30킬로가 훨씬 넘으니까 수업 전날인 일요일 낮에 미리 너희들 교실에 옮겨 놓도록 해야겠어. 내일 한 녀석 더 데리고 이 약도대로 찾아와. 거기가 우리 공장이야."

얼핏 약도를 보니 시작이 수유리 버스 종점이었다.

이튿날 인철은 수유리 버스 종점에서 부급장인 영완이란 아이와 만나 미술 선생의 공장으로 찾아갔다. 약도가 가리키고 있는 곳은 여기도 서울인가 싶을 정도로 버스 종점에서 먼 산기슭 어떤 농가 마당이었다.

멀리서도 먼저 눈에 띄는 것은 마당 한구석에서 짙게 솟고 있는 연기였다.

가까이 가서 보니 가지런하게 찐 버드나무 가지를 밑 빠진 함석동이에 빼곡히 집어넣고 노천 화덕에 굽는 중인데 그게 바로 그 미술 선생의 목탄 공장이었다. 지난 시간 아이들이 지급받은 목탄은 그렇게 해서 구워진 버드나무 가지를 적당한 크기로 부러뜨려 엉성한 마분지 갑에 집어넣은 것에 지나지 않았다. 마당 한구석에는 누군가 정성스럽게 이겨 놓은 진흙 더미가 보였다. 흙 결이 곱고 물기가 적으면서도 차지게 반죽이 되게 되어 있어 집 안의 흙일에 쓰일 것 같지는 않았다. 그러나 그게 바로 다음 조소 시간에 쓸 찰흙이란 것까지는 아직 알 수가 없었다.

미술 선생은 농가 아래채에서 허옇게 석고 가루를 뒤집어쓴 채 나왔다. 코 위까지 마스크를 덮고 있는 게 무언가 먼지가 많이 나는 작업을 하다 나온 듯했다.

"들어와."

마스크를 벗은 그가 부급장과 함께 온 게 좀 의외란 듯 좀체 안 보이는 미소까지 지으며 말했다. 그가 나온 아래채 헛간에는 역시 눈썹까지 하얗게 석고 가루를 덮어쓴 중년 부인과 인철 또래의 학생인 듯한 남매가 작은 비닐봉지에 석고를 나누어 담아 그 주둥이를 인두로 지지고 있었다. 석고는 원래 시멘트 부대같이 질긴 종이부대에 담겨 있었던 것인지 헛간 여기저기 여러 개의 빈 부대가 눈에 띄었다.

그걸 보자 인철은 비로소 그의 '공장' 전모를 알았다는 느낌이 들었다. 지난번의 픽서티브며 켄트지가 어떻게 만들어졌는지도 짐작이 갔고, 다음 시간에 받을 찰흙과 석고, 분리제도 어떤 것인지 알 만했다.

"내일 수업이 모두 세 학급이라 바빠서 안 되겠다. 이왕 왔으니 너희들도 좀 도와다오. 이 비닐봉지에 바깥에 이겨 놓은 진흙을 담아라. 대강 채우면 3백 그램쯤 될 거다."

좋게 이해하면 그 '공장'은 당시의 쥐꼬리만 한 교원 봉급으로 자신에게 필요한 비싼 재료를 다 살 수 없는 가난한 화가의 눈물겨운 기지(機智)요 자구책(自救策)일 수도 있었다. 그러나 아직 그걸 이해할 만큼 너그럽지 못한 인철에게는 뜻 아니하게 들여다본 그 고달픈 삶의 진상이 실망스럽다 못해 혐오스럽기까지 했다. 특히 그날 일을 마치고 석고와 진흙이 채워진 비닐봉지 서른 개씩을 싸 들고 나서는 인철과 영완에게 그가 돈 백 원을 내밀 때는 가벼운 구역질까지 느꼈다.

"어디 가서 짜장면이라도 한 그릇씩 먹고 가. 여기서 본 거 애들에게 함부로 떠들어 대지 말고……."

다음 날 인철이 가져간 진흙이 비어져 나오는 비닐봉지와 석고 가루가 허옇게 새는 또 다른 비닐봉지, 그리고 분리제란 이름의 비눗물을 작은 페니실린 주사 약병으로 한 병씩 받은 아이들은 다시 술렁댔다. 이번에도 미술 선생은 경멸 반 빈정거림 반의 응수로 겨우 아이들의 입을 막을 수는 있었으나 인철에게는 전혀 효과가 없었다. 그때까지만 해도 입만 천재인 얼치기 예술가들과의 피로한 관계를 경험해 본 적이 없었지만, 또 '~체'만 팔아 비루하게 살고 있는 예술하는 천민(賤民)에 대해서도 들은 바 없었지만, 인철의 마음은 이미 굳게 닫힌 뒤였다.

그런데 그러고 얼마 안 돼 다시 인철의 속을 건드린 게 방금 아이들 몇이 못마땅하게 책상 위에 펴고 있는 부교재를 둘러싼 시비였다. 조소가 끝나고 한 몇 시간 재미나게 서양 미술사로만 끌고 가던 미술 선생이 슬쩍 물었다.

"내가 서양 미술사를 쓴 게 한 권 있는데 자랑은 아니지만 니네들 어디 가도 그런 알찬 책은 못 구할걸. 지금 인쇄 중인데 너희들 중에 살 사람 없어? 단체로 사면 내가 출판사에 말해 싸게 해 주지. 거기 내가 이제껏 얘기한 게 모두 들어 있지. 아니 훨씬 상세하고 재미있게 정리돼 있어. 어때? 한번 사 보겠어?"

스스로 귀를 자른 고흐와 샤갈의 굶어 죽은 아내(나중에 기록에서는 확인하지 못했다.)와 난쟁이 로트렉 얘기에 한동안 빠져 있던 아이들 몇이 얼결에 입을 모았다.

"네, 좋습니다아 —."

그 바람에 인철은 다시 마음에도 없는 수금원이 돼야 했다. 그날 교실에서 대답한 것은 아이들 일부에 지나지 않았지만, 미술 선생은 강요하다시피 전원에게서 책값으로 2백 원씩 거둬 내게 했다. 괜찮은 영어 수학 참고서도 그 돈이면 얼마든지 살 수 있던 때라 이번에는 수금에 적잖은 애까지 먹었다.

책은 미뤄지고 미뤄지다 약속한 날로부터 보름 뒤에야 나왔다. 그러나 그것은 인쇄된 게 아니라 미술 선생의 필적으로 등사된 등사물 묶음이었다. 아이들도 이번에는 가만있지 않을 눈치였다. 약삭빠른 아이는 50원도 안 들어갔을 그 원가를 계산해 보이며 그 폭리에 화를 냈고, 셈이 느린 아이는 셈이 느린 대로 그런 미술 선생의 약속 위반에 혐오를 드러냈다.

미술 선생도 이번에는 방법을 전과 달리했다. 무턱대고 아이들을 억누르는 대신 자기를 이해시키고 동정하게 만들려고 애를 쓰는 한편, 중간고사의 문제 태반을 그 책에서 냄으로써 책을 산 아이들에게 보상하려 했다.

　처음 한동안은 그런 방법이 통할 것처럼도 보였다. 그런데 갑자기 그 '공장'에 관한 소문이 아이들에게 퍼지면서 모든 노력은 허사가 되어버렸다. 그가 열 올려 얘기를 해도 시답잖게 듣는 아이들이 생겼고, 때로는 공을 들여 심각한 수업 분위기를 연출해도 교실 구석에서 킥킥거리는 녀석까지 있었다.

　인철을 보는 미술 선생의 눈길이 험해지기 시작한 것은 그 무렵부터였다. 그는 인철이 학급 아이들에게 그 공장에 대한 소문을 퍼뜨린 것으로 단정한 것 같았다. 부급장 영완이도 같이 갔지만, 그전에 인철이 몇 번 그의 처사에 가볍게 반발한 적이 있는 게 그런 단정의 원인이 된 듯했다.

　인철은 인철대로 미술 선생의 그 어이없는 단정이 속상하고 분했다. 그가 마음에 들지 않는 대로 누구에게도 얘기하지 말라는 그 다짐만은 잘 지켜 왔는데 그렇게 나오니 그를 이해해 보려는 노력보다는 반항심이 앞섰다.

　따라서 다른 아이들은 그럭저럭 미술 선생과의 화해를 이뤄 가고 있는데도 인철만은 점점 더 비뚤어진 눈으로 그를 보게 되었다.

　"자, 어디지? 저번 시간에 인상파가 끝났으니 오늘은 후기(後

期) 인상파겠군."

미술 선생은 그 무렵 들어 부쩍 자상해진 목소리로 아이들에게 진도를 묻고 이어 수업으로 들어갔다.

"에, 후기 인상파라고 이름은 붙였지만, 사실 이 명칭과 분류는 정확하지도 적절하지도 못하다. 여기 속하는 화가들은 모두 인상파에서 출발했다는 점을 빼면 그 개성에서는 물론 기법에서도 별로 공통성이 없다. 그러므로 좀 더 정확하고 적절한 말로 이들을 묶는다면 '인상파의 그 후'라고 하는 편이 좋을 것이다."

나중에 돌이켜 보면 그때 그 미술 선생의 수업 내용은 고등학교, 특히 공업전문학교의 아이들에게는 과분할 만큼 고급스러운 것이었다. 그러나 더는 그에게 인간적인 매력을 느끼지 못하게 된 인철에게는 그런 수업 내용까지도 별로 흥미가 없었다.

인철은 미술 선생이 무언가 판서를 하고 있는 틈을 타 책상 안에 미리 준비해 두었던 책 한 권을 꺼냈다. 동네 책방에서 빌린 『호밀밭의 파수꾼』이었다.

잠시 관념적인 읽을거리로 기울어졌던 인철이 다시 소설에 손을 대게 된 것은 갈수록 답답하고 지루해지는 학교생활과 무관하지 않았다. 이미 그의 심성과 재능은 — 어쩌면 타고나기를 — 공업전문학교의 교과 과정과는 맞지 않는 방향으로 형성돼 버린 듯했다. 하지만 그때까지만 해도 인철 자신은 아직 무엇 때문에 자신이 그 별난 언어의 전용(轉用)이 펼쳐놓은 질척한 늪으로 다시 빠져들고 있는지를 잘 모르고 있었다.

위낙 요란스럽게 신문에 오르내려서 빌려 온 것이기는 하지만 『호밀밭의 파수꾼』은 수업 시간 중에 선생의 눈을 피해 가며 읽기에 마땅한 책이 아니었다.

정신적으로는 비슷한 또래로 여겨지는 주인공의 비정상적인(적어도 그때의 인철에게는) 행동이나 샐린저 특유의 재치가 이따금 인철의 주의를 끌기는 했다. 그러나 그 못지않게 마음이 쓰이는 것은 흑판 앞에서 그 어느 때보다 열심으로 수업을 진행시키고 있는 미술 선생 쪽이었다. 그 바람에 인철의 머릿속은 소설과 그 시간의 수업 내용이 뒤범벅되어 윙윙거렸다.

그런데 그렇게 수업이 한 십여 분 진행되었을까, 갑자기 복도에서 여럿이 수런거리는 소리가 났다. 복도 쪽 창가에 앉아 있던 인철은 무심코 창호지가 발라져 있는 투명 유리의 가장자리로 밖을 내다보았다. 3학년 학생들과 공업 실기 담당 교사가 덩이져 황급히 복도를 지나가고 있었다. 그들에게 에워싸여 가는 것은 누군가의 등에 업힌 학생이었다.

어디를 다쳤는지 모르지만 축 늘어진 손끝으로 피가 줄줄이 흘러내리고 있었다. 실습을 하다 기계에 다친 것 같았다.

인철처럼 창밖을 훔쳐본 복도 쪽 창가 아이들의 가벼운 동요에도 불구하고 미술 선생은 계속해서 이야기 반의 미술사를 풀어 나갔다.

"고갱은 결국 타이티 섬에서 평생 그리고 애타게 찾아 헤매던 고향을 발견했다. 그리고 강렬한 원색과 투박한 선으로 인상파의 또 다른 그 후(후기 인상파)를 발전시켰다. 그는 문둥병과 흡사한 그 섬의 풍토병으로 죽었는데, 그와 타이티 여인 사이에서 난 아들이 아버지처럼 그림을 그리기 시작했다는 게 얼마 전 해외 토픽에 난 적이 있다……."

미술 선생은 거기까지 얘기해 놓고 주머니에서 손수건을 꺼내 코를 팽 풀었다. 너무 세게 눌러 새빨개진 코가 방금 그가 펼쳐 보인 환상적인 예술가의 생애마저 희극적으로 들리게 했다. 그런 느낌은 인철에게만은 아닌 듯했다. 미술 선생이 수건을 주머니에 챙겨 넣고 교탁 위의 책을 집어 드는 사이 소리 없는 웃음의 물결이 교실 앞쪽에서 잠깐 일렁이다 가라앉았다.

인철은 다시 접어 두었던 『호밀밭의 파수꾼』을 가만히 폈다. 그러나 이번에는 좀전만큼의 주의도 소설의 문면에 집중되지 않았다. 아마도 방금 복도에서 본 광경 때문인 것 같았다. 활자 위로 다친 상급생의 축 늘어진 팔과 피가 뚝뚝 듣던 손이 어른거리고, 이어 실습실의 비정한 기계들과 기름때 전 작업복의 선배들이 머릿속 가득 떠올라 왔다.

'여긴 아니야. 아무래도 잘못 찾아온 것 같아……'

인철은 저도 모르게 그렇게 중얼거리다가 문득 소스라쳐 놀랐다. 자신이 부정하고 있는 대상이 바로 그토록 그리워하며 찾아든 학교라는 게 뒤이어 깨우쳐진 까닭이었다. 어떻게 되돌아온 학교인데…….

사실 그 무렵은 인철에게 불만투성이의 나날이었다. 무엇보다 그를 괴롭히고 있는 것은 그 나이에 유독 예민한 결벽이었다.

누나의 생활이 배신과 타락으로 나날이 수렁 속에 잠겨 드는 걸 보고 있노라면 거기에 의지해야 하는 자신의 삶이 괴롭다 못해 혐오스럽기까지 했다.

따지고 보면 누나와 박 원장의 관계부터가 인철의 감성에는 참기 어려운 데가 있었다. 박 원장이 아무리 교양 있는 신사고 누나가 무슨 말로 자기들의 관계를 미화해도 냉정히 말하면 누나는 결국 박 원장의 첩이거나 정부(情婦)에 지나지 않았다. 따라서 인철은 처음 그런 박 원장을 암묵적(暗默的)으로 받아들이는 것조차 무척 힘이 들었다.

그런데 누나는 한술을 더 떴다. 언제인가부터 다른 남자가 생긴 것 같더니 지난번 어머니가 왔을 때 창현이란 꼭 기생오라비같이 생긴 악사(樂士)를 소개시켰다. 그리고 그 뒤로는 내놓고 그와 어울려 다니다가 끝내는 박 원장과 헤어지게 된 듯했다. 그들 사이에 어떤 일이 있었는지는 몰라도 어느 날 누나는 그가 차려 준 미장원을 급작스럽게 팔아 치우고 흑석동 변두리에 새 미장원을 연 뒤 창현과 살림을 차렸다.

그래도 인철이 따로 자취를 하고 있을 때는 나았다. 눈치는 뻔하지만 직접 보지 못했으니 누나의 이런저런 변명과 자기 미화(自己美化)를 억지로라도 믿을 수가 있었다. 이건 정당한 복수야, 배신이 아니라고. 열여덟 내 순정을 짓밟은 그에게…… 내 사랑은 오직 창현 씨 그 사람뿐이야. 너 그 사람 속되게 의심하지 마라. 네 눈에는 나한테 빌붙어 사는 건달로 보일지 모르지만 그래도 명색 예술가야. 내가 뒤만 잘 봐주면 언젠가는 스타가 될 수도 있는. 거기다가 내 과거 다 알면서도 기꺼이 결혼해 주겠다는 사람이야. 가을에는 식을 올리기로 했어⋯⋯.

하지만 살림을 합치게 되면서 인철의 그런 억지스러운 믿음은 끝장이 났다. 새로 차린 미장원의 벌이가 뜻 같지 못한지 누나는 한 달 만에 인철의 자취방에서 보증금을 빼고 인철을 미장원에 딸린 자기들의 살림방으로 데려갔는데, 인철이 거기서 본 것은 전형적인 도회의 탕녀와 그 기둥서방의 치정이었다.

참으로 기괴한 사랑이었다. 열여덟 그때는 물론 나중에 어지간히 성년이 된 뒤에도 인철은 그들의 사랑을 떠올리면 알 수 없는 메스꺼움부터 느꼈다. 그들 사랑의 주된 내용은 동물적인 성애(性愛)였으며, 그 유일한 표현 방식은 물질적인 증여였다. 그들은 인철이 미장원 바닥에 야전침대를 펴고 자는데도 얇은 창호지 문밖에 가려지지 않는 그 살림방에서 짐승 같은 소리를 내지르며 방사(房事)를 벌였고, 그런 일이 있은 다음 날은 창현에게 새 양복이 맞춰지거나 새 구두가 생겼다.

만약 인철이 순탄한 가정에서 자라난 소년이었다면 진작에 그곳을 떠났을 것이다. 아니 서울로 올라오기 전 두 해, 또래의 아이들이 걷고 있는 길에서 벗어나 외로움과 불안 속에서 보낸 돌내골의 세월만 아니었더라도 인철은 어쨌든 그곳을 떠나고 보았을 것이다. 지난 일 년의 편안함과 익숙함을 하루 아침에 걷어차고 나오기 어려웠다. 거기다가 인철에게는 당장 마땅히 돌아갈 곳도 없었다. 돌내골이 좀 나아졌다고는 해도 다만 기대일 뿐이었다. 절망적이기에 더욱 절실해지는 기대.

하지만 그 무엇보다도 인철로 하여금 쉽게 그 생활을 떨쳐 버릴 수 없게 한 것은 학교 그 자체였다. 어쨌든 또래 집단에서 벗어나 있지는 않다는 소속감, 그대로 떠밀려 가면 최소한 시대 평균치의 삶은 확보되리라는 예상이 주는 안도감 같은 것들은 오랜 세월 소외감에 시달려 온 인철에게는 어떠한 대가를 치르더라도 지키고 싶은 축복이 아닐 수 없었다. 그런데 그런 소속감의 중심이던 학교가 이제 흔들리고 있었다.

'아니야. 나는 바로 찾아왔어. 어쨌든 이제는 다시 어디가 어딘지 모를 길을 혼자 걷기는 싫어⋯⋯.'

인철은 갑작스러운 공포로 몸까지 부르르 떨며 고개를 세차게 저었다. 그리고 쓸데없는 불만들로 풀어진 마음을 다잡기라도 하듯 소설책을 책상 안에 집어넣고 흑판 쪽으로 눈과 귀를 모았다.

그새 미술 선생은 피카소로 넘어가 있었는데, 내용은 교재를 벗어나 진진한 그의 애정 편력을 그 특유의 입심으로 윤색한 것이었다. 모처럼 진지하게 수업을 들으려고 그를 향한 인철에게는 그게 다시 마음에 거슬렸다. 나중에 그의 글 곳곳에서 흔적을 보이는 예술에서의 엄숙 지향이 벌써 그런 미술 선생에게 반발을 보인 것인지도 몰랐다.

그 역시 뒷날의 짐작이지만 그날 미술 선생은 수업 시작 때부터 줄곧 인철을 주시했음에 틀림없었다. 몇 번인가 인철을 곁눈질하던 그는 인철의 찌푸린 이맛살에서 무슨 암시라도 받은 듯 서둘러 피카소의 연애담을 끝맺고 아프리카 여행으로 얘기를 바꾸었다. 내용은 역시 고등학교 1학년 과정의 미술사로 적합한지 의문이었지만, 그 또한 진지해진 것만은 분명했다.

"그(피카소)가 아프리카의 동굴이나 석벽에서 본 원시의 회화들은 그의 미술에 새로운 전기(轉機)를 가져왔다. 특히 구석기의 미술이 사실성(寫實性)에 충실하고, 신석기로 올수록 단순화와 상징성에 의지하게 된다는, 상식과는 반대인 원시미술사는 그에게 큰 충격이었을 것이다……."

그런데 뒤이어 그 단순화와 상징성의 실례를 그가 들고 있을 때였다. 언제부터인가 그의 얘기에 흥미를 잃고 연신 하품을 해 대던 뒷줄의 한 녀석이 가느다란 목소리로 미술 선생이 드는 동굴벽화의 예를 익살스레 부연하기 시작했다. 이를테면 '죽은 사슴'은 '원시인에게 얻어터져 뻗은 사슴'으로, '역삼각형 같은 몸통 구조와 긴 머리칼로 추상화돼 묘사된 여자'는 '히프가 좁고 간빵(가슴)이 큰 원시인 아가씨' 하는 식이었다.

그리 기분이 밝지 않은 가운데도 인철은 그 때아닌 익살에 웃지 않을 수가 없었다. 끼어드는 녀석은 되잖은 변사 흉내나 턱없는 허풍으로 반에서는 이미 알려진 녀석인 데다 그날따라 언어적인 순발력이 유별났다. 웃는 것도 인철뿐만 아니라 그 목소리가 들리는 범위 안의 모든 아이였다.

미술 선생은 진작부터 교실 한구석에서 일고 있는 킥킥거림을 느끼고 있었던 듯했다. 그러나 그게 무슨 큰 성공인 양 착각해 으쓱해진 그 동급생 녀석은 계속해 기지를 짜냈다.

이제는 미술 선생의 예시(例示)가 끝났는데도 '아구통 돌아간 들소' '멘스(월경)하는 원시인 아줌마' 하는 식으로 주절거렸다.

"이인철!"

갑자기 미술 선생의 날카로운 목소리가 인철의 고막을 때렸다. 진작부터 적의 담긴 그의 곁눈질을 느끼면서도 웃음을 참지 못해 빙글거리고 있던 인철은 그의 새파랗게 질린 얼굴을 보고 아차, 했다.

"너, 이 새끼, 이리 나와!"

미술 선생이 들고 있는 책을 소리 나게 교탁에 팽개치고 인철을 손가락질했다.

뒷날 인철은 한 유망한 작가로 인정받을 때까지 단 한 권의 문예 이론서도 읽지 않았을 만큼 예술 이론에 대해 지나친 경계를 보여 주었다. 뿐만 아니라 그는 그 방면으로 자리를 잡아 갈수록 이론으로만 예술하려는 무리, 특히 어쩌다 자신이 전공하게 된 인구어(印歐語)의 한 갈래가 결정해 준 특정의 이론에 송두리째 영혼을 내맡기고, 우매할 만큼 비판도 회의도 없는 습득 과정을 반

복한 뒤, 이윽고는 거기서 얻은 자로만 예술을 재려 드는 무리에게는 숨김없는 혐오와 경멸을 드러냈는데, 그런 성향의 뿌리는 아마도 그날의 미술 시간에서 찾을 수 있을 것이다.

또 뒷날 인철은 예술과 인격을 분리시키려는 서구적인 예술가론(論)에도 남다른 거부감을 나타냈다. 예술하는 것을 무슨 대단한 권리인 양 착각하고, 그것으로 인격적인 결함을 얼버무리려는 시도에는 무자비할 만큼 비판적이었고, 나중에는 그런 감정의 확대가 예술뿐만 아니라 대의(大義) 일반에까지 번져 그가 산 시대와 불화를 일으키기도 했다. 다시 말해, 휘두르는 깃발이 무엇이든 조금이라도 자신의 치부를 가리는 데 악용되는 기색만 있으면 그 깃발 자체까지 의심했으며, 특히 부도덕한 행실이나 대중적인 허영심의 면죄부로 내밀려들 때는 당시 이미 시대의 공통선(共通善)으로까지 자리잡아 가던 민주화도 인권도 자유도 인정해 주지 않았다. 그 바람에 그는 종종 큰 것과 작은 것을 구별하지 못하는 사람으로 비난받았는데, 그런 그의 성향 또한 그 미술 시간과 무관하지 않아 보인다.

그날 미술 선생에게 불려 나간 인철은 그로부터 한 십여 분간이나 무자비한 난타 아래 서 있었다. 분노로 제정신이 아닌 미술 선생은 단 세 번의 매질로 쓸 수 없게 된 지시봉으로부터 청소함에서 꺼내온 빗자루대, 방화용 낫의 긴 자루에 이르기까지 매로 쓸 수 있는 것이면 무엇이든 가져다가 인철의 온몸을 후려쳤다.

"요 새끼, 요 나쁜 새끼. 난 네가 악질인 줄 알아. 야비한 새끼,

잔인한 놈……."

그렇게 두서없이 대고 있는 매질의 이유도 그가 어지간히 제정신을 잃고 있다는 걸 잘 나타내고 있었다.

얼떨결에 불려 나간 인철은 처음 한동안 제도의 위압 아래 무방비하게 몸을 맡겨야 했다. 그곳은 학교였고 그는 선생이었으며 자신은 학생이었다. 그러나 미술 선생의 매질이 이미 제도가 허용한 처벌의 수준을 넘어섰다는 자각이 든 뒤에도 한동안은 그대로 서 있었다. 이번에는 미술 선생의 온몸에서 뿜어져 나오는 분노와 살기가 그를 마비와도 흡사한 상태에 빠져 있게 한 듯싶다.

그런데 참으로 알 수 없는 것은 그 혹독한 매질 아래서도 전혀 고통이 느껴지지 않는 점이었다. 그 대신 오히려 뒤늦은 죄의식까지 일었다. 어쩌면 이 사람은 진짜 예술가이고, 내가 비열이나 탐욕으로만 이해한 일들도 실은 우리가 모르는 예술가의 힘겨운 싸움이었는지 모른다 — 그런 생각이 들며 그의 무서운 고함 소리조차 애처로운 비명으로 들렸다.

하지만 이윽고 육체의 마비도 끝나고 갑작스럽고 무자비한 공격이 암시하는 대로 때아닌 죄의식에 빠졌던 정신도 차츰 깨어났다. 아마도 더 이상 매로 쓸 것을 찾지 못한 미술 선생이 맨손으로 따귀를 올려붙이기 시작한 때였을 것이다. 타격의 고통보다 더 선명히 뺨에 느껴지는 물컹한 손바닥 살의 촉감이 문득 상대의 인간적인 적의를 전함과 아울러 그사이 어느 정도 조리를 회복한 미술 선생의 욕설도 움츠러들어 있던 인철의 반항심을 일깨웠다.

"네가 이 새끼야, 예술을 어떻게 알아? 푼돈 몇 푼 걸린 일로 이렇게 내 예술을 막볼 수 있어? 이렇게 사람을 비참하게 만들 수 있는 거냐고?"

그러면서 이번에는 가슴께에 주먹질까지 퍼부어 오자 인철의 감정도 일시에 변했다. 이건 선생의 체벌(體罰)이 아니라 싸움이다. 인격 대 인격의. 그런 생각이 퍼뜩 들며 더는 자신의 몸을 그 분별 없는 폭력에 맡겨서는 안 되겠다는 결의가 섰다.

그러나 반항의 방법에 생각이 이르자 인철은 다시 잠깐 암담해졌다. 적극적인 공격으로 나가는 것은 말할 것도 없고 그저 소극적으로 몸을 빼 달아난다는 것도 경우에 따라서는 학교라는 제도에 대한 용서받지 못할 반항일 수 있었다. 그 바람에 아직도 그냥 머뭇거리고 서 있는 인철에게 발길질과 함께 한층 더 차분함을 회복한 미술 선생의 경멸 어린 목소리가 퍼부어졌다.

"너같이 비정하고 물질적인 것들이 이 사회를 가득 채우고 있으니까 우리 시대의 예술이 죽어 가는 거야. 위대한 화가가 죽고 빛나는 시인이 죽고 천재적인 음악가가 죽어 가는 거라고. 쓰레기 같은 새끼야……."

사실 이해하려고만 들면 그 미술 선생의 분노를 이해할 수 없는 것도 아니었다. 그날 인철의 웃음은 그가 해석하듯 그리 거창하지도 악의에 찬 것도 아니었지만 인철의 마음속에 분명 그에 대한 막연한 의심 이상의 부정적인 감정이 존재하였고, 그게 끊임없이 그의 예민한 감수성을 자극하다가 그 같은 오해를 낳았다고 볼 수도 있었다.

하지만 세상살이나 예술에 대한 이해에서 또래들보다 좀 낫다고는 해도 인철은 어디까지나 열여덟의 소년이었다. 자신의 웃음이 터무니없이 오해되었다는 억울함에다 그때쯤 해서는 은근한 복수감으로까지 자라 있는 육체적 고통의 기억이 한꺼번에 들고일어나 그를 반항으로 내몰았다.

"박 선생님, 이제 그만하시죠."

다시 얼굴로 날아오는 미술 선생의 주먹을 날쌔게 낚아챈 인철이 차갑게 말했다. 지난 2년 들일로 단련된 인철의 손아귀라 쉰이 다돼 가는 중년의 팔목 하나는 잡아 둘 힘이 있었다. 잡힌 손목을 바르르 떨며 인철을 쏘아보는 미술 선생의 눈길에 파란 불꽃이 이는 듯했다.

"미안하지만 내가 웃은 건 그리 거창하지도 심각하지도 않은 이유에서였습니다. 멘스하는 원시인 아줌마와 아구통 돌아간 들소 때문에 웃은 거라고요."

"이거 놔!"

"놔 드릴 테니 이제 다시 제게 손찌검할 생각은 마십죠. 나는 이 순간부터 이 학교 학생이 아닙니다. 진작 그만두려고 했는데, 마침 기회가 생겼군요."

거기까지 말해 놓고 나니 인철도 문득 가슴이 섬뜩했다. 사실 그의 손목을 잡을 때는 거의 반사적인 행동이었고, 어떤 의도가 있다 해도 그것은 단순히 계속되는 그의 손찌검을 중단시켜야겠다는 정도였다. 하지만 내심을 털어놓고 보니 가슴 후련한 데도 있었다. 그래, 이제 나는 떠나간다. 이 학교는 애초부터 내게 맞는 곳이 아니었다.

"뭐야! 너 이 새끼, 말 다했어?"

미술 선생이 풀려난 팔목을 털며 소릴 꽥 질렀다. 목소리는 날카로워도 기세는 전만 같지 못했다. 거기서 인철의 마음이 한번 가볍게 흔들렸다. 지금이라도 용서를 빌고 다시…… 하지만 알 수 없는 격정이 이내 그런 생각을 쓸어 버렸다.

"그렇습니다. 그럼 안녕히 계십시오. 몇 달 배운 인연 때문에 차마 맞받아치지는 못하겠습니다."

인철은 짐짓 예절 바르게 머리까지 꾸벅하고 제자리로 돌아갔다. 매질이 시작되면서부터 줄곧 얼어붙은 듯한 교실이라 인철의 발소리가 유난히 크게 울렸다.

너무나 갑작스럽고도 또 그때로 봐서는 엄청난 반항이라 미술 선생도 잠시 질려버린 듯했다. 인철이 제자리로 돌아갈 때까지도 그저 아연히 보고 있다가 주섬주섬 책가방을 챙기는 것을 보고서야 겨우 소리쳤다.

"뭣들 하는 거야? 저 새끼, 저 새끼 빨리 잡아!"

그 말에 화들짝 깨어나듯 아이들이 제정신으로 돌아왔다. 그러나 모두 제자리에서 웅성거릴 뿐 일어나서 길을 막는 아이는 없었다. 인철의 붉고 푸르게 멍든 얼굴이나 흰 교복 윗도리에 점점이

번져 나오는 피에 압도당한 탓인지도 몰랐다.

인철은 그런 교실을 등 뒤로 하고 한 번 돌아보는 법도 없이 꿋꿋하게 걸어 나왔다.

그날 인철의 새로운 출발을 재촉하는 일은 하나 더 있었다. 학교를 뛰쳐나온 인철이 홧김에 대낮부터 소주까지 한 병 빈 속에 들이붓고 비척이며 미장원 골목으로 들어섰을 때였다. 누나의 성난 목소리가 거기까지 새어 나와 인철의 술기운을 싹 걷어 냈다.

"이 쌍년들이 어디다 손을 대고 지랄이야?"

"뭐, 쌍년들이라고? 그래, 말 잘했다. 말 잘했어. 좋아, 그럼 집달리가 와서 저 뻔드르르한 간판부터 떼게 해 주지. 너도 그 성질로 콩밥 맛 좀 보고."

가만히 귀 기울여 보니 맞받는 목소리도 귀에 익은 것이었다. 미장원협회가 미용사협횐가의 간부라는 거세게 생긴 아줌마인 것 같았다.

"알았어. 이 개년들아, 밸 꼴리는 대로 하라고. 어디서 순 똥갈보 같은 년들이 떼로 몰려와 갖고선…… 꺼져! 못 꺼져?"

인철이 그때껏 한 번도 들어 보지 못한 누나의 쌍욕에 이어 무엇을 마구 내던지는지 미장원 안에서 우당탕, 탕탕 하는 소리가 들려왔다. 이어 인철이 짐작한 그 아줌마와 좀 젊은 여자 둘이 미장원 밖으로 쫓겨 나오며 악을 썼다.

"오냐, 협회 가입 뭉그적거릴 때부터 알아봤다. 허가도 없는 순

야메[暗]가 간판까지 턱 붙이고…… 당장 고발 안 먹이는가 봐라."

그런 그들의 발치로 플라스틱 대야 하나가 굴러 나와 맴돌다가 풀썩 먼지를 일으키며 길바닥에 엎어졌다.

누나는 벌써부터 돈에 쪼들리고 있었다. 듣기로 저번 미장원이 시장통 요지에 있었고 장사도 꽤 잘 되던 곳이라 30만 원 넘게 받았다는데, 둘이서 얼마나 흥청거렸는지 미장원 월세 보증금 몇만 원에다 한 몇만 원 들여 미장원 시설 대강 하고 나서부터는 빈손이었다. 그 바람에 미용업 허가증 얻는 데 드는 경비는 물론 협회비 5천 원을 못 내 개업 첫날부터 시달려왔다.

그런데도 누나의 계산은 어찌 된 것인지, 그 뒤 어쩌다 벌이가 좀 되면 창현의 구두다 양복이다 영화 출연 운동비다 해서 그쪽으로만 쓸어 넣을 뿐 정작 급한 허가 문제는 뒷전으로 밀어 놓았다가 기어이 일이 터진 것 같았다.

인철은 갑자기 그런 누나 앞에 나타나고 싶은 마음이 가셔 재빨리 미장원을 지나쳤다. 동네 만홧가게에서라도 좀 쉬면서 자신도 마음을 가라앉히고 미장원도 제대로 정리된 뒤에 돌아갈 생각에서였다.

그러나 한 시간쯤 뒤 인철이 미장원으로 돌아갔을 때 그 안에서는 더 기막힌 의논이 진행되고 있었다. 이번에는 아예 동정을 살피고 가려고 문을 열기 전에 먼저 미장원 안의 소리를 엿듣는 인철의 귀에 원망 섞인 누나의 목소리가 들려왔다.

"거 봐, 내가 뭐랬어? 미장원 벌이가 시원찮으면 진즉에 나라도 나서야 한다고 하잖았어? 괜히 사람 옴짝달싹 못하게 집안에 잡아두고 난리더니 이게 뭐야? 이젠 돈을 구해 와도 소용 없게 되었잖아? 그 쌍년들과 싸워 이 바닥에선 미장원 해 먹기 아예 틀려버렸잖아? 어떡할 거야?"

"시끄러워. 유가 나선다고 별수 있어? 좋게 달래 보내지 않고 괜한 성질 부려 일을 망쳐 놓고선……."

창현이 제법 성깔 있는 소리로 누나를 타박했다. 누나는 아직 화가 덜 가라앉았는지 목소리를 높였다.

"왜 별수 없어? 일찌감치 홀(비어홀) 같은 데라도 나갔으면 허 가장을 사도 두 개는 샀겠다. 그런데 그 싸가지 없는 년들한테 설설 기라고?"

"좆 같은 소리 마. 홀에 나간다고 누가 뭉텅 돈 안겨 준대? 기껏해야 그거 값이지. 그런데 세상에 어느 놈이 계집 몸 팔아 오라고 홀에 내보내?"

"어머, 이이 봐. 이젠 못 하는 소리가 없어. 홀에 나간다고 다 그러는 줄 알아? 그럼 전에 나 홀에 나간 거 몸 팔러 나간 줄로 알았다 이거야?"

그러면서 시비는 딴 곳으로 번졌지만 그들이 하고 있는 의논은 뻔했다. 벌어 오기는커녕 쓰지 않으면 다행인 창현이고 보면 미장원을 살리는 길은 누나가 나서는 것밖에 없었고, 누나가 나선다는 것은 결국 그렇고 그런 벌이에 다시 몸을 내던지는 수밖에 없었다.

'여기도 막판이구나…….'

인철은 자신도 모르게 속으로 중얼거렸다. 어쩌면 학교에서 그처럼 쉽게 자퇴를 선언할 수 있었던 것 또한 그런 결말에 대한 예감 때문이었는지도 모를 일이었다.

목마른 계절

정말로 대단한 사람들이었다. 돌내골의 농부 대부분은 벌써부터 손을 들고 하늘을 쳐다보며 한숨만 쉬고 있었지만 그들은 달랐다. 가뭄과 '싸운다'는 말이 실감 날 만큼 굽힐 줄 모르고 물을 져 날라 타들어 가는 작물을 지켰다.

대구로 물건을 싣고 나간 작은 신씨를 뺀 네 남자가 저마다 물지게를 지고 가까운 계곡에서 물을 져 나르는 걸 저만치 내려다보며 명훈은 대견스럽다기보다는 공연히 으스스한 기분이 들었다. 저 결의와 인내심이 끝나는 날 그들이 개간지에 내리게 될 선고 때문이었다. 방금도 물을 져 나르며 그들끼리 주고받는 말 속에선 그 선고의 일부가 감지되었다.

"하이고, 땅도 참말로 모질데이. 모질어. 화분을 걸롸도(기름지게 해도) 이보다는 영판(아주) 나을 끼라."

"하모요. 이거는 땅이 아이라 세멘 바닥이라 카이요. 이길이(지금까지) 퍼부운 거만 해도 어지간한 땅에 몇 년 공력은 들인 택일 낀데……우째 땅이 밑으로 잡아땡기는지 오이 쭐거지(줄기)가 갈수록 쫄아든다 아잉교."

하기야 농사를 잘 모르는 명훈이 보기에는 괜찮은 작황이었다. 가지도 오이도 토마토도 돌내골의 다른 밭들과는 비교도 안 될 만큼 굵고 탐스러웠다. 명훈뿐만 아니라 동네 농부들도 비슷한 느낌들인 듯했다. 그제 처음으로 토마토와 오이를 따는 그들을 보고 좀체 남의 농사에 입을 대는 법이 없는 진규 아버지까지도 감탄을 숨기지 못했다.

"햐, 이 사람들 쫌 봐라. 참말로 억척스럽데이. 이 뺄간 땅에, 이 가뭄에…… 저 물외(오이) 저거 함 보래이. 팔뚝만 하네. 도마도도 주먹만쿰씩이나 하고."

하지만 그것은 자급자족을 위주로 하는 재래식 농법에만 익숙해 있는 진규 아버지의 환금(換金)작물에 대한 무지에서 나온 감탄일 뿐이었다. 입바른 작은 신씨가 겨우 짜증을 감춘 어조로 차근차근 받아쳤다.

"남의 속도 모리고 허패 뒤집히는 소리 고만하이소. 이런 생물은 다 때라꼬요. 지때 나가야지 망긴 후에(이미 늦은 뒤에) 나가 보이 뭐합니꺼? 하마 유월 다 보냈으이 온상 안 한 것도 마구잡이로 시장에 쏟아져 나올 낀데. 그래고 다마(굵기)가 이거 뭡니꺼? 여다 앉아 보이 혼자 1등 같지마는 청과 시장에 함 나가 보이소. 요새 같은 한철에 이거요, 중품(中品)에 끼기도 바쁠 깁니더. 물량도 이래 가지고는 안 되고요. 이 재배 평수만 해도 얼맙니꺼? 이 평수 가지고는 오이 가지 도마도 지지꿈(제각기) 한 도라꾸(트럭)씩 나와도 시원찮은데 세 가지 합쳐 한 도라꾸가 안 되이…… 싣고 나가기는 하지마는 몰라, 차 운임이나 나올랑가."

그래도 다행인 것은 그들이 아직은 사태를 절망적으로 보고 있지는 않다는 사실이었다. 그들 자신이 어깨에 물집이 잡히도록 물을 져 나르는 것도 그렇지만 더 감동적인 것은 그들의 아낙들이 보여 주는 내조였다. 청과물이 조금씩 수확되면서 아낙들은 둘씩 짝을 지어 그것들을 가까운 시장에 직접 내다 팔았다. 리어카에 가득 싣고 남자들처럼 밀고 당기며 장터 거리는 물론 20리나 떨어진 진안장까지 끌고 나가는 것이었다.

"참 이상테예. 여기 사람들은 도마도를 묵는 긴지 모르는 갑데예. 거들떠보지도 않는 기라예. 하루 종일 한 관밖에 못 팔았심더. 그것도 반 관씩 쪼개서예."

"요새도 여다서는 물건 서로 바꽈 쓰는 갑지예? 쌀이나 볼쌀 같은 걸 가주고 와서 바꽈 먹자 카는 아주무이들이 다 있데예. 아이라, 우짜믄 오이나 가지 같은 걸 돈 주고 사 먹는다는 게 이상한 모양이라예. 구경거리 생긴 거맨쿠로 나와서 한참이나 보다 가는 사람들도 있고예."

채소나 과일을 사고파는 일에 익숙하지 않은 산골 사람들을 홍보듯 말하면서도 차로 실어 낼 수 없는 맞물(첫 수확물) 몇 리어카는 어떻게든 그런 식으로 근처 장마당에서 다 처분하는 억척을 보여 주었다.

명훈은 그들이 정말로 지쳐 떨어지기 전에 비라도 시원스레 쏟아지기를 빌며 하늘을 쳐다보았다. 그러나 하늘은 구름 한 점 없이 맑고 햇볕은 따갑기만 했다. 명훈은 다시 지금껏 건성으로 만지던 오이 줄기를 바라보았다. 그들이 그렇게 악착스레 물을 길어 부어도 줄기 끝은 워낙 가뭄이 심해선지 조금씩 말라 들고 있는 듯한 느낌이 들었다.

'개간지를 잡히더라도 양수기를 구입하는 게 옳았어. 아니, 지금이라도 어떻게 수를 내 봐야겠어.'

명훈은 문득 그렇게 마음을 정하고 물을 져 나르는 그들 쪽으로 내려갔다. 그런 명훈의 귀에 이제 막 물지게를 지고 계곡 쪽에서 개간지 비탈로 올라서는 큰 신씨와 하씨의 목소리가 들렸다.

"행임, 이거 참말로 우리 말캉 헛지랄하는 거 아입니꺼? 딴 데 가서 이 공력 들였으믄 아무리 모진 땅이라도 이보다는 나을 끼라요. 이걸 우째 땅이라꼬 믿고……."

평소 말수가 적은 하씨가 원망을 숨기느라 애쓰면서도 더는 참기 어렵다는 듯 그렇게 볼멘소리를 했다.

"이 사람아, 그런 소리 마라. 우리가 무극대도(無極大道) 신천지 찾아온 기지 농사지서 돈 벌라꼬 여다 왔나? 모여 일할 땅 있고 삼시 시(세) 끼 밥이나 무을(먹을) 수 있으믄 되는 기지."

"그 삼시 시 끼가 어딨는지 모르이 이카는 거 아잉교? 이래다가 모도 빈손 탈탈 털고 남쪽으로 다부(도리어) 내리가는 꼴 안 날까 모리겠네."

"기다려 보자. 가아가 돌아올 때가 됐으이 우째 되기나 셈판이 나오겠제."

'가아'는 대구로 물건을 내려 간 사촌 동생 작은 신씨를 가리키는 말일 터였다. 명훈도 실은 작은 신씨가 돈으로 바꾸어 올 지난 석 달의 결실을 마음 졸이며 기다리는 중이었다. 그러나 당장은 무극대도 신천지란 말이 훨씬 주의를 끌었다. 처음부터 그들을 어떤 종교적 집단으로 의심해 온 명훈은 그동안 몇 차례 비교적 말수가 많은 편인 작은 신씨를 상대로 탐색을 해 보았으나 별로 시원한 대답을 듣지 못했다.

"몰라요. 행임하고 그 사람들 밤에 모예 쪼매쓱 공부하는 거는 있심더마는, 뭐 종교라 칼 거까지는 없고요. 누구는 삼신 단지 모시고 누구는 서낭당 섬기는 거 비식(비슷)하게 보믄 될 낍니더."

작은 신씨가 대강 그렇게 얼버무리곤 했는데 이제 그들의 우두머리 격인 큰 신씨의 입에서 무극대도란 말을 듣게 된 것이었다. 명훈은 무극이란 말이 태극(太極), 무극(無極) 할 때의 그 무극 같기는 했으나 그게 어떤 형태로 믿음의 대상이 되는지는 전혀 짐작이 가지 않았다.

"벌써 며칠째 물 퍼 나르시느라 고생 많으시지요? 애쓰신 보람이 있어야 할 텐데…….”

명훈이 몸을 일으켜 그들에게로 내려가며 큰 소리로 그렇게 말을 걸었다.

얘기를 나누다가 틈이 나면 그들의 무극대도에 대해 물어볼 생각에서였다. 조금 전까지 빠져 있던 생각과는 달리 엉뚱해 보이는 호기심이었지만 꼭 그런 것만도 아니었다. 명훈이 그들의 믿음에 관심을 가지는 것은 믿음 그 자체보다 그들의 믿음이 얼마나 더 개간지에서의 생활을 버티어 나가게 해 줄지 가늠해 보고 싶어서였기 때문이었다.

그러나 큰 신씨와 하씨에게는 그런 명훈이 좀 뜻밖인 듯했다. 비탈 저쪽에서 올라오느라 명훈이 내려오고 있는 걸 보지 못한 까닭이었을 것이다. 무언가 들켜서는 안 될 것을 들켜 버린 사람처럼 잠시 낭패한 기색이다가 큰 신씨가 먼저 평소의 무덤덤한 표정을 회복해 얼버무렸다.

“요마이(이만큼) 물 져 나르는 것도 인자 마 파인(끝난) 갑심더. 또랑물도 다 말라 가예. 글타꼬 저쪽 큰 거랑(내)까지 가서 물을 져 올 수도 없고…… 낼 모레까지도 비 안 오믄 참말로 마 파(罷: 틀린 일)입니더. 절딴(끝장)이라요. 이것저것 다 거다뿌고 일찌감치 메밀이나 뿌리는 기 나을 낍니더.”

하씨도 화제를 가뭄 쪽으로만 몰았다.

“이 주사, 우째 면(面)에 나온 양수기 한 대 일로(이리로) 몬 돌리겠습니꺼? 까짓 거, 쌀농사 그거 캐 봤자 얼매 나온다꼬 모내기,

모내기 캐 싸미 양수기란 양수기는 몽지리(모조리) 논바닥에만 꺼
다 놓는가 몰라. 하는 거 보이 여다는 아직 멀었다 카이, 농사가
뭔지 옳게 모린다꼬. 하모."

그렇게 되면 명훈도 그쪽으로만 대답하는 수밖에 없었다.

"실은 그래서 면에 한번 올라가 보려는 참입니다. 관에서 내려
온 것은 우리 차례까지 안 오지만 어떻게 구입해 볼 길이 없나 해
서. 세상에 못 볼 일이 자식 죽는 거하고 가뭄에 농사 타들어 가
는 거라더니, 정말 그런 기분입니다."

"살라 카믄 중고라도 5만 원은 넘을 낀데, 그렇게사……."

먼저 신씨가 그 말과 함께 명훈 앞을 빠른 걸음으로 지나가고
이어 하씨도 그런 신씨에게 맞장구를 치며 물지게와 함께 휘청휘
청 따라갔다.

"올 농사지어 발동기 사는 데 다 때려 옇는다면 모리까……."

온 지 넉 달밖에 안 되지만 명훈네의 경제력을 알 만큼 아는
그들이라 별로 기대하지 않는 눈치였다. 그게 명훈을 맥 빠지게
해 그들의 무극대도에 대한 호기심은 다시 뒤로 밀려나고 말았
다.

"야야, 이게 무슨 일고? 도대체 서울에 뭔 일이 난 기고?"

명훈이 집 안으로 들어서자 뭔가 골똘한 생각에 잠겨 식당 나
무 탁자에 앉아 있던 어머니가 편지 한 장을 내밀며 말했다. 명훈
이 보니 인철에게서 온 것이었다.

형님 읽어 주십시오.

지금 글월 올리는 아우의 심경 착잡하고 서글프기 그지없습니다. 먼저 말씀드릴 것은 제가 어제로 학교를 그만두었다는 사실입니다. 그동안 애써 숨겨 왔지만 공전(工專)은 처음부터 제게 맞지 않는 옷과 같았습니다. 쇠를 깎고 기계를 만지는 일은 그것이 아무리 유망하더라도 결국 제 일은 못 되었습니다. 무엇이 저를 이렇게 길러 버렸는지 모르나 이제 와서 절감하는 것은 제가 길을 잘못 들었다는 것뿐입니다…….

인철의 편지는 그렇게 시작되었다. 내용의 심각함에도 불구하고 거기서 느껴지는 인철의 성숙이 먼저 명훈에게 적지 않은 감동을 주었다. 얼마 전까지만 해도 인철의 편지는 어머니에게서 물려받은 것임에 분명한 진부한 문틀에 의지하고 있었다. "형주전(兄主前) 상서"로 시작하고 "그간 옥체만안하시고 가내 두루 평안하신지요"로 시작되는 그런. 하지만 이제 아우는 그런 낡은 문틀에서 벗어나 제 목소리로 이야기를 하고 있었다.

그러나, 형님. 제가 주관적인 감정으로 이같이 중대한 결정을 함부로 내린 것은 아닙니다. 더욱 참담한 것은 지금 제가 던져져 있는 객관적 상황입니다. 애초에 저의 학업은 도덕적인 애매함과 무언가 불결하고 칙칙한 예감 위에서 시작된 것이었습니다. 그런데 갈수록 그 도덕적 애매함은 부도덕 쪽으로, 그리고 불결하고 칙칙한 예감은 현실로 진행되어 왔습니다. 제 학업이 의지하고 있는 누나의 살아가는 방식이 바로 그렇습니다.

차마 입에 담기 어려우나 누나는 지금 조금씩 조금씩 나락으로 떨어져 가고 있는 느낌입니다. 거기서 한 발짝 더 나가면 영원히 돌이킬 수 없는 어떤 나락으로 말입니다. 그 나락의 정체에 대해서는 어머님께서 어느 정도 짐작이 있으신 것으로 알고 있습니다. 그런데 누나는 이제 그 최악의 단계로 접어들었습니다.

물론 누나의 그 같은 파국을 막기 위해 형님이나 어머니의 지원을 받는 것도 생각해 보지 않은 바는 아닙니다. 하지만 제가 보기에 누나의 운명은 이미 우리 불행한 일가의 손을 떠난 듯합니다. 누나 자신이거나, 그 파국 자체에서 오는 우리가 상상 못 할 변화가 아니고는 누나를 구원할 수 있는 것은 아무것도 없어 보입니다. 적어도 돌내골을 떠난 후 1년 동안 전보다 한 길은 자란 것 같은 저의 세상 읽기 안목으로는 그렇습니다.

하지만 답답합니다. 그리고 쓸쓸하기조차 합니다. 혈육의 뻔한 파멸을 방관할 수밖에 없는 것도 그렇지만 그와 함께 다시 허공에 떠 버린 학업만을 걱정하는 이 비정한 이기(利己)도 그렇고요⋯⋯.

명훈은 거기서 다시 한 번 읽기를 멈추었다. 이 녀석이 벌써 이렇게 자랐는가, 하는 기분이 대견스러움으로서보다는 불안으로 먼저 다가온 까닭이었다. 헤아려 보면 인철도 벌써 열여덟, 서둘러 어른스러움을 흉내 낼 나이도 되었다. 그러나 명훈을 불안하게 하는 것은 아우의 글투에서 감지되는 어떤 정신적인 경사(傾斜)였다. 그와는 다르지만 인철의 영혼 또한 무언가 말과 그의 비실제적 효용에 적지 않이 기울어져 있다는 느낌이 바로 그러했다.

성취에 이르지 못하면 일생을 그 갈망과 갈증에 시달려야 하고 성취에 이르러도 현실로는 허망하고 무력하기 짝이 없는 그 지향. 비록 그 자신은 아직 한 번도 온몸을 내던져 몰두해 본 적이 없지만 그런 길의 외로움과 고단함만은 잘 알고 있다고 믿는 명훈이었다. 그런데 인철의 편지는 이미 그런 길로 깊숙이 접어든 정신의 징표들을 내비치고 있었다. 현상의 이면에 대한 쓸데없는 눈길, 그리고 거기서 찾아낸 것들에 대한 턱없이 민감하고 섬세한 반응, 거기다가 벌써 그것들을 추상적인 언어로 조직하는 방식 따위가 명훈에게 특히 그러한 느낌을 주었을 것이다.

너는 좀 더 굵은 선으로 세상을 보고 건강하게 살기를 바랐는데, 하는 생각에 절로 어두워지는 기분으로 명훈은 남은 글을 읽어 나갔다.

형님, 하지만 너무 걱정은 마십시오. 제가 그만둔 것은 이런 식으로 이어져 가야 하는 그렇고 그런 내용의 학교 수업이지, 배움 그 자체는 아닙니다. 저는 좀 더 당당한 방식으로 제가 알고 싶은 것을 공부하려는 것뿐입니다. 이미 저의 삶은 책과 지식에서 유리된 것이 될 수 없음을 저는 잘 압니다. 아니 다른 사람보다 훨씬 많이 그것들에 의지해 살아야 할 것 같은 예감까지 듭니다.

거기다가 형님께서 더욱 안심하실 것은 그 방식도 제 마음대로 고르지는 않을 것이란 점입니다. 반드시 형님과 어머님과 상의해서 심려를 끼치지 않는 방식으로 하겠습니다. 다만 지금 제가 귀가를 미루고 있는 것은 방학도 아닌 때에 불쑥 내려가 고향 사람들 사이에서 좋지 않은 추측을 불러일으키는 게 싫어서일 뿐입니다. 며칠 더 이곳에 머물다가 방학 무렵 해서 내려가 모든 걸 형님과 상의 드릴 것이니 그때까지 기다려 주십시오. 이렇게 글월 올리는 것도 그때 형님과 어머님 두 분께서 너무 놀라실까 걱정되어서일 따름입니다.

그럼 두서없는 글 이만 줄이겠습니다. 건강하십시오.

1965년 7월 5일
인철 올림

편지는 실제로 무슨 일이 있었던가에 대해서는 한마디도 시원한 설명 없이 그렇게 끝나 있었다. 읽기를 마친 명훈이 잠시 어두운 상상에 빠져 있는데 어머니가 걱정스레 물어 왔다.

"니 보기에는 어예 된 거 같으노? 뭔 일이 났이꼬?"

"나도 모르겠어요. 도대체 무슨 편지를 이따위로 쓰는지. 시건 방진 놈…… 하지만 곧 이리로 내려온다니 그때 되면 어떻게 알게 되겠죠."

명훈은 그렇게 대수롭지 않게 대답했으나 어머니의 얼굴은 펴질 줄 몰랐다. 어머니는 나이가 들수록 인철과 옥경의 일이면 별

거 아니어도 안쓰러워 못 견뎌 했다.

"어린게 허뿌라도(어쩌다가라도) 딴맘 먹으믄 어예노? 서울 함(한번) 안 올라가 보고 될라?"

"어리긴 뭐가 어려요? 벌써 열여덟인데. 그 나이 때 나는 그 험한 통일역 바닥을 구르며 장사해 돈 벌어 왔잖아요? 걱정 안 해도 됩니다. 더구나 그놈은 나보다 몇 배 똑똑하니까."

명훈은 그렇게 말해 놓고 안방으로 들어갔다. 옷을 갈아입고 마음먹은 대로 면사무소를 한번 찾아볼 작정이었다. 양수기를 사들이는 일은 불가능하겠지만 면 직원들에게 우격다짐 반으로 떼를 쓰다 보면 며칠이라도 빌릴 길은 있을 것 같기도 했다.

그새 면장은 바뀌어 스스로 무도인(武道人)임을 자랑삼던 예비역 대위는 벌써 지난가을에 갈려 가고 없었다. 뒤를 이은 새 면장은 서로를 물밑 들여다보듯 훤히 아는 돌내골 출신의 타성이라 저번 면장 때 같은 호의는 기대하기 어려웠다. 지난봄에 빌린 농자금 상환을 한 해 미뤄 준 것만으로도 큰 선심 쓴 걸로 여길 정도여서 양수기 얘기는 꺼내 볼 엄두조차 나지 않았다. 거기다가 면장의 나이도 이미 예순에 가까워 주먹이나 엄포 같은 걸로 겁줄 수 있는 상대도 아니었다.

용기를 내 면사무소까지는 갔지만 차마 면장실을 두드리지 못하고 적당한 상대를 찾고 있는데 때맞춰 박 서기가 돌아왔다. 산업계를 맡고 있어도 농번기에는 영농 지도를 겸하는지 어디 가까운 들을 살피고 온 듯한 차림이었다. 평소 면서기답잖게 깔끔을 떠는 편인데도 그날은 헐렁한 면바지와 남방셔츠에 맥고자로 부채질을 하며 들어서고 있었다.

"어이, 박 서기 이 사람, 나 좀 봐."

명훈은 함부로 이름을 부르지 않고 목소리도 부드럽게 해 박 서기를 면사무소 한쪽 구석으로 끌었다. 박 서기는 별로 반갑잖은 얼굴이었으나 지난봄에 한 번 호되게 당한 적이 있어선지 마지못해 따라왔다.

"자네가 웬일고? 날 다 만나러 오고."

그래도 아직 지난봄의 앙금이 남았는지 뾰족한 목소리로 묻는 그에게 명훈은 한층 목소리를 은근하게 해 허두를 떼 보았다.

"양수기 문젠데…… 박 서기, 한번 봐주라. 어떻게 한 대 며칠이라도 빌릴 수 없겠어?"

"하이고, 양수기라꼬? 그건 내 소관도 아이지마는 말도 마라. 그 물건 땜에 박이 터진다 박이 터져."

"언제 관에서 내려오는 거 박 터지지 않은 적 있어? 대여곡이고 비료고 농자금이고…… 그러니까 자네를 만나 이렇게 특별히 부탁하는 거 아냐?"

첫마디에 꼬리를 빼는 게 불쾌해 목소리가 은근한 가운데도 명훈은 절로 얼굴이 굳어짐을 느꼈다. 그게 무엇을 상기시켰는지 박 서기가 갑자기 나긋나긋해졌다.

"보자, 여기서 이럴 게 아이고, 어디 점방에라도 내려가 시원한

탁배기나 한잔하미 얘기하자. 마침 점심때도 됐고오, 나도 영농 지
도 갔다 오는 길이라 목이 컬컬하던 참이따."

그러고는 앞장서서 명훈을 장터로 끌었다. 명훈도 양수기만 구
할 수 있다면 그에게 막걸리 한 잔쯤은 살 용의가 있어 오히려 잘
됐다는 기분으로 따라나섰다. 그러나 국밥집에서 막걸리 한 되를
사면서 사정하는 것은 오히려 박 서기 쪽이었다.

"첨에 정부에서 양수기 지원한다꼬 스무남은 대 면소 마당에
실어다 놀 때는 양수기가 천지삐가리(하늘땅 가득)로 보였을지 몰
따마는 자네도 한 분 생각해 봐라. 우리 면에 동(洞)만 해도 서른
두 개따. 한 동에 하나도 안 돌아가는 게라. 하기사 그게 바로 이
나라 중농(重農)정책의 현실인지도 모르제. 말로사 중농, 중농 캐
싸도 돈 들어가는 일이라믄 가뭄 만난 농촌에 발동기 하나 제대
로 안 내라 준다꼬. 포항 울산에 퍼붓는 돈 반에 반만 해도 평생
물 걱정 안 하도록 동네마다 관정(官井)을 돌릴 수 있을 껜데도 말
이라. 그러이 어예노? 그 양수기 나눠 주는데 하마 동장들끼리 박
이 터졌다. 그걸 어예어예 겨우 끼 맞춰 동에 하나씩 돌리는 데도
머리가 보핳게(하얗게) 실(셀) 지경이더라 카이. 그런데 내가 어디서
양수기를 구해 내겠노? 인제는 돈 주고 대처 나가 사 오는 길밖에
없다마는 그것도 값이 엄청나다 카드라. 거다가 농자금 잔고도 없
고, 있다 캐도 자네네는 하마 밀랜 게 있어 파이라꼬(안 된다고). 그
러이 꼭 어예 볼라 카믄 자네 동네 동장하고 의논해 봐라. 동네 앞
으로 나간 거이 자네한테도 몫은 있을 께라꼬. 우리는 참말로 어

예 해 볼 길이 없데이."

웃는 낯에 침 못 뱉는다고 박서기가 그렇게 좋은 말로 사정하고 일어나는 데는 더 억지를 써 볼 수가 없었다. 하릴없이 그를 놓아 준 명훈은 그날 마침 장터 거리에 올라와 있던 자기 마을 동장도 만나 보았지만 짐작대로 말해 보나 마나였다.

"내가 아무리 이 동네 동장이라 카지마는 그런 일에사 무슨 용맥(대단한 힘: 龍脈에서 나온 듯)이 있니껴? 우리 동네 용소(龍沼)들만 해도 말라 가는 논이 3백 마지기가 넘는데 양수기 한 대로는 그거 지키기도 바쁘이더. 집집이 돌아가며 십 분이라도 더 틀라꼬 난리고, 물꼬 싸움으로 논뚜렁에서 살인날 판이시더. 그런데 어제 아래 일군 산전(山田)으로 양수기를 돌리자 카믄 싸움이 나도 덤불 싸움이 나고 피 탈을 봐도 동네 피 탈을 볼 거로요."

사십 줄의 동장은 어림도 없다는 표정으로 고개를 내저었다. 그날 명훈이 개간지로 올라가지 않고 정류장 앞 가겟집 살평상에 그대로 눌러앉아 실없이 술잔을 기울이게 된 것은 아마도 마음대로 풀리지 않는 양수기 문제 때문이었을 것이다. 구실은 거기서 기다리다가 벌이 좋은 산판쟁이라도 만나면 땅을 잡히고라도 돈을 빌려보겠다는 것이었으나, 실은 술로밖에 풀 수 없는 답답한 속 때문이었다는 편이 옳았다.

하지만 여름은 산판에도 제철이 아니어선지 트럭 대나 굴리는 오데(큰손) 산판쟁이들은 보이지 않고 눈치 보아 도벌이나 몇 차씩 해 먹는 조무래기 도벌꾼 몇만 명훈에게 걸려 애매하게 막걸리 되를 사고 갔다. 그러는 사이 시간이 흘러 어느새 다섯 시 반 막차가 올 시간이 가까웠다. 명훈은 딱히 기다리는 사람이 있는 것도 아니면서 막차가 오는 것을 보고서야 일어날 마음으로 내처 미진한 술잔을 기울였다.

그날따라 막차는 한 이십 분 늦어 도착했다. 명훈이 거물거리는 눈길로 차에서 내리는 사람들을 살피는데 많이 낯익다 싶은 사람이 다가오면서 알은체를 했다.

"이 주사 아잉교? 이 주사가 우째 여다서…… 누구 기다리는 사람이라도 있는교?"

풀린 시선을 모아 살펴보니 이틀 새 더욱 새까맣게 그을린 듯한 작은 신씨였다. 명훈은 그를 알아보자 퍼뜩 정신이 들었으나 술기운을 이기지 못해 허허거리며 받았다.

"작은 신씨를 기다리고 있는 중이었심다아. 그래, 싣고 간 물건은 잘 팔았어요? 그런데 어째 돈 가방이 안 보이네. 모두들 눈이 빠지게 기다리던데."

"아이고 마, 그 일은 말도 마이소. 어지간 더지간 해야지예."

작은 신씨가 그러면서 털썩 마루 끝에 앉았다. 그리고 목마른 걸 용케 참아 왔다는 듯 가겟집 안을 향해 소리쳤다.

"아주무이요, 여다 막걸리 한 되 더 내오소. 나도 마 한잔 빨아야겠구마."

그런 그를 보며 대구 청과물 시장 얘기를 한 마디 듣기도 전에 명훈은 벌써 술이 갑자기 확 깨는 듯한 기분이었다. 술 한 잔으로

목을 축이기 바쁘게 작은 신씨가 들려준 그들 농산물 출하(出荷)의 경과는 한심스럽다 못해 참담하기까지 했다.

"나갈 때도 쪼매쓱 짐작은 했지마는 참말로 기막히데예. 그래도 물건이라꼬 들고 나갔는데 돌따보는 중매인이 하나도 없는 기라예. 겨우 달가드는 게 남의 꺼 걸(거저) 먹을라 카는 똥파리들뿐이고…… 갈수록 시절이 빨라진다 카는 거는 알았지만 7월 초순에 생물 지철(제철)은 또 첨이라. 밀양, 삼랑진 들밭에 바로 심은 오이 도마도가 하마 쏟아진 기라예. 그래 되믄 결국 다마(크기)값이 되게 마련인데 대낄(큰 것, 상품)이 지(제)때 값 반도 안 됩니더. 어디 그뿐잉교? 거다 갖다 놓으이 우리 끼 우째 그리 다마가 쪼물든지(쪼그라들어 작던지). 다마로도 하빠리(下品)에 하빠리라. 그러이 언놈이 뒤돌따보겠습미꺼? 잘못하믄 청과물 시장 씨레기만 보탤따 싶어 처음에는 막바로 골목골목이 돌미(돌면서) 팔아 볼 생각도 해 봤지예. 글치만 잘못하믄 돈 사는(버는) 거보다 차 운임이 더 많아질 것 같아 안 되겠더라꼬예. 그래서 관문시장에 채소 장사 하는 재종행임을 찾아가 떼를 썼지예. 손해 보는 심 잡고 지한테서 차 띠기로 받아 이웃 점방끼리 우째 나놔 팔아 보라꼬요. 그 행임이 워낙 정이 많은 사람이라 받아 주기는 받아 줐는데 도라꾸 운임 물고 나이 돈이라꼬는 이뿐이라예. 이기 우리 다섯 집 쎄 빠지게 봄 농사 지은 값이라예."

그러면서 5백 원짜리 몇 장 끼인 백 원짜리 한 줌을 흔들어 보였다. 명훈이 알기로 그 봄 그들 다섯 집이 투입한 농비만 해도 5

만 원이 넘는데, 그 돈은 아무리 많게 보아도 2만 원을 크게 넘을 것 같지가 않았다. 밭에 남은 것도 막물까지 긁어 실어봤자 두 차가 될까 말까 하고…….

명훈이 정말로 앞뒤 없이 술을 들이켜기 시작한 것은 그때부터였다. 마다하는 신씨를 억지로 끌고 도가 옆 형출네 주막으로 술자리를 옮긴 명훈은 결국 신씨에게 업히다시피 해 집으로 돌아갔다. 그날 명훈의 마지막 기억은 술자리를 옮기다가 흘깃 쳐다보게 된, 가뭄으로 한층 선명하고 아름다워 오히려 섬뜩하게 느껴지던 저녁놀이었다.

돌아오지 않는 강

여름 오후 다섯 시란 시간의 어중간함 때문인지 함께 내린 승객은 많지 않았다. 인철은 이상하리만치 고요하고 휑뎅그렁하게 느껴지는 역전 광장을 걸어 나오면서 콧마루가 시큰해 올 정도의 쓸쓸함을 느꼈다. 그렇게도 가슴 설레며 달려온 곳, 숱한 밤 꿈속에서 애타게 서성였고 깨어난 새벽 어스름 속에서 가슴 저려 하며 그렸던 곳, 첫사랑의 소녀를 기른 땅, 거기 밴 그녀의 숨결과 눈길로 추상화되어 가던 성지(聖地). 그러나 그리로 드는 현실의 입구는 몇 년 전보다 훨씬 작고 초라하게 느껴지는 시골 역사(驛舍)와 광장이라고 부르기조차 민망스러운 역 앞 마당일 뿐이었다.

"내일동. 내일동 출바알 —."

합승 버스의 양철 문짝을 탕탕 두드리며 차장 녀석이 목청을 높았다. 기차는 와도 몇 안 되는 손님에 은근히 심통이 난 데다 턱없이 감회에 젖은 인철이 여기저기를 두리번거리며 늑장까지 부리자 거칠게 경고를 보내는 셈이었다. 아닌 게 아니라 그 경고는 효과가 있었다. 인철은 아직도 뜨거운 기운이 남아 있는 햇볕 아래 걸어야 할 먼 길을 퍼뜩 떠올리고 자신도 모르게 합승 버스 쪽으로 종종걸음을 쳤다.

그러나 서둘러 차에 오른 인철은 이내 후회에 빠졌다. 합승 버스가 역전 거리를 벗어나 사라호 태풍에 떠내려간 뒤 새로 놓은 다리 위로 올라섰을 때였다. 시원한 강바람이 차창으로 불어오고 오른쪽으로 멀리 강둑을 따라 무더기 지어 서 있는 노송들이 눈에 들어오자 인철의 마음은 달라졌다. 천천히 강둑을 따라 걸으면 쓸쓸하면서도 또한 그래서 오히려 달콤한 감회를 해치지 않고도 읍내로 들어갈 수 있을 것 같았다.

그러다가 삼문동으로 접어들어 도로 양편이 집들로 막힌 거리로 들어서면서 다시 차 안이 찌는 듯 더워 오기 시작하자 인철은 더 참지 못하고 차에서 내렸다. 공설 운동장 입구 못 미쳐서였다. 거기서 공설 운동장을 가로지르고 솔밭을 지나 강둑으로 간 뒤 강둑길을 따라 읍내로 걸어 들어갈 작정이었다.

차에서 내리자 달아오른 아스팔트의 열기가 훅 끼쳐 왔으나 차 안의 후텁지근함과는 달랐다. 운전석 쪽에서 새어 나오는 가솔린 냄새와 사람들의 땀 냄새가 뒤섞인 차 안의 공기에서 빠져나온 것만으로도 상쾌할 정도였다. 공설 운동장에 서린 갖가지 추억들도 이내 그 새로운 더위를 잊게 했다.

먼저 거기서 벌어지던 갖가지 행사들이 아련히 머릿속에 떠올라 왔다. 아랑제(阿娘祭) 무렵이던가. 읍 사람들이 '흑국(黑國)놈'이라고 부르던 아프리카 토인으로 분장한 농잠고(農蠶高) 학생들의 가장행렬. 읍내를 한 바퀴 돈 그들이 마지막에 그곳에 모여 연신 질러 대던 "야호, 야호" 하는 기성. 봄가을 거기서 벌어지던 각종 운동회. 특히 읍면 대항 군민 체육회의 열기와 흥겨움. 농악 패의 흐드러진 풍물놀이와 처음 들을 때는 너무 경쾌해서 천박스럽다는 느낌을 받았지만 결국은 그리운 가락이 되고 만 「밀양아리랑」. 한번은 그 운동장 가운데 허술한 링을 설치하고 인근의 삼류 복서들을 불러들여 권투 시합을 벌인 적도 있었다. 시합 도중 터진 코피로 얼룩진 선수의 흰 팬티가 왜 그렇게도 처절해 보이던지. 또 있다. 운동장에 넓게 목책을 둘러치고 벌이던 소싸움과 출전한 황소들이 전의(戰意)를 보이지 않을 때 확성기를 통해 들려오던 우스꽝스러운 지시. 싹불이, 싹불이, 암소를 준비하라(싹불이는 주최 측의 나이어린 막일꾼 이름이었고, 암소는 싸울 뜻이 없는 황소들을 자극하기 위한 수단)…….

그러다가 갑자기 온몸이 서늘해지는 느낌이 들 정도로 가슴 저린 추억 하나가 떠올라 왔다. 6학년 때의 군민(郡民) 체육회던가, 어쨌든 읍내(邑內) 여섯 개 국민학교가 겨루는 운동회가 있던 날이었다. 그날은 학교마다 수업을 쉬고 공설 운동장으로 자기 학교

응원을 나가 소풍날이나 다름없었다. 저마다 도시락을 준비하고 군것질 거리도 싸 와 응원은 제쳐 놓고 주변 솔밭을 뛰어다니며 하루를 마음껏 뛰어놀았다.

하지만 어머니도 없이 옥경과 한창 어려움을 겪던 그 무렵의 인철에게는 그래서 그날이 더 괴로운 날이 되었다. 도시락은커녕 아침조차 교회에서 보내 준 밀가루로 때우고 등교한 인철에게 구경이고 응원이고 흥이 날 리가 없었다. 겨우 출석이나 알리고 맥없이 반 아이들 틈에 줄지어 앉았다가 담임선생님의 눈치를 보아 슬그머니 솔밭으로 숨어들려는 때였다.

"인철아, 인철애이, 내 좀 보자."

누군가 기척도 없이 뒤를 따라오다 가만히 불렀다. 뜻밖이긴 하지만 돌아보지 않아도 누군지 알 것 같았다. 지난겨울 뒤로는 먼빛으로만 바라보며 지나쳐 온 명혜였다. 그 눈 내린 밤의 추억 이후 갑자기 생긴 쑥스러움에다 어머니가 고향으로 내려간 뒤로 영남여객 댁에 거듭 동정을 구걸할 수밖에 없어 상한 자존심 때문에 그 무렵 인철은 줄곧 그녀를 피해 오고 있었다.

그런데도 다가오는 명혜는 전과 조금도 다름이 없었다. 멀지 않은 곳에서 아이들이 보고 있는데도 아무렇지 않은 듯 신문지로 싼 작은 꾸러미 하나를 내밀며 말했다.

"이거 가지고 가래이. 아침에 학교 올 때 울 엄마가 싸 주더라. 안직 너그 엄마 고향 가서 안 돌아왔으이 니나 옥경이나 벤또(도시락)라도 올케 싸 올 수 있겠나 카미."

그때 당황해 어쩔 줄 몰라 한 것은 오히려 인철 쪽이었다. 그녀의 말로 그 꾸러미의 내용물이 짐작되면서 인철은 먼저 앞뒤 없는 수치심에 사로잡혔다. 갑자기 발가벗긴 채 그녀 앞에 선 것 같은 느낌에 그대로 뒤돌아서서 냅다 달아나고 싶을 뿐이었다. 명혜가 그런 인철의 속마음을 읽기라도 한 듯 달음질쳐 와 길을 막으며 도시락 꾸러미를 쥐어 주었다.

"니는 머스마가 어예 그렇노? 또 뭔 심술 부릴라꼬 그래 뻐덕하게 서 있노? 그래지 말고 옥경이 찾아 노나 묵어라."

명혜가 어른처럼 천연스럽게 나무라며 돌아서는데 그때부터는 또 왜 그렇게도 눈물이 쏟아지던지. 명혜가 저희 반 아이들에게로 돌아가 섞여 들기도 전에 인철은 굵은 소나무 등걸 뒤에 몸을 숨기고 서서 그때는 까닭도 모를 눈물을 한참이나 줄줄이 흘렸다. 눈물이 마른 뒤에 어렵게 옥경을 찾아 도시락 꾸러미를 풀었으나 이번에는 또 무언가 꽉 막힌 듯한 속 때문에 김밥 한 토막 입에 넣을 수가 없었다⋯⋯.

느릿느릿 공설 운동장을 가로지른 뒤 솔밭으로 접어들자 위쪽 유성방직 공장을 중심으로 한 일련의 변화가 비로소 세월의 흐름을 깨닫게 해 주었다. 전에는 낡고 허물어진 고성(古城) 같아 멀리서 바라보기에도 공연히 으스스했던 공장 건물들은 말끔히 손질되어 있었고, 잡초에 덮여 괴괴하기만 하던 빈터에는 그냥 지나치는 길은 아닌 듯한 사람들이 오락가락하고 있었다. 그리고 보니 돌아가는 기계의 소음도 제법 크게 들려왔다. 공장이 다시 가동되고 있는 듯했고, 거기서 은근히 느껴지는 것도 틀림없이 어떤 생기와 활력이었다. 그러나 인철에게는 왠지 아름답고 소중한 추억의 한 무대가 훼손되었다는 느낌뿐이었다.

그런 느낌을 떨쳐 버리듯 걸음을 재촉해 강둑에 오르니 갑자기 다가선 듯 남천강과 영남루가 펼쳐졌다. 강 이쪽저쪽에는 마지막 기승을 부리는 여름 햇살에 쫓겨 온 아이들이 물놀이로 신을 내고 있었다. 인철은 갑자기 몇십 년은 늙어 버린 사람처럼 강둑에 앉아 감회 어린 눈으로 뱃다리거리와 그 너머 펼쳐진 읍내를 가만히 바라보았다.

강을 따라 조는 듯 펼쳐진 작은 읍내의 스카이라인은 어느새 붉은 기운을 띠어 가는 저녁 햇살 아래 조금씩 녹아내리는 것처럼 보였다. 그런데 한 군데 이르러 돌연히 생생한 선이 되살아나며 눈부신 빛 같은 게 뿜어져 나오는 곳이 있었다. 거기서도 보이는 영남여객 댁의 정원수와 지붕이었다. 이어 그 선과 빛은 폭발하듯 이웃으로 번져 이내 그 작은 읍내는 푸른 강물과 붉은 놀을 배경으로 한 환상의 도시로 재구성되어 갔다.

인철이 돌내골 집으로 내려간 것은 중고등학교의 여름방학이 시작된 7월 하순이었다. 이래저래 공전(工專)을 그만두기로 작정한 인철은 방학을 핑계로 자연스럽게 집으로 돌아갈 수 있는 날까지 남은 보름을 자퇴(自退) 뒤의 새로운 진로를 찾아보는 데 썼다. 다른 인문계 고등학교 야간부로 전학하거나 입시 학원에서 검정고시를 준비하는 쪽으로 알아도 보고, 홀로 서울에서 학업을 이어 갈 만한 일자리를 얻을 수 있는지도 이리저리 더듬어 보았다. 그래도 남는 시간은 시립 도서관에서 목적 없는 책 읽기로 때우기도 했는데, 모두 누나 영희에게 자신이 학교를 그만둔 걸 숨기기 위함이었다. 영희가 자신의 학업에 품고 있는 만만찮은 기대와 집착을 잘 알고 있는 인철이라, 대놓고 자퇴를 밝히기가 너무나도 부담스러워서였다. 하지만 여름방학이 시작된 날 오후 돌내골로 가지고 내려갈 짐을 싸게 되면서 더는 영희를 속일 수 없었다.

"애는, 방학에 집에 내려가면서 보따리 싸는 게 왜 그래? 다시 안 돌아올 사람처럼 헌책 한 권 안 남기고 싸 마는 것 같은데. 무슨 일 있어? 왜 그래?"

짙은 패색을 드러내는 격투기 선수처럼 지치고 상한 얼굴이면서도 허세임에 뻔한 당당함과 손위 누이로서의 엄격함까지 내비치며 영희가 물었다.

"응, 그거……."

처음에는 어떻게든 둘러대고 돌내골 집으로 돌아가 편지로 모든 걸 밝힐 작정이던 인철이 갑자기 마음이 바뀌어 머뭇거리며 실토했다.

"실은, 누나…… 아무래도 나는 이쯤에서…… 돌아가 봐야 할 것 같아. 집으로 돌아가 한동안 쉬면서 다시 한 번 내 앞날을 생각해 봤으면 해."

그러자 영희의 얼굴이 더욱 엄격해졌다.

"무슨 소리야? 학교는 어쩌고?"

"바로 그 학교 때문이야. 우리 학교, 공고(工高)로는 일류지 최곤 지 모르지만 나는 이제 그 학교 더 못 다니겠어."

"왜? 무엇 때문에? 싸웠어? 맞아, 보름 전인가 얼굴에 상처가 나고 조금 절룩거리는 것 같더니 뭇매라도 맞은 거야? 그 학교에도 깡패가 있어? 더구나 요사이도?"

영희가 갑자기 아뜩해하면서도 겁먹은 눈길이 되어 인철의 얼굴을 살피며 목소리를 높였다. 아마도 옛날 오빠 명훈이 늦깎기로 고등학교 다닐 때 당한 일을 떠올리고 있는 듯했다. 4·19 전해던가, 그때 명훈도 따라지이긴 하지만 공고 야간부에 다니고 있었고, 그 학교 토박이 주먹들의 텃세에 시달리다 끝내는 피투성이 칼부림으로 해결하는 걸 본 적이 있었다.

"아니, 그게 그래. 문제는 깡패가 아니라 우리 학교가 공업전문 학교란 데 있어. 그리로 진학한 거 — 아무래도 내가 길을 잘못 찾아든 것 같아."

"경일공전이 왜? 누가 들어도 그 학교 좋은 학교라 그러던데. 졸업하면 취직도 백 프로고. 앞으로도 그래, 거 뭐야? 공업입국이라던가. 지금 포항, 울산 공단(工團) 만든다고 난리도 아니라던데. 구로공단은 벌써 수출산업 시작하고……."

"그래도 아니야. 공업전문학교는 아무래도 내겐 맞지 않은 옷 같아. 더욱이 기계과는. 솔직히 이번 학기 채우는데도 정말 죽을 고생 했어."

"그 학교 그거 닥터 박이 권해서 간 학교잖아? 가고 없지만 그 사람 그리 가벼운 사람 아니야. 우리 사정 이것저것 살펴 길게 보고 권했을 텐데……."

영희가 웬일로 닥터 박을 은근히 치켜세우며 입시 원서 쓸 무렵을 상기시켰다. 얼마 전까지만 해도 닥터 박 말만 나오면 보는 사람도 함께 혐오스러워질 듯한 표정으로 혐구를 일삼던 누나라 인철에게는 좀 뜻밖이었다. 하지만 오래전부터 닥터 박은 인철에게 들춰 보기 싫은 흉터 같은 사람이 되어 있었다. 거기다가 자퇴는 이미 돌이킬 수 없는 일이라는 게 그 논의가 길어지는 것을 참을 수 없게 했다.

"잘은 모르지만 그 사람도 그렇게 눈이 밝은 사람 같지는 않아. 특히 나같이 갈 데 없는 문과 기질을 알아보는 데는. 거기다가 누나, 깡패라고 했어? 실은 그것도 있지."

"아니, 그 좋은 학교에, 깡패가? 정말 요새 같은 세상에……."

"있어도 많아. 그것도 선생들 중에. 그리고 그중에 하나와는 벌써 피 탈까지 봤어. 그래서 그 낯짝에다 자퇴까지 통보하고. 학교를 때려 치워 버렸지. 누나가 말한 그 보름 전에…… 이젠 그 학교, 돌아가고 싶어도 못 가."

"뭐? 야, 너. 어떻게 내가 널……."

영희가 갑작스럽게 격앙을 드러내며 무언가를 말하려다 입안으로 삼켰다. 그러나 인철은 그 말을 마저 알아들었다. 뒷바라지해 그 학교에 넣었는데, 어떻게 들어간 학곤데, 란 영희의 입속말을 들은 듯이나 바로 받았다.

"그것도 내가 이만 학교를 그만둬야 할 중요한 이유야. 적어도 나를 이 학교 졸업생 만들려고 누나가 희생되는 건 둘 모두에게 너무 밑지는 셈법 같아. 공업전문학교를 못 견디는 나도 나지만, 누나도 이만 짐을 내려놓는 게 옳을 듯해. 진심이야. 지금까지 해 준 것만으로도 이 못난 놈에게는 오히려 과분할 지경이야."

"너 그게 무슨 소리야. 너야말로 날 버텨 주는 힘이었는데. 어떤 밑바닥을 굴러도 나를 비참하지 않게 지켜 주는 부적 같았는데. 너, 너 정말……."

영희가 이번에는 성내는 까닭을 바꾸어 그렇게 씨근거리다가 갑자기 무얼 크게 깨달은 사람처럼 풀썩 주저앉으며 목소리를 낮추어 말했다.

"아니, 그래. 맞아. 그건 결국은 다 감당해 내지 못할 내 허영이 었어. 거기다가 이제 나는 너를 보살피려 해도 그럴 능력조차 없어. 공연히 억지를 부려 널 잡아 두었다가 더 험한 꼴을 보일지 몰라……. 겨우 열 달이구나. 무슨 큰 성공이나 한 것처럼 너를 돌내골 개간지에서 불러 올려 공전에 집어넣고 내로라 자족해하며 지낸 세월이. 졸업 뒤에 좋은 직장 얻어 네 힘으로 공대까지 마칠 수 있게 해 주는 게, 그래서 하마터면 농투성이로 살게 될 동생 겨우 제대로 된 엔지니어 하나 만들어 낸다는 게, 이미 뒤틀려 버린 내 인생을 역전시키는 무슨 다시없는 묘수처럼 믿으면서…… 어디 그 뿐이야? 할 짓 못 할 짓 다하면서도, 천하에 잘난 건 이영희밖에 없다는 듯 서울 거리를 휘젓고 다녔지."

그러면서 두 손으로 얼굴을 감싸 안았다. 그리고 한동안 손끝으로 눈시울을 비벼 눈물이라도 씻는 것인지 말이 없다가 다시 이었다.

"그래, 실은 언제 네게 그런 내 실상을 털어놓고 의논할까 망설이고 있었는데, 네가 먼저 알아보고 떠나는구나. 맞아. 어제는 협회(미용협회) 사람들이 날 고발 먹여 대집행(代執行) 고지서인가 뭔가가 날아왔어. 내가 무시하고 버티면 한 달 안으로 집달리가 와서 미장원 간판 내리고 집기 들어낸단다. 이제 내게 남은 것은 줄어들고 줄어든 이 집 월세 보증금 5만 원과 큰 가방 하나면 다 쓸어 넣을 수 있는 옷가지뿐이야. 내가 아주 거덜 나 온갖 험한 꼴 다 보이고 난 뒤에야 너에게 이만 집으로 돌아가 달라고 비는 꼴 나기 전에 네가 알아서 짐 싸 주는 거지? 언제나 아무것도 못 본 것 같으면서도 구석구석 볼 거 다 보고 있는 너 아냐?"

그러는 영희의 고백에는 차츰 넋두리 조가 끼어들었다.

"그건 아냐. 오히려 누나가 속절없이 무너져 가고 있는데 아무것도 할 수 없다는 것, 아니 오히려 내가 무거운 짐이 되어 누나가 그렇게 무너져 내리는 걸 재촉하고 있는 것 같은 부끄러움이라면 모를까."

"그래도 이 지경에 몰리면서까지 창현이 그 사람에게서 헤어나지 못하는 나를 나무라지 않으니 고맙다."

영희가 그래 놓고 이제는 완연히 신파 조의 넋두리가 되어 말을 이었다.

"하지만 그는 이미 내 운명이 됐어. 우리 둘을 끝내 어떻게 몰아갈지 모르지만, 결코 떨쳐 버릴 수는 없는 내 운명……."

"누나 미안해. 실은 나 거기까지 살피고 있을 여유가 없었어. 누나의 운명이 되었다는 창현 씨 그분 일까지는. 두 사람의 미래를 가꾸는 일은 오로지 누나의 몫이라고 생각해서, 두 사람 관계의 옳고 그름이나 좋고 나쁨 같은 것조차 따져 본 적 없어. 지금 내가 몰두해 있는 것은 내 문제야. 내 삶과 내 앞날이고, 그걸 위해서는 이만 그 학교를 그만두어야겠다고 결정했을 뿐이야. 정말이야. 여기서도 뻗대려면 뻗대 볼 수 있겠지만, 그 학교에서 배워 한 기계 기술자로 자란 뒤에 거기 의지해 내 남은 삶을 채워 가기에는 아무래도 끔찍해. 공업이나 기계 기술은 결코 내가 잘 적응해 낼 수 있는 분야가 아닌 것 같아. 지난 한 학기의 경험으로 뼈저리게 깨달은 것은 내가 길을 잘못 들었다는 거야. 그래서 이쯤 해 멈춰 선 뒤 다시 한 번 새 길을 찾아보려는 거야. 하지만 걱정 마. 무엇이든 내 멋대로 하진 않을게. 집으로 돌아가 더 깊이 생각해 보고 형님과 어머님께도 상의해 다시 출발해 볼 거야."

인철은 되도록 감정을 절제하며 진지하고 성의 있게 자신의 마음속을 펼쳐 보였다. 그러자 영희도 넋두리 같은 말투를 버리고 안색을 가다듬으며 말했다.

"내게 좀 더 일찍 말해 주지 않은 게 섭섭하지만, 어쨌든 네가 깊이 생각해서 결정한 일 같아 조금은 마음이 놓인다. 나는 네가 다른 사람들에게 너그러운 만큼이나 너에게는 엄격하고 또 매사에 진지한 걸 안다. 네가 그래야겠다고 생각했다면 나같이 세상을 막 사는 년이 어떻게 말릴 수 있겠니? 그래, 그럼 오늘 밤차로 내려갈 거냐?"

"응, 새벽에 안동 내리면 내일 낮에 돌내골로 들어가게 될 텐데, 그때는 고향 사람들이 날 멀쩡하게 다니던 학교 때려치우고 내려온 놈이라고는 의심하지 않을 거야. 내가 학교에 나가지 않으면서도 여기서 보름이나 빈둥댄 것은 그래야 방학 한 달이라도 집에서 편하게 앞날을 구상해 볼 수 있을 것 같아서……."

"그래, 알았어. 내 세수하고 올게. 짐 싸는 대로 함께 청량리역으로 가자. 기차간까지 바래 줄게."

무슨 생각에선지 영희가 모든 걸 툭툭 털고 일어나듯 흔쾌히 몸을 일으키며 그렇게 말했다.

"괜찮아. 혼자 가도 돼. 누나는 곧 일 나가야 하잖아?"

"아냐. 아무래도 네 가방과 책 보따리가 둘 다 너무 커. 작별 삼아 내가 좀 거들어 줄게. 역까지는 택시 타고 가고, 구내로는 내가 입장권 끊고 들어가 가방만이라도 기차간까지 들어 줄게. 또 그전에 근처에서 우리 남매 결판지게(거방지게) 저녁이나 같이 먹고."

영희는 완전히 평소의 표정으로 돌아가 그렇게 말하고는 방을 나가 손님을 받은 지 오래 돼 썰렁한 미용실 수도 쪽으로 갔다.

영희는 세수에 화장까지 하고 옷도 갖춰 입은 뒤 인철에게 택시를 잡아 오게 했다. 청량리역 부근의 큰 식당 앞에 내려서도 영희는 한동안 어린 동생을 수학여행 보내는 누이처럼이나 구김 없는 얼굴이었다. 그러나 식당 한가운데 커다란 테이블을 차지하고 주문하는 음식이 하도 거창해 인철이 말리자 영희가 문득 새삼스러운 감회를 드러내며 받았다.

"그냥 둬. 왠지 오늘은 너와 함께 별난 저녁을 먹어야 할 것 같아. 어쩌면 다음에 우리가 이렇게 식탁에서 만나게 될 때까지는 꽤 긴 세월이 지나야 할지도 몰라."

그리고 역구내에 들어가서도 마찬가지였다. 입장권을 끊어 무거운 가방을 기차간까지 실어 주고 내리던 영희가 무엇 때문인지 한참이나 인철을 물끄러미 바라보다가 어울리지 않게 감상적인 어조로 말했다.

"어쩐지 이번에는 내가 멀리 떠나는 너를 전송하는 것 같구나. 예전에 네가 밀양역에서 내게 그랬듯이. 어린 너희들을 낯선 땅에 버려 두고 재봉틀 머리를 저당 잡혀 집을 나서던 나를, 무엇이 기다리는지 모르고 그저 떠나기만 하면 빛나는 세계가 팔을 벌리고 맞아 줄 거라 믿고 씩씩하게 떠나던 나를 네가 역 대합실까지 전송해 주었듯이 말이야."

다음 날 새벽 안동역에 내려 버스로 갈아타고 돌내골 집으로 돌아가서도 인철은 옷가방과 책 보따리 때문에 어머니로부터 또 한 번 누나 영희에게서와 같은 의심을 받았다.

"니 고등학교는 그만 치웠뿌래도 서울에는 그냥 남아 있을라 안 캤나? 정 안 되믄 이모네 집으로라도 옮겨 검정고시라도 한다꼬. 그래고 여기는 여름방학이라꼬 얼매(얼마간) 댕기 갈게라 캐놓고 웬 짐이 이래 많노? 이거 다 니 혼자 가지고 왔나?"

어머니가 그렇게 물어올 때에야 지난 번 자신이 보낸 편지에 놀라 당장 서울로 달려오기라도 할듯 그날로 황당한 답장을 보낸 어머니를 달래기 위해 한 거짓말을 떠올렸다. 그러나 인철은 짐짓 태연한 말투로 받았다.

"예. 기차나 버스에 오르고 내릴 때는 사람들이 조금씩 거들어 줬어요."

그러나 어머니는 바로 옷가방을 풀게 해 빨래 거리를 가려내면서 다시 의심스러운 눈길로 인철을 살폈다.

"암만 캐도 니 입던 옷 아주 다 가주고 온 것 같구마는. 책 보따리도 보이 글코. 서울에는 아무것도 놔뚜고 이것저것 모조리 다 훌 싸 말아 온 것 같은데 이기 어예 된 기고? 다시 서울은 안 돌아갈라 카나?"

그때도 인철은 하마터면 사실대로 털어놓을 뻔했다. 그러나 이번에는 누나를 떠날 때 겪었던 설득과 해명의 번거로움에다 거기 따른 실없는 감정의 낭비가 싫어 당장은 그대로 뻗대기로 했다. 밝히더라도 나중에, 우선 나 자신부터 정리된 뒤에…… 그런 생각으로 미리 준비한 듯 받아넘겼다.

"서울 다시 안 가기는 왜 안 가요? 어머니 시키는 대로 이모네 집까지 가 보고 왔는데…… 책은 방학에 봐야 하니 넉넉하게 가져왔고, 옷은 바쁜 누나에게 빨래까지 맡길 수 없어 보이는 대로 쑤셔 넣어 왔죠. 책은 내가 정리할 테니 옷이나 절어 빠지기 전에 빨아 주세요. 거의가 입던 옷이에요."

그렇게 새로운 거짓말까지 보탰다. 하지만 저녁에 장터에서 돌아온 형 명훈도 건넌방 윗목에 수북하게 쌓인 인철의 책을 보고 고개를 기웃거렸다.

"아무리 방학에 볼 거라지만 무슨 책을 이리 많이……."

"더는 안 볼 고등학교 입시 책도 섞여 있어요. 다 읽었지만 그냥 버릴 수 없는 책도 집에 갖다 두고……."

인철이 그렇게 얼버무려 더 따지고 들지는 않아도 명훈 또한 인철의 귀가를 심상찮게 여기는 눈치였다. 그 바람에 가족들 대하기가 공연히 서먹해서 애꿎은 책만 보며 며칠을 보냈는데, 그 가까운 어느 날 문득 용기의 편지가 날아들었다.

인철에게

방학이라 지금쯤은 네가 고향 집에 돌아와 있을 것 같아 그 주소로 편지를 낸다.

그동안 잘 지냈니? 지난 편지에서 일껏 들어간 학교를 네가 마음에 들어 하지 않는 걸 보고 걱정했는데, 조용한 걸 보니 그럭저럭 한 학기를 때운 모양이구나. 어쩌겠니? 이미 진학이 한 해 늦었는데 다시 고등학교 입시를 쳐 학교를 바꿀 수도 없고. 대학 입시 준비나 열심히 해 나중 대학교나 같은 곳에서 만날 수 있도록 하자. 각설하고,

이번 방학에는 드디어 우리가 밀양에서 만날 기회가 생겼다. 다름

이 아니라 국민학교 우리 기(期) 동창회인데, 올해는 7월 말일 날 진늪에서 열린단다. 알고 보니 이것들이 저희끼리는 벌써 작년에 한 번 모였다는구나. 어쨌거나 이번에는 외지로 유학 나간 우리한테도 골고루 초대장을 보냈는데, 그래도 네게까지는 가지 않을 것 같아 내가 대신 이렇게 알린다.

이 편지 받거든 바로 출발해라. 네가 밀양을 떠난 건 아직 3년이 채 안 되지만 우리가 만나 웃고 떠들며 논 것은 국민학교 6학년 겨울방학 때 광이네 집에 모여 하룻밤 지낸 게 마지막이니 햇수로는 벌써 5년째가 된다. 그동안 얼마나 변했는지 얼굴이나 한번 보자. 우리 집에서 며칠 놀다 함께 동창회 보고 네 고향 집으로 돌아가 남은 방학 마저 보내라.

쓰려면 할 말이 많지만, 가까운 날 너를 만나게 될 거라 믿고 그때까지 아껴 두련다. 나는 어제 돌아왔는데, 가만히 따져 보니 어릴 적에 뛰놀던 밀양을 제대로 돌아보지 못한 게 벌써 여러 해 되는 거 같아 오늘 낮에는 영남루로부터 무봉사 아랑각에 대밭 발치 석화(石花) 길을 거쳐 찬물샘까지 갔다 왔다. 용두목에서 미역을 감으며 어릴 때 생각 많이 했다. 이번에 오면 아이들과 함께 돌아보자꾸나. 그럼 줄인다. 하루빨리 만나기를 빌며.

1965년 7월 25일 밀양에서 용기가

그러잖아도 다시 새로운 출발을 하기 전에 한 번쯤 둘러보고 싶던 밀양이었다. 거기다가 주머니는 마침 누나가 마지막 정으로 쥐어 준 2천 원이 아직 용도를 찾지 못해 한 푼 헐지 않고 그대로 있었다. 인철은 용기의 편지를 어머니와 형에게 보이고 다시 정교하게 다듬은 구실을 보태 밀양에 갔다 올 허락을 받았다. 그리고 다음 날 아침 첫 버스로 대구까지 나가 거기서 밀양으로 내려가는 경부선 열차를 탔다.

잠깐 회상에 잠긴 사이 노을은 더욱 짙어져 강 건너편 스카이라인을 환상적으로 연출하였다. 그사이 몇 길은 더 솟아오른 듯한 영남여객 댁 정원 침엽수들 쪽이 특히 그랬다.

원래 돌내골을 떠나올 때 인철이 가진 여러 계획 중에는 영남여객 댁을 찾아본다는 것도 들어 있었다. 자연스럽고도 정중하게 방문하고 역시 자연스럽고도 정중하게 명혜를 만나 기회가 오면 그동안의 사무친 그리움을 넌지시라도 전할 작정이었다. 그런데 인철이 펄쩍 놀라듯 그 계획을 철회한 것은 바로 그 강둑에서였다. 저 높고 눈부신 곳으로 나는 아직 들어갈 수 없다. 멀리서 우러르는 것도 아직은 과분하다…….

'그래, 이번에는 먼빛으로라도 너를 볼 수 있다면 그것으로 넉넉해. 네게 어울릴 만한 멋진 성을 마련하고 드높이 올라앉을 백마를 얻은 뒤에야 너를 찾아가 당당하게 손을 내밀겠어.'

인철은 고귀한 대공의 하나뿐인 공녀(公女)를 짝사랑하게 된 숲속 나무꾼의 아들처럼 속절없는 심경으로 그렇게 중얼거리며 도

착한 뒤로 줄곧 잊고 있었던 친구들 쪽으로 상념을 돌렸다. 먼저 용기네 집으로 가리라. 재걸이며 광이도 만나리라. 지난 몇 년 내가 힘겹게 삶과 씨름하고 있는 사이에 그들은 어떻게 자랐고 무엇을 이루었는지부터 알아보리라.

그러자 인철은 갑자기 조급해져 몸을 일으켰다. 찾아갈 곳이 용기네 집이고, 끼니때가 되어 남의 집으로 찾아들지 않으려면 서둘러야 할 것 같아서였다. 그때 방직공장 쪽 둑길에서 무언가 두런거리는 소리가 들려왔다. 인철이 무심코 돌아보니 노동자풍의 청년 둘이 얘기를 나누며 다가오고 있었다. 둘 다 훌쩍한 키와 벌어진 어깨에다 머리를 길러 넘기고 있어 스물은 넘어 보였다. 그러나 그들의 얼굴 윤곽이 먼빛으로도 낯익은 데가 있어 인철이 머뭇거리는데 둘 중에 하나가 먼저 인철을 알아보았다.

"니 인철이 아이가? 니 참 오랜만이다. 우째 된 기고? 그동안 어데 있었노?"

그러자 다른 하나도 알은체를 했다.

"참말로 이인철이네. 야, 니 내 모리겠나? 문곤이, 김문곤이. 오류 학년 다 한 반이랬다 아이가?"

그제야 인철도 둘 모두를 알아볼 수 있었다. 하나는 창식이라고 고아원에서 같이 지낸 아이였고 다른 하나는 국민학교 때 한 반이었던 아이였다. 둘 다 나이가 인철보다 많아 그렇게 친한 사이는 아니었지만 그들을 이내 알아보지 못한 까닭은 반드시 그같이 친하고 덜 친함에 달린 것만은 아니었다. 국민학교 졸업으로 헤어진 뒤 서로 보지 못한 그 사오 년은 그들 모두가 한창 자라고 변하는 시간이기 때문이었다.

"아직…… 밀양에 남아 있었어?"

인철이 먼저 창식이를 향해 물었다. 인철이 고아원을 떠날 무렵 그가 고아원에서 도망치려다가 잡혀 온 일이 있었음을 상기한 까닭이었다. 창식이도 그 말을 알아들었다.

"내 같은 기 달라(도망쳐) 빼 봤자제. 가 보이 지가 어디 가겠노? 그렁저렁 중학교 졸업하고 인자 진짜로 한번 달라 빼 볼까 싶은데 여다 공장에 일자리가 생기 마(그만) 그양 주질러앉았뿟다(주저앉아 버렸다) 아이가."

창식이가 긴 한숨과 함께 남방 윗주머니에서 자연스럽게 담배를 꺼내 물었다. 그가 담뱃불을 붙이는 사이 문곤이가 묻지도 않은 말에 대답했다.

"객지 생활이라 카믄 저놈아(창식)보다 내가 쪼매 해 봤제. 니 알다시피 중학도 몬 간 내가 할 끼 뭐 있겠노? 하마 불알 밸갈(바알갈) 때 대구 나가 한 3년 도라꾸(트럭) 조수로 따라댕겼다라. 그래다가 할매 아파 들누우이 하나 손자가 우짜겠노? 할 수 없이 여다 끌래와 요새는 기술 같지도 않은 기술 가주고 창식이 저놈아하고 한 공장 밥 묵으며 지낸다."

그러자 인철은 문득 곱돌광산 산기슭에 있던 문곤이네 오막살이를 떠올렸다. 아버지는 6·25 때 전사하고 어머니는 재가해 버려 문곤이는 늙은 할머니와 둘이서만 살고 있었는데, 인철이 언제 무슨 일로 문곤이네 집에 들르게 되었는지는 얼른 떠오르지 않았다. 그때 담배를 붙여 문 창식이 연기를 한 모금 길게 내뱉으며 문곤에게 말했다.

"야, 우리 여다서 이럴 게 아이라 어디 가서 대포라도 한잔 빨자. 인철이 일마, 이거 니(문곤이)한테는 그저 동기 동창이지만 내한테는 형제라. 얼매 같이 지내지는 않았지만 우리는 한 솥밥 묵고 큰 '갈릴리' 형제라꼬."

그러고는 새삼 인철의 아래위를 살펴본 뒤 물었다.

"교복이사 입었다마는 고등학교 2학년이믄 술맛은 알겠제? 따라온나."

인철이 한 학년 높여 달고 온 학년 배지를 바라보며 하는 소리였다.

술에 취해 용기네 집으로 갈 일이 조금 난감스러웠으나 인철은 내색 않고 그런 그들을 따라갔다. '갈릴리 형제'란 말에 진득하게 배어 있는 정감도 그랬지만 그보다는 자신보다 훨씬 빨리 어른들의 삶에 편입되어 버린 그 둘이 자아내는 묘한 호기심에 이끌려서였다.

창식이 인철을 데려간 곳은 뱃다리거리 못 미처 둑 밑의 허름한 초가집이었다. 술집이라기보다는 옛날의 주막 같은 형태인데 방 사이에 있는 두어 평 마루방에서 막걸리도 팔고 국수도 말아내는 듯했다. 문곤에게도 단골인지 아직 할머니라 부르기에는 이른 안주인에게 제법 농담까지 건넨 그가 술을 주문했다.

"할마시, 여다 막걸리 한 되만 꾹꾹 눌러 내오소. 파고 정구지(부추)고 있는 대로 찌짐(부침개)도 몇 장 꾸버(구워) 주고."

"이 문딩이 같은 손(놈)들아, 느그사 술을 목구무로 마시든 동 콧구무로 드리붓든 동 머라(무어라) 칼 사람 아무도 없겠지마는 저 짜(저쪽)는 안죽 애리애리한(어려 뵈는) 학생 아이가? 학생을 술퍼 믹이(먹여서) 우쩰라 카노?"

말은 그렇게 하면서도 안주인은 별로 마다하는 기색 없이 사발 같은 대폿잔 셋과 술 주전자를 내왔다. 익숙하게 술잔을 채우면서 창식이가 지긋한 목소리로 물었다.

"철이 니 우째 된 기고? 언날 아침에 보이 니가 안 비는데 너그 어무이 찾아갔다 카기도 하고 사실은 서울로 달라뺀(도망친) 걸 원장 아부지가 그래 쏙이는 기라는 말도 있고오…… 나중에 성춘이 형 말 들으이 고향 갔다 카든데 인자는 또 서울서 학교 댕긴다 카이 뭐시 우째 된 긴지 모리겠네. 그건 글코오, 니는 사람이 그래서는 안 되는 기라. 그래도 생(형)이야, 동생아 카미 강냉이죽이라도 2년 가깝도록 한솥밥 먹고 지낸 우리 갈릴리 식구한테는 우째 편지 쪼가리 하나 못 보냈노? 사람 정이란 게 그런 기 아이라."

창식은 학교를 늦게 다녀 인철과 한 학년이라 학교에서는 남의 눈 때문에 서로 말을 트고 동급생으로 지내도 고아원 안에서는 인철이 그를 엄연히 형이라 불러야 했다. 그때는 그게 싫어 고아원으로 돌아가서는 되도록이면 말을 건네지 않았는데 그 같은 나무람을 듣고 나자 정말로 그가 형 같은 느낌이 들었다.

"형, 그건 말이야……."

인철은 까닭 없이 죄진 기분이 들어 그간에 있었던 일을 더듬
더듬 간추려 들려주었다. 누나의 칙칙한 사생활 부분과 1학년이면
서 2학년 배지를 달고 왔다는 것 외에는 모두가 사실대로였다. 인
철이 아무런 거부감 없이 형 대접을 해 주자 기분이 좋아졌는지
창식이 한층 살가움을 드러냈다. 국민학교 시절에는 별로 가까이
지낸 적이 없는 문곤이도 감격스러울 만큼 정을 썼다.

"그래도 용타. 중학도 다 졸업 안 하고 가가(가서) 서울서도 일류
가는 공전(工專)에 이렇게 처억 들어갔으이. 하기사 옛날에도 공부
깨나 하기는 했다마는……."

그러는 게 대견한 동생이라도 바라보는 눈길이었다. 한동안은
자신이 돌아온 게 그들을 만나기 위한 것이었던 듯한 착각에 빠져
술잔을 받던 인철이 문득 원래의 목적을 떠올리고 물었다.

"그런데 형하고 문곤이 넌 내일 동창회 어쩔 거야? 헤어진 지 5
년 만에 다시 만나는 건데 통 그 얘기가 없네."

"아, 그거? 그거야 너그 같은 쪼무래기들이나 모예 해해닥거리
는 데지 우리 같은 나백이(나이배기) 곁다리들이 무신 상관고? 말
이사 바른말이지, 우리가 어디 너그 같은 아들하고 모예 동창회 같
이 할 군번가? 거다가 하루하루 벌어먹기도 눈 튀나올 판인데."

창식이 뒤틀린 목소리로 그렇게 받았고 문곤이 역시 덩치에 어
울리지 않게 비비 꼬인 소리로 보탰다.

"글타. 거기사 잘나가는 아아들끼리 모예 지지꿈(저마다) 있는

자랑 아는 자랑하는 마당이라. 우리같이 히마진(못쓰게 된) 인생들이 낑갤(낄) 자리가 아이라꼬."

"그게 무슨 소리야?"

"동창회 이게 첨이 아이라. 작년에도 함 했는데 참말로 눈꼴시러바서. 그게 어디 폼 잡는 대회지 동창회가? 부모 잘 만내 일류 중학교 나오고 일류 고등학교 간 놈은 그 잘난 교복 교모 터억 받차 입고 와서 꺼떡거리 쌌고, 객지 나가 싸움 구경이나 해 본 놈은 틈만 나믄 구석구석이 주먹이나 내지르고, 양곡(洋曲) 몇 곡 배운 놈은 마이크가 지 꺼맨치로 되도 않게 쎄(혀) 꼬부라진 노래만 불러 쌌고, 춤 배운 놈은 트위스튼강 림본강 지뿐이라는 듯 거장을 치미(거장치며) 비비 틀고 돌아가고…… 그뿐가? 가스나들은 또 어떻고? 밸가벗고 남천강에 목욕하던 게 언젠데 어디 가서 몬된 것만 배와 갖고 벌써 찌지고 볶은 머리에 홀태(몸에 꽉 끼는) 바지로 암내나 살살 피우는 기 없나, 그 노래 그 춤 어데서 배왔는지 머스마들 절로 가라 카는 논다이 패가 없나. 교복 차림으로 말짱하게 앉아 있는 것들도 그새 서로 눈을 맞차 뒷구무로 저어끼리만 만날 쑥덕궁리가 한창이고…… 정말로 가관이더만."

문곤이가 한층 찌푸린 얼굴로 그렇게 지난해 있었다는 동창회를 제 속대로 비틀어 전해 주었다. 그 동창회에 대해 인철이 품고 있는 환상을 여지없이 흩어 버리는 소리였다. 하지만 그대로 받아들이기는 너무 허전했다.

"아무렴, 그렇게까지야……."

"낼 함(한번) 가 보라믄. 우짜튼 우리 둘이는 일없다. 내일이 일요일이고 휴무라 카지마는 창식이나 내나 빠질 수 없는 잔업도 있고오……."

문곤은 그렇게 말을 맺고 다시는 동창회 얘기를 하지 않았다. 대신 작업반장·잔업 수당·간조·야참 따위 인철에게는 귀에 선 말들을 무슨 은어처럼 섞어 가며 자신들의 얘기를 하다가 이따금 "목구멍이 포도청이라꼬"나 "에이고, 먹고살기 힘들다" 같은 말들과 함께 깊은 한숨들을 내쉬고는 했다. 가끔씩은 "무슨 반 가스나 (가시내) 아무개" 하며 함께 일하는 여자 공원들 얘기로 낄낄거리기도 했지만 인철이 그들에게서 본 것은 이미 허리까지 차오른 어른들의 찌들고 고달픈 삶이었다.

'우리들의 세계도 이미 둘로 갈라져 버렸구나. 어리석고 우스꽝스러운 바보짓을 되풀이해 가며 아직도 자라 가고 있는 아이들과 벌써 어른이 되어 삶의 진창에 깊숙이 빠져든 아이들…… 그런데 나는 그 둘 중 어느 편에 속할까?'

그들과 헤어져 용기네 집을 찾아가면서 인철은 갑자기 울적해지는 기분으로 그렇게 중얼거렸다. 묘하게도 자신은 그들 한가운데 자리를 잡고 있는 것 같았다. 일부러 더 희고 깨끗하게 빨아 입고는 왔지만 교복은 이미 그의 것이 아니었다. 만약 배움의 길을 계속 가려면 이제는 그 교복 밖에서가 아니면 안 되었다. 미술 선생에게 막말을 하고 보름 넘게 무단결석을 한 것으로 경일공전은 이미 끝이 났다. 거기다가 이제 막바지로 치닫는 듯한 누나와 창현의 동거는 다른 학교로의 전학이나 편입조차 기대할 수 없게 했다. 인철이 방학에 맞추어 돌내골로 내려가기 닷새 전인가, 전에 없이 손찌검까지 하며 누나와 싸운 창현은 조금도 미안해하거나 변명하는 투도 없이 말했다.

"니네 누나 요새 비어홀 다시 나가는 거 너도 알지? 그런데 어젯밤 외박했다면 이건 무슨 뜻이야? 세상에 불알 차고 그런 꼴 그냥 보아 넘길 핫바지가 어디 있어?"

그렇다고 당장 창식이나 문곤이처럼 '목구멍에 풀칠이나 하려고' 일터로 내몰릴 것 같지는 않았다. 돌내골에 틀어박혀만 있어도 가족이나 자신의 생계를 위해 일해야 할 처지까지는 아니었다. 어느 시기까지는 어두운 망상과 목적 없는 독서로 보내는 유예(猶豫)의 날들이 다시 이어질 것이다.

하지만 인철은 이미 그 같은 유예의 날들, 두 세계가 불안하게 맞닿아 있는 그곳의 고통을 속속들이 알고 있었다. 지난 2년 돌내골에서 보내야 했던 그 무료하고 지루한 낮들과 번민의 밤들, 이제 다시는 속절없이 그런 어둡고 울적한 시간 속으로 되끌려가지는 않으리라. 반드시 스스로 결단하리라, 내 갈 곳으로 스스로 찾아 떠나리라. 은근히 오르는 취기에 힘입어 인철은 그렇게 속으로 다짐하며 갑작스레 발걸음을 재촉했다. 며칠 전에 보낸 편지를 받은 용기가 몹시 기다리고 있을 것임을 이미 밝혀진 거리의 불빛을 보고서야 상기한 까닭이었다.

인철이 희미한 기억을 더듬어 용기네 집을 찾아갔을 때는 여덟 시가 좀 넘은 시각이었다.

"햐, 일마 이거. 니 도대체 어데 있었노? 어데 있다가 인제사 오노? 내는 니가 안 오는 줄 알았다. 대구에서 중앙선 영천하고 잇기(이어) 밀양으로 내려오는 기차는 다섯 시 도착 그 차뿐이다 아이가? 그런데 어데 갔다가 인자 오노?"

용기가 구르듯 달려 나와 인철을 반기며 그렇게 소리쳤다. 그 역시 목소리가 굵게 변하고 키도 마지막 보았을 때보다는 한 자나 더 자라 있었지만 몇 년 편지를 주고받는 사이 또한 그만큼 성숙한 우정은 그 모든 변화를 조금도 낯설지 않게 했다. 마침 용기의 방에는 재걸이와 광이가 와서 기다리고 있어 인철이 걱정한 용기 부모님과의 인사도 마당에서의 선인사로 때울 수 있었다. 창식과 문곤에게서 얻어 마신 한 되 가까운 막걸리 때문에 방 안에서 절을 올릴 때 술 냄새라도 풍기면 어쩌나 걱정하던 인철이었다.

골방을 겨우 면한 용기의 방에 그들 넷이 몰려 앉자 그곳에는 또 다른 세계가 펼쳐졌다. 국민학교 때 용기와 재걸, 광이는 모두가 학급의 모범생들이었고, 그 뒤로도 착실하게 그들의 길을 가 이제는 모두가 큰 도시의 명문 고등학교에 적을 두고 있었다. 따라서 그들이 모여 이루는 세계는 크게 보아 아직은 자라고 있는 세계였지만, 창식이나 문곤이 비웃던 그런 방향은 아니었다.

그곳에는 때 묻지 않은 이상(理想)이 있었고 진리와 아름다움에 대한 야심이 있었으며 성스러움에 대한 동경도 남아 있었다.

아직은 막연한 대로 법관이 될 것인가 의사가 될 것인가, 혹은 학문 속에 남을 것인가 실용(實用)에 몸 던질 것인가 따위, 다소 세속적이고 현실적인 논의가 조심스럽게 나오기는 했다. 하지만 그것도 싸구려 유행에 대한 앞뒤 없는 뇌동이나 치기로 부추겨진 동물적인 투쟁심, 또는 무지하기에 더 조급하고 용감해지는 성적 호기심과는 분명히 거리가 있었다. 열대야(熱帶夜)나 다름없는 밤에 좁은 방에서 넷이 살을 맞대다시피 누워 온몸 흥건히 땀을 흘리면서도 날이 희붐히 샐 때까지 얘기꽃을 피울 수 있었던 것은 아마도 그런 그들의 순수와 열정 때문이었을 것이다.

날이 샐 무렵 용기와 재걸, 광이는 가는 코를 골며 잠이 들었다. 그러나 인철은 창문이 훤히 밝아 올 때까지 잠들지 못했다. 창식이와 문곤에게서 받은 감동과는 또 다른 종류의 감동 때문이었다.

'그래, 이번에 내가 돌아온 것은 바로 너희들을 만나기 위해서였다. 어쩌면 머지않아 나는 나만의 길을 떠나야 할지 모르지만 그 길은 너희들이 가고자 하는 길에서 멀지는 않을 것이다. 당장은 벗어나도 끝내는 너희들과 만나게 될 길로 나는 가리라.'

인철이 그렇게 스스로에게 다짐하는 순간은 그토록 소중하게 품어 온 명혜의 환상조차 잠시 그의 의식에서 지워졌을 정도였다.

동창회는 읍내에서 조금 떨어진 진늪이란 곳에서 열리기로 되어 있었다. 얘기를 나누느라 날이 샌 뒤에야 눈을 붙인 네 사람은 아홉 시가 넘도록 곯아떨어졌다가 용기 어머니가 성화를 부리듯 깨워서야 겨우 일어났다. 용기 어머니도 동창회가 오전 열 시에 시작한다는 것을 알고 있었다.

이제 오랫동안 보지 못했던 아이들과 만나게 된다, 그 속에는 명혜도 있을지 모른다. 마치 까맣게 잊고 있었던 일을 갑작스레 상기해 낸 듯 그 같은 동창회의 의미를 되살린 인철의 마음은 다시 설레기 시작했다. 진늪은 국민학교 5학년 때인가 소풍을 가 본 남천강의 상류로 인철의 기억에는 상당히 먼 곳이었다. 아침을 먹지 않고 출발해도 닿을 것 같지 않아 은근히 조급해하자 광이가 느긋하게 말했다.

"그래 안 깝치도(재촉해도) 된다. 여다서 천천히 걸어도 반 시간이믄 닥상(충분함)이라."

용기도 태평스럽기는 마찬가지였다.

"반 시간 더 걸리믄 또 어떻노? 아이들이 아나, 여 있다, 지(제) 시간에 잘도 나오겠다."

그러면서 할 짓 다하고 나서는 바람에 용기네 집을 떠날 때 시간은 이미 열 시에 가까웠다. 다행히도 용기네 집에서 진늪까지는 그들이 말한 거리밖에 안 됐다. 북성거리를 지나자 이내 읍내가 끝나고 눈에 익다 싶은 고갯길이 나왔다. 다락밭과 야산 사이로 난 국도로, 아직 포장조차 되지 않아 먼지가 펄펄 날리고 멀리로는 공동묘지도 보였다. 가만히 기억을 더듬어 보니 역시 국민학교 5학년 때인가 공작 시간에 쓸 '쪼대'라는 이름의 고령토를 파러 왔던 곳이었다. 아직 영남여객 댁을 내 집처럼 드나들던 시절의 일로, 그때 인철은 자신이 필요한 것보다 훨씬 많이 파다 명혜에게도 나누어 주었다.

"여기 어디 도자기 공장 같은 게 있었는데……."

인철이 옛 기억을 더듬으며 그렇게 중얼거리자 광이가 싱긋 웃으며 받았다.

"도자기 공장이 아이고 벽돌 공장이다. 저기 고려내화(高麗耐火), 저거라. 5학년 때 니하고 내하고 여다 쪼대 파러 안 왔다나? 비가 억수로 퍼붓는 날이라. 그때 쪼매만 파 가도 되는데 니는 억시기 많이 파 가주고 가다……."

그 말에 인철은 햇볕 따가운 여름 아침의 자갈길을 걸으면서도 안개 자우룩한 추억 속을 헤매는 듯한 감회에 빠졌다. 바로 네가 같이 갔었구나. 그런데 어째서 그건 까맣게 잊어버렸을까. 억수같이 내리던 비도…… 그때 용기가 팔꿈치로 인철의 옆구리를 쿡 찌르며 말했다.

"저기 바로 진늪 솔밭이다. 인자 마음이 놓이나?"

그러면서 용기가 턱짓으로 가리키는 곳을 보니 내리막길이 끝나는 곳에 한 자락 강물이 보이고 그 강물을 따라 시퍼런 솔밭이 펼쳐져 있었다. 빨리 걸으면 십 분 거리도 안 될 것 같았다. 거기서 다시 기억의 혼란이 왔다.

"우리 5학년 때 진늪에 소풍 가지 않았어? 그때는 영 이렇지 않았는데."

"아이고 빙신, 저기 참말로 밀양 살기는 살았나? 일마, 그때 진늪으로 소풍 가는데 왜 이 길로 오노? 삼문동 학교에서 출발한다 카믄 영남루 밑으로 해서 백송(白松) 있는 데로 질러가믄 훨씬 가까운데."

이번에는 재걸이가 그렇게 핀잔처럼 기억을 일깨워 주었다. 하지만 그 기억을 더듬는 사이 인철은 더욱 자우룩한 추억의 안개 속으로 잠겨 들어 주위도 잊은 채 남은 길을 걸었다.

그들이 솔밭 머리에 이른 것은 열 시 이십 분이 조금 넘었을 때였다. 주최한 동창 아이들이 구해 온 듯한 마이크 소리가 멀리서도 왕왕 거리고 솔밭 사이로 여름 교복을 입은 남녀 고등학생들이 희끗희끗 보였다.

"봐라. 절타(저렇다) 카이. 하마 반 시간이나 지났는데 절마들 저거 쫌 봐라. 우리 졸업생이 몇 명고? 육육이 삼십육, 3백 6십 명 아이가? 그런데 절마들 모예 있는 거 저거 다 때려 웅치(합처) 바야 서른 명도 안 되겠다."

용기가 보아란 듯이 그렇게 말했고, 재걸이가 그 말을 받듯 솔밭 머리에 있는 작은 가게를 가리키며 다른 제안을 했다.

"뻔하다. 다 모일라 카믄 안직 멀어도 한참 멀었다. 우리 저다 가서 뭐 시원한 거나 한 잔씩 마시고 가자."

하지만 그때 이미 인철의 감회는 이상한 방향으로 흐르고 있었다. 발단은 솔밭 사이로 희끗희끗 보이는 교복이었다. 멀지 않은 곳에 아직은 누군지 알아볼 수 없는 여학생 몇이 서 있었는데, 그

중에 하나는 흰 상의 소매 끝과 흰 세일러 복 칼라에 검은 선을 댄 교복을 입고 있었다. 인철은 그 교복을 알고 있었다. 옛날 명혜의 언니가 휴일이나 방학이면 자랑스레 입고 오던 부산의 그 명문 여고 교복, 명혜는 어쩌면 저 애들과 함께 있을지도 모른다……

그러자 인철의 가슴에 갑자기 찬바람이 일었다. 자신의 모습이 몇 배나 초라하게 느껴지며 그런 모습으로 그곳에 나타난 일 자체가 문득 후회스럽기까지 했다. 그리고 그 후회는 때아닌 술 생각으로 첫 모습을 드러냈다.

"여기 소주도 한 병 주세요."

가겟집 평상에 앉자마자 사이다며 콜라를 시키는 아이들 틈에서 그렇게 덧붙이는 인철을 주인 여자가 빤히 쳐다보았다. 그러나 반드시 나무라는 표정은 아니었다. 용기네 아이들도 인철이 그렇게 나오자 갑작스러운 객기를 부렸다.

"맞다. 동창회야 가 봐야 뻔한 기고 여다서 술이나 한잔 걸치고 가자."

광이가 그렇게 맞장구를 치고 나왔고 재걸이는 한술 더 떠 안주까지 청했다. 거기에 먼저 와 있던 지현이란 아이가 끼어 이내 술자리가 어우러졌다. 지현이 역시 중학교 때부터 대구에 나가 공부한 아이라 현지에 남은 아이들과는 서먹해진 바람에 혼자 겉돌다가 그들 틈에 낀 것이었다.

"그런데 말이야. 너희들 명혜 알지? 3반 가시내, 영남여객 댁 딸 말이야. 갠 여고 어딜 갔어? 중학교는 괜찮은 데로 갔다는 거 알고 있는데……."

인철이 그렇게 명혜 소식을 물을 수 있었던 것은 두어 잔 돌아
간 소주가 북돋아 준 용기 때문이었을 것이다. 되도록이면 지나
가는 투로 물었지만 가슴은 물레방아가 돌아가는 듯 쿵덕거렸다.

"절마가 왜 안죽도 그걸 안 묻노, 싶디(싶더니). 글치만 맨입으로
되나? 나도 이거 알라 카다가(알아보려다가) 정미 그 가스나한테 얼
매나 오해 받았는데."

명혜에 대한 인철의 감정을 어느 정도 알고 있는 용기가 입을
열기도 전에 재걸이가 그렇게 인철을 놀려 놓고 이종간인 정미란
여자애에게 들은 대로 전해 주었다.

"학교사 괜찮제. 스텔라여고(女高)라꼬 부산서는 그래도 알아
주는 사립이라. 글치만 내막을 들으믄 쪼매 실망스러블 꺼로. 시험
쳐 드간 게 아이고 보결이라. 발렌강 뭔강 춤 특기생이라 카는데,
실은 그 발레라 카는 걸 시작한 게 바로 입시가 자신 없어서라는
말이 있더라꼬. 하기사 가시나들 쫍은 속으로 등 뒤에서 하는 소
리 다 믿을 수 있나? 늦가(늦게) 예술적인 자질을 발견해 그 길로
나설 수도 있는 거 아이가?"

그러나 인철의 귀에는 되도록이면 좋게 해석한 뒷부분만 들어
왔다. 발레, 예술적 자질……. 그게 다시 명혜를 환상 속에서보다
훨씬 더 아득한 존재로 만들었다.

차라리 별의 이름을 붙이련다.

손 닿을 수 없이 아득한 너이기에.

그로부터 오래잖아 끄적이게 되는 인철만의 노트에는 그런 구절이 있는데 그것은 아마도 스텔라가 별이란 뜻임을 알게 된 인철이 그날 명혜에게 느낀 감정을 시로 토로해 보려고 한 노력의 일부일 것이다.

다행히도 그 술자리는 곧 끝이 나 인철의 내부에서 불 댕겨진 감정의 상승 작용은 차단될 수 있었다. 열한 시 무렵 해 동창회를 주최한 지역 아이들이 그들을 데리러 온 까닭이었다.

아직 동창회에 참석하는 것 자체를 거부할 만큼 기분이 주저앉지는 않은 때라 인철은 말없이 그들을 따라갔다. 강가에서 멀지 않은 솔밭 가운데 설치해 둔 마이크 쪽으로 가 보니 그새 동창들은 백 명 가까이로 불어나 있었다. 총 동창생 수에 비하면 너무 적었지만 이미 예정 시간보다 한 시간이나 늦어 주최측은 개회를 서둘렀다. 이제는 네 반 내 반 가릴 것 없이 적당하게 덩어리 져 앉은 남녀 동창들을 상대로 의례적인 식순을 무언가에 내몰리듯 급하게 진행시켰다.

한 군데 굵은 소나무 아래 용기네 아이들과 자리를 잡은 인철은 되도록이면 자연스러워지려고 애쓰며 먼저 남자 동창들부터 둘러보았다. 교복을 입지 않은 아이들도 더러 있었으나 머리칼로 보아 모인 아이들은 대개가 고등학교에 다니는 아이들 같았다. 그러나 열세 살부터 열여덟 사이 헤어져 보낸 5년이 안팎으로 워낙 심하게 변하는 나이라 그런지 코흘리개 시절과 쉽게 겹쳐지는 얼굴은 많지 않았다. 중학교에서도 한 반이었던 아이들 몇몇을 빼면 거의가 낯설었다. 철이 그들과 국민학교를 같이 다닌 게 2년밖에 안 돼 더 그런지도 모를 일이었다.

남자아이들을 대강 훑어본 인철은 다시 여자아이들 쪽을 훔쳐보았다. 진작부터 궁금한 것은 그쪽이었지만 왠지 누군가가 자신의 마음속을 들여다보고 있는 것 같은 느낌에 짐짓 미룬 뒤였다. 변화는 여자애들 쪽이 더욱 심했다. 단 하나 이웃에 살았던 적이 있는 정순희라는 여자아이를 빼고는 모두가 낯설 정도였다.

'너라면 알아볼 수 있다. 네가 여왕의 야회복을 입고 있더라도, 거지의 누더기를 걸치고 있더라도, 천사의 날개를 달았더라도, 악마의 뿔이 돋았더라도.'

인철은 한편으로는 참담한 열등감에 시달리면서도 아직 그보다는 몇 배 세찬 그리움에 휘몰려 열심히 명혜의 얼굴을 찾았다. 그러나 없었다. 몇 번이나 되풀이 훑어보았지만 명혜의 얼굴은 어디서도 찾아볼 수 없었다.

명혜가 나오지 않았다는 사실이 갑자기 그 모임을 시들하게 느껴지게 만들었다. 어느새 의례적인 식순은 끝나고 오락회에 앞서 차례로 자기소개를 하는 순서가 되어 자리는 갑자기 활기를 띠기 시작했으나 인철의 마음속은 오히려 썰렁해지기만 했다. 한 해 늦어진 걸 밝히기 싫어 'Ⅱ'자 학년 배지를 달고 온 것조차 부질없는 짓으로 느껴졌다.

하지만 용기네는 달랐다. 인철이 그렇게 느껴서인지 모르지만 갑자기 눈빛까지 달라질 정도로 활기를 띠며 자랑스레 학교와 이름을 밝혔다. 이어 오락회가 시작되면서는 더욱 그랬다. 우선 주최 측이 준비한 순서부터 벌써 그들과 아득한 거리감이 느껴졌다. 세 명의 읍내 고등학생이 나와 「더 영 원」을 원어로 부르는데 노래에 맞춰 추는 춤까지 그때 한창 인기 있던 영화 「틴에이저 스토리」의 장면 그대로였다. 자신이 어두운 골방에서 우울한 몽상에 잠겨 있거나 턱없이 심각한 독서에 빠져 있는 동안 또래를 열광시키며 번져 나간 그 노래와 춤. 그런데 용기네 아이들도 아주 자연스럽게 그걸 즐기고 있었다.

인철이 그 자리를 빠져나온 것은 오락회가 한창 흥겹게 무르익어 갈 무렵이었다. 명혜도 없고 모임이 대강 전날 밤 창식이와 문곤이가 이죽거린 대로의 놀이판으로 굳어 가자 인철은 슬그머니 솔밭을 빠져나와 얼마 전에 아이들과 함께 술을 마신 가겟집으로 갔다. 처음에는 꼭 그럴 작정이 아니었으나 가게 앞에 이르러 보니 갑자기 술 생각이 다시 났다.

인철은 좀 전처럼 그대로 살평상에 앉아 술을 마시려다가 네홉 들이 소주 한 병과 오징어 한 마리를 봉지에 넣게 했다. 사방에서 다 보이는 솔밭 머리 가겟집 살평상에서 편하게 퍼질러 앉아 술을 마시기에는 차려입은 교복이 아무래도 불편했을 뿐만 아니라 제대로 마시기도 전에 용기네 아이들이 찾아와 훼방을 놓을 염려도 있었다.

인철은 술병이 든 봉지를 끼고 동창회가 열리는 장소에서는 보이지 않는 강변으로 숨어들었다. 그사이 마이크에서는 아예 음악 반주가 흘러나오고 아이들의 노래는 합창으로 변해 있었다. 소나무 등걸 사이로 언뜻언뜻 살펴보니 몇몇은 앞으로 나와 춤을 추고 있는 것 같았다.

언제나 즐거운 것은 너희들이로구나 ─. 춤추는 아이들을 보며 그렇게 중얼거리던 인철은 문득 쓸쓸하고 울적한 심경이 되어 되도록이면 마이크 소리가 들리지 않는 곳까지 강을 따라 내려갔다. 은어 낚시 철인지 유난히 굵고 긴 은어 낚싯대를 든 사람들 몇이 하류 여울목에 허리를 담그고 서 있는 게 보였다. 왠지 눈에 익은 게 가까이 가서 보면 알아볼 수 있는 사람들 같았다. 그러고 보니 맞은편 산도, 발 앞까지 펼쳐진 강물도 예전의 기억과 별로 달라진 게 없었다. 사라지고 변하는 건 우리뿐인가.

강물을 따라 한참을 내려간 인철은 앉으면 행사장이 전혀 보이지 않고 마이크 소리도 멀게 들리는 물가 소나무 그늘에 자리를 잡았다. 병마개를 따고 나서야 잔을 구해 오지 않은 게 생각났으나 크게 낭패될 일은 아니었다. 그때는 이미 상당히 과장된 감정 탓인지 소주를 병째 마셔도 평소처럼 그리 역하지 않았다. 오징어를 구워 오지 않은 것도 별문제는 안 되었다. 평소에는 쿰쿰함과 비릿함이 섞인 생오징어 특유의 냄새를 싫어했으나 그날은 어찌된 셈인지 그것대로의 별난 맛이 느껴졌다.

네 홉들이 45도 소주지만 반 병쯤 비울 때만 해도 인철의 사고는 그런대로 나름의 조리와 단락을 가지고 있었다. 얼얼하게 취해 오는 머릿속을 먼저 가득 채워 온 것은 그사이 훨씬 위험스럽게 자라 있는 열패감(劣敗感)이었다. 배움과 앎이 도구이고 힘인 시대에 그 과정도 내용도 부실하기 짝이 없는 현재의 자신과, 개선의 가망이 별로 보이지 않는 앞날. 출발부터 뒤져 버린 경주. 그럼에도 바라보는 곳은 터무니없이 높고, 열패의 아픔에는 남보다 몇 배나 예민한 영혼. 그때 인철이 괴로워했던 것들을 추상적으로 표현하면 대강 그렇게 될 것이다.

그런데 알 수 없는 것은 그 같은 열패감의 해소 방식이었다. 사람들은 자신이 헤어나기 힘든 불행이나 곤란에 빠졌다고 생각될 때 흔히 공격적이 되고 또 그 공격 대상은 일쑤 자신 이외의 개인이나 집단이 된다. 그러나 특별한 경우를 빼고는 한 사람이 다른 한 사람의 불행을 고스란히 책임져야 하는 경우는 흔치 않고, 설령 그렇더라도 그 공격은 기껏해야 개인적인 복수로 인식될 뿐 사회적인 공감을 얻어 내기 힘들다.

거기 비해 집단을 공격하는 것은 결국 제도나 구조의 문제와 연결되어 모두가 만족해하는 완전사회가 아닌 한 많은 동조자를 얻게 되어 있다. 물론 거창한 대의나 그럴듯한 명분을 장만한 뒤의 일이지만, 그럴 때 이 방식은 승리에는 영광과 화려함이 따르고 패배마저 비장한 아름다움을 후광처럼 두른다. 현실에서의 열패감이 종종 혁명가를 길러 내는 온상이 되는 것은 바로 그런 이중의 보장 때문일 것이다.

하지만 그렇지 않은 사람도 있다. 그들은 자신이 빠져 있는 불행의 책임을 망설임 없이 자신에게로 돌리고 그 해결의 방안도 자신에게서 구한다. 그들은 흔히 불행의 원인을 욕망과 능력의 부조화로 진단하는데, 그때 그들이 그 부조화를 해소하기 위해 고르는 방식은 크게 두 가지다.

그 하나는 자신의 능력을 키우는 일이다. 그들은 근면·검소·노력·성실 따위 진부한 미덕들을 신조처럼 껴안고 자신의 물질적·정신적 능력을 극대화하여 세상과의 경쟁에서 우위를 차지하려한다. 그 바탕에 세계와 자신에 대한 어느 정도의 믿음이 깔려 있는 이들로, 언제나 자기 밖의 집단과 구조에서만 문제의 해결을 찾으려는 이들에게는 불쾌하기 짝이 없는 출세 지향주의자들로 낙인찍히기 일쑤이다.

다른 한 방식은 욕망의 축소이다. 그들은 자신의 능력에 상관없이 욕망의 축소가 불행의 축소에 광범위한 효과가 있음을 알아차린 사람들이다. 안빈낙도(安貧樂道), 안분지족(安分知足) 같은 옛가르침들은 그러한 앎의 고급하고 세련된 진술이다. 역시 자기 밖의 집단과 구조에서만 문제의 해결을 찾는 이들에게는 쓸모없는 방관자나 패배주의자로 규정되기도 하지만 어찌 보면 그들이야말로 삶의 달인(達人)들일 수도 있다.

개인의 불행을 해소하기 위한 그런 여러 가지 방식 사이에는, 엄밀하게 말해 절대적인 우열이나 시비의 판가름이 있을 수 없다. 어떤 시대는 어두운 열정의 반항아, 혁명가들을 선호하고 어떤 시대는 입지전(立志傳)의 자수성가형(自手成家型)이나 삶의 달인들을 더 높이 치켜세운다.

그런데 이제 막 홀로만의 걸음마를 시작한 인철의 정신이 선택한 방식은 불행하게도 입지전 쪽이었다. 여기서 인철의 그 같은 선택에 '불행하게도'란 수식어를 붙이는 것은 그 뒤 그의 젊은 날과 중년의 일부를 보내야 할 시대의 성격 때문이다. 무엇이든 자기 밖의 집단과 구조의 문제로만 해석하려 들던 1970년대와 1980년대를, 어떻게든 세상의 시비에 관여하지 않을 수 없는 말과 글의 사람으로 보내야 했던 인철이 그 같은 선택 때문에 받아야 했던 상처는 얼마나 끔찍했던가.

그날 인철은 틀림없이 견디기 힘든 열패감으로 머리칼을 쥐어뜯고 가슴을 싸안았지만 그래도 철 이른 자포자기나 자기 비하와는 거리가 멀었다. 독한 소주를 병째 질금거리며 어둡고 아늑한 상념 속을 헤맨 것도 잠시, 그는 이내 그것들을 털어 내듯 세차게 머리를 저으며 스스로를 위로하듯 중얼거렸다.

'그래, 늦었지만 아주 늦은 것은 아니다. 틀림없이 나는 저 아이들에게 뒤졌지만 그렇다고 따라잡을 수 없을 만큼 저 아이들이 멀리 간 것은 아니다. 서울에 무엇이 기다리든 나는 다시 돌아갈 것이고 거기서 다시 한 번 힘을 다해 달릴 것이다. 자기 앞의 삶. 아직 경주는 끝나지 않았고 나는 마지막에 웃겠다……'

그러자 인철의 비감(悲感)은 방향을 달리해 그 모임에 나오지 않은 명혜에게로 향했다. 그 비감은 이미 그동안에 오른 술로 과장된 추억 때문에 조금씩 감미로움이 섞여 들기 시작한 것이었다. 그는 명혜가 그 자리에 나타나지 않은 것이 그동안 그녀가 너무 높고 귀하게 자라 버린 탓이라고 문제 없이 단정했다. 재걸이가 준 정보를 좋은 쪽으로만 해석해 이미 예술의 길로 접어든 그녀의 고귀한 영혼이 속세의 아이들로 저같이 상스럽고 떠들썩한 모임에 어울리려 할 까닭이 없다고 믿었다. 그녀는 어딘가 높고 빛나는 곳에서 내가 그리로 솟아오르기를 기다리고 있다⋯⋯.

그러다가 술병이 비어 감과 함께 생각들이 한층 고삐 풀린 말처럼 날뛰게 되면서 무슨 암귀(暗鬼)같이 불길한 의심이 불현듯 떠올랐다. 그녀는 혹 내가 온다는 것을 알고 굳이 피한 것은 아닐까. 어느새 나는 그녀가 만나기 거북한 존재, 혹은 되도록이면 비껴가고 싶은 존재로 변해 버린 것은 아닐까.

갑자기 추억과 망상의 감미로움은 사라지고 인철은 그 새로운 불안으로 다시 괴로워하며 머리를 싸안았다. 그러나 그 불안은 근거 없고 엉뚱한 만큼 오래가지 않았다. 이제는 미각과 취각이 아울러 마비되어 조금도 역하지 않은 소주를 몇 번 겁 없이 꿀꺽이고 나니 그 불안은 다시 새로운 종류의 감상으로 바뀌었다. 여름의 불어난 수량(水量)으로 하상을 넉넉히 덮고 쉼 없이 흘러내리는 강물이 준 어떤 연상에서 비롯된 것이었다.

술 때문에 잠시 끊어진 상념을 메우려는 듯 무심코 강물에 눈길을 던진 인철이 아무런 앞뒤 없이 연상해 낸 것은 어린 날에 본 어떤 미국 영화의 포스터였다. 마릴린 먼로라고 하는 화려하게 생긴 여배우가 거친 물결 위에서 뗏목을 젓고 있는 포스터 그림이 먼저 머릿속 가득 되살아나더니 이어 한자와 한글을 멋 부려 섞어 써놓은 '돌아오지 않는 강(江)'이란 제목이 이상하리만치 선명하게 눈앞에 떠올랐다.

아직 고등학생이던 누나를 따라 관람한 그 영화는 감동적이기는 해도 주제가 그리 깊이 있는 것은 아닌 서부영화였다. '돌아오지 않는 강'이란 것도 그 영화에서는 어떤 강의 이름에 지나지 않았다. 그런데 그 제목을 입속으로 가만히 되뇌자 갑자기 '돌아오지 않는 강'이란 말이 특별한 의미로 다가왔다. 이번에는 네 홉들이를 거지반 비운 소주의 취기와 그동안 자신도 모르게 의식 속에 축적된 문학적 소양이 어우러져 자아낸, 과장된 감상이었다.

'강물은 흐르고 시간도 흐른다. 사람의 삶은 시간의 강바닥을 따라 흐르는 강물. 한번 흘러가 버린 것들은 아무것도 다시 돌아오지 않는다. 명혜, 너는 시간과 더불어 흘러간 존재. 이제는 돌아오지 않는 강물이 되었는가. 세월의 강가에 이우는 바람 소리여. 잃어버린 시간을 찾아 나선 이 길의 황량함이여……'

그때 거의 닫혀 있다시피 한 인철의 청각을 묘하게 자극하는 게 있었다. 멀게나마 끊임없이 이어지던 마이크의 노랫소리가 뚝 그치고 이어 날카로운 이음(異音)과 함께 여럿에게 무언가를 알리는 말소리가 들려온 것이었다. 인철이 몸을 일으켜 귀를 기울여 보니 이런 소리가 토막토막 바람에 실려 왔다.

"고맙습니다, 동창 여러분…… 오전 순서는 끝…… 주최측에서 준비한 점심…… 다시 오후 순서…… 먼저 가시지 말고 다 함께……."

이미 짐작은 했지만 동창회는 오래 못 본 동창들의 공식적인 회합으로서보다는 하루의 진진한 놀이판으로 짜인 듯했다. 아침에 용기네 아이들이 늦는데도 전혀 서두르는 기색이 없던 것도 그런 그곳 동창회의 관행을 잘 아는 탓이었다는 데 생각이 미치자 다시 인철의 취한 머릿속은 엉뚱한 추측으로 활활 타올랐다. 많은 아이가 지루한 공식 식순을 피해 일부러 늦게 참석했을지도 모른다. 어쩌면 명혜도.

추측은 이어 움직일 수 없는 단정이 되고 갑자기 다급해진 인철은 이제는 한 모금 밖에 남지 않은 소주병을 휘두르듯 하며 서둘러 행사장으로 향했다. 두 발이 유난히 자주 돌부리에 걸리는 게 몸마저 적잖이 취했음을 느끼게 해 주었다. 얼마 가지 않아 소나무 등걸 사이로 저만치 행사장이 보였다. 인철은 알맞게 휘어져 절로 몸의 절반 이상이 가려지는 굵은 소나무 줄기에 기댄 채 가만히 그쪽을 살펴보았다.

취한 시선을 가다듬고 보니 원을 이루고 둘러앉았던 아이들은 주최측에서 내주는 도시락을 받아 끼리끼리 흩어지는 중이었다. 한편에는 그런 주최측을 거들떠보지도 않고 아직도 미진한 흥을 풀고 있는 축도 있었다. 같은 도시의 고등학교에 다니는 아이들인 듯 남녀가 제법 자연스럽게 뭉쳐 트위스트를 추고 있었는데 그들에게도 어딘가 술기운이 느껴졌다. 그러나 추측과는 달리 그들의 머릿수는 이쪽저쪽을 다 합쳐 보아도 인철이 그곳을 떠날 때보다 조금도 는 것 같지 않았다. 여자아이들을 하나하나 눈길로 뒤쫓아 보았지만 명혜는 없었다.

'그래서 너는 나의 명혜다…….'

인철은 묘한 안도와 실망을 동시에 느끼면서 병에 남은 소주를 마저 비웠다. 그리고 꼭 훔쳐본다는 느낌도 없이 춤추는 아이들 쪽을 살펴보았다. 아이들은 정말로 즐겁게 놀고 있었다. 어디서 배웠는지 남자애, 여자애 할 것 없이 조금도 어색하지 않게 몸을 놀리는데, 표정 또한 그렇게 진지하면서도 자연스러울 수가 없었다.

"자, 림보."

갑자기 춤추던 아이들 중 하나가 바지의 가죽 허리띠를 풀며 소리쳤다. 다른 아이가 그 허리띠 끝을 들고 마주 서고 나머지는 몸을 뒤로 젖힌 채 리듬에 맞춰 팔짝팔짝 뛰며 허리띠 밑을 줄지어 지나갔다. 처음 가슴께에서 시작된 그 허리띠의 높이는 아이들이 한 차례 지나갈 때마다 조금씩 낮아졌다. 그래서 허리께에 이르면서 뒤로 넘어지는 아이들이 하나둘 생겨났다. 그때마다 쏟아지는 웃음이 어찌 그리 재미나고 즐거울 수 있던지.

그들이 처음 인철의 눈길을 끈 것은 그 구김 없는 즐거움의 몸짓과 표정 때문이었을 것이다. 틀림없이 인철도 한동안은 그들의 흥겨움에 동화되어 제법 발끝까지 까닥거렸다. 그러나 의식 깊은 곳으로 밀려났던 열패감이 무엇 때문인가로 되살아나면서 그들을 보는 인철의 눈길은 뒤틀려 갔다.

그로부터 1년 뒤쯤 『토니오 크뢰거』를 읽게 된 인철은 성인이 된 주인공의 귀향 장면에서 1년 전 자신의 모습을 보며 깊은 감동을 받은 적이 있다. 그러나 그 감동이 주인공과의 동일시(同一視)에서 온 것이라면 그는 지나친 자기 미화의 감정에 빠져든 것이라고 단정해도 좋다. 왜냐하면 그날 그가 겪은 것은 내면의 의식이든 그 외부적 표출이든, 또는 그 표출로 벌어진 작은 소동이든 『토니오 크뢰거』의 귀향과는 달라도 너무 많이 다르기 때문이다.

'내가 너희들을 잊은 적이 있었던가.' 어릴 적 짝사랑했던 잉에 보르크 홀름과 선망으로 바라보았던 한스 한젠이 나란히 앉은 걸 보고 그렇게 자문하는 단계는 틀림없이 인철에게도 있었다. 그러나 문제는 그다음이었다. 인철의 감정은 거기서 우수 어린 관조로 발전하여 쓰라리게 읊조리는 쪽으로 옮아 가지 않았다. 토니오 크뢰거처럼, '나는 결코 너희들을 잊은 적이 없다. 너 한스도, 금발의 잉에도. 내가 소설을 쓴 것은 너희들 때문이었다. 그래서 내가 박수갈채를 받을 때마다 혹시 너희들이 근처에 있는가 하고 남몰래 주변을 살펴보았다' 같은 쓰라린 토로가 아니라 비뚤어진 시기로, 근거 없는 경멸과 혐오로 악화되다가 나중에는 제법 격렬한 악의로 표출되었다. 춤판의 허리띠 높이가 무릎께에 이르고 대부분의 아이가 그 밑을 지나가지 못한 채 뒤로 자빠지면서 웃음과 환성이 절정에 이르렀을 무렵이었다. 인철은 억누를 수 없는 악의를 그때껏 손에 들고 있던 빈 술병으로 드러냈다.

"가소로운 것들."

품위를 지키면서도 최대한의 악의를 드러내는 말이라고 고른 그 한마디를 차갑게 내뱉으며 빈 소주병을 솔밭 한쪽으로 힘껏 내팽개쳤다.

그런데 그 소주병이 날아간 방향이 전혀 뜻밖의 형태로 인철의 동창회를 마무리했다. 인철은 느끼지 못하고 있었지만 그곳에는 인철 못지않은 열패감에 시달리다 무리에서 빠져나온 또 다른 뒤틀린 영혼이 있었다. 지방 고등학교를 다니다가 패싸움으로 퇴학을 당한, 국민학교 시절 반이 다른 동기 동창으로, 유일한 자랑인 주먹 솜씨를 보일 구실을 찾아 근처를 어슬렁거리고 있었는데 인철의 소주병이 알맞게 녀석의 발등을 스쳐 준 것이었다.

"이누묵 새끼, 서울서 일류 고등학교 댕기이 눈에 비는 게 없나? 이기 누구한테 인냉(시비)을 거노?"

인철이 기억하는 녀석의 말은 그뿐이었다. 자신도 정체를 알 수 없는 분노로 웅어리진 녀석의 주먹이 피스톤처럼 인철의 배와 가슴에 날아들고 네 홉들이 강소주에 취할 대로 취해 있던 인철은 무슨 일이 벌어지고 있는지를 정확히 이해하기도 전에 뒤로 나가떨어져 정신을 잃고 말았다.

배신의 늪

"다음 분 들어오세요."

문을 빼죽이 열고 얼굴만 내민 간호원이 눈짓으로 영희를 가리키며 억양 없이 말했다. 영희는 들고 있던 대중잡지를 탁자에 내려놓고 소파에서 일어났다. 왠지 가슴이 떨려 오기 시작했다.

진찰실에서는 이제 막 진찰이 끝나 옷매무새를 고치는 젊은 여자를 남편인 듯한 남자가 허리를 가볍게 감싸 안으며 부축하고 있었다. 무엇 때문인지 여자는 짐짓 짜증이 난 표정을 짓고 있었으나 남자는 환하고 만족한 얼굴이었다.

"한 달에 한 번씩 나오셔야 합니다."

그런 그들의 등 뒤에 대고 중년의 의사 역시 밝은 얼굴로 다짐을 주었다. 짐작으로 첫 임신을 한 젊은 부부인 듯했다. 영희는 느닻없는 부러움과 함께 전보다 몇 배나 무겁게 가슴을 짓누르는 불안으로 혼란스러워 허둥거리며 그들 한 쌍에게 길을 비켜 주었다. 불안은 그들의 임신이 자신의 막연한 추측을 확정시켜 주는 무슨 암시 같아서였다.

"거기 앉으시오."

젊게 보아 주어도 오십 줄에는 들어 뵈는 의사가 웃음기 걷힌 얼굴로 영희에게 의자를 가리켰다. 그렇게 느껴서인지 갑자기 엄해진 듯한 얼굴이었다. 공연히 주눅이 든 영희가 대답도 못 하고 앉자 이내 심문하는 투의 물음이 나왔다.

"어떻게 오셨지요?"

"요즈음 왠지 속이 꽉 막힌 것 같고, 전에 없이 차멀미가 심해요…… 구역질도 잦고…….'"

영희는 자신이 그런 증상에 대해 속으로 품고 있는 의심을 되도록이면 의식하지 않으려고 애쓰며 더듬더듬 이어갔다. 의사가 무슨 말인지 알겠다는 듯 더 묻지 않고 한동안 가만히 영희를 살피더니 짧게 말했다.

"우선 그 윗도리 단추부터 좀 풀어요."

그러면서 청진기를 귀에 꽂는 게 바로 진찰로 들어가려는 것 같았다.

"브라자도 벗으세요."

그때껏 영희 뒤에 뻣뻣하게 서 있던 간호원이 그러면서 다가와 등 뒤쪽에 달려 있는 브래지어 고리를 벗겼다.

영희에게로 다가앉은 의사는 아무런 거침없이 영희의 셔츠와 브래지어를 걷어 올리고 청진기를 갖다 댔다. 청진기 소리에 귀 기울이기 전에 그의 눈길이 잠깐 영희의 젖꼭지에 머물렀다. 그 눈길이 욕정과는 전혀 무관한 것 같다는 게 오히려 영희에게 묘한 수치심을 일으켰다.

"저기 가서 누우시오."

건성으로 하는 것처럼 여기저기 청진기를 대 보던 의사가 병실 한쪽의 철제 침대를 가리켰다. 청진기의 촉감도 그랬지만 침대의 비닐 바닥의 찬 기운이 이상하리만치 섬뜩섬뜩했다. 의사가 얇은 고무장갑을 끼는 사이 간호원이 다가와 영희의 속옷을 벗기고 스커트만 남겼다.

이번에는 조금 진지하고 시간 들인 진찰이었다. 한참을 들여다보고 건드려 보고 하던 의사가 수도 쪽으로 다가가 장갑을 벗으며 다시 짧게 말했다.

"이제 옷을 입고 자리에 와 앉으시오."

영희는 그런 의사의 표정을 보고 가슴이 덜컥했다. 왠지 굳고 엄해진 그 표정이 자신의 짐작보다 더 끔찍한 사태를 밝히려는 것 같아서였다. 그게 갑작스러운 조바심을 일으켜 그때껏 참아 온 자신의 짐작을 스스로 털어놓게 만들었다.

"잘은 모르지만, 아무래도 임신 같아서……."

"임신 같은 게 아니라 바로 임신이오. 그것도 벌써 석 달을 넘긴 것 같소."

"네에? 정말요?"

영희는 저도 모르게 비명 소리 비슷한 반문으로 의사의 말을 받았다. 석 달이 넘으면 수술이 어렵다는 것쯤은 영희도 알고 있었다. 병원을 찾아올 때는 수술 같은 것까지는 생각하지 않고 왔지만, 막상 수술조차 어려운 상태라는 소리를 듣자 한층 암담한 기분이었다.

"왜 그래서는 안 될 일이라도 있소?"

의사가 묻기는 해도 실은 다 안다는 듯한 표정으로 영희를 건너다보며 물었다. 비로소 자신이 필요 이상으로 스스로를 드러내고 있음을 느낀 영희가 급히 얼버무렸다.

"아뇨, 그건 아니지만……."

"그럼 결혼은 했소?"

의사가 다시 뭘 그러려고, 하는 표정으로 그렇게 물어 왔다. 그 무렵 들어 결혼식 얘기만 꺼내면 짜증을 내곤 하는 창현의 얼굴이 떠올라 문득 비참한 기분이 들었으나 영희는 애써 밝은 목소리로 대답했다.

"아직 식은 안 올렸지만, 가을에는 식 올리려고 해요. 아니, 10월로 날 받아 놨어요."

"서둘러야겠구먼. 자칫하면 태어날 애가 나는 우리 아버지 어머니 결혼식 하는 거 봤다, 하겠소."

말은 틀림없이 농담이지만 의사는 조금도 웃음기 없는 얼굴로 그렇게 말했다. 그 바람에 영희는 목구멍까지 차올라 오는 것 같은 낙태 수술에 대한 상담을 끝내 입 밖에 내지 못했다.

병원 안에서는 느끼지 못했는데 밖에 나오니 유난히 눈부신 초가을날이었다. 산부인과를 들러 보기 위해 일찍 집을 나온 탓이기도 했지만, 해가 다소간 짧아졌다 해도 9월의 오후 네 시경은 아직 한낮이랄 수도 있었다.

병원을 나와 기계적으로 버스 정류장을 향하던 영희는 그대로 비어홀에 나가서는 안 되겠다는 생각에 잠시 걸음을 멈추고 먼저 해야 할 일부터 헤아려 보았다.

'내가 아기를 가졌다. 하지만 이건 내 아기가 아니라 우리들의 아기야. 그도 알아야 돼.'

그렇게 생각을 맞춰 나가는데도 몇 번인가 그즈음 들어 부쩍 차갑게 대해 오는 창현의 얼굴이 괴롭게 떠올라 왔다. 어쩌면 그와 상의도 없이 낙태를 먼저 생각하고, 임신을 끔찍한 일로만 걱정해 온 것도 그런 그의 변화 때문이었을 것이다.

그러나 한번 우리들의 아기, 하는 데 생각이 미치자 차츰 새로운 종류의 용기와 희망이 자라나기 시작했다. 아직 젊기는 하지만 내가 자신의 아이를 가진 걸 그가 반드시 싫어하리라는 단정은 할 수 없지 않은가, 어쩌면 오히려 기뻐할지도 몰라, 아니, 그 때문에 요즈음 들어 부쩍 시들해지고 있는 듯한 우리 사랑이 되살아날 수 있을지도 몰라…….

영희는 원래가 그리 심각하고 비관적인 성격이 아니었다. 거기다가 상념이 그렇게 밝은 쪽으로 방향을 잡자 그녀 특유의 낙관적인 상상력이 멋대로 나래를 폈다. 그 바람에 셋집으로 돌아와 미장원 문을 다시 열고 들어설 때는 배 속에 커다란 근심 덩어리를 안은 것이 아니라 세상의 그 어떤 사람보다 강력한 후원자를 앞세우고 들어서는 기분이었다.

방을 나설 때만 해도 러닝셔츠 바람으로 낮잠을 자고 있던 창현은 그새 옷을 갈아입고 나갈 채비를 마친 뒤였다. 만지면 손이라도 베일 듯이 줄을 세운 새하얀 바지에 새하얀 구두, 그리고 얼마 전에 새로 산 연두색 남방셔츠에 검은 선글라스까지 끼고 방을 나오는 모습이 영희에게 새삼 눈부셨다. 적어도 영희의 미적 감각으로는 그런 창현의 차림이 거리의 누구보다도 세련되고 고상한 귀공자의 그것이었다.

"어? 유가 어떻게 되돌아왔어?"

창현이 괜스레 놀라는 척하면서 선글라스를 벗었다. 영희는 터무니없이 그런 그에게 안겨 보고 싶다는 생각이 들어 몸을 꼬듯 다가가며 콧소리까지 섞었다.

"유, 오늘 깜짝 놀랄 만한 소식 있다."

"뭔데? 좋은 거야? 나쁜 거야?"

창현이 억지로 웃음을 지으며 그렇게 물어 왔다. 그러나 몸을 약간 비켜서는 게 흙투성이 강아지가 달려드는 걸 피하는 새침데기 아이 같은 데가 있었다. 그것까지도 이상하리만큼 좋게만 본 영희가 그런 그의 팔목을 낚아채듯 잡아끌며 기분 이상으로 호들갑을 떨었다.

"알아맞혀 봐, 어느 쪽인 것 같아?"

"흠, 나쁜 쪽은 아닌 것 같은데…… 뭐야? 뭣 때문에 일도 안 나가고……."

기대 때문인지 전보다 한층 밝게 펴지는 그의 얼굴을 영희는 자신에게 유리하게만 해석했다.

"나, 오늘, 산부인과에, 갔었다."

영희는 어린아이처럼 낱말마다 딱딱 끊어 거기까지 말하고 그가 기뻐하는 걸 볼 양으로 그의 얼굴에다 눈길을 모았다. 그런데 영희가 그 순간 거기서 본 것은 그녀로서는 세상에서 가장 보고 싶지 않았던 처참한 변화였다. 일순 창현의 얼굴이 어떻게 하면 저렇게 철저하게 혐오와 경멸을 드러낼 수 있을까 싶을 정도로 심하게 일그러졌다.

"그럼, 정말로 임신이란 말이야?"

그의 물음도 욕설이나 저주보다 더 끔찍하게 들리는 그런 억양이었다. 그러나 영희의 감정은 그처럼 빨리 전환되지가 않았다. 조금 어색해지기는 해도 아직은 불쾌함조차 제대로 싣지 못하고 창현의 말을 받았다.

"석 달을 넘겼대, 이제 예닐곱 달 뒤면 유는 우리 아이 아빠가 되는 거야."

"뭐라고? 벌써 석 달을 넘겼다고? 그러면 떼지도 못하잖아?"

"떼 내기는 왜 우리 아기를……."

"좆 같은 소리 마. 떼 내 버려. 아니, 내가 알아보지, 접때 보니까

석 달 아니라 아홉 달이라도 떼 내 주는 데가 있던데."

거기까지 동문서답에 가까운 대화가 이어지고서야 비로소 영희의 감정에도 전환이 왔다. 그러나 느껴진 충격이 너무 커서 이번에는 거의 발작에 가까운 격한 감정이었다.

"유, 정말 말 다했어?"

영희는 갑작스러운 살의까지 느끼며 꽥 소리를 질러 놓고, 이어 눈물까지 쏟으며 퍼 댔다.

"우리들의 아기가 생겼다는데 겨우 그런 소리밖에 못 해? 우리 사랑이 그뿐이었어? 그게 인간 김창현의 전부였어?"

"우리들의 아기? 웃기지 마, 그게 누구 씬지 어떻게 알아?"

창현도 어찌 된 셈인지 전과 달리 강하게 맞받아 왔다. 그때까지는 영희가 그 절반 정도로만 거세게 나와도 죽어 주던 그였다. 하지만 그도 이내 자신의 실수를 깨달은 듯했다. 아무것도 보이는 게 없을 정도가 된 영희가 자신의 블라우스 자락을 부욱 쥐어뜯으며 거품을 물자 효과적인 후퇴를 시작했다.

"오호라, 그럼 박 원장의 씨란 말이지, 그래서 넌 상관없다고……"

그러면서 할퀼 듯 덤비는 영희를 받아 안고 갑자기 땅이 꺼질 듯한 한숨과 함께 말했다.

"유, 이러지 마 우리 이성을 찾자고. 유가 하도 막무가내로 아이를 낳겠다니까 해 본 소리야. 우선 그 기분부터 싹 없애 버리려고 마음에도 없는 모진 말을 한 거라고. 심했다면 용서해 아니, 방금

한 말은 잊어 줘……."

그러다가 어느 정도 자신의 연기가 효과를 보았다 싶자 영희를 놓아 두고 거울 앞의 미용 의자에 허물어지듯 앉아 머리칼을 쥐어뜯으며 이제는 영희에게도 별 효과가 없는 그 특유의 우는 소리를 보냈다.

"내가 못난 놈이지. 실은 자신이 없어 억지를 쓴 거야. 나 같은 놈의 아이를 낳아서 어찌하겠다는 거야? 지금도 더부살이하는 놈이 유에게 아이까지 하나 더 짐을 지우란 말이야? 무능한 놈은 부끄러움도 괴로움도 모르는 줄 알아?"

그로부터 몇 달도 안 돼 영희는 그때 창현이 자신을 상대로 한 판의 신파 조 연기를 하고 있었음을 뚜렷이 깨닫게 된다. 하지만 그때는 아니었다. 그녀 나름으로는 갖가지 사랑의 시련과 고비를 넘기고 다시 만나 함께 살게 된 지 이제 겨우 다섯 달 남짓, 아직은 신혼이라는 믿음 속에 있던 때라 그에게 약할 수밖에 없었다. 거기다가 뒤이어 자포자기하듯 한 그의 양보도 오히려 그 자포자기하는 것 같은 태도가 믿음을 주어 영희의 격한 감정을 달래는 데 큰 몫을 했다.

"유, 그렇게도 내 맘 몰라줘? 요즘 내가 괴로워하는 게 뭔지 알아? 이제 시작될 우리 둘의 신혼 생활이라고. 몇 달 째 취직은 안되지, 미장원 이거 이제는 완전히 껍질만 남았지, 유가 뭘 어찌해 보겠다고 나섰지만 사실 그게 사내 새끼로서 견딜 수 있는 일이냐고? 그것도 가을에 식 올리면 결혼까지 한 새색씨를 비어홀에 계속 나가게 할 수는 없는 일이잖아?"

그날따라 말이 많아진 창현은 그렇게 영희를 달래다가 기어이 눈물까지 지어 보였다. 눈에 뵈는 게 없이 화가 났던 영희도 그가 그렇게까지 나오자 화를 풀지 않을 수 없었다. 아니, 그 이상 그가 괴로워하는 게 조금씩 가슴 아파 와 끝내는 포옹으로 위로하지 않을 수 없었다.

"유, 너무 괴로워하지 마. 우린 틀림없이 맨발의 청춘들이지만, 영화처럼 비참하게 끝나지는 않을 거야. 엄앵란 신성일이처럼 맨발의 시체로 거적 덮어쓰게 되는 일은 없을 거라고. 어쨌든 알겠어. 유의 맘 잘 알아. 실은 나도 조금은 막막해 있는데 유가 그런 소리를 하니까 화가 더 났을 뿐이야."

그렇지만 마음이 약해 우선은 그렇게 화해를 하고 말았어도 영희의 마음속은 왠지 썰렁한 바람이 불어 가는 듯했다.

그렇지만 영희가 아이를 가졌다는 사실은 창현에게도 역시 큰 충격이었던 듯했다.

창현은 다음 날부터 영희에게 비어홀 일 나가지 못하게 하고 제가 벌이를 하겠다며 먼지 앉은 색소폰 케이스를 찾아들고 나갔다. 부모의 보조를 좀 받아야겠다며 수원으로 갔다 오기도 하고, 어느 날은 잘 아는 감독이 새로 찍는 영화에서 꽤 중요한 조연(助演) 자리를 주기로 했다고 들떠 말하기도 했다. 영희는 물론 그 어느 것도 그의 말대로 되지 않을 것임을 잘 알고 있었다.

악사, 악사 그러지만 그의 색소폰 솜씨는 밤업소들이 그리 반길 만한 수준이 아니었고 수원의 집도 영희 자신이 나서서 얻어 준 한옥 셋방과 아래로 줄줄이 다섯이나 되는 동생들이 전부라는 걸 너무도 잘 알고 있었다. 영화배우는 더했다. 비싼 돈 주고 3개월짜리 연기 코스를 두 번이나 수료한 데다 지난 초여름 한창 형편이 좋을 때 들인 덧돈만도 20만 원이 넘지만, 영희가 알기로 그가 화면에 얼굴을 내비친 것은 엑스트라나 다름없는 조연으로 몇 분씩 딱 두 번이었다.

"쟨 말이에요, 생긴 것도 성격도 청춘물 주인공으로 꼭 맞을 것 같은데 연기에만 들어가면 영 젬병이란 말이에요. 충무로에선 아주 소문났다니까요."

언젠가 창현의 친구라는 건달이 영희에게 농담 삼아 그런 귀띔을 해 주었는데 나중에 보니 정말로 그런 것 같았다. 그 잘 되던 불광동 미장원 판 돈은 거의 모두 그 밑에다 밀어 넣었는데도 실적은 겨우 그 정도였다.

하지만 창현이 전에 없던 수선을 떠는 걸 보는 영희의 기분은 그리 나쁘지 않았다. 참으로 오랜만에 집 안에 들어앉아서 기분으로밖에는 거의 느껴지지 않는 배 속의 아이를 어르며 지내는 하루가 달콤했고, 결과야 어떠하건 사는 일에 안간힘을 쏟는 창현의 모습이 대견했다. 그동안 비어홀에 나가며 미장원 영업 허가를 받으려고 어렵게 모아 두었던 돈을 곶감 빼 먹듯 빼 먹고 앉아 있는 게 불안스럽긴 해도 어쩌면 행복이란 게 바로 이런 것일지도 모른다는 생각까지 했다.

그렇게 되고 보니 방학을 핑계로 집에 갔다 돌아온 인철이 며칠 전 찾아와 당분간은 이모네 집에서 대입 학원이나 다니겠다며 혼자 나선 것도 더는 걱정되지 않았다. 제 말대로 우선은 이모네 집으로 갔겠지. 그건 핑계고 실은 달리 갈 곳을 정했다 해도 걱정할 건 없는 애야. 원체 영리하고 착한 애니까 어디 가서도 별일 없겠지. 더구나 남자애니까 설령 무엇이 잘못됐다 해도 회복이 손쉽고…… 그런데 그렇게 한 보름이 지났을 때였다. 마지막 남은 5백원짜리 몇 장을 들고 오늘은 결판을 낸다며 감독을 만나러 나간 창현이 낮술에 얼굴이 발갛게 달아 돌아왔다. 느글거리는 속 때문에 먹는 둥 마는 둥한 점심상조차 치우기 전이었다.

"다 틀렸어. 김 감독, 그 씨발놈이 또 사기 쳤어. 오늘 캐스팅을 보니 난 또 엑스트라나 다름없는 조연이야. 뭐, 그쪽 제작자의 결정이라나. 하지만 난 알아. 김 감독 그 새끼 수작이야. 처음부터 뻔히 알면서 사기 친 거라고. 나 며칠 밤업소 나가느라 영화사 출입 뜸한 사이에……."

창현은 연신 술기운 섞인 한숨을 학학 내쉬며 그렇게 넋두리를 시작했다. 그 일에는 처음부터 크게 기대를 걸지 않았던 영희여서인지 창현의 넋두리는 별로 충격이 되지 않았다. 그러나 이어지는 넋두리는 달랐다.

"캬바레 맨하탄도 그만뒀어. 무슨 미운털이 박혔는지 가는 날부터 삐딱하던 지배인 새끼가 우리에게는 한마디 상의도 없이 새

악단을 끌어들였다고. 정말 드러워서…… 이제 손 벌릴 곳은 집 밖에 없다고."

하지만 이미 말했듯 그 집은 영희가 더 잘 알고 있었다.

거기다가 창현이 밤업소까지 그만두었다는 소리를 듣자 영희는 갑자기 길고 달콤한 꿈에서 깨어난 기분이었다.

미덥지는 않아도 그가 일 나가고 있다는 게 꽤나 든든하게 여겨졌는데 겨우 보름도 안 돼 그것마저 끝나 버린 탓이었다. 하지만 괴로워하는 창현을 그냥 버려둘 수만은 없는 일이었다.

"괜찮아, 걱정 마. 내가 나가 벌지 뭐."

영희는 늘 하듯 그의 반고수머리를 손가락으로 쓸어주며 그렇게 위로했다. 창현이 그런 영희의 손길을 세차게 뿌리치며 느닷없이 소리쳤다.

"니가? 그 몸으로?"

"내 몸이 어때서?"

"여급이란 게 배가 북채만 해서 술 따라 주면 그 술손님 술맛 좋겠다."

그렇게 이죽거리는 창현의 눈에는 무슨 적의 같은 것이 이글거렸다. 모든 것이 너 때문에 망쳐졌다는 그런. 하지만 정작 영희가 오싹할 만큼 위기감을 느낀 것은 창현이 머리칼을 쥐어뜯으며 울먹이는 그다음 말이었다.

"모든 게 끝이야. 모두가 내 목을 옥죄는 것 같다고. 내가 혀 빼물고 목매다는 걸 보고 싶은 게야……."

창현은 그러면서 정말로 숨이 막혀 온다는 듯 학학거리며 제목을 잡았다. 그에 대한 애정 같아서는 함께 쓸어안고 울어야 할 대목이었으나 문득 가슴을 후벼 오는 추억이 있어 영희는 오히려 섬뜩한 기분으로 그를 보았다. 3년 전 군에 입대한다며 홀쩍 떠나가기 전날 밤의 창현이 꼭 그랬기 때문이었다.

'이 남자가 나를 떠나려 하고 있다…….'

영희는 더 깊이 살펴볼 것도 없이 그런 단정을 내렸다. 그런데 참으로 알 수 없는 것은 절망적일수록 더 치열해지는 사람의 애착이었다. 함께 살 때는 창현의 비정함뿐만 아니라 작은 무관심에 대해서도 불같이 화를 내던 영희였지만 막상 그가 떠나려고 한다 싶자 어이없이 약해졌다. 갑자기 창현이 세상에서 더없이 소중한 사람으로 과장되게 느껴지면서, 그를 잡아 둘 수만 있다면 무슨 일이라도 하겠다는 결의가 다져졌다. 따라서 영희는 그의 변심을 따져 보거나 원망하기는커녕 어떻게든 그의 마음을 돌려 보려고 목소리까지 부드럽게 해 그의 빈정거림을 받았다.

"그렇지 않아. 뭣 땜에 세상이 창현 씨만 몰아대겠어?"

"아니면, 어디 우리가 빠져나갈 길이 있니? 함께 약이라도 먹고 죽는다면 모를까?"

"영화 같은 소리 하지 마. 찾아보면 길이 있을 거야."

"그럼 너희 집이 무슨 떼부자라서 딸과 사위에게 한몫 갈라 주겠다든?"

성난 김에 해 보는 소리 같았지만 영희는 그게 아님을 직감으로 알아챘다.

인철이 말한 땅의 넓이만으로 돌내골의 개간지를 파악하고 있는 그는 은근히 영희네 집에 기대를 내비치곤 했다. 개간지 값을 서울 부근의 땅값으로만 생각하고, 한 2천 평만 팔아 주어도……하는 식이었는데, 영희는 그리 해로울 거 없는 오해다 싶어 그냥 보아 넘겨 왔었다.

"정 안 되면 그것도 못 할 거 없지 뭐. 어쨌든 걱정 마. 너무 징징 짜는 소리 하면 오던 복도 달아난대."

영희는 지푸라기에라도 매달리는 심경으로 그런 창현의 헛된 기대를 부추겼다. 알게 된 뒤로 한 푼도 벌어 오는 법 없이 자신에게만 의지해 살아온 그가 이제는 시골집의 살림까지 넘겨보는 게 밉살맞을 수도 있고, 인철의 학교도 못 시켜 자신에게 보낸 걸 뻔히 보았으면서도 그런 기대를 하는 그의 머리가 한심스러울 수도 있었으나, 당장은 그런 걸 떠올릴 겨를이 없었다.

과연 창현은 영희가 자신 있게 나오자 금방 세상이 끝나는 것 같이 비극적이던 표정과 몸짓을 벗어던지기 시작했다. 그렇지만 몇 번이고 영희에게 다짐을 받는 게, 만약 그게 안 되면 너와 나는 정말로 끝이야, 하는 것 같은 데가 있었다.

영희가 늦었지만 그제라도 배 속의 아이를 떼어야겠다고 마음먹게 된 것은 바로 그날 저녁이었다. 몇 번이고 모든 걸 영희가 알아서 하겠다는 다짐을 받은 뒤에도 자신이 알고 있는 온갖 비극적인 대사와 연기를 다 펼쳐 보이던 창현이 맥주를 다섯 병이나 비우고 곯아떨어진 뒤 영희는 비로소 차분하게 생각에 잠겼다.

그걸로 우선 창현을 달래기는 했어도 집이 그녀에게 아무런 도움이 안 된다는 것은 누구보다도 그녀 자신이 잘 알고 있었다. 손을 내밀어 봤자 어머니가 있는 한 될 리도 없지만, 설령 어머니가 나서서 도우려 해도 집에는 그럴 힘이 없었다. 한 평에 몇십 원도 아닌 몇 원 하던 그 버얼건 땅, 그 개간지를 통째로 팔아 준다 해도 창현의 기대에는 미치지 못할 것이었다.

'결국은 나밖에 믿을 게 없구나. 그래, 내가 나서야지. 이 악물고 벌어 스스로 해결하는 수밖에 없어…….'

마침내 마음이 그렇게 정해지자 영희는 갑자기 배 속의 아이가 짐스럽기 시작했다. 이미 한 차례 도회의 밑바닥을 헤매는 동안 허물어질 대로 허물어진 그녀의 정신은 어느새 벌이라면 으레 자신의 몸을 상품화하는 것만 떠올렸고, 또 그때에는 임신이 치명적인 악조건이 되고 말기 때문이었다.

어쩌면 창현도 처음부터 영희의 그런 결점을 노려 별로 대단찮은 그 배우 기질을 활용했는지도 모를 일이었다.

"유, 나 어젯밤 결정했어."

다음 날 아침 창현이 잔뜩 구겨진 얼굴로 콩나물국을 떠 넣고 있는 상머리에서 영희가 그렇게 말했을 때였다.

"뭘?"

창현이 정말로 모르겠다는 표정으로 반문했으나, 어딘가 짐작은 하고 있는 듯한 느낌에 영희가 조금 편찮아진 속으로 간밤의 결심을 밝혔다.

"우리 아기 말이야. 떼기로 했어."

"갑자기 그게 무슨 소리야?"

"유 말대로 아기 낳고 들어앉았다고 누가 밥 먹여 준대? 그건 다 호강에 겨운 사람들이고 난 벌어야 돼. 우선 미장원부터 살려 놓고 봐야지."

"갑자기 무슨 소린지 모르겠네. 죄 없는 우리 아기를 왜……."

창현은 그렇게 우물거려 놓고 이어 무슨 생각이 들었는지 제법 정색으로 낙태를 반대했지만 말투는 아무래도 건성이었다.

어쨌든 당분간은 그를 자기 곁에 더 잡아 둘 수 있게 됐다는 확신이 서자 영희는 다시 그런 창현의 성의 없는 만류가 마음에 거슬려 왔다. 그러나 이미 결심한 일이라 그걸로는 창현을 더 몰아세우지 않았다.

"나도 괴로워. 우리들의 첫아긴데 왜 떼 내 버리고 싶겠어? 그러니 유도 이젠 그 얘기 그만해."

그렇게 창현을 달래기보다는 스스로를 달래는 기분으로 말을 맺었다. 묘하게도 창현이 그 어설픈 배우 기질로, 세상 구경도 못 하고 떠나야 하는 우리 아기, 우리 뒷날 옛말 하며 보아란 듯이 살자, 어쩌고 하며 눈물 몇 방울 질금거려 준 게 영희에게는 적잖이 위로가 돼 주었다.

수술은 더 미룰 것 없이 다음 날 하기로 결정을 보았다. 영희는 미장원을 세 준 집 주인에게서 5천 원을 빌려 수술비를 마련했다. 그 사이 두 달 집세를 못 물어 4만 4천 원으로 줄어든 월세 보증금이 담보였다.

창현이 그 수술에 영희 몰래 대비하고 있었던 것은 이번에도 쉽게 알 수 있었다.

우연히 알게 된 거라고 우겨 대긴 했지만, 그는 임신 5개월이 넘어도 낙태 수술을 해 주는 산부인과를 길 한 번 헷갈리는 법 없이 잘도 찾아냈다. 종로 근처에 어디 그런 골목길이 있었나 싶을 정도로, 좁고 구불구불한 골목길 막바지에 있는 음침한 산부인과 병원이었다.

아주 뒷날까지도 영희는 언제나 가슴 서늘함으로 그 산부인과를 떠올리곤 했다. 자신의 자궁에 처음으로 자리 잡았던 생명을 떼어 낸 곳, 일생에서 가장 통렬한 배신을 맛본 곳. 그런 특별한 의미 부여에서도 그랬지만, 그 못지않게 그녀의 가슴을 서늘하게 하는 것은 언제까지고 잊히지 않을 것 같은 그 산부인과의 음산한 분위기였다.

오래된 페인트칠이 벗어져 바람에 푸슬푸슬 날리던 현관문, 분명히 눈에 보이지는 않는데도 발바닥이 젖어 오는 듯한 물기가 느껴지는 어둑한 복도의 시멘트 바닥, 진료실과 수술실을 겸해 쓰던, 대낮에도 벌겋게 백열등을 켜 놓은 퀴퀴한 방, 방금 시술 중인 젊은 여자의 몸에 이어진 호스에서 수돗물처럼 콸콸 쏟아져 바께쓰에 담기던 핏물, 한눈에 실업자처럼 보이는 앙상한 사내에게 업혀 나가던 그녀의 축 늘어진 팔다리…… 영희는 의자에 앉아 기다릴 때부터 자꾸 눈앞이 흐려 왔다.

그렇게 보아서 그런지 의사와 간호원도 분위기에 못지않게 음산한 얼굴들이었다. 의사는 시체의 살색이 그럴 거라 싶을 정도의 잿빛 도는 얼굴에 전혀 표정이 없는 중년이었고, 간호원은 푸른 금 같은 주름을 가진 밀랍 같은 얼굴의 노처녀였는데, 둘 다 소리 안 나게 움직이는 게 괴기스러운 느낌까지 주었다.

그래도 가장 생기 있게 말하고 움직이는 것은 창현이었다. 앞서 수술 받은 여자가 골방 같은 입원실로 업혀 나가기 바쁘게 창현은 그럴듯하게 꾸민 자기들의 사정 얘기를 뭔가에 쫓기는 사람처럼 다급하게 늘어놓았다.

연말로 결혼 날짜를 받아 두었는데 아무래도 남 보기에 너무 흉할 것 같다. 더구나 양가 모두 완고한 집안이라 이 일을 알면 결혼조차 어려워질지 모른다. 아직 아이를 갖기엔 둘 다 너무 이르고…….

그러나 의사는 전혀 듣고 있는 눈치가 아니었다. 의사는 자신의 무반응에 공연히 다급해져 중언부언하는 창현을 무시하고 간호원에게 메마른 목소리로 지시할 뿐이었다.

"마취 준비해."

진찰조차 하지 않는 게 그에게 오는 환자는 아마도 일정한 것 같았다. 모체의 건강이고 태아의 상태고에 상관없이 반드시 낙태 수술을 받지 않으면 안 되는 그런.

마취 주사를 놓은 뒤에야 비로소 처음으로 입을 뗀 간호원의 목소리도 오래오래 잊히지 않을 것이었다.

"마취에 들어갑니다. 열까지 헤아리세요."

귀에 대다시피 한 말인데도 이상하게 멀고 깊은 곳에서 울려 나오는 소리 같았다. 영희는 마취제 때문이라기보다는 오히려 간호원의 그런 목소리에 담긴 암시에 홀린 듯 겨우 여섯을 헤아리고는 정신을 잃고 말았다.

영희가 깨어난 것은 좁고 어둑한 입원실에서였다. 말이 입원실이지 한 평 정도의 허름한 다다미방인데 안이 어둑한 것은 집 구조가 그럴 뿐 아니라 실제로 바깥이 저물어서인 듯했다.

의식이 깨어나면서 시작된 아랫배를 후비는 듯한 통증에 영희가 저도 모르게 신음 소리를 내자 미닫이가 스르륵 열리며 어떤 중년여자가 얼굴을 디밀었다.

"색시, 이제 깨났수?"

목소리도 그렇지만 넓적하고 심덕 좋아 뵈는 얼굴도 그 병원에서 처음으로 사람다운 사람을 만났다는 느낌을 주었다. 아마도 입원 환자들 뒤치다꺼리를 도맡아 하는 아줌마인 듯했다. 그러나 영희는 대답 대신 창현부터 찾았다. 수술대에 누울 때까지도 걱정스러운 얼굴로 의사 곁에 붙어 섰다가 기어이 간호원에게 쫓겨나던 게 기억이 났다.

"그 양반 점심나절에 나가서 여태 안 돌아왔수."

"나가요?"

"수술이 뭐가 좀 꼬였나 보우. 하혈이 멎지 않아 색시가 다시 수술실로 옮겨진 뒤에 돈을 더 구해 온다며 나가는 것 같던데……."

영희에게는 전혀 기억에 없는 일이었다. 그러나 그 말을 듣자 영희는 갑작스러운 불안감과 함께 전보다 몇 배나 더 심한 통증을 느꼈다. 창현 따위는 이내 까마득히 잊어버리고 신음과 함께 간호원을 찾았다. 벌써 마취에서 깨어날 만큼 수술에서부터 긴 시간이 지난 듯했다.

간호원이 다시 나타난 것은 영희가 모든 걸 잊고 오직 통증만을 상대로 진땀 나는 싸움을 한참이나 더 한 뒤였다. 간호원은 전갈을 받은 대로 왔는지 모르지만, 영희에게는 영원처럼 긴 시간으로 느껴졌다. 그게 영희의 거센 성격을 건드려 거의 제정신이 아닌 상태에서 무슨 심한 욕설이라도 퍼부었는지 간호원이 짜증 섞인 핀잔을 주었다.

"이 아가씨가 왜 이래? 잘한 일도 없으면서……."

살갗을 찌르는 주삿바늘이 이상한 안도감을 주면서 영희는 겨우 그 말을 알아들을 수 있었다.

주사를 맞고 난 뒤 얼마 안 돼서부터 잦아지는 통증과 더불어 혼절하듯 잠이 들었던 영희가 다시 깨어난 것은 다음 날 새벽이었다. 아랫배가 여전히 묵직하고 불쾌했지만 전날 저녁 무렵처럼 못 견딜 통증은 없었다. 그러나 이번에는 고통이나 다를 바 없는 허기가 영희를 괴롭히기 시작했다. 생각해 보니 그 전날 아침부터 아무것도 먹은 게 없었다. 그런데 다시 전날 밤의 아줌마가 무슨 구원의 천사처럼 나타났다. 잠을 안 자고 대기 중이었던지, 영희가 깨어난 기적을 한 지 오래되지 않는데도 미역국까지 데워 들고 온 것이었다.

"색시, 속이 몹시 허할 거유. 우선 이것부터 먹고 기운 좀 차려요. 산모(産母)나 진배없으니까 몸조리 잘해야 하우."

영희 같은 환자를 많이 다뤄 본 나머지이기도 하지만 원래가 인정 많은 아줌마인 듯했다.

위는 쓰라릴 만큼 허기져 있었으나 입맛에는 그 미지근한 미역국이 잘 맞아 주지 않았다. 살아야 한다는 본능적인 위기의식이 갑작스러운 비장감과 함께 강요하지 않았더라면 영희는 아마도 한 모금으로 그 미역국을 밀쳐 놓고 말았을 것이다.

"저어…… 그 사람 아직 소식 없어요?"

억지로 미역국 한 그릇을 다 비우고 조금 정신이 돌아온 영희는 이번에도 창현부터 찾았다. 살이에는 무능하기 짝이 없고 자기에 대한 애정이란 것도 의심쩍은 데가 많은 사람이지만, 그런 상황에 놓이고 보니 역시 기댈 곳은 그밖에 없었다.

"그 사람, 정말 약혼자유?"

아줌마가 뭣 때문인지 실쭉해진 눈으로 대답 대신 영희에게 물어 왔다. 그게 창현에 대한 의심이란 걸 눈치챈 영희가 반발하듯 받았다.

"그럼요, 우린 12월 첫 주일 명동성당에서 식 올려요."

"거 참, 이상타. 어제 낮에 다 죽어 가는 사람 보구 나간 뒤로 여직 전화 한 통 없수. 꼭 식 올릴 사람들이 벌써 넉 달이 넘은 아이를 떼는 것도 그렇고……."

"그건 말이에요. 두 집안 모두 완고한 집안이 돼 놔서……."

영희는 자신도 모르게 어제 창현이 의사에게 둘러대던 말을 되뇌었다. 아줌마가 더 말 안 해도 다 안다는 듯 서둘러 영희의 입을 막았다.

"아, 알겠수. 그런데 달리 어디 연락할 데는 없어요? 원장 선생님이 걱정하는 눈치던데……."

"걱정은 왜요?"

"아마 색시는 며칠 여기 입원하면서 경과를 보아야 될 모양이야. 치료비도 가외로 많이 더 들 것 같고…… 그런데 보호자란 양반이 수속비 3천 원만 달랑 내고 나간 뒤 가물치 콧구멍이니……."

"돈 문제라면 걱정 안 해도 돼요. 창현 씨도 그럴 사람 아니고……."

영희는 은근히 솟는 부아를 억누르고 창현의 말을 입 밖에 내고 보니 누구보다도 그를 의심스러워하는 것은 자기 자신이란 게 뚜렷해져 눈물이 핑 돌았다.

창현은 그날도 오후가 늦도록 얼굴을 비치지 않았다. 시체 같은 얼굴의 의사와 괴기스러운 느낌의 간호원이 두 번이나 영희의 방을 찾아와 경과를 살펴보고 가면서 달리 연락할 만한 곳을 거듭 물었다. 위독한 상태는 넘겼지만 아직 마음 못 놓는다는 듯한 느낌을 주는 그들의 태도가 영희를 한층 불안하고 외롭게 했다.

영희는 이미 그들이 잘 믿어 주지 않는 구실 — 두 집안 모두가 완고해 그 일이 알려지면 안 된다는 — 로 다른 연락처를 요구하는 그들에게 억지스레 맞섰다. 거기에는 아직 남은 창현에 대한 믿음도 한 가닥 힘을 보태었다.

그러나 다시 날이 어둑해 올 때까지도 버려진 듯 그 좁고 추레한 입원실에 홀로 누워 있게 되자 영희는 우선 사람이 그리워 견딜 수가 없었다.

영희는 머릿속으로 가만히 그곳으로 부를 수 있는 사람들을 헤아려 보았다. 가까운 피붙이로는 먼저 이모네가 떠올랐으나 집과 어머니에게 알려지는 게 싫어 이내 대상에서 지워 버렸다. 그다음에 떠올린 건 모니카였다. 백치 같건 어떻건 그래도 가장 가깝게 지낸 애였고, 이럴 때는 어쨌든 도움될 만한 데도 있었다. 하지만 전해 여름 안동으로 가겠다는 뚱딴지 같은 소리로 호되게 몰린 뒤로는 소식이 없었다. 그녀의 어머니도 맡아 하던 술집을 닫고 어디론가 이사 가 연락이 닿지 않고.

영희는 이어 조금이라도 자신과 가까이 지낸 사람이면 모두 기억에서 끄집어내 하나하나 살펴보았다. 떠올리기조차 싫지만 박원장이 나오고 파라다이스를 그만둔 뒤에도 언제나 살갑게 대해 주던 지배인 김씨와 홀에 나가면서 마음 맞아 가깝게 지낸 적이 있는 몇몇 여자애들도 떠올랐다. 그러나 누구도 그곳으로 부를 만

한 사람은 되지 못했다. 그런 좋지 못한 일로 부르기에 적합하지 않은 사람도 있지만, 부르려 해도 전화번호나 연락처를 몰라 부를 수 없는 사람도 있었다.

이 사람 저 사람을 떠올려 보는 사이 영희의 외로움은 더욱 절실해졌다. 넓은 서울 거리에서 이럴 때 부를 수 있는 사람이 단 하나도 없다는 게 비참한 기분까지 들게 할 정도였다.

그리고 그와 반비례해 창현의 존재는 한층 크고 소중해지는 것이었다. 아니야, 그를 의심해선 안 돼. 무슨 일이 생긴 거야. 어제오늘 나를 찾아올 수 없는, 무슨 급박하고 어려운 일이.

그러던 영희가 불쑥 윤혜라를 떠올린 것은 창현에 대한 의심보다 오히려 걱정으로 마음 졸이기 시작할 무렵이었다. 아무든 불러 우선 미장원에라도 보내 봐야겠다는 생각으로 조급해 있던 영희에게 문득 백운장의 외우기 쉬운 전화번호가 떠오르고, 뒤이어 거기 아직 남아 있을지 모르는 윤혜라가 떠올랐다.

사실 윤혜라의 성격은 여러 가지로 영희와는 맞지 않는 데가 있었다. 모니카가 함께 있을 때는 이런저런 일로 티격태격한 적도 여러 번 있었고, 한번은 머리채를 휘어잡고 싸우기도 했다. 그러나 작년 초봄 미장원을 하면서 다시 만나기 시작한 뒤로는 제법 가깝게 지내고 있었다.

"잘됐다. 이렇게라도 자리 잡아 남은 인생 관리하며 사는 거지 뭐. 누가 차려 준 거면 어떠니?"

영희가 부끄러운 마음으로 박 원장과의 일을 밝혔을 때, 혜라는 조금도 비꼬는 기색 없이 그렇게 축하해 주었다. 우연히 그 미장원에 들러 영희가 주인인 줄 안 뒤로는 길을 돌더라도 반드시 영희네 미장원에 찾아와 머리를 매만지도록 하는 게 고마워 영희가 점심을 한턱 쓴 자리였다.

하지만 창현을 다시 만나고, 박 원장에게 창현과의 일이 알려져 관계를 정리하고 미장원을 옮긴 뒤로는 몇 달째 만나 보지 못했다. 영희가 그녀와 가까워졌다고는 해도 창현과 그 갑작스러운 이사의 내막을 떳떳하게 밝힐 정도는 아니었기 때문이었다.

혜라는 백운장에 아직 나가고 있었다. 그날따라 일찍 출근했다가 간병인 아줌마의 약간 허풍 섞인 전화에 금세 산부인과로 달려왔다.

"뭐야? 그런 일이 있었어? 그건 그렇고, 제 꼴이 이 모양이면서 그 사람이 걱정이라고? 나는 전혀 안 그런 것 같은데…… 자동차에 받혀 숨이 꼴깍 넘어갔음 모를까. 너한테 전화 한 통 못 할 그런 모진 사정이 어덨겠어?"

영희가 조금은 무안한 기분으로 창현의 얘기와 그동안의 변화를 요약해 들려준 뒤 미장원을 둘러봐 달라고 부탁하자 혜라는 대뜸 창현부터 의심하고 나섰다. 영희가 아무리 변명을 해 주어도 그녀는 확신에 차 단언하는 것이었다.

"너 내 말 믿어라. 나이야 비슷하지만 이 바닥에선 내가 선배다. 그런 둥기(기둥서방)들 나 잘 알아. 이제 튄 거야. 이래저래 다 거덜 난 너에게 뭐 바라고 눌어붙어 있겠니? 마음 굳게 먹고 기다려. 내 알아보고 오겠지만, 좋은 소식은 기대하지 마."

그러면서 병원을 나간 혜라는 두 시간도 안 돼 벌겋게 열받은 얼굴로 돌아왔다.

"틀림없었어. 네 방에 가 보니까 싹 챙겨 떠났더군. 그뿐인 줄 알아? 니네 미장원 월세 보증금이 5만 원이었다며? 그중에서 3만 원을 잘라 갔어. 뭐, 네 수술이 잘못되어 죽게 되었다며 눈물까지 질금거리더래. 아무것도 모르는 주인은 놀라 돈을 구해 주고……. 그 모두가 이미 어젯밤 일이야."

혜라가 전해 주는 그 같은 소식을 듣는 순간 영희는 깊고 질퍽이는 늪 속으로 아득히 가라앉는 심경이었다.

도시로 가는 사람들

아직 대낮의 햇살은 따가웠지만 가까운 산과 들에는 조금씩 가을빛이 스며들고 있었다. 맞은편 등성이의 수수 밭만 하더라도 푸르고 무성한 잎끝이나 이제 막 패기 시작한 이삭에는 어딘가 누른 기운이 어린 듯했다.

명훈은 잠시 고무래질을 쉬고 자신이 한 일을 돌아보았다. 지난 장마에 녹아 버린 밭벼를 거칠게 갈아엎은 땅은 이제 한 백 평 정도가 다시 밭 모양을 이뤄 가고 있었다.

"논이 없으니 여다 밭나락(밭벼)이라도 심어 보자. 뭐니 뭐니 해도 농사는 양식거리를 장만하는 게 먼저라. 또 들으이, 밭나락은 땅이 박해도 잘된다 카고……."

어머니가 그렇게 우겨 구하기 힘든 밭벼 씨를 서 말이나 구해

뿌렸는데 제대로 밭 모양을 내 보지도 못하고 장마를 만나 그 꼴이 되고 말았다. 명훈은 그 땅이 골라지면 보리라도 묻어 볼 생각이었으나, 지난해를 떠올리자 절로 맥이 빠졌다. 이삭을 손으로 따서 풋바심해 먹은 것까지 합쳐야 씨앗의 두 배를 겨우 넘긴 게 작년의 보리 수확이었다. 창녕 사람들이 손을 모아 거름과 비료를 넣어 준다 해도 보리 농사에는 크게 기대할 게 없어 보였다.

명훈은 담배를 붙여 물며 남향 비탈에서 일하고 있는 창녕 사람들 쪽으로 눈길을 돌렸다. 오전에 거름 더미를 뒤집은 그들은 점심 뒤부터 배추밭을 솎는 중이었다. 언제나 한데 뭉쳐 다니던 다섯 중에서 둘이나 없어져선지 일하는 게 왠지 외롭고 지쳐 있는 사람들 같았다.

그들 중에서 보이지 않게 된 것은 김씨와 하씨였다. 이미 그들이 떠난 지 한 달이 가까운데도 아직 그게 느껴질 만큼 그들의 빈자리는 컸다.

처음 수확한 청과물을 싣고 대구로 나갔던 작은 신씨가 돌아와 그들 여름 농사의 여지없는 실패를 확인시키고 난 지 며칠 뒤였다. 장마까지 겹쳐 일을 나가지 못하고 있는 명훈네 집으로 김씨와 하씨가 찾아왔다. 둘 다 대낮같이 취해 있었는데 명훈으로서는 처음 보는 그들의 흐트러진 모습이었다.

"이 주사, 구구하게 말해 봐도 글코예⋯⋯ 우리는 마, 떠나 볼랍니더."

성미 급한 하씨가 방바닥에 엉덩이를 내려놓기도 전에 그렇게 말했다.

"아니, 떠나긴 어디로 떠나요?"

전날까지 별다른 기색 없이 일에만 매달려 있던 그들이라 명훈이 놀라 그렇게 물었다.

"어디긴 어디라예. 처음부터 정부가 우리보러(보고) 글로 가라꼬 등을 떠민 곳이지예."

그런 하씨의 대답에 이어 김씨가 차분하게 덧붙였다.

"생각해 봤는데예, 이건 틀렸어예. 여기는 아입니더. 우리가 생각하던 그 땅이 아이라꼬예."

"그게 무슨 말씀입니까?"

"우리도 할 만큼 했어예. 그런데 이 농사 함 보이소. 달출이 아부지, 우리 여름 농사 실꼬 가 얼마 가(가지고) 왔습디꺼? 봄부터 꿈쩍거린 품값은 놔뚜고라도 들인 농비(農費)도 안 나온 게 이 땅 농사라예."

그때 다시 하씨가 소주 냄새 섞인 한숨을 길게 내뿜으며 덧붙였다.

"하마 고향땅이 공단(工團)이다, 뭐다, 해 가주고 터도 망(밭두렁. 구획을 뜻하는 사투리)도 없어질 때 우리가 가야 할 곳을 알아봐야 하는 긴데…… 암만 캐도 우리가 너무 미련시러봤어예(미련스러웠어요)."

"공단이라니요? 창녕에 무슨 공단이 있어요?"

아직 공단이라면 서울 구로동하고 포항, 울산밖에 없을 때라 명훈이 어리둥절해 물었다.

"모도 그래 부르이 그양(그냥) 듣고는 있었지만 우리는 창녕 사람들 아이라예. 울산 사람들이라꼬예. 창녕은 우리도 객지렸다 아입니꺼."

"그럼 어떻게 다섯 집씩 함께 그곳으로?"

"나나 내나 큰 땅 없이 낑게(끼어) 사는데 그눔의 울산 공단이 들어선 기라예. 쪼매쓱 받은 보상금 가지고 가 볼라 카이 어디 갈 데가 있어야지예. 마침 달출이네 외가가 창녕이라 거기 살 만한 데가 있다 쿠길래(그러기에) 이웃에 살던 우리까지 다섯 집이 몰래(몰려) 가 봤던 거뿌이라예. 글치만 사람 살기 어렵기는 거다도 마찬가지였어예. 땅금(땅값)도 수월찮고, 소작도 얻기 어렵고…… 막막해 있는데 거기서 지도원(농촌 지도원) 하던 김도훈 씨가 여기를 소개해 짐 싸 들고 일로(이리로) 온 기라예. 글치만 암만 캐도 여다도 영판(아주) 잘못 온 거 같아예."

그런 하씨의 말에 김씨가 맞장구를 쳤다.

"암모. 글코말고. 잘못한 기라. 잘몬했지러. 애시당초 우리 갈 곳은 따로 있었다꼬예."

"그게 어딘데요?"

"그기 바로 도시고 공장이랬다꼬예. 함 생각해 보이소. 농사지을 땅 파뒤배(파뒤집어) 공단 맹글 때는 그기 다 무신 뜻이겠습니꺼? 안 그래도 좁은 땅이 댐이다 공단이다 들어서 더 좁아진 판에 다부(도리어) 농사짓는다꼬 촌구석으로 몰리가 보이 뭣합니꺼? 그래지 말고 도시로 나가게나(가거나) 새로 들어선 공단에서 품이나 팔아 무라(먹어라) 쿠는 게 정부 시책인데, 빙신이같이 그걸 몬 알아듣고오…… 그것도 배운 도둑질이라꼬 꾸역꾸역 농사지을 땅이나 찾아댕깄으이……."

"참말이라. 이리저리 왔다리 갔다리 하미 그것도 보상금이라꼬 쪼매씩 받은 돈만 깨 묵었으이 인자 우야꼬? 가로 늦가서야(아주 늦어서야) 이 돈 가주고 도시로 가 보이 누가 어서 오소, 카고 반기는 것도 아인데. 곧 겨울은 다가오고, 대구 가서 단칸 셋방 얻을 돈이나 될랑가 몰라. 내 손가락으로 내 눈까리를 찔러도 참말로 오지게 찔렀제……."

명훈은 그제야 그들이 산골에서 온 농부들 같지 않게 살이들이 탄탄해 보이던 이유를 알 것 같았다. 하지만 다급한 것은 그들이 떠나 버린 뒤의 자신이었다.

"그렇지만 정부의 시책이 꼭 그런 뜻만은 아닐 겁니다. 혁명 주체세력이 대부분 농촌 출신이고 그동안 농촌에 쏟아부은 정성도 대단한 거 아니었습니까? 이를테면 이 개간지만 해도 그렇습니다. 지금까지 어떤 정부가 자기 땅 자기가 개간하는 데 보조금까지 준 적이 있습니까? 영농 자금, 비료 수급, 지금보다 더 나은 적이 언제 있었습니까? 경지 정리, 농로 확장도 그렇고……."

"우리도 거기 속았다 아입니꺼? 공단 보상금 줄 때 차라리 이 돈 가주고 도시로 나가 거다서 묵고살 궁리나 하라꼬 바로 말해 좄으면 이리저리 안 떠댕기지예. 그런데 농사짓고 있으믄 금방 무슨 수가 날 거맨키로 떠드는 바람에 곧 죽어도 농사, 농사 카미(하면서) 우짜튼 동 산골팅이로만 찾아든 거 아입니꺼? 글치만 이제는 알겠어예. 우리가 어디로 가야 할지로예."

그렇게 받는 하씨에 이어 김씨가 하는 말은 명훈의 가슴을 섬뜩하게 하는 데마저 있었다.

"맞심더. 이 주사도 택(어림)없이 그눔의 껍데기만 중농정책에 감격하지 말고 찬찬히 함 살펴보이소. 개간 보조금 몇 푼 나온 거 옛날에 없던 일이이 놀랍기사 하지마는, 내 들으이 그것도 아이더만. 도시에서 공장 짓는다 카믄 정부에서 우짜는지 이 주사도 잘 아시지 않십니꺼? 융자다, 지원이다…… 어떤 놈아들은 맨손 가주고도 터억터억 잘도 공장 세운다 카데예. 그런데 내 땅 가주고 없던 농지 새로 맹그는데, 겨우 땅 파 뒤집는 품값 약간 보조하고 다음은 내 몰라라 카는 기 이 정부 아입니꺼? 이거는 농촌을 버린 거나 마찬가지라꼬예. 농사꾼한테는 바로 땅이 공장 아닌교? 그런데 이 모양이이. 하나 보믄 열을 안다꼬, 딴것도 다 마찬가지라예. 아침마다 앰프로 불어 쌌는 새마을 노래 그기 다 말캉 헛 거라꼬예. 아직도 농촌 인구가 많으이 드러내 놓고 괄세를 못 해 그렇지 속뜻은 뻔한 거 아입니꺼?"

이 사람들이 어떻게 그런 것까지 살필 수 있었을까. 명훈이 놀란 나머지 무어라 답을 해야 할지 몰라 머뭇거리고 있는데 하씨가 또 거들었다.

"나도 들은 게 있어예. 산업화다 공업화다, 떠들어 싸미 공장만

덜썩 지어 놓으믄 뭐합니꺼? 누구든지 그 공장에 나가 일할 사람이 있어야 안 합니꺼? 그래고 그 일할 사람 빼낼 데가 농촌밖에 더 있습니꺼? 그래자믄 도리 없이 농촌을 쥐짜는 수밖에 없다꼬예. 그래서 땅 없는 농투산이(농투성이)들 도시로 도시로 내모는 수밖에 없을 거라꼬예 안 그래예?"

거기까지 듣자 명훈은 그들을 더 붙들어 볼 엄두를 내지 못했다. 자신이 그때껏 의심 없이 믿어 왔던 정부의 중농 시책을 그렇게 해석할 수도 있다는 게 그저 새롭기만 했다. 무엇이 이 사람들을 이렇게 깨어나게 하는 것인가. 말동이나 황의 말을 들을 때와는 달리 은근히 놀란 기분으로 그들이 하는 말을 듣고만 있었다.

하씨와 김씨는 그로부터 이틀 뒤에 가족들을 데리고 대구로 떠나 버렸다.

명훈이 우울한 회상에 빠져 있는데 일하고 있던 창녕 사람들 사이에서 작은 소동이 일었다. 거리가 멀어 내용을 알아들을 수는 없었지만 무언가 심상치 않은 일이 벌어진 듯했다.

명훈은 자신도 모르게 몸을 일으켜 그들 쪽으로 갔다. 가까워질수록 그들의 말소리가 또렷이 들렸다.

"고 참, 모질다. 이기 무신 벌렐꼬?"

"글키 말입니다. 배추벌레사 수타(숱하게) 봤지마는 이런 거는 또 첨이네예."

"거다뿐이가? 어데 더 있는지 살펴봐라."

그런 큰 신씨의 말에 작은 신씨와 부뜰이네가 여기저기 배추 이랑들을 살폈다. 순전히 그들의 정성으로 이제 겨우 손바닥만 하게 잎이 펴지고 있는 배추였다. 그대로 자라만 준다면 머지않아 포기를 묶어 주어야 할 것 같았다.

여름의 실패에도 불구하고 억척스러운 그들은 또다시 가을의 김장철에 기대를 걸며 3천 평이나 되는 땅에 배추를 갈았다. 그러나 명훈이 보기에는 이번에도 역시 그리 낙관적이 못 됐다. 대량의 환금작물을 재배하기에는 돌내골이 너무 오지(奧地)였고, 개간지는 너무 척박했다.

"무슨 일입니까?"

명훈이 그들에게 다가가며 걱정스레 물었다. 그러자 몸을 구부려 배추 이랑을 살피던 큰 신씨가 알아보게 시든 배추 한 포기를 들어 보이며 말했다.

"엉이, 이기 웬일인교? 뭐시 배추 뿌리를 깔가무(갉아먹어) 배춧잎만 고랑에 허당(허탕)으로 얹히 있다 카이요."

명훈이 자세히 살펴보니 근처 밭이랑 군데군데 그렇게 시든 배추가 보였다. 몇 이랑 저쪽으로 가 그곳을 살펴보고 있던 신씨가 탄식 섞어 소리쳤다.

"에헤이, 올해 김장 농사는 마아(그만) 조졌다. 여다도(여기에도) 전신만신이 깔가 났어예."

그러면서 큰 신씨처럼 배추 한 포기를 들고 왔다. 역시 뿌리를 도리듯 갉아먹어 잎이 시들어 가고 있는 포기였다.

"이기 뭐시꼬? 뭐시 일케(이렇게) 모진 기 있시꼬?"

말수가 적고 신중한 부뜰이 아버지가 배추 뿌리 쪽을 찬찬히 살피며 무겁게 중얼거렸다.

"굼벵이가 그래는 수도 있지마는 이러쿠롬 모질지는 않고, 글타코 뒤뒤기(두더지)가 이랠 택도 없고…… 우짜튼 여 함 파 보자. 뭐가 있어도 안 있겠나?"

큰 신씨가 그 말과 함께 시든 배추를 들어내고 호미로 그곳 밭 이랑을 파헤치기 시작했다. 그러나 한참을 파도 혐의를 둘 만한 벌레는 나오지 않았다.

"에이고, 행임도. 마, 치우이소. 그게 아나, 날 잡아라, 카고 지(제) 자리에 기다리겠심더. 그라지 말고 얼매나 조지(버려) 놨는지 그기나 함 살펴보입시더. 인자 모종하기도 늦었지마는……."

그런 작은 신씨의 말에 따라 네 사람은 각기 배추밭에 흩어져 피해 면적을 조사해 보았다. 명훈은 가장 가까운 밭 아래쪽을 살폈는데 대여섯 발짝에 한 번쯤은 많건 적건 피해를 입은 곳이 나왔다. 다른 사람도 비슷한 듯 연신 탄식과 혀 차는 소리가 들려왔다. 그러다가 가장 위쪽으로 올라간 작은 신씨가 지른 또 다른 종류의 놀란 외침에 모두 그곳을 올려보았다.

"에헤이 이건 또 뭐꼬? 뭐시 이랬노?"

"뭐가?"

"뭐신데?"

아래에 있던 두 사람이 거의 동시에 그 말을 받으며 그리로 달려갔다. 명훈도 살피던 이랑을 버려두고 그리로 가 보았다. 작은 신씨 곁에 이르기도 전에 새로운 피해의 전모(全貌)가 한눈에 들어왔다. 산 가까운 곳으로 몇 이랑이 절반은 비어 있는 것이었다. 이번에는 짐승이 뜯어 먹은 자리였다.

"동네 소나 얌생이(염소)가 이랬나?"

"아이다, 소나 얌생이는 안 이랜다. 물뿌인(물뿐인) 배추를 뭔다 꼬 이래 마이 뜯어 묵겠노? 차라리 콩잎이나 수수 몽타리(이삭)를 뜯어 묵제."

신씨 종반(從班) 간이 그렇게 주고받는데 부뜰이 아버지가 그 위 고추밭 쪽을 가리키며 소리쳤다.

"저건 뭐십니꺼? 조다 위쪽에 꼬치밭……."

나머지 세 사람이 보니 그 근처 고추 줄기가 무참하게 쓰러져 있었다. 자세히 살피자 몇 갈래이기는 하지만 뭔가가 산에서 내려왔다 산으로 올라간 흔적이 보였다.

"그라믄 이거는 산짐승이 그랬다는 긴데, 그기 참말로 요상하다…… 안죽 산골티(골짜기)마다 풀이 퍼런데 산짐승이 내려와 김장 밭 뜯어 묵었다는 소리는 또 처음 듣겠네. 이기 도대체 무신 일고? 우찌된 것고, 엉이? 이 주사, 여다서는 다른 밭에서도 이런 일이 자주 있는교?"

큰 신씨가 명훈을 돌아보며 물었다. 그러나 명훈은 그때껏 그런 말은 들어본 적이 없었다. 초겨울이나 초봄에 노루가 보리밭을 뜯어 먹는다는 말은 있었지만 그것도 농사를 망칠 정도로 심한 것은 아니었다.

"아뇨, 그런 소리는 못 들었습니다만……."

명훈은 그 모든 일이 개간지가 너무 산 가까이 있는 탓 같아 자신도 모르게 움츠러드는 목소리로 대답했다. 큰 신씨가 아무 말 없이 짓밟힌 고추밭과 시든 배추밭 이랑을 번갈아 보더니 맥없이 주저앉았다. 작은 신씨와 부뜰이 아버지도 누가 시킨 듯 큰 신씨 곁에 나란히 앉았다. 큰 신씨가 주머니에서 담배를 꺼내 불을 붙이자 그들도 말없이 따라 했다.

"참말로 죽으라 죽으라 카네. 우리가 어디 큰 욕심 냈나? 고추 근이나 따고 배추나 몇 차 해서 겨울 양식이나 할라 캤디…… 대구, 부산 내다 걸(걸어 놓을) 꺼도 없고 안동쯤에나 내다 팔아 곡슥(곡식) 가마하고나 바꿨으믄 했디."

큰 신씨가 길게 담배 연기를 내뿜으며 그렇게 말하자 작은 신씨가 한숨 섞어 받았다.

"하모요. 기집자슥 배나 안 곯리며 몇 해 나다 보면 뭐가 돼도 될 줄 알았디, 이거는 통……."

그런 그들의 말을 듣고 있는 명훈은 무슨 무서운 선고를 기다리는 기분이었다. 하지만 다행스럽게도 그 자리에서 받은 선고는 아직 그렇게 절망적이지는 않았다. 손가락을 후후 불듯 하며 필터도 없는 담배를 마지막 한 모금까지 빨아들인 큰 신씨가 천천히 몸을 일으키며 말했다.

"그러이 우예노? 자, 인자 고마 일나 일하자. 달출이(작은 신씨)

니는 장터 올라가 농약 함 알아봐라. 여다 벌레는 여다 사람들이 잘 알 테이까는 농약도 안 있겠나? 부뜰이하고 내는(나는) 바소구리(바소쿠리) 지고 와 얼어진(떨어진) 꼬치하고 자빠진 배추나 조(주워) 담을란다. 꼬치는 갈래(골라) 말룰(말릴) 거는 말루고 풋꼬치로 씰(쓸) 거는 풋꼬치로 씨믄 된다. 배추는 다 삶아 묵지 못하믄 시래기라도 묶는 기고……."

하지만 그 오후 내내 두 사람이 일하는 모습은 그 어느 때보다 힘없고 지쳐 보였다. 명훈도 맥이 빠져 아직 해가 지기도 전에 밭 고르는 일을 그만두고 말았다.

명훈이 집으로 내려가니 저녁밥을 짓던 어머니가 물 묻은 손으로 두 통의 편지를 내밀었다.

"방금 쌀 안치는데 우체부가 들고 와 몬 뜯어 봤다. 철이하고 누구로, 그 색시한테서 온 것 같드라."

그 말대로 편지는 경진과 인철에게서 온 것이었다. 둘 다 가슴 깊이 사랑으로 품고 있는 사람들이라, 그러면서도 해 주고 싶은 것은 아무것도 못 해 주고 있는 사람들이라, 겉봉을 뜯는데 이미 명훈의 가슴이 쿡, 하고 쑤셔 왔다.

그리운 분께

그러나 또한 야속한 분께

이 여름 덜한가 싶었는데 다시 그 나쁜 버릇이 도지는 모양이군요.

무엇이든 멋대로 결정하시고 침묵하시는 버릇. 저는 벌써 한 달째 답장을 받지 못하고 있어요. 무슨 일이 있는 거예요?

하지만 이제는 약 올라 하고 악을 쓰기에도 지쳤어요. 되살아난 상록수의 꿈이 이 가을 어떤 결실을 맺을지 궁금해하는 일에도요.

저는 직장에 잘 나가고 있어요. 그런데 아무래도 오래 있을 곳은 못 되는 것 같아요. 세월이 지나도 전문성은커녕 경력조차 인정 받지 못하는 일터, 그게 1960년대 중반 한국 여성의 일터예요. 제가 일하면서 살아야 한다면 달리 생각해 봐야겠어요. 시작할 때는 한없이 긴 이야기가 있는 것 같았는데 네 번이나 답장을 받지 못해선지 그만 맥이 빠지네요. 제가 애타게 편지를 기다리고 있다는 것만 알리고 이만 줄일게요. 부디 답장 좀 주세요. 그곳에 무슨 일이 있는지 알게 해 주세요. 안녕, 그래도 그리운 분.

1965년 9월 25일
경진 올림

경진의 편지는 그렇게 짧게 끝나 있었다. 하지만 그 이례적인 짧음이 명훈에게는 오히려 더 준엄한 추궁 같았다. 작은 신씨가 대구에 갔다 온 이후 다시 흙에 기댄 삶에 실패의 예감이 짙어지면서 명훈은 그녀에게 답장을 내지 못하고 있었다. 겉봉을 뜯을 때 쿡 쑤셔 왔던 명훈의 가슴에 둔하면서도 무거운 아픔 같은 것이 번졌다. 명훈은 그런 가슴을 가만히 쓸며 이번에는 인철의 편지를 뜯었다.

형님께

글월 늦었습니다. 그간 어머님 모시고 집안 모두 별고 없으신지요.

저는 돌내골을 떠날 때 어머님께 약속한 대로 이모님 댁에 머물고 있습니다. 그러나 나머지는 모든 게 뜻 같지 못합니다. 우선 이모님 댁 형편이 생각보다 말이 아닙니다. 남의 살이라 구구하게 다 말씀 올리지는 못합니다만 제가 길게 의지할 수 있는 집 같지는 않습니다. 학교도 지금 형편으로는 막연합니다. 다니고 싶어도 공전에는 계속 다닐 수 없다는 것은 전에 편지로 말씀드린 적이 있고 인문계 야간부로 옮기는 것도 알아보면 알아볼수록 어렵습니다. 아무래도 벌써부터 각오한 대로 다시 검정고시를 쳐서 대학 진학을 해결할 수밖에 없을 듯합니다.

지금은 이모부가 알아봐 주시기로 한 취직을 기다리고 있습니다. 그러나 거의 틀림없을 것 같은 제 직감은 그게 별로 기대할 수 없는 일이라는 것입니다. 이모부님은 이미 옛날의 그 기세 좋던 혁명 주체 세력이 아닙니다. 공직에서 밀려나도 한참 멀리 밀려나신 분이고, 그 대단한 동기들도 이제는 더 돌아봐 주지 않는 듯합니다. 요행을 바라는 심경으로 기다리고는 있지만 아무래도 제 일은 다른 대비가 필요할 것 같습니다.

그래서 드리는 말씀입니다만 어렵더라도 학원 수강비 좀 마련해 주시겠습니까. 그곳의 사정 뻔히 알면서도 이런 말씀 올리기 송구스러우나 이모님 댁 골방에서 아무 하는 일 없이 나날을 보내기가 너무 힘들어 드리는 부탁입니다. 힘 닿는 대로 얼마만이라도 만들어 주시면 우선 단과반이라도 몇 시간 넣어 아무 소속 없는 이 불안과 외로움에서 벗어날 수 있을 것 같습니다.

그러잖아도 힘든 형님께 밝은 소식 전해 드리지 못하고 걱정만 끼쳐 드려 죄송합니다. 어머님께 따로 글 내지 못함을 용서하십시오. 건강을 빕니다.

1965년 9월 26일
인철 올림

인철의 편지 역시 가슴 아프기 짝이 없는 내용이었다. 지난 여름 방학에 와서 철이 영희의 일을 털어놓을 때 명훈은 무엇보다도 그 아이가 받았을 내면의 상처가 걱정스러웠다. 그러나 철은 거기에 대해 별 내색 없었고 또 이번에는 어머니가 우긴 대로 이모 집에서 시작하는 것이라 다시 서울로 보낸 것인데 그쪽 형편도 어렵게 된 것 같았다.

"보자, 뭐라 캤노?"

두 통의 편지를 다 읽은 명훈이 암담한 기분으로 식탁에 앉아 있는데 어머니가 물 묻은 손을 앞치마에 닦으며 다가와 인철의 편지를 집어 들었다. 보여 주지 않는 편지를 억지로 빼앗아 읽을 어머니는 아니었지만 명훈은 어머니가 인철의 편지를 읽는 사이 경진의 편지를 슬그머니 윗주머니에 접어 넣었다.

　"철이가 영희 그년한테서 참말로 툭툭 털고 나왔다 카이 내 속이 다 시원하다. 말은 안 했지만 이 한 해 철이가 그년한테 얻어먹고 있는 게 참말로 끼꿈(께름)하디. 끼꿈하고 끼꿈하디…… 그런데 너그 이모부는 어예 된 기고? 김종필이하고 동기고 또 누구하고도 동기라 캐 싸며 장청(허풍)을 떨어 쌌디, 인제 참말로 끝나뿐 기가? 무신 큰 고관대작이라도 얻어걸릴 거 같디(같더니) 그게 하마 언젠데 안죽도 그 모양이라노?"

　"제가 보기에는 완전히 밀려난 거 같아요. 하기는 원래가 정치판에 어울릴 분은 아니었죠."

　"글치만 웃대가리에 앉아 돈 몇 푼 안 받아 쓴 사람이 어딨노? 그보다 더한 죄 짓고도 잘만 해 먹더라마는."

　"이제 보니까 그 수회죄(收賄罪) 자체가 구실이었던 것 같습니다. 이모부 같은 사람들을 걸러 내기 위해 어거지로 덮어씌운. 그리고 아직까지 아무런 배려가 없는 걸 보면 다시 요직(要職)으로 돌아가기는 틀린 거 같아요. 반(反)혁명죄에 걸려 감옥 가지 않은 걸 다행으로 여겨야 될지도 모르겠습니다."

　"참 큰일이따. 거다라도 기대 철이 고등학교나 마칠 수 있었으믄 했디…… 인제 어예믄 좋을로?"

　어머니가 그러면서 한숨을 내쉬다가 다시 미련이 생기는지 목소리를 낮춰 물었다.

　"영희 그년 말이따. 그년은 인제 어예 될 꺼 같노?"

"뻔하죠 뭐. 둘이서 다 털어먹고 나면 다시 술집에 나가든가 하겠죠. 철이가 영희 일을 한마디도 쓰지 않은 걸 보아도 짐작이 가요. 그 기집앤 그만 잊어버리세요."

인철로부터 그녀의 위장된 성공의 실상을 들은 뒤부터 영희에 대한 명훈의 정은 이전만 같지 못했다. 어쩔 수 없는 핏줄로서의 연민과 동정은 아직도 남아 있었지만 예전같이 애틋하고 살가운 정은 이미 지워지고 난 뒤였다. 이제 영희가 가고 있는 길은, 그런 식의 밑바닥 삶을 잘 아는 명훈에게도 가장 최악으로 보이는 전락의 방식이었다.

"그럼 인제 철이를 어예노? 먹고 죽을라 캐도 없는 게 돈이고 당장 몇 푼 구해 보낸다 캐도 대학에 가도록 뒤를 대기는 틀렸(렸)고오…… 글타 카믄 차라리 가아(그 애)를 다부(도로) 일로(이리로) 불러들이는 게 안 옳을라? 죽이든 밥이든 같이 먹으면서 여다서거 뭐로, 검정고시라 캤나, 그거 다시 해 보는 게……."

어머니가 다시 인철이 걱정으로 돌아가 명훈을 쳐다보았다. 말은 그래도 막막한 눈길이었다. 막막하기는 명훈도 마찬가지였다.

"그게 안 되니까 개도 못 내려오고 거기서 버티는 거 아녜요? 고등학교 졸업 자격 검정고시는 달라요. 그거야말로 학원이라도 나가 보충해야지 시골에서 혼자 할 순 없어요."

명훈은 그렇게 말해 놓고 식탁에서 일어나 샘가로 갔다. 세수를 마친 명훈이 안방으로 들어가 옷을 갈아입고 나오자 밥을 뜸들이던 어머니가 놀란 목소리로 물었다.

"야가 밥 다 됐는데 어디 갈라 카노? 어딜 갈라꼬?"

"아무래도 장터에 좀 올라가 봐야겠어요. 강약국이나 구(舊)면 장한테 가서 사채라도 빌려야 몇푼이라도 철이한테 보내 줄 수 있지 않겠어요?"

"아이고, 고 양잿물 갈바리(자잘한 구두쇠)들이 뭘 보고 니한테 척척 돈을 빌리 주겠노? 글코 또 가서 말해 본다 캐도 저녁은 먹고 가라. 백지로(괜히) 빈속에 생소주 퍼붓지 말고. 내 질기(서둘러, 먼저) 저녁상 채리 주꾸마."

어머니가 그렇게 잘라 말하고 뜸도 다 들지 않은 밥솥 뚜껑을 여는 바람에 명훈은 하는 수 없이 식탁 모퉁이에 엉거주춤 걸터앉았다.

어머니의 성화로 입맛도 없는 저녁을 몇 술 뜬 명훈은 점포들이 하나둘 불을 밝힐 무렵에야 장터에 이르렀다. 버스 정류장 맞은편 강약국도 이미 불이 밝혀져 있었다. 말갛게 닦은 유리와 갓으로 이웃의 어떤 점포보다 밝아 보이는 램프였다.

명훈이 쭈뼛거리며 안을 들여다보니 주인은 약국 진열대 위에 신문을 펼쳐 놓고 거기 머리를 박고 있었다. 막차로 배달된 그날 조간(朝刊)인 듯했다. 명훈은 약국 안으로 들어가기 전에 그를 부를 호칭부터 골랐다.

약국 주인인 강상천은 장터에 하나뿐인 정육점에다 따로 색싯집을 겸하는 화산이네 사위였다. 살이는 넉넉해도 대접받지 못하는 집안의 사위였으나 아쉬운 사람들은 그를 강 주사나 강 약사로 높여 불렀다. 면허를 빌려 연 약국의 수입과 뒤로 놓는 사채(私債)가 그를 막볼 수 없게 하는 힘이 되었다.

그의 전력에 대해서는 구구한 말들이 있었다. 어떤 사람은 육군 의무대 하사관 출신이라고 하고, 어떤 사람은 원래 도시에서 장사를 한 사람이라고도 했다. 드물게는 정식으로 약대를 나온 약사라고 하는 사람도 있었는데, 바람나 집을 나온 화산이네 딸을 서울 어디선가 만나 처가 곳이 되는 돌내골로 들어오게 되었다는 점에서는 모두가 일치했다. 그러나 돌내골에 들어올 때부터 재력은 상당해서 약국(실제로는 약 종상)을 차리고도 꽤 많은 돈을 사채로 굴릴 수 있었다고 한다.

하나뿐인 데다 돈만 제대로 내면 아편(모르핀) 주사를 놔 주기도 마다하지 않는 약국이 주된 수입원이 되었는지, 몇 년 전 고리채(高利債) 정리 때 신고된 액수만도 3백만 원이 넘었다는 사채에 힘입은 것인지 잘 알 수는 없지만, 그의 재력이 대단하다는 것은 장터 거리뿐만 아니라 돌내골 전체에 널리 알려진 일이었다. 그런데 그가 사채를 주는 데는 원칙이 있었다. 아무리 이자를 높이 준다 해도 먹물 든 사람들에게는 돈을 빌려 주지 않았고, 그다음에 담보를 따졌다. 아마도 회수의 어려움을 염두에 둔 원칙 같았다.

명훈이 지금 그를 어떻게 부를까 고심하고 있는 것도 바로 그런 그의 원칙 때문이었다. 다급한 필요에 떼밀려 오기는 했어도 명훈은 그의 두 가지 원칙 중 어느 것도 만족시킬 수가 없었다. 따라서 오직 그의 호의에 의지할 수밖에 없는데, 그러기 위해서는 호칭부터 조심하지 않으면 안 되었다.

평소대로라면 그 호칭은 강상천 씨 혹은 강 형으로 충분했다. 기껏해야 예닐곱 위인 데다 객지에서 들어온 사람에게 그 이상의 경칭은 쓸데없이 자신의 구차스러움을 드러낼 염려마저 있었다. 하지만 명훈은 결국 강 약사로 호칭을 결정하고 약국 안으로 들어갔다. 강 주사보다는 강 약사로 불리는 걸 더 좋아한다는 말을 들은 적이 있어서였다.

"안녕하십니까, 강 약사님."

명훈이 비굴해 보이지 않으면서도 공손하게 들리는 어조를 골라 그렇게 말을 걸었다. 약간 근시 기운이 있는 강 약사가 신문에 처박고 있던 머리를 들어 반기는 체했다.

"아이고, 이 형이 웬일이십니까?"

객지 생활이나 진배없는 그에게는 따르는 동네 건달들이 많다는 것만으로도 명훈은 함부로 대할 수 없는 사람이었다. 거기다가 명훈의 주먹 이력에 대해서도 들은 게 있고 명훈네 문중에게 텃세도 물 만큼 물어 본 그라 공손하기가 이를 데 없었다.

"신문에 뭐 재미있는 거라도 났습니까? 하도 열심히 들여다보시기에."

신문을 읽는 걸로 이웃의 무식한 장사꾼들에게 은근히 자신의 유식함을 과시하는 데가 있음을 알아본 명훈이 그렇게 얘기를 풀어 나갔다.

"별거 없어요. 맨날 그 소리가 그 소리지. 그냥 촌에 처박혀 살자니 바깥 소식이 궁금해 들여다보는 것뿐입니다."

말은 그렇게 해도 어딘가 명훈의 물음을 반가워하는 데가 있었다. 한 번 더 물어 주면 신문 1면에서 4면까지 모조리 들려줄 수도 있다는 태도였다. 하기는 명훈도 궁금한 게 있었다. 하씨와 김씨가 떠난 뒤로 갑자기 관심이 는 정부의 경제정책이 그랬다. 거기다가 바로 돈 빌려 달라는 말부터 꺼내기도 멋쩍어 명훈은 우선 궁금한 것부터 물었다.

"요새 우리나라 경제정책 어떻게 돌아가는 것 같습니까? 듣기로는 공업화다, 산업화다, 해서 그쪽으로 부쩍 힘들을 쓰는 모양인데 무슨 성과나 변화가 있어 뵙니까?"

"글쎄요…… 그런 얘기는…… 통 없는…… 것 같은데."

강 약사가 좀 뜻밖의 질문이라는 듯 말을 더듬거렸다.

"그럼 주로 무슨 얘깁니까?"

명훈이 다시 그렇게 물어 주자 강 약사는 비로소 기회를 얻었다는 듯 줄줄이 늘어놓기 시작했다.

"국내고 국제고 온통 정치 얘기뿐이라 인도하고 파키스탄이 카슈미르 때문에 박 터지게 싸우다가 휴전한 거는 이 형도 아실 게고, 아인슈타인 박사 죽었고, 수카르노가 외국인 산업을 모두 국유화한 거…… 뭐 요즘 국제 뉴스로 중요한 거는 주로 거기 얽힌 것들이죠. 국내 정치도 뻔한 거 아닙니까? 한일회담 국회 비준 두고 여·야 간에 박 터지게 힘겨루기 하는 거나 흐지부지되는 김영

삼이 테러 수사…… 아 참, 그리고 난데없이 정치 교수들을 대학에서 추방한다고 야단들이고……."

"그럼 국민들이 먹는지 굶는지는 우리 알 바 없다, 그거로군 정치 그래도 되는 건가."

"그러고 보니 그런 셈이네. 요즘 본 거라고는 연탄값이 9원으로 올랐고, 공중전화 기본 요금이 3원으로 올랐다는 식으로 물가 오르는 얘기밖에 없었으니. 또 뭐가 있더라, 그렇지. 월(月) 3부 이자 정부가 공식적으로 인정해 준 거하고 딸라(달러) 보유고가 1억밖에 안 돼 어렵다는 얘기에다 우리 국민소득이 95불(弗) 60선(仙: 센트)밖에 안 된다던가……."

"포항, 울산에 공단 만든 건 어떻게 돼 간답디까?"

"그것도 요새는 조용하데. 포항은 무슨 제철 공장인가 뭔가 맨든다는 말만 있고, 울산은 정유 공장이 들어설 모양이마는……."

"그럼, 공장도 짓지 않고 사람만 내쫓아 어쩌려고들 그러지? 가뜩이나 좁은 농지 몇십만 평씩이나 여기저기 파 엎었으니 거기 살던 사람들 다 어디로 가요? 거기다가 그거 만든다고 드는 돈은 또 얼마고. 차라리 그 돈 농촌에나 쏟아부어 아직도 국민 대다수인 농민들이나 잘살게 해 주지."

명훈은 내친김에 김씨와 하씨에게 들은 말을 약간 비틀어 물어보았다. 하지만 그 대답을 강약사한테서 듣기에는 아무래도 무리일 듯했다.

"요새 농촌 인구가 줄어든다는 기사는 근간에 어디서 본 거 같지만 그걸 국토 개발이나 공업화하고 연관 지어 하는 소리는 통 없던데. 뭐 아직 대규모로 해 놓은 것도 없고…… 더구나 박정권 들어 농촌에는 한다고 하는 거 아뇨?"

명훈의 평소 생각과 다를 바 없는 대답으로 강 약사가 그렇게 얼버무렸다. 명훈도 처음부터 그에게 무슨 경제 시사 해설을 기대했던 건 아니어서 그쯤에서 묻기를 그쳤다. 하지만 아직도 찾아온 용건을 밝히기에는 마땅치 않았다.

"그런데 이 형, 초저녁같이 무슨 일로 왔어요? 누가 아픕니까?"

명훈이 공연히 쭈뼛거리는 걸 보고 강 약사가 아직도 웃음기를 잃지 않은 얼굴로 물었다.

"아뇨. 그건 아니고……."

명훈은 필요 이상으로 당황하며 그렇게 부인했다. 그러자 강 약사에게도 짐작 가는 일이 있는지 얼굴에서 웃음기를 거두었다. 대신 억지로 꾸민 듯 예절 바른 말투가 되어 물었다.

"그럼 이 형 같은 분이 저 같은 장돌뱅이에게 무슨 일로?"

"실은…… 급히 돈을 좀 빌릴까 해서요. 놀리시는 돈이 있으시다기에."

명훈이 되도록 처량해지지 않으려고 애쓰며 그렇게 용건을 말했다. 사람의 낯색이 어떻게 저리 갑자기 바뀔 수 있을까, 싶을 정도로 낯색이 달라진 강 약사가, 그러나 공손함을 잃지 않은 어조로 받았다.

"아, 그거라면 뭘 잘못 아신 것 같습니다. 몇 년 전에는 푼돈 조금씩 사채를 놓은 적이 있습니다만 고리채 정리 때 다 날리고 요즘은 손 뗐습니다."

"며칠 전에도 들은 말이 있는데…… 그러지 마시고 급한 사정 한번 봐주십시오. 많은 돈도 아니고."

명훈이 어쩔 수 없이 매달리는 어조가 되어 그렇게 말했다. 믿는 게 있다면 다만 빌리려는 액수가 그리 많은 게 아니라는 정도 였는데, 강 약사는 아예 액수에는 관심도 없었다.

"저는 손을 털었다니까요. 떼돈 버는 일도 아닌데 저번 고리채 정리 때 지바닥(본바닥) 사람들하고 원수만 지고."

"그러지 마시고 한 5천 원만 변통해 주십시오. 추수 끝나면 꼭 갚겠습니다."

명훈이 치미는 속을 억누르며 한 번 더 사정해 보았다. 그런 내심이 어떻게 표정에 드러났던지, 아니면 뒤탈을 막기 위함인지 강 약사가 무턱 댄 잡아떼기에서 한 발 물러났다.

"몰라요. 보자아, 안사람은 요즘도 몇 푼씩 알음 따라 주고받고 하는 모양이던데. 하지만 지금은 아직 추수철이 아니라 돈이 모두 나가 있을걸요."

그때 부른 듯 화산이네 딸이 본채로 통하는 쪽문을 열고 들어왔다. 돌내골이 떠들썩할 정도의 처녀 때 경력만큼이나 요란스러운 화장이었다.

"저녁 먹띠미로(먹자마자) 나가디 여다서 뭐하노? 병구는 어데 가고요?"

그녀는 대뜸 남편부터 타박을 주고 나서 명훈을 돌아보며 알은체를 했다.

"왔니껴?"

나이가 서너 살 위고 한 동네나 다름없어도 자랄 때는 명훈이 잘 알지 못하던 여자였다. 하지만 그녀 쪽에서는 명훈을 잘 알고 있었다. 강 약사가 마침 잘되었다는 듯 그녀에게 말했다.

"당신 마침 잘 왔어. 당신 놀리는 돈 좀 있지? 그거 지금 들어와 있는 거 없어?"

강 약사가 별다른 눈치를 보낸 것 같지 않은데도 그녀는 잘 알아들었다.

"하이고, 그 꼴난 돈도 돈이라꼬. 이리 저리 흩어논 거 다 뚜디리 웅치(뭉쳐) 봐야 10만 원도 안 되는 거. 그런데 왜요? 아 아부지가 그걸 왜 묻니껴?"

"글쎄, 집에 거둬 논 게 있냔 말이야."

"그기 지금 있을 택이 있니껴? 골골이 사는 기집아들 죽는 소리 하미 빌리 가 이자도 가을(추수)하고 보자 카는 판인데. 요새는 참말로 먹고 죽을라 캐도 없는 게 돈이라. 그런데 왜요? 뭘할라꼬?"

"여기 이 형이 돈이 좀 필요한가 봐. 당신 소문 듣고 온 모양인데 어떻게 좀 해 드릴 수 없어?"

그러자 그녀의 눈길이 실쭉해졌다.

"당신도 참 답답따. 그러이 내가 똑 도회지 일수쟁이 같으네. 잘

난 서방 만나 몇 푼씩 훌친 돈 호호 불어 가미(가며) 산골티기 안 사람들한테 꿔 준 거뿐인데, 그걸 가주고…… 그래고 요새가 어떤 때이껴? 아직 햇꼬치(햇고추)도 안 나오고 담배감장(연초 수납)도 멀었는데 무슨 돈이 들어와 내 손에 쥐고 있는 게 있을리껴?"

역시 명훈이 내거는 상환조건도 차용액수도 들어 보지 않고 잡아떼기부터 먼저 했다. 어떻게 보면 손발이 척척 잘 맞는 부부였다. 그녀까지 그렇게 나오자 명훈도 더 매달려 볼 기분이 아니었다. 그래도 앞날을 알 수 없어 차마 화까지는 못 내고 어색한 인사와 함께 약국을 나왔다.

명훈이 뒤이어 찾아간 구면장 댁에서도 결과는 비슷했다. 자유당 때 막걸리로 우겨 민선(民選) 면장을 잠깐 지낸 적이 있는 그 중 늙은이는 강 약사처럼 별나게 먹물 든 사람을 피하지는 않았지만 담보에는 한층 더 철저했다. 그것도 밭문서, 논문서가 아니면 돌아보지도 않는 성미라 액수 적은 것만 믿고 빈손으로 찾아간 명훈은 허탕을 칠 수밖에 없었다.

그렇게 되면 다음은 술이었다. 모든 게 메말라 가는 농촌이었지만 술 인심만은 아직 좋았다. 아무 일도 없이 술집 몇 군데 고개를 디민 것만으로도 답답한 가슴을 달랠 만큼은 얻어 마실 수 있었다. 까닭도 없이 명훈을 두렵게 여기는 국민학교 선생들의 술자리와 동장들하고 연초 조합 총대(總代)들의 술자리를 오가는 동안이었다. 거기다가 어디서 불려 온 듯 나타난 상두 녀석이 소주병을 보태 몸을 가눌 수 없을 정도로 취한 명훈은 자정을 넘겨서야 집으로 돌아갔다.

그때껏 잠자리에 들지 않고 있던 어머니가 비틀거리며 집 안으로 들어서는 명훈을 얼싸안듯 맞으며 말했다.

"야가 또 어데서 이래 억병이(고주망태가) 되도록 마시고 들어오노? 사람들 와서 기다리는 줄도 모르고. 큰 신씨, 작은 신씨하고 부뜰이 아부지 한 시간이나 넘게 니를 기다리다가 갔다."

취한 중에도 야릇한 날카로움으로 의식 깊은 곳을 찔러 오는 말이었다. 그래, 선고를 내리러 온 거겠지. 깨져 가는 나의 꿈에, 시드는 나의 대지에.

그들 세 사람이 다시 찾아온 것은 다음 날 오후였다. 전날 마신 술 때문에 아직도 자리에 누워 있는 명훈을 찾아온 세 사람은 한동안 말이 없었다. 그러나 명훈은 그런 그들의 신중한 망설임이 더 불안했다.

"저 우리가 생각해 봤는데예. 이 주사, 너무 섭섭하게 생각하지 말고 들어주시이소."

이윽고 우두머리 격인 큰 신씨가 급히 몸을 추스르고 일어난 명훈을 쳐다보며 천천히 입을 떼었다. 명훈은 그들의 다음 말이 벌써 짐작이 가면서도 짐짓 알 수 없다는 듯 물었다.

"무슨 말씀이십니까?"

"실은 우리도에, 이 가을 끝나면 길고 짜른(짧은) 기(거)라도 대보고 떠날라 캤습니더마는 암만 캐도 틀린 갑십더."

"뭐가요?"

"여다서 더 미런 대는 거 말입니더. 봉수(하씨) 글마들이 옳았어예. 떠날라 카믄 일찍일찍 싸 말아야 하는 긴데."

"그럼 어제 그 일 때문에? 도대체 그 벌레가 뭐랍디까?"

"까짓 벌거지 때무이 아임더. 그거는 어디나 있을 수 있는 기고예. 그냥 우리가 모예 가마이 생각해 보이 미런했다 이깁니더. 그래서 더 날 춥기 전에 떠나는 게 옳타꼬……."

웬일로 뒷전에서 보고만 있나, 싶던 작은 신씨가 빠른 말투로 끼어들었다.

그때 이미 명훈에게는 힘들여 그들을 말릴 기력이 남아 있지 않았다. 그러나 그냥 있을 수만도 없어 남의 일처럼 물어보았다.

"이 땅, 그렇게 희망이 없습니까?"

"아임더. 이 주사야 개얀치예. 땅이라 카는 거는 세월 지나믄 지절로 걸좌(기름져)지는 기고오. 이 땅 다 걸좌지믄 평수만도 얼맙니꺼? 하다못해 꼬치 농사만 지도 이 주사네 살기는 넉넉할 낍니더. 문제는 우리라예. 결국 우리가 따 먹는 거는 우리 몸 꿈지럭거린 품값 따 먹는 긴데 그기 암만 캐도 여다서는 안 될 것 같다는 깁니더. 말하자믄 품 팔 곳을 잘못 찾아온 기지예."

"그럼 지난봄에 하신 말씀들은?"

"우리가 몰랐어예. 땅은 다 울산이나 창녕같이 차지고 바로 옆에 대구, 부산이 붙어 있는 걸로 안 기라예. 하다못해 포항이라도 붙어 있는 거로…… 거다가 옛날 생각만 하고 농사꾼은 농사만 지어야 되는 줄 믿고 우짜튼 동 땅만 찾아댕기다 보이."

"그럼 무슨 다른 일이 있군요?"

그러자 이번에는 가만히 있던 부뜰이 아버지가 받았다.

"실은 어제 봉수 글마 편지 받았심더. 이 주사 아시는지 모르지만 글마가 내 종질(從姪) 아입니꺼? 대구로 갔다가 안 돼 바로 부산으로 내뻗친 모양인데 거다 자리 잡고 보이 아재비 생각이 나는지 편지를 안 보냈능교? 내도 고마 글로 오라 쿠는 긴데, 부산은 요새 무슨 공장도 마이 들어서고 해서 농사 아이라도 품 팔 데가 많다꼬요. 거다가 부뜰이 학교 문제도 글코…… 먹고사는 일이라믄 여다서도 우째 되겠지마는 장래 생각하이 암만 캐도 자리 있다 칼 때 가 보는 기 좋을 것 같아서. 그래서 저 형님한테 의논하로 갔다마는 형님마이(뿐) 아이라 달출이네까지……"

부뜰이 아버지는 사뭇 변명조였다. 명훈은 거기까지 듣고 나니 일이 어떻게 된 건지 더 듣지 않아도 훤히 알 것 같았다. 그래, 결국은 도시로 가야 한단 말이지. 그때 큰 신씨가 역시 같은 변명조가 되어 부뜰이 아버지의 말을 받았다.

"글타꼬 우리까지 부뜰이네 따라갈라 카는 거는 아이고예. 나는 마 고향으로 다부(도로) 가 볼랍니더. 공장이라 카믄 울산 거다가 훨씬 크이께는. 정유 공장인가 뭔가는 하마 터를 닦고 있고, 그 옆 포항에도 뭐신가 억수로 큰 공장이 곧 들어설 끼라 카이, 거다서 어리대다(두리번거리다) 보믄 무슨 수가 안 나겠습니꺼?"

"지는 아이라예. 한 번 떠난 고향 어시(별로) 잘되지도 몬하고 돌아가고 싶지는 않고예 — 차라리 여다서 장터 쪽으로 옮겨 볼랍니더. 남은 돈 가주고 쪼매는 점방이나 하나 열어 가주고 알라 어마이 맡기든 어떨까 싶어예. 내는 또 내대로 일 철에는 품 팔고 겨울에는 나무라도 해 팔지예 뭐. 여기 인심이 후해 야박한 대처 나가고 싶은 맘은 없어예."

두 사람에 이어 작은 신씨가 그래도 자신이 체면치레는 한다는 듯이 말했다.

그러나 명훈이 듣기에는 다 같은 말이었다. 결국은 이곳을 떠나 도시 혹은 도시적인 삶의 양식으로 편입된다는 뜻이 아닌가.

"그럼 지금 지어 놓으신 농사는 어쩌시고요?"

마침내 명훈도 마음을 가라앉혀 현실적인 일을 물었다.

"실은 그긴데예. 꼬치는 남았다 캐도 막물뿌이이(끝물뿐이니) 더 돈 될 거 없고…… 이 주사네나 따 자시이소. 남은 거는 배추밭인데 그 벌거지 아이라도 속이나 지대로 찰까 몰라예. 그래서 넬이라도 푸나물거리로 안동에 한 차 내보내 볼라 캅니더. 식구대로 차 따라가 골목마다 내다 팔믄 우리 떠나는 여비에라도 보탬이 될까 싶어……"

이미 의논이 되어 있었는지 큰 신씨가 머뭇거림도 없이 그렇게 대답했다.

길동무

인철의 기억으로 그 청년이 기차에 오른 것은 김천에서 대구 사이의 어떤 시골 역에서였다. 그에게는 처음 나타날 때부터 까닭 모르게 사람의 의식을 자극하는 데가 있었다. 인철이 차분히 따져 보니 대개는 그의 생김과 차림에서 한눈에 느껴지는 불균형 때문인 듯했다.

먼저 보는 이의 눈길을 끄는 것은 괴이쩍을 만큼 아래위가 어울리지 않는 옷차림이었다. 윗도리는 최근에 유행인 줄무늬 남방 셔츠였는데 입고 길을 나서기에는 계절이 너무 늦었다. 거기 비해 아랫도리는 굵게 골 진 낡은 코듀로이 바지로 이번에는 계절에 비해 차려입고 나서는 게 너무 빨랐다. 거기다가 기차를 탈 정도의 장거리 여행 차림에 결정적으로 맞지 않는 것은 신발이었다. 그는 흔히 일본 말로 게다라고 부르는, 타이어 튜브를 잘라 끈을 댄 나막신을 신고 있었는데, 발은 또 어울리지 않게 무늬가 화려한 나일론 양말에 싸여 있었다.

생김도 그랬다. 눈썹이 짙고 눈이 부리부리하게 시작했으면 코도 마땅히 우뚝해야 하건만 막상 붙은 것은 낮고 길쭉한 코였으며, 그 아래에는 느닷없이 메기입이었다. 그것들이 제법 넓은 이마나 넉넉하게 빠진 하관(下觀)과 어울려 주는 인상은 정중하게 시작했으나, 성의 없이 마쳐 버린 인물화 같았다.

아주 오래 뒤에 인철은 그같이 어울리지 않은 차림이 무엇 때문이었는지를 알 수 있었다. 그것은 한마디로 가난이었다. 먼 길을 떠난다고 제 딴에는 애를 썼지만 기껏 그가 할 수 있었던 채비는 철 지난 남방셔츠를 하나 사서 걸치는 것뿐이었다. 코듀로이 바지는 아마도 그가 가진 유일한 것이거나 가장 새것이어서 계절을 따지지 못하고 입어야 했을 것이다. 나막신도 마찬가지. 그에게는 구두는커녕 새 고무신조차 살 여유가 없었음에 틀림이 없다.

진작부터 인철의 눈길을 끌던 그가 직접 인철의 의식 속으로 뛰어든 것은 기차가 대구를 지난 지 오래잖아서였다.

"여기 앉아도 되겠습니까?"

대구에서 내린 사람이 많아 인철 앞의 자리가 비자 그가 다가와 예절 바르게 물었다. 완행열차의 자리야 나는 대로 누구든 차지해도 되는데 굳이 앞 좌석의 사람에게 그렇게 동의를 구하는 게 예절바름을 넘어 오래 남의 눈치를 보며 살아온 사람의, 무엇에든 자신 없어 하는 태도를 드러내 보이고 있었다. 그걸 느낀 인철은 저도 몰래 고압적이 되어 고개만 끄덕했다.

그 청년이 생김이나 차림이 좀 별나다 해도 기실 인철에게는 그걸 시시콜콜히 따지고 있을 마음의 여유가 없었다. 인철은 지금 결사의 싸움터로 나가는 비장한 전사(戰士)처럼 전혀 낯선 곳에서의 예측 못 할 삶을 향해 내닫고 있는 중이었다.

여름방학을 구실 삼아 돌내골로 내려오기는 했지만 원래 인철에게는 서울로 돌아갈 생각이 별로 없었다. 학교에서도 이미 마음이 뜬 데다 무엇보다도 척척하고 욕스러운 누나의 그늘로 돌아가게 되는 게 끔찍해서였다. 그런데 유난히 길어진 그 방학 동안 새삼스레 실감한 돌내골의 현실과 밀양에서 받은 자극이 그의 생각을 바꾸어 놓았다. 배움과 앎에 의지해 무언가를 성취하고 말겠다는 의지는 더 확고해졌으나 돌내골에서는 아무런 대안이 없었기 때문이었다.

하지만 그렇다고 그때껏 지내 오던 그대로의 서울로 순순히 돌아가기는 정말로 싫었다. 고생이 되더라도 최소한 누나에게 돌아가는 것은 피하고 학교도 야간일망정 인문계로 바꾸고 싶었다. 인철이 누나에게 느끼는 감정을 숨김없이 털어놓고 학교에 대한 자신의 희망을 밝히자 형은 놀라하던 표정을 우울한 것으로 바꾸었을 뿐 말이 없었다. 그러나 조금도 놀라는 기색이 없던 어머니는 실제적인 방안까지 생각해 가며 인철의 희망을 지지해 주었다.

"내 진작에 그럴 줄 알았다. 지깐 년 하는 짓이 뻔하지. 할 수 없다. 이모부한테 바짝 매달래 보는 게라. 니 이번에 서울 올라가서는 바로 이모네 집에 짐 풀고 들앉아라. 이모가 뭐라 총총(종알)거려도 민주(억지)를 대고 무슨 구처(방법)를 내줄 때까지 버티란 말이따. 백 서방 그 사람 지난봄에 옷 벗고 나왔다 카지마는 워낙 수단이 좋은 사람이이 그새 무슨 수를 냈을 게라. 하다못해 일 마뜩고 일찍일찍 끝나는 회사에 급사 자리만 구해 조도 야간 고등학교는 어예 마칠 수 안 있겠나? 그것도 안 되믄 그대로 거다서 묵사들이라(억지로 얹혀 지내라). 이질도 조칸데 설마 끌어내기야 할라? 공납금은 우리가 어예 만들어 볼 테이 저(자기들) 먹는 대로 얻어먹으며 학교나 댕기는 것도 수가 될따(되겠다)."

거기 힘을 얻은 인철은 개학에 맞춰 서울로 올라온 그날로 이모네 집에 짐을 풀었다. 그리고 며칠이나 마음을 가다듬은 뒤에야 이제는 서로의 거짓말과 원망과 정액 냄새만 가득한 누나의 미장원을 찾아가 자신이 서울로 돌아온 일과 이모네 집에서의 새로운 출발을 알렸다.

"혼자 해 보겠다니 어린게 혼자 해 보기는 뭘 해 봐. 이모네도 그래. 나도 서울 생활 오래하면서 여러 번 겪었지만 그 집 믿을 거 못 된다. 5·16 덕에 이모부 몇 번 굵직한 감투 써 보기는 했지만 실속은 별로 없었어. 공연히 감투만 믿고 번드레하게 살림만 벌여 놨다가 뒷감당 못 해 쩔쩔매는 게 이모네 지난 5년이었다고. 그것도 이제 좀 자리 잡을 만하면 뭔가 사고를 친 이모부는 쫓겨나고…… 딴사람에게 들은 말이지만 5·16이 아니었더라면 이모부는 벌써 무능장교 딱지 받고 예편됐을 거래. 그런데 네게 뭘 해 줄 수 있겠니? 먹고 자는 문제라면 여기나 거기나지, 뭐."

누나도 입으로는 그렇게 말렸지만 굳이 인철을 잡아 두려고는 하지 않았다.

당장은 모든 게 뜻대로 된 셈이어서 인철은 앞날이 환히 보장된 새 출발이라도 하는 기분으로 씩씩하게 떠났다. 어머니가 이모에게 써 보낸 장문의 편지는 그런 인철의 새 출발을 지켜 주는 든든한 부적 같았다.

그런데 때가 나빴다. 이모부는 아직도 실직 상태나 다름없이 지내면서 술로 울분을 달래고 있었고, 벌써 여러 달째 수입이 끊겨 이모네 살이도 말이 아니었다. 집은 커도 여름 장마로 새는 것조차 수리하지 못하고 자가용은 운전사 월급을 주지 못해 세워 놓는 식이었다.

"말 마라. 우리도 이 집 팔아야 무슨 해결이 난다. 벌써 넉 달째 네 이모부는 술만 고래고래 마셔 대고 집구석에는 죽이 끓는지 밥이 타는지 나 몰라라다. 언니는 네게 급사 자리라도 마련해 주라지만, 글쎄 그런 게 있을지 모르겠다. 일 마뜩하고 야간학교에 나갈 수 있을 만큼 빨리 마치는 회사가 몇 군데나 있겠어? 있다 쳐도 너희 이모부, 그 어중간한 양반 어떻게 믿을 수가 있어? 차라리 네 형 취직 자리라면 어떻게 옛날 동기생들에게라도 억지를 써 볼 수도 있을지 모르지만…… 그렇다고 집에만 들어박혀 있는 내게 어찌해 볼 길이 있는 것도 아니고."

어머니의 편지를 읽고 난 이모는 그 자리에서 그렇게 난색을 지었다. 원래 정이 없는 사람은 아닌 데다 표정도 싫다는 것이라기보다는 지쳐 있는 것이라 그게 오히려 이모네가 겪고 있는 어려움을 더 실감 나게 해 주었다. 그날 밤 늦게 돌아온 이모부도 인철이 찾아온 때가 나쁨을 간접적으로 확인시켜 주었다.

"갠놈의 새끼덜. 뭐 나보고 강생회(康生會)에 과장으로라도 나가 보라고? 아, 이 나이에 김밥 땅콩 들고 기차간을 왔다 갔다 하란 말이야? 저희들은 좋은 자리 다 차지하고 앉아서…… 말이 났으니까 그런데, 그놈의 수회쵠가 뭔가만 해도 그래. 나만한 자리에 앉아서 업자에게 그만한 커미션 안 먹은 놈 있으면 손 들고 나와 보라 그래. 그것도 나만 먹었나. 쥐꼬리만 한 월급에 쪼들리는 밑에 애들 나눠 주고 나는 술 몇 잔 얻어먹은 거밖에 없어! 그런데 신문에까지 알려 사람을 병신 만들고……. 그때 틈을 보아 인간덜 된 놈들은 아예 다 쏴 죽여 버리는 건데……."

마중 나간 이모와 안방에 마주앉기 바쁘게 쏟아 내는 술주정의 내용이 그랬다. 하지만 인철이 왔다는 말을 듣고는 평소의 사람 좋은 속내를 술로 더 과장해 드러냈다.

"처형이 고생 심한 모양이구먼. 진작 어떻게 한번 봐 드려야 하는 건데. 명훈이는 아직도 그 고집 부리고 촌에 처박혀 있어? 어쨌든 잘 왔다. 내 한번 알아보지. 아냐, 알아볼 것도 없어. 학교 가기 위해서라면 우리 집에서 그냥 학교나 다니라고. 구태여 힘든 급사

일 할 게 뭐 있어?"

이모가 하얗게 눈을 흘기고 있다는 걸 아는지 모르는지 그렇게 큰소리쳤다. 그래도 시작이 아주 나쁜 것은 아니어서 그날 밤 인철은 여전히 희망에 차 앞날을 설계했다. 우선 학교를 알아보자. 인문계 야간으로 옮기고 다시 시작하는 거다. 마지막 승부를 대학에 걸면 된다…….

하지만 이튿날 전학을 위해 다니던 공전을 찾아갔을 때 뜻 아니한 사태가 기다리고 있었다. 미술 선생이 인철의 반항 같지 않은 반항을 터무니없이 과장한 데다, 뒤이은 20여 일의 무단결석이 그 결정적인 근거가 되어 무기정학 처분이 내려져 있는 게 그랬다. 전학을 하려면 그 처분부터 해결해야 하는데, 예삿일이 아니었다. 공립학교라 그 기록을 지우는 것 자체가 어려울 뿐만 아니라, 된다 해도 적지 않은 비용과 수단 좋고 말깨나 하는 사람의 품이 들어야 했다.

옮겨 보려는 인문계 야간부도 그랬다. 이름 있는 사립 고등학교의 야간부는 자리가 없고, 있다 해도 엄청난 경쟁을 거쳐야 했다. 간혹 그 경쟁을 피하는 뒷길이 있기도 했으나, 그때는 또 이런저런 명목으로 상상하기 어려울 정도의 목돈이 요구되었다. 변두리 삼류 고등학교의 야간부는 자리가 비어 있는 곳이 있었지만 그런 학교는 인철이 마음 내키지 않았다. 시설이 부실하고 교원이 모자라는 데다 학생이란 게 태반은 다른 데서 퇴학당한 불량 학생들이거나 며칠에 한 번씩 출석이나 해 졸업장이나 얻어 두려는 이른

바 깡패들이었다. 어떤 학교는 바로 인철이 찾아가던 날 학교 앞 골목에서 경찰과 앰뷸런스가 출동할 정도로 큰 패싸움을 벌여 인철을 질리게 만들었다.

인철은 고심 끝에 전학에 얽힌 여러 가지 문제를 아무에게도 알리지 않고 고등학교를 포기하기로 했다. 이모에게는 알리기가 싫었을 뿐더러 뻔히 보고 있는 사정으로는 알려 봤자 도움이 될 것 같지도 않았다. 돌내골의 사정도 익히 알고 있는 터, 알려도 소용없기는 마찬가지였고 누나 쪽은 더 그랬다. 대신 찾아낸 게 진작부터 염두에 두고 있던 대로 학원에 나가면서 대입 검정고시를 치르는 길이었다. 고등학교 진학 때도 한 번 해 본 적이 있다는 게 그 같은 전환에 약간의 자신을 주었다.

인철은 첫 월급을 받으면 학원 야간부 단과반에 등록하기로 하고 취직이 되기만을 기다렸다. 떠나올 때 당부 받은 말도 있고 해서 어머니와 형에게 그간의 변화를 알리면서 학원 수강료 송금을 부탁하기는 했지만 돈이 오리라고 믿지는 않았다.

당장은 학교도 학원도 나가지 못하고, 이모가 진작에 예측한 대로 일자리도 쉽게 얻어지지 않자 인철은 그 집의 하릴없는 식객이 되고 말았다. 그런데 그렇게 잃어버린 학생 신분이 또 예상 못한 변화를 강요했다. 다 같은 식객 노릇이라도 학생일 때와 그렇지 않을 때는 많이 달랐다. 골방 하나를 얻어 하루 종일 공부한답시고 들어앉았지만 거기에 고학(苦學)이란 명분을 걸기는 어려웠다. 학원도 검정고시도 정규 교육과정 쪽에서 보아서는 모두가 불확실한 진학과정일 뿐이었다.

그런 변화는 누가 뭐라기도 전에 먼저 인철의 의식을 건드렸다. 형편 좋을 때 장만했던 금붙이를 팔아 쌀가마니로 바꿔 와야 할 정도로 악화되는 이모네 형편이 인철을 더욱 그런 일에 민감하게 만들었는지도 모를 일이었다. 처음에 그저 막연하던 미안함은 차츰 부담감으로, 마침내는 죄의식으로까지 자라 가기 시작했다. 와서는 안 될 곳에 와서 먹어서는 안 될 밥을 먹고 있다…….

한 달쯤 지나자 이모도 마침내는 그것을 구실 삼아 푸념을 시작했다.

"저 양반 꼴 보니 취직은 틀린 것 같고오, 이왕에 혼자 공부할 거라면 집에서는 안 되니? 너희 집 끼니도 잇기 힘들 정도야? 언닌 왜 그렇게 살이가 펴지지 않는지 모르겠어. 우리 여러 형제 중에서 가장 시집 잘 갔다고 하더니. 우리 살기 힘든 것도 그렇지만 매일 방 안에만 처박혀 있는 너 보기도 답답하다, 얘."

그쯤 되면 인철이 주관적으로 느끼는 욕스러움은 누나에게 얹혀 지낼 때에 못지않았다.

그 바람에 인철은 차라리 누나에게로 돌아갈까 싶어 이모에게는 내색 없이 그쪽 형편을 살피러 가 보았다. 하지만 그를 기다리는 것은 예상보다 훨씬 빨리 온 누나의 파국이었다. 찾아가 본 지한 달 남짓밖에 안 되는데 미장원 자리에는 잡화점이 들어섰고 그가겟방에는 새로 세 든 듯한 중년 내외가 살고 있었다.

인철에게

네가 찾아올지 몰라 몇 줄 남긴다. 어디서부터 설명해야 될지 모르겠구나. 어쨌든 모든 것은 끝났다. 누나는 완전히 빈손이 되어 새로 출발한다. 이제 없는 사람이려니 여겨라. 우리 남매가 이 세상에서 다시 만나게 될 날이 올지.

1965년 10월 7일
누나가

여름방학 때 이미 모두 싸 말아 나온다고 나왔지만 그래도 남아 있던 게 있었던지 인철의 옷가지며 책들이 싸인 작은 보퉁이와 함께 누나가 주인아주머니에게 남긴 쪽지에는 그렇게 적혀 있었다. 나중에는 뼈저린 아픔까지 느끼며 다시 돌아보게 되지만 처음 그 쪽지를 읽었을 때에는 그저 어리둥절할 뿐이었다. 멍해서 듣고 있는 인철에게 주인아주머니가 그 때이른 파국에 대해 아는 대로 일러 주었다.

"세상에 알다가도 모를 게 사람 속이지. 얼마나 정 있어 뵈던 내외(부부)였어? 그날 둘이 병원에 갈 때만 해도 그 사람, 새댁을 거의 싸안고 가다시피 하더라고. 그런 사람이 두 시간도 안 돼 새파란 얼굴로 뛰어들더니 소파수술이 잘못 돼 새댁이 위독하다고 하는데 어찌 안 믿겠어? 연신 눈물을 훔쳐 가며 보증금을 담보로 3만 원만 급전으로 내 달라는데 사람 정으로 못 본 체할 재간이 없더구만. 이웃, 친척 가리지 않고 그 밤 안으로 3만 원 구해 줘 보냈는데, 그 돈 들고 저만 달아나 버릴 줄이야. 병원에 혼절해 누운 여자 내팽개치고…… 이틀 뒤에 새댁 혼자 곧 쓰러질 듯이 돌아와 그 사람을 찾을 때 얼마나 놀랐던지. 꼭 망치로 정수리를 호되게 맞은 기분이더라니까. 새댁 참 안됐어. 여기서 나갈 때까지도 몸이 성찮아 보였는데 그 몸으로 어딜 갔는지……."

거기까지 듣고 나니 벌써 누나에게 있었던 일이 훤히 짐작되었다. 그런데 비정한 이기(利己)일까, 그때 인철의 가슴을 가득 채운 것은 온전치 못한 몸으로 버림받고 돈 한 푼 없이 거리로 나서게 된 누나에 대한 근심이나 연민이 아니라 이제 서울에는 달리 돌아갈 곳조차 없게 된 자신의 막막함이었다.

이제 어떻게 하나…… 이모네 집 골방으로 돌아간 인철은 불도 켜지 않은 방 안에 누워 밤늦도록 생각에 잠겼다. 이모네 집은 어느새 떠나야 할 곳으로 단정되어 있었다. 누나는 사라졌고, 몇 군데 고향 친척들의 집이 있기는 했지만 모두가 넉넉잖은 1960년대 중반을 어렵게 살아가는 실향민들에 지나지 않았다.

그렇다면 남은 것은 돌내골로 내려가 가족들과 운명을 함께하는 길뿐이었다. 서울로 올라오기 전의 2년처럼 언제 올지 모르는 그날을 꿈꾸며 음울한 세월을 죽여 가야 했다. 하지만 싫었다. 품을 환상도 없이 벌거숭이 현실에 멱살을 잡혀 끌려가기는 정말로 싫었다. 어떻게 하나…….

그러다가 무슨 계시라도 받은 것처럼 돌연스러운 발상의 전환이 이루어졌다. 발단은 무엇에든 먼저 자신에게서 원인과 책임을 따져 보는 그의 특성에서 비롯됐다.

'너는 벌써부터 혼자만의 새로운 길을 떠나겠다고 공언해 왔다. 낯선 곳에서 새로운 운명을 길들여 돌아오는 것이 지금의 저주스러운 운명과 싸우는 데 가장 유효하고 멋있는 방법이라고 떠들었다. 실제로도 몇 번인가 너는 그런 출발을 시도한 적도 있다. 하지만 이제 돌아보면 아니었다. 너는 새로운 곳을 찾아가는 척했지만 실은 아는 사람을 찾아갔고 옛 인연에 의지하러 갔을 뿐이었다. 이번에도 그렇다. 저번 학교를 그만두고 돌내골로 내려갔을 때, 또는 밀양에서 네가 생각한 새 출발은 이런 게 아니었다. 그런데 기껏 네가 한 짓은 혈연이란 낡은 인연에 구걸을 떠난 것이었으며 이미 떠난 학교 주변을 기웃거리는 것이었다. 그러다가 겨우 학교를 떠나기는 했으나 이번에는 다시 욕스럽기 그지없어 스스로 떠났던 혈연에 연연해하다가 이 같은 낭패를 당했다……'

그렇게 자못 준엄한 자기 비판에 이어 선고처럼 한 결정이 내려졌다.

'이번에 가는 곳은 진실로 낯선 곳이어야 할 것. 아는 사람도 없고 호의를 구걸할 아무런 연줄도 없는 곳이어야 할 것. 오직 너의 땀과 눈물로만 너를 지탱할 수 있는 곳이어야 할 것. 그래야만 그 출발은 진정으로 새로운 출발이 될 것이며 그 땅은 진정으로 새로운 세계가 되고 거기서 만나게 될 운명도 전혀 새로운 것이 될 수 있을 것이므로.'

그렇게 되자 비로소 인철은 그때껏 사로잡혀 있던 고정관념이나 선입견에서 벗어나 자유롭게 자신이 갈 곳을 찾아볼 수 있었다. 외국같이 절차나 경비 문제로 불가능하지 않은 곳이면 어디든 고려의 대상이 될 수 있었고, 따라서 이 땅의 모든 도시로 떠날 수 있게 된 것이었다. 그리고 그다음에는 별로 고심할 것도 없이 한 도시가 결정되었다.

이 땅의 그 많은 도시들 중에서 어째서 부산이 결정되었는지에 대해서는 논리적 설명이 불가능한 것은 아니다. 인철이 설정한 낯섦과 새로움의 개념에 맞아떨어지면서도 관습이나 풍토에서도 적응이 손쉬운 곳이라든가, 그런 종류의 출발에는 서울 다음으로 가능성이 높은 대도시라든가, 따위가 그러하다.

하지만 그 결정에는 다른 설명도 얼마든지 가능하다. 인생에서 아주 중요한 결정이 뜻밖으로 신속하게 이루어지고 확고하게 추구되는 수도 있다. 그때에는 나름의 필연이 있었으나 오래 뒤에 되돌아보면 쓴웃음이 날 정도의 하찮은 동기에서 결정이 날 수도 있고, 운명이라고 말할 수밖에 없는 불가사의한 충동에 의해 이루어지는 결정도 있다.

어떤 이는 그 도시에 명혜가 있다는 것으로 어떤 단서를 삼으려 할지 모른다. 적어도 그때 인철의 의식 표면만을 살핀다면 그런 추론은 어림없이 틀린 것이 된다. 열에 아홉 그곳에서 새로 시작될 인철의 삶은 어쩌다 길거리에서 그녀와 마주치게 되어도 황급히 피해가야 할 상황에 그를 몰아넣을 것이기 때문이다. 하지만 그렇다고 그런 결정이 이루어지는 동안 명혜가 인철의 의식 밑바닥에서조차 아무런 작용을 하지 않았다고 장담할 수도 없는 일이었다.

"도시락 있습니다. 따끈따끈한 벤또요."

용감하게 출발하기는 했지만 부산에 가까워 올수록 막막하고 암담해져 이런저런 생각으로 넋을 놓고 있는 인철의 귀에 그런 외침이 파고들었다. 반사적으로 소리 나는 곳을 쳐다보니 제복을 입은 강생회 판매원이 도시락을 한 팔 가득 안고 지나가고 있었다. 얇게 저민 버드나무로 짠 그 도시락 곽을 보자 인철은 갑자기 배가 고파 왔다. 서울역에서 아침 아홉 시 기차를 탈 때 한 그릇 말아 먹은 가락국수를 빼면 하루 종일 아무것도 먹은 게 없었다.

인철은 부산까지의 기찻삯을 물고 얼마 남지 않은 돈에서 30원을 빼내 도시락을 하나 샀다. 벌써 오후 다섯 시에 가까웠으나 배고픈 만큼 입맛은 나지 않았다. 게다가 내용도 조악하기 짝이 없어 인철은 밥만 대강 걷어 먹고 도시락 뚜껑을 덮었다. 그때 앞에서 새까만 두 손이 불쑥 나오고 이어 예절 바른 물음이 뒤따랐다.

"그거 버리실 거면 제가 얻어먹어도 되겠습니까?"

물음의 주인은 바로 얼마 전 인철 앞에 자리 잡고 앉은 그 기묘하게 생긴 청년이었다. 정말로 버리려 했던 것이라 인철은 별로 거부감 없이 그에게 그 도시락을 건네주었다. 도시락 뚜껑을 연 그는 인철이 쓴 젓가락조차 닦는 법 없이 안에 남아 있는 것들을 먹어 치웠다. 저민 버드나무 도시락 곽에 붙어 있는 밥알이며 젓가락에 노란색이 묻어나던 단무지, 배도 안 따고 간장만으로 볶아 짜고 쓸 뿐이던 멸치 볶음이며 삭지도 않은 마늘장아찌 따위를 구별도 순서도 없이 입에 쓸어 넣는 게 먹는다기보다는 마시는 듯한 느낌을 주었다.

"잘 먹었습니다."

그야말로 눈 깜짝할 사이에 말짱하게 비운 도시락 껍질을 차창 밖으로 내던진 청년이 다시 그렇게 예절 바른 소리로 고마움을 표시하고 자리에서 일어났다. 잠시 후에 돌아온 그의 입가에 물기가 묻어 있는 것으로 보아 열차 수도칸에 가서 흠뻑 물을 마시고 돌아온 듯했다. 하지만 그런 별난 행태에도 불구하고 청년은 이번에도 그리 오래 인철의 주의를 끌지는 못했다. 그새 부산에 가까워진 만큼 더 어둡고 무거워진 머릿속 때문이었다. 그런데 오래잖아 그가 다시 말을 걸었다.

"저어…… 한 가지 더 부탁해도 되겠습니까?"

"?"

인철은 왠지 그 내용이 귀찮을 것 같아 짐짓 무뚝뚝한 표정을 지으며 눈길로만 반문했다. 청년이 송구스러워하는 표정에 몸까지 비틀며 더욱 예절 바르게 부탁했다.

"여기서 구포역을 지날 때까지 뒷문 쪽을 좀 맡아 주시겠습니까? 길어야 반 시간입니다. 승무원이 오면 제게 좀 일러 주십시오.

양쪽을 다 살피다가 자칫하면 한쪽을 놓치게 될까 봐서."

아마도 무임승차를 한 것 같았다. 그러고 보니 그전에도 그가 불안한 눈길로 끊임없이 객차 앞뒤 출입구를 살피던 게 기억났다. 그런데도 말투는 뭔가 나쁜 짓을 한 승무원들을 자신이 오히려 감시하고 있다는 투였다.

그러고 십 분도 안 돼 정말로 검표원이 뒷문 쪽에 나타났다. 정확하게 삼랑진과 구포 가운데쯤이었다. 인철이 그걸 일러 주자 청년은 반대쪽 출입구 쪽으로 태연하게 걸어 나갔다. 그리고 어디서 어떻게 검표원을 따돌렸는지 기차가 구포역을 지나기도 전에 게다짝을 떨그럭거리며 다시 제자리에 돌아와 앉았다.

그 뒤 그 청년은 한결 여유를 되찾은 모습이었다. 창밖을 내다보기도 하고 휘파람을 불기도 했다. 그러다가 기차가 해운대를 지날 무렵 해서 다시 얼굴 가득 긴장하는 빛이 떠오르며 무언가를 부탁할 때 특유의 예절 바른 목소리로 인철에게 물어왔다.

"실례지만 본역에 내리십니까? 진역(부산진역)에 내리십니까?"

"부산역까진데요."

이번에는 정말 귀찮은 부탁이 될지 모른다 싶어 인철은 일부러 지은 쌀쌀한 목소리로 짧게 받았다. 그러나 청년은 그런 인철의 속마음을 별로 알아보는 눈치가 아니었다.

"초면에 죄송스럽지만, 이왕 여러 차례 신세를 졌으니 남은 일도 마저 부탁드립니다. 남의 일을 봐주려면 삼년상까지 치러 주란 말도 있지 않습니까?"

그는 제법 설득 조의 척척 달라붙는 목소리로 그렇게 말해 놓고 다시 간곡하게 덧붙였다.

"저를 도와주시는 셈 치고 부산진역에 내리시면 안 되겠습니까? 차표를 본역까지 끊으셨다니 먼저 내리는 것은 문제가 안 되고 기껏 버스 차비 몇 원 차입니다."

"제가 부산진역에 내리는 것이 어떻게 댁에게 도움이 됩니까?"

아직도 그를 위해 귀찮음을 무릅쓸 마음이 별로 되어 있지 않은 인철이 여전히 쌀쌀하게 되물었다.

"짐작하고 계시다시피 저는 열차 표가 없습니다. 본역에 내려서는 구내가 넓어 빠져나가기가 힘들지요. 하지만 부산진역이라면 좀 쉽습니다. 더구나 형씨가 도와주신다면 결코 역무원들에게 붙들리지 않을 자신이 있습니다."

"……"

"잡히면 영창입니다. 운 좋게 영창을 면해도 따귀는 역무원들에게 맡겨야 하는 신세란 말입니다."

그렇게 말하는 그는 이제 거의 울상이었다. 아무래도 비극적일 수는 없는 얼굴이지만 그래도 그의 절실한 심경만은 어느 정도 내비쳤다. 그 바람에 마음이 약해진 인철은 마침내 그의 청을 들어주고 말았다. 일순 얼굴이 환해진 그 청년이 과장된 친근감을 드러내며 말했다.

"형씨, 이렇게 만난 것도 인연인데 우리 알고나 지냅시다. 사람서로 알아 두어 손해날 건 없잖습니까? 저는 구미에 사는 박달근이라고 합니다. 병술생(生) 스물이고요."

"저는 이인철이라고 합니다. 안동 근처 시골 면이 고향이고, 나이는 1948년생 열여덟입니다."

인철도 얼떨결에 그의 격식에 따라 자신을 소개했다.

"하이고, 그라믄 같은 경상도 사람이네. 내는 또 서울 사람인 줄 알고 표준말 골라 쓴다꼬 얼매나 애를 먹었는 동…… 인자는 사투리로 합시다. 쓰지는 않아도 알아는 듣지요?"

박달근이 그렇게 반가워하더니 이내 묻지도 않은 신세타령을 늘어놓았다.

"아직 영장 나올라 카믄 멀었고, 촌에 처박혀 있자이 깝깝하고……."

그동안의 표준말은 어디 갔는지 금세 억센 경상도 사투리로 바뀐 그의 신세타령은 기차가 부산진역에 도착할 때까지 이어졌다. 가난한 농사꾼 자식, 일찍 죽은 어머니, 젊은 계모, 동복(同腹)·이복(異腹) 합쳐 다섯이나 되는 동생들, 자신을 소처럼 부려 먹으면서도 눈앞에 못 서게 하는 비정하고 거친 아버지, 식구대로 새벽부터 저물 때까지 일해도 먹을 것조차 넉넉하지 못한 살림, 대처에 나와 취직을 해 보려 해도 좀 반듯한 곳은 국졸(國卒) 학력이 걸리고…… 대강 그렇게 이어지는 내용이었다. 그러다가 기차가 부산진역으로 접어들면서 속도를 떨어뜨리기 시작하자 갑자기 긴장한 표정으로 되돌아갔다.

"내하고 같이 개찰구까지 걸어가는 기라요. 표 거둣는 역원 바짝 앞에까지 태연히 가야 합니데이. 내를 돌아보며 큰 소리로 얘기도 해 쌌고요."

달근이 알려 준 인철의 역할은 그랬다. 그런 거라면 어려울 것도 없다 싶어 인철은 조금 마음을 놓았다.

"박 형은 어떡하시려고요?"

"그거는 그때 가서 보면 알 끼라. 이 형같이 순진한 사람에게 백지로 내가 우쩔건지 미리 말해 노믄 하마 표정부터 변해 될 일도 안 된다꼬요."

달근은 그렇게 말해 놓고 게다짝을 딸그락거리며 앞장서서 객실을 나섰다. 부산진역은 벌써 짙게 어둠살이 깔려 있었다. 다른 승객들과 출찰구로 나오는 동안 인철은 달근이 시킨 대로 뒤따라오는 그를 돌아보며 시답잖은 농담을 큰 소리로 주고받았다. 출찰구에 가까워질수록 달근의 목소리가 높아졌다. 그러나 두 손으로 게다짝을 나누어 쥐고 쉴 새 없이 사방을 살피는 게 나름으로는 준비를 단단히 갖추는 듯했다.

드디어 인철이 기차표를 내줄 차례가 되었다. 인철이 집표원에게 기차표를 내밀려 하는데, 그때까지 떠들썩하게 농담을 주고받으며 뒤따라오던 달근이 갑자기 인철의 등을 세차게 밀었다. 너무 뜻밖이라 인철은 그만큼 세게 집표원과 부딪칠 수밖에 없었다. 굵은 각목으로 된 출찰구의 목책이 아니었더라면 인철과 집표원은 얼싸안은 채 시멘트 바닥을 나뒹굴 뻔했다. 그사이 달근은 재빠르게 사람들 사이를 헤치고 출찰구를 빠져나가 역 광장의 인파 속으로 사라져 버렸다.

"거기 서! 저 새끼 저거 잡아!"

다른 출찰구에 서 있던 역원이 그런 쇳소리를 냈고 뒤이어 인철에게 부딪혔던 집표원도 성난 소리를 보탰다.

"절마 잡아라. 어이, 글마 좀 뿌뜨소!"

하지만 그때는 이미 달근의 그림자가 역 광장의 인파 속으로 스며든 뒤였다. 그러자 인철에게 부딪혔던 집표원이 느닷없이 인철의 멱살을 잡으며 꽥 소리쳤다.

"니 저놈아하고 한패제?"

하도 세차게 부딪혔던 터라 인철은 그때까지도 제정신이 아니었다. 겨우 몸만 바로 세우고 멍한 눈길로 그 집표원을 바라보며 되물었다.

"네에?"

"너그들 한패제? 둘이 짜고 이래는 거 아이가 이 말이라."

"아녜요. 이 손 놓으세요. 그 사람 오다가 열차 안에서 인사를 나눴을 뿐입니다. 대구 부근에서 탔고, 생판 모르는 사람이라고요! 나는 서울에서 왔고……"

속으로 찔끔한 데가 없지는 않았으나 인철은 그렇게 강경하게 부인했다. 말한 대부분이 사실이란 게 그런 인철의 목소리를 자신 있게 해 주었다. 그래도 집표원은 인철을 곱게 보내 주려 하지 않았다. 옷깃을 움켜잡고 역무실로 끌고 가 한동안이나 얼러 댔다. 미필적(未必的) 고의도 고의란 걸 알 리 없는 인철도 지지 않고 맞서 곧 작은 실랑이가 벌어졌다. 하지만 워낙 인철의 어조와 표정이 단호해서인지 집표원의 기세가 차츰 수그러들었다.

"그라믄 서로 모리는 사람들끼리 우째 그래 다정하게 얘기했노?"

"뒤에서 자꾸 말을 걸고 대답 않으면 옆구리를 찔러 대는데 어떡해요?"

조리 있고 또박또박한 대꾸에다 입고 있는 학생복이 어떤 보증이 되었는지 마침내 그 집표원도 인철을 놓아주었다. 그러나 아무래도 그대로 곱게 보내 줄 수는 없다는 듯 사투리로 한마디 엄한 주의를 덧붙였다.

"학생, 앞으로도 조심하라꼬. 어룸(어릿)하게 서 있다가 조런 못된 종내기들에게 이용당하지 말고."

다른 승객들보다 한 5분 늦게 나와서인지 인철이 역 광장으로 나섰을 때는 사람들이 많이 줄어 있었다.

'드디어 부산에 왔다……'

인철은 야릇한 감개에 차 그렇게 중얼거리며 사방을 둘러보았다. 난생 처음 와 보는 곳이라 그런지 정말로 낯선 곳에 왔다는 느낌과 함께 왈칵 외로움이 밀려왔다. 스산한 가을바람에 쓸려 다니는 낙엽과 어두운 도시의 밤하늘이며 철 이른 포장마차의 흰 가스 불빛 같은 것들이 애상(哀傷)의 정조부터 자극한 탓이었다. 그 도시 어느 지붕 아래 명혜가 있다는 것, 그러나 당장은 더욱 만나기 어려운 존재가 되었고 자칫하면 영원히 그리 될지도 모른다는 불안이 인철이 그 같은 정조에 빠지는 데 은밀히 한몫을 거들고 있었는지도 모를 일이었다.

하지만 오래 빠져 있을 감상도 못 되었다. 이제 남은 삶 모두를 건 싸움은 시작되었고 나는 스스로 뛰어들어 물러날 길이 없게 된 전사(戰士)이다. 비록 과장되게 표현되기는 했어도 이성에 바탕한 것임에 틀림없는 그런 자각이 이내 인철을 나약한 감상에서 끌어냈다. 그리고 그를 기다리는 비정한 현실을 일깨워 주며 거기에 맞설 구체적인 방안을 세우기를 촉구했다.

인철은 옷가지와 책으로 제법 묵직한 가방을 역 광장 끄트머리 벤치에 얹고 그 곁에 앉아 잠시 마음을 가다듬었다. 이모네 어두운 골방의 몽상 속에서 그는 수많은 예상과 그 대응을 생각해 두었고, 그중에는 그런 상황에 대한 예상과 대응도 있었다. 우선 어디 가서 잠자리를 구하고 내일 날이 밝으면 스스로 일자리를 구하러 나선다 — 이윽고 그렇게 마음을 정한 인철은 가방을 들고 벤치에서 몸을 일으켰다. 인철이 막 걸음을 떼어 놓으려는데 등 뒤에서 귀에 익은 게다짝 소리가 들렸다.

"이 형, 내요, 박달근이. 내 때문에 욕은 안 봤소?"

어디선가 불쑥 나타난 박달근이 인철을 멀지 않은 포장마차 쪽으로 끌었다.

"사람이 신세를 졌으면 갚을 줄 알아야제. 일로 오소. 내 대포 한잔 살게."

그러면서 달근은 꼬깃꼬깃 접은 백 원짜리 한 장을 펴 포장마차 탁자에 놓고 크게 호기를 부리듯 말했다.

"아주무이, 여기 대포 두 잔만 주소."

인철 또한 술을 모르는 게 아니고 그때의 기분도 굳이 술을 마다할 상태가 아니었다. 달근이 내민 백 원짜리가 아마도 그가 가진 돈의 전부일 것이란 추측도 쉽게 그를 뿌리칠 수 없게 했다. 다만 사람이 많이 오가는 역 광장 모퉁이라 걸치고 있는 교복과 교모가 부담될 뿐이었다. 하지만 이미 그만둔 학교라 그것도 꼭 문제 될 것은 없었다. 인철은 교모만 벗어 가방 속에 쑤셔 넣고 포장마차에 달근과 나란히 붙어 섰다.

"카, 술맛 좋다. 그건 글코 객지 벗 10년이라꼬. 두 살 차이뿐인데 우리 마(그만) 말 놓자. 서로 친구하자꼬. 이것도 인연이라믄 인연 아이가?"

아주머니가 내준 큰 대폿잔을 단번에 반 넘게 들이켠 뒤 손으로 입가를 닦으며 달근이 그런 제안을 했다. 인철로서는 처음 겪는 형태의 인간관계고 제안의 내용도 좀 엉뚱하게 느껴졌으나 역시 거절하고 싶지는 않았다. 거기까지 오고 보니 달근에게 묘한 흥미까지 이는 것이었다.

"박 형이 좋다면 그럽시다. 하긴 나도 외로운 처지라."

인철이 어른스러운 말투를 흉내 내어 그렇게 받자 달근은 정말로 신이 난다는 표정이 되었다. 대폿잔에 남은 막걸리를 단숨에 비우고 호기의 강도를 높였다.

"까짓 거, 몇십 원 남구이 뭐하노? 이 박달근이 언제 돈으로 살았나? 의리로 살았제. 아주무이 이럴 것 없이 고마 여다 막걸리 한 되 퍼내소. 백 원이믄 대포 두 잔에 막걸리 한 되 값은 넉넉하지요?"

"안주는 뭘로 하고?"

달근이 부리는 호기에 비해 덤덤하기 짝이 없는 얼굴로 포장마차 아주머니가 물었다. 그 덤덤함을 억누르고 있는 불만으로 해석한 인철이 나섰다.

"안주는 제가 사죠. 저……."

그때 달근이 눈을 끔벅해 안주를 고르려는 인철을 말리고 농담하듯 눙쳤다.

"아따, 마실 술도 넉넉잖은데 안주까지 우째 사 먹겠노? 뜨끈한 오뎅 국물이나 꼬치까리 실실 뿌려 한 꼬뿌 주소. 도둑 차 타고 오입 나온(가출한) 놈하고 학생이 무신 돈이 있겠소?"

그러고는 무슨 생각에선지 포장마차 안을 휘이 둘러보았다. 그 포장마차에는 인철네 말고도 두 패의 손님이 더 있었다. 인철네와 다름없이 빈약한 안주에 막걸리를 나눠 마시고 있는 노동자풍 셋과 제법 풍성한 안주에 막걸리를 나눠 마시는 두 양복 차림이었다. 양복 차림 쪽을 좀 더 눈여겨보던 박달근이 인철의 귀에 대고 나지막이 말했다.

"쪼매 있어 봐라. 안주는 저다서 나올 끼다."

그러는 사이 아주머니가 찌그러진 한 되들이 양은 주전자와 오뎅 국물 한 공기를 내놨다. 이제는 그럴 자격을 얻었다는 듯 달근이 먼저 포장마차 의자에 엉덩이를 걸치고 인철도 제 옆 의자에 당겨 앉혔다.

인철이 새로 받은 잔을 겨우 다 비웠을 때였다. 그새 두 잔을 비운 달근이 갑자기 몸을 일으켜 역시 막 자리를 털고 일어나는 양복 차림 쪽으로 갔다.

"아이고, 안주가 그대로 남았네. 이거 우리가 갖다 무도(먹어도) 되겠습니꺼?"

달근이 그렇게 묻자 얼큰하게 술이 오른 두 사람은 흔쾌히 허락했다. 뿐만 아니라 앉아 있는 인철 쪽을 힐끔 보더니 무슨 생각이 들었던지 바란 적 없는 인심까지 썼다.

"젊은 사람들이 안주가 없던가 베. 아주무이, 주리(거스름돈)는 마 놔뚜고 저 사람들 삼마(꽁치)나 뒤 마리 꾸어 주소."

거스름돈을 꺼내고 있던 주인 여자도 자기 손해날 것 없다는 듯 기색 좋게 고개를 끄덕였다. 그사이 달근은 그들이 먹다 남긴 안주들을 한 접시에 쓸어 모아 왔다. 오뎅 조각이 몇 개, 뜯어 먹다 남긴 꽁치, 시키기는 했으나 먹기는 포기해 버린 듯한 닭발 두 개였다. 그걸 본 순간 인철은 갑자기 스스로가 처량한 기분이 들었으나 달근은 즐겁기만 했다.

"봐라. 이만하면 안주는 만포장(벌어지게 차림)이라. 술 모자랠까 봐 걱정이지, 안주 없어 술 못 먹는 기 어딨노?"

그러면서 가져온 것들을 안주 삼아 맛있게 술을 마셨다. 그전 같으면 인철은 아마도 달근의 그 같은 천덕을 용서하지 못했을 것이다. 하지만 그날은 처지가 그래서인지 흥미로운 관찰의 대상일 뿐, 그런 달근에게 반감이나 혐오는 전혀 느끼지 못했다. 저렇게 사는 방법도 있구나.

"그래, 부산에는 우째 왔노? 여다 누가 사나?"

술잔이 돌수록 말이 많아진 달근이 지나가는 소리로 그렇게 물어 왔다. 그러나 취한 척하면서도 살피는 눈길은 참고 참아 온 것을 물은 듯했다. 인철은 거기서 잠시 망설였으나 왠지 솔직하고 싶어졌다. 게다가 그동안 오른 술도 한몫을 해 별로 숨기는 것 없이 대강의 형편을 털어놓았다.

"아이고, 그라믄 니나 내나 갑자생(같은 처지)인 갑네. 교복 뺀드롬하게 채리입은 데다 그 맛있는 기차 벤또도 몇 젓가락 께적께적하다 뚜껑 덮는 거 보고 어데 부잣집 도령님 행찬가 싶었디. 하기사 이상한 구석이 없었던 거는 아이라. 교복은 입었지마는 학생이 왜 방학도 아인데 커다는 가방을 들고 기차칸에 왔다 갔다 하노, 하고 말따."

인철의 말을 다 듣고 난 달근은 그렇게 말해 놓고 그때부터 그 방면의 선배 티를 내기 시작했다. 먼저 인철에게 적잖이 위로가 된 것은 일자리에 대한 장담이었다.

"지가 꿈지락거리기 싫어서 글치, 일할라 카믄 일자리사 왜 없겠노? 니는 내를 우째 볼지 모리겠다마는 내 이래도 부산에 아는 데가 많다이. 여다 오입 나온 것만 해도 이번이 벌씨로 니(네) 번째라. 오늘 어디 가서 날 새거든 내하고 함 돌아보자. 세상일에 막말은 몬 하지만 찾아보믄 니한테 맞춤한 데가 있을 끼다."

반드시 그런 달근을 믿은 것은 아니지만 말만 들어도 막막함이 한결 가시는 느낌이었다. 게다가 이상하게 술도 당겨 이번에는 인철이 막걸리 한 되를 더 시켰다. 그 바람에 술자리는 생각보다 길어져 둘은 제법 얼큰해져서야 그 포장마차에서 일어났다.

"뭐 이자 뺐나? 뭐 찾노?"

역 광장을 빠져나오면서 인철이 싸구려 여인숙이라도 찾아볼 양으로 주위를 두리번거리자 달근이 그렇게 물었다.

"오늘밤을 보내려면 어디 무허가 하숙집이라도 찾아봐야 하잖아?"

인철이 당연한 듯 그렇게 받자 달근이 손위다운 지긋함으로 말했다.

"봐라, 이 사람아. 돈이라 카는 거는 억만금이 있다 캐도 그래 쓰는 법이 아이라. 잠자는 데 우째 일일이 돈을 내고 자노? 여인숙, 하숙집, 그거 다 포시라운(포심한) 사람들 얘기라. 니내(너나)없이 집 나와 객지를 떠댕기는(떠돌아다니는) 것들이 무슨 잠자리 타령까지…… 그래 가지고는 객지 생활 몬 한다. 딴소리 말고 내나 따라온나. 눈비 가릴 지붕만 있으믄 흥감한(과분한) 줄 알고."

달근이 그러면서 인철을 데려간 곳은 부산본역 대합실이었다. 부산진역은 자기를 알아보는 역원이 있을까 봐 가방까지 들어 줘가며 그리로 데려간 것 같은데 초행에다 밤길이라 그런지 인철에게는 몇십 리나 되는 것처럼 느껴졌다.

"하마 열 시 반 아이가? 여다서 대여섯 시간만 눈 붙이믄 통금 해제라. 그라믄 될 일을 멀라꼬 돈 들이 가미 여인숙 찾노, 이 말이라."

인철이 오스스한 한기와 쓰려 오는 속 때문에 눈을 뜬 것은 다음 날 새벽 네 시 무렵이었다. 간밤에 자리를 잡을 때만 해도 밤차를 타려는 사람들과 밤차에서 내리는 사람들, 그리고 그들을 보내고 마중하는 사람들로 북적대던 대합실이었다. 그 바람에 인철은 특별히 처량한 느낌 없이 한구석의 벤치에서 잠들 수 있었는데 이제 갈 곳 없는 사람들만 남은 새벽의 대합실을 보니 자신이 한없이 처량하게만 느껴졌다.

인철은 얼른 달근을 찾아보았다. 대합실 의자의 벽 모서리 쪽에 가방을 놓고 그 가방에 기대 앉아 잠든 인철에 비해 달근은 의자를 키대로 차지하고 팔자 좋게 네 활개를 편 채 자고 있었다. 자기 집 안방에 드러누운 사람이라도 그보다 더 편안하고 태연할 수는 없을 것 같았다.

조금이라도 빨리 대합실을 떠나고 싶어 달근을 찾았던 인철은 그가 가는 코까지 골며 달게 자는 모습을 보자 깨울 수가 없었다. 하기는 밖이 아직 어두운 데다 통금도 해제되지 않아 대합실을 떠난다 해도 마땅히 갈 곳이 있을 것 같지 않았다. 그래서 쓰린 속을 마른침으로 달래며 다시 눈을 붙여 보려는데 퍼뜩 떠오른 게 그 도시에 명혜가 있다는 생각이었다.

명혜가 그런 시각에 그런 곳에 올 리가 없지만 한번 그녀를 떠올리자 인철은 그대로 있을 수가 없었다. 만에 하나라도 그녀가 나타난다면, 하는 우려는 곧 틀림없이 그녀가 나타나리라는 단정으로 바뀌어 그를 몰아댔다. 그는 가을 새벽의 쌀쌀함도, 무거운 가방을 끌고 다니는 귀찮음도 잊고 대합실 화장실로 가 세수를 했다. 그리고 그곳의 거울로 옷매무새까지 바로 한 뒤 의자로 돌아와 단정하게 앉았다. 첫 기차로 떠나기 위해 기다리고 있는 사람처럼, 또는 새벽 기차로 방금 도착해 통금 해제를 기다리는 사람처럼.

달근은 다섯 시가 넘어 대합실이 다시 떠나고 돌아오는 사람들로 붐비기 시작한 뒤에야 일어났다. 그것도 대합실 의자 하나를 다 차지하고 누운 그를 못마땅하게 여긴 역원이 발길로 의자를 걸어차며 깨운 뒤의 일이었다.

"일찍 일났던가 베. 그라믄 날로(나를) 깨우잖고."

단정하게 앉아 있는 인철을 보고 그렇게 말한 달근이 한 번 길게 기지개를 켠 뒤에 몸을 털고 일어섰다.

"어디 가서 해장국이나 먹자꼬. 저쪽 광복동 있는 데로 가믄 먹을 만한 해장국집이 있을 끼라."

방금 생각해 냈다기보다는 그 나름의 한 끈에 이어진 어떤 계획표에 무심코 따르는 것 같았다. 무엇보다도 대합실을 떠나게 되는 게 반가워 인철은 얼른 따라나섰다.

달근은 버스 정류장 둘은 지날 만한 거리에 있는 어떤 해장국집으로 인철을 데려갔다. 나중에 보니 국제시장 초입쯤 되는 곳으로 근처에서는 제법 알려진 곳인 듯 새벽인데도 손님이 꽤나 많았다. 그런데 그 해장국집에서 보여 준 달근의 행태가 또 기이하면서도 재미있었다.

"할무이요, 여 해장국 하나 잘 말아 주소."

앞장서 들어가 자리를 잡은 달근이 큰 소리로 그렇게 주문하자 음식을 나르던 아주머니가 이상하다는 듯 말했다.

"사람은 둘인데 우쨰 해장국은 하난교?"

"속이 쓰려 글쿠마. 다 먹지도 몬할 거 하나이 한 그릇씩 씨게(시켜) 봐야 글코, 숟가락이나 두 개 얹어 주소."

달근이 그렇게 태연스레 대답했다. 인철은 정말로 그가 한 그릇만 시켜 둘이서 먹으려는 줄 알았다. 그런데 그게 아니었다. 해장국이 나오자 달근이 인철에게 눈을 끔벅이며 말했다.

"내는 인제 돈이 다 떨어져 해장국값 물 것도 없다. 돈 없는 기 우쨰 끼니마다 온 상 받을 생각을 하겠노? 니나 옳게 무라(먹어라)."

"그렇게야 어떻게…… 돈은 나한테 좀 남은 게 있으니까 박 형도 해장국 하나 시키지그래."

"사람이 절타 카이. 그래도 내 말 몬 알아듣겠나? 돈이라 카는 거 그렇게 함부로 퍼 매삐리는(내버리는) 기 아이다. 더구나 니 하는 꼬라지 보이 앞으로 돈이 얼매나 필요할지 모리는데."

"그림, 박 형은?"

"바둑이 구무(구멍)마다 수라꼬, 다 사는 수가 있다. 내 안 굶을 테이 걱정 말고 먼저 무(먹으)라꼬."

달근이 그렇게 태평스레 대답해 놓고 해장국에 양념까지 끼얹어 주었다. 그리고 인철이 먹는 것을 지그시 바라보는 게 마치 자상스러운 형 같았다. 해장국은 입에 맞았지만 인철은 아무래도 혼자 먹을 수가 없었다. 그러다가 달근의 눈이 쉴 새 없이 해장국집 안을 곁눈질하고 있음을 알아보고서야 짐작 가는 데가 있어 비로소 제대로 국물을 떠 넣을 수 있었다.

술꾼들이란 게 언제나 그렇듯 그곳에 찾아온 사람들도 적당하게 마신 술꾼들만은 아니었다. 개중에는 간밤에 지나치게 마셔 용케 거기까지는 찾아왔어도 도저히 해장국을 넘기지 못하는 축이 있게 마련이었다. 겨우 몇 숟갈 뜨는 둥 마는 둥하다가 찌푸린 얼굴로 물러앉는 사람에 숟가락조차 담가 보지 못하고 국물만 겨우 몇 모금 마신 뒤 일어나는 사람도 있었다. 달근이 기다리고 있는 것은 바로 그런 사람들이었다. 기차간에서 인철에게 그랬듯 공손하게 양해를 구하고 남긴 것을 물려받는 식인데, 그날 그는 그렇게 해서 겨우 숟가락을 대다 만 해장국을 두 그릇이나 걷어 먹었다.

"우짜겠노? 당장 점심부터 끼니가 어데 있는지 모리는데 생길 때 마이 묵어 놔야지."

해장국집 주인 할머니나 상 나르는 아주머니나 못마땅한 눈길로 보았지만 달근은 조금도 개의치 않았다. 돈 내고 먹은 사람보다 더 당당하게 이쑤시개까지 챙겨 물고 그 집을 나와서는 때아닌 수박 타령이었다.

"고기 쪼가리를 너무 조(주워) 묵었나? 우째 속이 니글니글하
네. 여름 같으믄 청과 경매하는 데 가서 수박을 실컨 묵을 수 있
을 낀데……."

"청과 시장에 아는 사람 있어?"

"어디(아니). 글치만 수박은 얼매든지 조 묵어 낸다. 실꼬 오다가
익어서 지절로 터진 거, 차에서 내루타가(내리다가) 깨진 거……. 그
걸 산데미같이 처매삘어(함부로 내버려) 났다꼬."

그 기묘한 길동무가 다음으로 인철을 데려간 곳은 거기서 멀지
않은 용두산공원이었다.

"니 사십계단 가 봤나? 왜 유행가에 '사십계단 청춘배에 국제
시장 나그네' 카는 그 사십계단 말이라. 거다서 낼따보믄 부산 시
내 중앙통이 훤히 빈다. 앞으로 여다서 지낼라 카믄 함 봐 두는
것도 괜찮을 끼라."

그렇게 용두산공원을 구경시킨 그는 다시 한 시간이나 인철을
끌고 광복동을 돌아다녔다. 처음에 인철은 그것도 그 방면의 선배
틴가 싶었으나 그렇지는 않았다. 그사이 해가 높이 솟자 비로소
달근이 제법 깊이 있는 속내를 털어놓았다.

"아침 일찍부터 삐쭉 찾아가 일자리 달라 카믄 반가워하는 사
람 없다. 그래서 시간 죽인다꼬 일부러 여기저기 돌아댕긴 기라.
인자 시간도 엉간히(어지간히) 됐고 하이 내하고 함 둘러보자. 니도
글치만 어차피 나도 몇 달 밥 빌어물 데를 찾아야 하고…… 엉간

하믄 같이 지낼 곳이 있었으믄 좋겠다마는."

그런 그가 먼저 찾아간 곳은 토성동으로 올라가는 쪽의 어떤 중국집이었다. 전에 있던 곳인 모양인데 그를 맞는 주인은 그리 호의적이 못 되었다.

"우리 집은 배달하는 놈아가 따로 있다. 그래고 사람이 없다 캐도 니는 몬 믿겠다. 일 좀 한다 싶으믄 또 배달통 팽기치고 흔적도 없이 사라졌뿔 낀데 그 낭패를 우예노?"

그래도 달근은 별로 무안해하는 법이 없었다.

"그때는 갑자기 집에 일이 있어서요. 그래도 배달통에 쪽지는 안 써 났습디꺼? 배달 간 집에서 수금한 거는 내 반달 치 월급으로 치고 집에 가는 차비해 간다꼬요."

"그것도 글타. 이미 지난 일이지만 수금한 돈은 수금한 돈이고 월급은 월급이라. 무신 일이 있었는지 몰따마는 돌아와 내 얼굴 한번 보고 떠나는 기 그리 힘들더나?"

"알았심더, 알았심더. 그라믄 내는 글타 치고 야 함 써 보이소. 야는 일 잘할 낍니더."

"니하고 무슨 관겐동 몰따마는 우리는 하마 사람 있다 안 카나? 그리고 짜장면 배달이라는 거 고등학교까지 댕긴 하이칼래가 할 일도 아이고."

두 번째는 역시 그가 있었던 곳으로 보이는 어떤 떡방앗간이었는데 대접은 중국집보다 별로 낫지 않았다. 세 번째가 어떤 잡화점, 네 번째가 간판집이었으나 대접은 역시 비슷했다. 주인들이 공통적으로 못 미더워하는 것은 달근이 진득이 배겨 내지 못하는 점이었고, 그다음이 게으름이었다. 둘에 한 번은 튀어나오는 그 '차비' 문제도 달근 자신의 생각보다는 나쁜 인상을 준 듯했다. 달근은 저 받을 만큼만 가져갔다고 믿고 있었으나 주인들은 한결같이 그만큼 '떼어먹힌' 걸로 여기는 눈치였다.

인철을 거절하는 이유도 여러 집이 다 비슷했다. 하나같이 인철이 입고 있는 교복을 보고 머릴 저었는데 그것은 급료와 관계가 있어 보였다. 달근이처럼 먹이고 재워 주고 잡비 몇 푼 주는 정도로는 안 되겠다고 지레짐작들 한 것 같았다.

그래도 달근은 기죽지 않고 오후에도 세 군데나 더 인철을 데리고 갔다. 아마도 부근에서 자신이 아는 집은 한 군데도 빠뜨리지 않고 다 돈 것 같았다. 한 군데 보수동 쪽의 서점은 인철도 마음이 끌리는 곳이라 용기를 내어 매달려 보았지만 불행히도 달근이 오히려 방해가 되었다. 이번에도 달근이 그 집을 그만두면서 '차비'로 가져간 돈이 문제였다. 달근이 제 발로 찾아들어 넉살을 떠니 그렇지 길가에서 우연히 만났더라면 멱살이 잡혀도 단단히 잡혔을 것이란 추측이 들었다.

"그 참, 이상하네. 요새는 일자리 얻기가 와 이리 어려버졌노? 차비도 글네. 일하다 보믄 갑자기 모든 기 딱 싫어질 때가 있다꼬. 누가 부르드키 집에 가고 싶어지고⋯⋯ 그때 집에 간다꼬 칼 낯이 없어 말 몬 하고 잽히는 대로 몇 푼 차비해 간 거뿐인데. 내가 어디 훔치 갔나? 내는 또 글타 치고오⋯⋯, 니 일이 더 이상타. 쪼매라도 더 배웠으믄 그만큼 부리기 좋을 낀데 하나같이 고개를 설레설레 흔드네."

해가 기웃해서야 겨우 단념한 달근이 멋쩍은 듯 고개를 기웃거리며 그렇게 말했다. 그러다가 겨우 원인을 생각해 냈다는 듯 말했다.

"니 다른 옷 없나? 교복 말고…… 낼부터는 딴 옷 입고 함 돌아댕기 봐라. 그래고 내하고 댕기는 것도 글타. 동냥은 주지 못해도 쪽박이는 깨지 마라꼬, 내하고 댕기는 기 니한테는 도로시(도리어) 해로븐 거 같다. 그러이 내일부터는 니 혼자서 댕기미 일자리를 찾아봐라."

솔직히 그때까지만 해도 인철의 마음 한구석에는 달근에 대한 마뜩잖은 의심이 남아 있었다. 그의 그런 친절이 어딘가 지나치고 과장된 데가 있어 무언가 자신에게서 노리고 있는 듯 느껴진 때문이었다. 주머니에 남아 있는 돈 몇백 원과 옷 몇 벌에 책 몇 권이 전부인 가방이었지만 그래도 인철이 더 많이 가진 쪽이라 그랬는지도 모를 일이었다.

하지만 그 의심도 부끄러움으로 거두어야 할 때가 왔다. 국제시장 구석에 그때껏 남아 있던 꿀꿀이죽집에서 꿀꿀이죽으로 늦은 점심을 때울 때였다. 달근은 그때도 기어이 한 그릇만 시키게 했다가 인철의 약한 비위가 난생 처음 먹어 보는 그 괴상한 음식의 역한 냄새를 견디지 못해 한 술도 뜨지 못하자 그걸 물려받아 달게 비운 다음 말했다.

"소똥도 층하가 있다 카디 참말로 그런가 베. 다 같이 떠댕기는 처지라도 니하고 내하고는 뭐시 달라도 마이 다르구마는. 나는 길동무 할라 캤디 영 아이라. 니 길은 암만 캐도 내하고 생판 다른 거 같다꼬."

그러다가 전날의 장거리 여행과 역 대합실에서의 새우잠, 그리고 그날의 시내를 한 바퀴 걸어서 돌다시피 한 구직(求職)길에 지친 인철이 다시 그날 밤 묵을 여인숙 얘기를 꺼내자 아무 미련 없이 결별을 선언했다.

"맞다. 니는 어디 가 푹 쉬고 니대로 길을 함 찾아봐라. 내는 이쯤에서 따로 가 볼란다. 니 따라댕기 봐야 니 신세밖에 더 지겠나? 보이 니도 여비 몇 푼 있다 카지마는 억시기(그리 대단하게) 넉넉하지는 않은 거 같고오…… 자리 잡을 때까지 애끼 써야제. 나는 우짜든지 니한테 신세 진 거나 쪼매 갚아 볼라 칸 거뿌이라."

그 뒤 다시는 만나지 못했고 그가 가르쳐 준 여러 가지 살이의 기술도 실습할 기회는 끝내 없었지만 인철의 기억에는 강렬한 인상으로 오래오래 남게 될 길동무였다.

"니나 내나 갈 곳이 정해지지 않았으이 연락이나 할 데가 있겠나? 자리 잡거든 용두산공원에서 한번 만내자. 다음 달 첫 일요일 열두 시에 사십계단 밑으로 하는 게 어떻겠노? 그때는 서로 연락처가 생기겠제."

헤어질 때 달근은 그렇게 말했고 인철도 그 약속을 기억했으나 결국 나가지는 못했다. 어렵사리 얻은 일자리에 그날따라 주인이

유달리 바빠 인철까지 몸을 빼낼 수가 없었기 때문이다. 그 일요일 그는 약속한 장소로 나왔을까. 나중 상당히 나이가 든 뒤까지도 인철은 가끔씩 그 묘한 길동무의 철저하게 조화되지 못한 모습을 떠올리며 그렇게 홀로 중얼거리곤 했다.

늪에서 늪으로

"또 나가 볼 거야?"

영희가 방을 나서는데 자는 줄 알았던 혜라가 영희 쪽으로 돌아누우며 말했다. 영희를 보는 눈길에 그저 안됐다는 느낌을 넘어 무엇인가 딱해하는 빛까지 어려 있었다.

"으응, 한 바퀴 돌아올게."

영희는 그렇게 대답해 놓고 그녀가 무엇을 딱해하는지 알 것 같아 자신도 모르게 한마디 덧붙였다.

"하지만 오늘만이야."

그러자 혜라가 몸을 일으키며 정색을 하고 말했다.

"정말이지? 오늘만 찾아보고 이제 그만두는 거지?"

"그렇다니까. 나도 그만한 염치는 있어. 이제 더는 신세 안 질게. 걱정 마."

"신세를 지고 안 지고가 중요한 게 아니야. 너를 위해서 하는 말이야. 잊을 건 빨리 잊어. 그 몸뚱이 당장 죽이지 못하고 앞으로 몇십 년은 더 끌고 가야 할 거라면."

혜라가 그러면서 머리맡에 있던 핸드백을 끌어 백 원짜리 몇 장을 내놓았다.

"이걸로 차비해. 끼니때 맞춰 밥 사 먹는 거 잊지 말고."

그럴 때 혜라는 되바라진 동갑내기가 아니라 10년은 손위인 언니 같은 데가 있었다.

'이런 게 사람의 정이로구나.'

영희는 문득 시큰해 오는 콧등을 가만히 감싸 쥐며 사양했다.

"돈은 안 줘도 돼. 그저께도 3백 원 줬잖아? 그거 아직 절반도 더 남았어."

"그럼 이틀이나 돌아다니면서 백 원밖에 안 썼단 말이야? 것 봐. 내 그럴 줄 알았다니까. 보나마나 하루 종일 빈속으로 이만 바득바득 갈고 다녔겠지."

혜라가 이제는 완연히 나무라는 말투가 되어 눈까지 하얗게 흘겼다. 묘하게도 영희는 그 눈 흘김이 진정으로 겁이 나 다급한 변명 조가 되었다.

"아냐, 어제 점심엔 우동 먹었고 그저께도 먹을 건 다 챙겨 먹었어. 너 나 잘 알잖아? 속상하면 더 많이 먹는 거."

"지금의 너는 옛날의 네가 아니니까 그렇지. 어쨌든 이거 가지고 가. 길바닥에 쓰러지기 전에."

혜라가 돈을 영희 앞으로 밀어 놓고 다시 드러누웠다. 이제부터 본격적으로 자야지, 하는 태도였다. 영희는 하는 수 없이 돈을 집어넣고 방을 나왔다.

밖은 눈이 부시도록 맑은 가을날이었다. 노란 가로수 잎 위로 펼쳐진 하늘이 티 한 점 없이 푸르렀다. 하지만 그 전날까지도 질척한 늦장마에 갇혀 있던 영희의 마음은 갑자기 엉뚱한 계절로 불려 나온 듯 그런 날씨가 낯설었다.

'오늘은 어디를 찾아보지……?'

버스 정류장으로 내려가면서 영희는 조금 막막한 기분으로 중얼거렸다.

그야말로 껍질뿐인 미장원을 정리하고 혜라의 셋방으로 옮기고 난 뒤 영희는 한 열흘 내리 잠만 잤다. 무리한 인공유산의 후유증 때문이기도 했지만 그보다는 창현의 냉혹한 배신으로 여지 없이 허물어져 내린 정신이 그녀를 손끝 하나 까딱하기 어렵게 만들었다. 그러다가 겨우 몸과 마음을 추슬러 일어나기 바쁘게 찾아 나선 게 창현이었다.

영희는 지난 보름 내내 낮 동안은 충무로와 명동을 무턱대고 헤매고 오후 늦어서부터는 창현이 다녔거나 다닐 만한 밤업소를 돌고 있었다. 면밀한 추적이라기보다는 막연한 조우(遭遇)의 기대에 가까웠다. 하지만 그날은 자신의 그 같은 일정마저 왠지 무모하기 짝이 없게 느껴지기 시작했다.

'너무 미련스러운 짓이었는지도 몰라. 내가 깨어나면 자기를 찾아나설 걸 뻔히 알면서 그 바닥을 어슬렁거릴 새대가리가 어딨겠어?'

하지만 달리 창현의 자취를 찾아볼 만한 곳이 얼른 떠오르지 않았다. 영희는 새삼 자신이 창현에 대해서 아는 것이 너무 없음을 뼈저리게 느꼈다. 남은 것이 있다면 수원의 본집과 단골로 다니던 악기상(樂器商) 겸 수리점이었는데, 그곳이야말로 아직은 창현이 나타날 곳이 아니란 단정으로 미루고 있었다.

'그래, 오늘 하루만 더 충무로를 돌아보자. 그래도 안 되면 내일 수원으로 가 보는 거다. 아직은 남은 돈이 있을 테니 밤업소에 나가기 위해 그 인간이 악기상을 들러야 할 일은 없을 테고.'

마침내 마음을 그렇게 정한 영희는 전날처럼 충무로로 가는 버스에 올랐다.

충무로에 이른 영희는 전날처럼 먼저 김 감독이 가끔씩 나타난다는 영화사 사무실부터 들렀다. 소속사니 제작자니 하는 말은 모두 빈말이고 그저 김 감독이 옛날에 조감독으로 따라다니며 찍은 영화 중에 몇 편을 그 영화사가 제작했다는 정도가 김 감독과 그 영화사가 맺고 있는 관계의 전부였다. 영화사 쪽으로 봐서는 별로 중하게 여길 것도 없는 관계로, 김 감독이 가끔씩 나타난다는 것도 그 손바닥만 한 사무실 소파에 앉아 여직원의 눈총을 받으며 담배나 몇 대씩 피우고 가는 정도에 지나지 않았다.

영희는 지난 열흘 동안 두 번 김 감독을 만났다. 처음에는 영희가 창현을 찾는 목적을 잘 몰라선지 김 감독은 애매하기 짝이 없는 말만 했다.

"글쎄, 어떻게 다듬으면 될 만도 하다 싶어 몇 번 연기 지도를 해 봤는데 요즘 갑자기 통 뵈지를 않네……."

그러다가 두 번째 만난 영희에게서 대강의 얘기를 듣고 나자 태도가 싹 바뀌었다.

"그렇담 그런 쌔끼한텐 아예 기대 끄슈. 실은 연기의 연(演) 자도 안 통하는 순 형광등이었소. 거기다가 웬 허영은 또 그리 많은지. 곧 죽어도 주연을 맡아야 한다고 사람을 어거지로 졸라 대니. 그저 뭐든지 돈으로만 우기려 들고…… 그래도 나는 돈푼깨나 있는 집 망나닌 줄 알았는데 그게 그랬단 말이지. 알겠소. 대강 일이 어떻게 됐는지. 그 새낀 아마 이 바닥에 다시는 얼굴 내밀지 않을 거요. 실은 한 달포 전에 내가 따끔하게 한마디 해 줬소. 영화 예술이란 게, 특히 연기란 게 감독들한테 푼돈 몇 푼 뿌리고 다니는 걸로 되는 게 아니라고. 스타는 먼저 자신이 자신을 빛나게 갈고 닦아야 한다고. 게다가 아가씨에게 그런 몹쓸 짓까지 해 놓고 어떻게 이 바닥에 두 번 다시 얼씬할 수 있겠소?"

그날 영희가 다시 김 감독을 만나 보려 한 것은 그래도 창현을 알고는 있으니 혹시라도 창현의 다른 앎을 기억하고 있을지 모른다는 기대 때문이었다. 그런데 영화사 사무실의 분위기가 이상했다. 김 감독을 찾자 총무라는 젊은이가 짜증부터 냈다.

"몰라요, 그런 인간. 이제부터 여기 와서 그 인간 찾지 마슈. 웃는 낯에 침 못 뱉는다고, 갈 데 없어 빌빌거리길래 여기 와 몇 시간씩 죽치는 거 못 본 척 눈감아 줬더니…… 못된 자식, 멀쩡한 남의 영화사 팔아 사기나 쳐 먹고. 그 친구하고 무슨 관겐지 모르지만 딴 데 가서 알아보라고요. 애초부터 우리하고는 아무 상관 없는 쓰레기니까."

그리고 돌아서는데 웬만한 감정은 마비되어 버린 영희에게도 두 번 다시 말을 붙여 볼 마음이 안 날 만큼 찬바람이 돌았다. 그저 멍하기만 한 머리로 무슨 일이 일어났는지를 가늠하고 있는데 나이 어린 경리 아가씨가 영희를 동정하듯 말했다.

"누구한테 사기 치다 된통 당했다나 봐요. 경찰이 우리한테 뭘 자꾸 물어 골치 아파 저러는 거예요."

그녀는 영희가 김 감독의 피해자 가운데 한 사람인 것으로 아는 듯했다. 그러나 영희는 창현과 이어진 마지막 선 하나가 무참히 끊어지는 느낌만 받았을 뿐, 그 일이 바로 창현과 연관된 것인지는 짐작조차 못 했다.

영화사를 나온 영희는 시나리오 작가들이 많이 묵는다는 태화(太和)여관으로 갔다. 싸구려 작가들이 거기서 일주일 혹은 두 주일 만에 이른바 '고무신영화' 시나리오를 급조하는데, 그래서인지 감독이나 배우 지망생들도 자주 드나든다는 말이 있어 영희가 들르게 된 곳이었다. 하지만 아무것도 얻은 게 없기는 영화사 사무실이나 마찬가지였다. 그날따라 여관은 괴괴하다는 느낌이 들 정도로 드나드는 사람이 없었고, 그렇다고 문을 두드려 가며 물어볼 만큼 영희가 아는 사람이 있는 것도 아니었다.

영희는 맥도 빠지고 해서 근처의 다방으로 들어갔다. 역시 영화 관계자들이 많이 드나든다는 다방이었다. 그러나 그곳에서 누구를 만날 기대를 했다기보단 시기를 넘긴 임신중절수술 뒤에 쉬이 지쳐 오는 몸을 쉬기 위함이었다.

그런데 영희는 거기서 뜻밖의 수확을 얻었다. 자릿값으로 차 한 잔을 시켜 마시려는데 입구 쪽에서 낯익은 얼굴이 보였다. 언젠가 창현이 후배라며 데려온 적이 있는 청년이었다. 무엇 때문인가 기세 좋게 들어오던 그도 영희를 보자 흠칫했다. 영희가 겨우 그의 이름을 기억해 내 큰 소리로 불렀다.

"저 박운규 씨, 잠깐 뵐 수 없을까요?"

그러자 금세 돌아설 듯하던 박이 마지못한 듯 다가왔다.

"저요? 저 말입니까?"

"그래요. 저 기억하시겠어요?"

"누구시더라……? 아, 형수님 아니십니까?"

박도 영희를 기억한 듯하지만 형수님이란 말에는 어딘가 어색해하는 듯한 여운이 있었다.

"이리 와서 차 한잔해요. 좀 물어볼 게 있어서요."

영희가 짐짓 차분한 목소리로 박을 끌어다 앉혔다. 무언가 떳떳하지 못한 일을 하기는 했지만 죽을 죄는 지은 적이 없다는 듯 박도 곧 평정을 회복했다.

"차암 안됐슴다. 나도 일이 그리 될 줄 몰랐어요."

박이 담배에 불을 붙여 물더니 길게 담배 연기를 내뿜으며 말했다. 그의 과장된 말투가 아니라도 창현에게 무슨 일이 있었음을 직감할 수 있었다.

"그게 무슨 말씀이세요? 뭐가요?"

"나는 그 형이 그저 맘 좋은 물봉인 줄만 알았지, 그리 모진 데가 있는 줄은 또 몰랐다고요. 하긴 김 감독도 심했지……."

아직도 박은 영희가 모든 걸 다 알고 있는 줄 믿는 눈치였다. 온전할 때의 영희 같으면 그런 그의 상황을 이용할 수도 있었으나 그때는 그럴 여유가 없었다. 자신이 아무것도 모르고 있음을 털어놓고 바로 궁금한 것을 물었다.

"창현 씨에게 무슨 일이 있었어요? 무슨 일이에요?"

그제야 박이 어리둥절해하는 눈길이 되어 영희를 보았다.

"그럼 형수씨는 엊저녁 일 전혀 몰라요? 그 일 때문에 여기 나오신 거 아닙니까?"

"저 창현 씨 못 본 지 벌써 한 달이 다 돼 가요."

"그래요……."

거기서 잠시 혼자 잔머리를 굴리는 듯한 표정이던 박이 다시 과장스러운 한숨과 함께 말했다.

"그게 말임다. 어제저녁에 그 형이 김 감독을 찔렀대요. 비어홀에서 병을 깨 가지고…… 김 감독의 얼굴이며 배를 막 그어 버렸다는 것 아닙니까."

"왜요?"

"형수님도 대강 짐작은 하실 텐데. 말하자면 김 감독이 사기 쳤다는 거죠. 둘이서 술을 마시다가 갑자기 사기 쳐 먹은 돈 내놓으라고 그러더니, 그대로……."

그러면서 박이 슬쩍 영희의 눈치를 살폈다. 아직도 창현에 대한 영희의 감정을 가늠하지 못해 편한 대로 말을 하지 못하는 듯했다. 그걸 알아차린 영희가 솔직하게 감정을 드러냈다.

"펴엉신 쌔끼, 놀고 있네. 누가 누굴 보고 사기래?"

"아니 그게 무슨 말씀입니까?"

"제가 한 가지 물어보겠어요. 저번에 말이에요. 고 모진 악종(惡種)하고 함께 와서 절 만나신 적 있죠? 카메라 테스튼가 뭔가 했다는 날 말이에요……."

"악종이라면 그 형 말입니까? 그랬죠. 그런데……?"

아직도 사태가 명확하게 가늠되지 않는지 박이 어정쩡하게 대답했다.

"솔직히 말해 주세요. 그날 어떻게 된 거예요? 김 감독이 주인공으로 써 주겠다고 했어요? 영화사 사장도 거기 나왔고요? 뭘 따지려는 게 아녜요. 사실만 알면 된다고요."

그제야 박도 창현과 영희 사이가 짐작이 된 모양이었다. 잠시 머뭇거리다가 마음을 정한 듯 말했다.

"실은 그게 말임다. 저 그날 그 형하고 처음 인사 텄어요. 그전엔 배우 학원과 영화사 신인 모집하는 데서 몇 번 부딪쳐 서로 눈

인사나 하는 사이였다고요. 그런데 그날 인사 트자마자 그 형이 점심을 한턱 잘 쓰고 부탁하더군요. 형수님한테 가오(낯, 체면) 세울 일이 좀 있다면서 함께 가 달라고 하데요. 그래서 연기 연습하는 셈치고 시키는 대로 했을 뿐입다."

"저에 대해선 뭐라고 했어요?"

"돈 많은 집 딸인데 잠시 도움을 받고 있다고……."

"그러지 말고 들은 대로 말해 주세요."

박이 어딘가 우물거리는 듯한 데가 있어 영희가 다잡아 보았다. 박도 하기야, 하는 표정이 되어 시원스럽게 말했다.

"지 모찌방(얼굴)이 어떤지도 모르고 자기를 죽자 사자 따라다니는 골 빈 여잔데, 나중이 골치라고. 스타만 되면 콱 차 버릴 작정이라나 어쩐다나……."

"뭐야? 그 쌍놈의 새끼가?"

영희는 자신도 모르게 목소리가 높아졌다. 그러다가 박의 긴장하는 표정을 보고 퍼뜩 목소리를 가라앉혔다.

"그럼 하나만 더 묻겠어요. 김창현, 그 인간 이 충무로 바닥에서는 어떤 인간이었어요?"

"이왕 다 털어놓은 거 바로 말하겠습다. 내가 알기로는 이번 봄부터 충무로 바닥에 혜성처럼 나타난 물봉이라고 할까. 이 충무로 바닥에서 감독 비슷하게 생긴 사람치고 그 형한테 한턱 안 얻어먹은 사람이 없을 정도였어요. 영화사도 어지간히 기웃거렸고. 그러다가 결국은 김 감독하고 단짝이 되어 붙어 다녔는데……."

"그럼 김 감독이 그 새끼 단물 다 빨아먹은 거예요?"

"그건 꼭 그렇지도 않습다. 처음에는 김 감독이 개 돈으로 입뽕(立本: 첫 작품을 찍는 것)이나 해 볼까 하는 생각도 있었던 모양이지만 개가 그만한 큰돈은 없다는 걸 알자 포기했다고요."

어느새 박은 창현을 개로 부르고 있었다.

"그럼 단짝으로 붙어 다녔다는 건?"

"그저 만나면 좋은 소리 해 주고 술 밥이나 넉넉히 얻어먹은 정도죠. 그런데 이제 보니 갠 김 감독이 뭘 해 줄 줄 알았던 모양이죠. 실은 그 김 감독도 이 바닥에선 아무도 믿어 주는 사람이 없어 영원한 조감독 신센 줄 모르고……."

거기까지 듣고 나니 알 건 다 알았다는 기분이었다. 하지만 아직도 남은 궁금함이 있어 한마디 더 물었다.

"그래, 지금 어떻게 됐어요?"

"뭘요? 아, 그거요? 어제 김 감독은 병원으로 실려 갔고 갠 튀었어요. 아마 지금쯤은 멀리 날았겠죠. 지금 달려(잡혀) 가면 한 몇 년은 곱게 살아야 할 테니까. 결국 이 충무로 바닥도 다시는 얼씬거리지 못할 거고요."

그런데 알 수 없는 일은 창현 역시 피해자일 수도 있다는 것과 그 또한 불행해졌다는 게 영희에게 도무지 위로가 되지 않는다는 점이었다. 오히려 그런 덜떨어진 인간에게 자신이 그토록 모질게 당했다는 게 더욱 이가 갈렸다. 눈앞에 있다면 핸드백에 숨겨 온 미장원용 면도칼로 당장에 천 토막 만 토막 내 버릴 것 같았다.

"괜……찮으세요?"

영희의 얼굴빛이 어쨌는지 박이 겁먹은 눈길로 영희를 살피며 물었다. 영희는 그런 박을 향해 분별없이 쏟아지려는 분노를 억누르며 깊이 숨을 들이마셨다. 숨을 길게 내쉬고 나니 화는 조금 가라앉았으나 박을 그냥 보내고 싶은 마음은 아니었다.

"이봐요."

"네?"

"댁은 뭐하는 사람인지 모르지만, 앞으로 남의 들러리를 설 때는 앞뒤를 재 보고 서세요. 자칫하면 영문도 모르고 자기 배창자 쏟아지는 꼴 구경하는 경우가 생겨요."

"네?"

"그리고 혹시라도 그 인간 만나게 되거든 꼭 전해 주세요. 앞으로 말이에요, 제 명대로 살고 싶으면 다시는 내 눈에 띄지 말라고. 아시겠어요?"

영희는 그래 놓고 자리에서 일어났다. 영희에게서 쏟아지는 표독스러운 살기 같은 것에 질렸는지 박은 제자리에 엉거주춤 앉은 채 영희를 쳐다보기만 했다.

영희가 그 길로 시외버스 정류장을 찾아 수원행 버스에 오른 것은 거기서 창현을 만나기 위함보다는 또 다른 결별의 의식이 필요해서였는지도 모른다. 아직 범법(犯法)의 세계를 깊이 알지는 못했으나 적어도 수배를 받는 피의자가 뻔한 연고지인 자신의 집으로 가지는 않는다는 것쯤은 영희도 알고 있었다.

마침 출발하는 버스가 있어 영희가 수원에 이른 것은 점심나절이었다. 창현의 집은 그새 셋방을 옮겼으나 영희는 전보다 쉽게 찾아갈 수가 있었다. 친척집에 집세도 안 내고 얹혀 지내다시피 하다가 쫓겨나 식구대로 길바닥에 나앉게 되었을 때 그곳에 두 칸 전셋방을 얻어 준 게 영희였기 때문이다.

마침 점심상을 받고 있던 창현의 어머니와 누이가 눈에 띄게 허둥대며 일어나 영희를 맞았다.

"왔니? 너…… 왔어?"

창현의 어머니는 애써 침착을 가장했으나 목소리는 어딘가 떨리는 데가 있었다. 그동안 서너 번이나 다녀갔고 한때는 여느 시어머니나 며느리보다 더 다정하게 연출되었던 고부(姑婦)로 지낸 사이라 잠깐 영희는 혼란에 빠졌다. 억지로 익혀 더 머릿속 깊이 박힌 경외(敬畏)의 감정과 창현에게서 이전된 애증이 갑작스레 충돌한 탓이었다.

"네."

영희는 거의 반사적으로 그렇게 대답했으나 다음을 어떻게 해야 할지 몰라 뻣뻣하게 굳은 채 서 있었다. 그새 좀 더 침착을 회복한 창현의 어머니가 다시 말했다.

"앉아라. 점심 안 먹었으면 같이 한술 뜨자."

이번에도 영희는 거의 반사적으로 앉았다. 그러나 그녀의 너무나도 태연한 응대가 비로소 희미한 반감과 적의를 일으켰다.

"지금 밥 먹을 기분 아니에요."

영희가 전에 없이 강한 어조로 그렇게 대답하자 다시 창현의 어머니가 허둥대기 시작했다.

"그렇겠지. 그래. 하긴 우리도 다 먹었다. 상 물리자."

그러다가 갑자기 애매한 창현의 누이동생을 몰아댔다.

"넌 뭐하는거? 밥 다 먹었으면 싸게(냉큼) 상 물리고 공장에 돌아가 보지 않고."

창현의 누이동생도 뭔가를 알고 있는 듯했다. 어머니가 그렇게 말하자 거북한 자리에서 빠져나가게 될 기회를 얻었다 싶었는지 군소리 없이 상을 들고 부엌으로 나갔다.

창현의 누이는 잠시 부엌에서 달그락거리다가 바로 집을 나갔다. 부엌 쪽이 조용해진 뒤에도 영희가 어떻게 말을 꺼내야 할지 몰라 머뭇거리는 동안 방 안은 무거운 침묵에 빠졌다. 그 침묵을 못 견뎌 먼저 입을 연 것은 창현의 어머니였다.

"너희들 헤어졌다며?"

그제야 영희도 할 말이 떠올랐다.

"창현 씨 다녀갔군요. 어제저녁이었어요?"

"그래, 통금이 다 돼 뛰어 들어와 사람 혼을 다 빼놓고 되돌아나갔다."

"어떻게 된 거래요?"

"낯이 백지장처럼 하얗게 되어 사람을 죽였다며…… 정말 어떻게 된 거여? 니는 아능겨? 니 이제 창현이 그리 됐다고 막보고 나오는겨?"

갑자기 사투리를 쏟아 내며 옷깃으로 눈가를 훔치는 게 어머니의 정은 그녀에게도 마찬가지인 듯했다. 그러나 영희에게는 그게 작은 감동도 주지 못했다.

"죄 받아 싸죠. 남의 눈에 눈물 나게 하면 제 눈에서는 피눈물 난다는 말 못 들어 보셨어요? 그런데 하마 남의 눈에 피눈물 흘리게 하였으니 눈알이 뽑힌들 누굴 탓하겠어요?"

영희가 갑자기 되살아나는 적의와 원한으로 그렇게 받자 그녀의 눈길에도 파란 불길이 피어올랐다.

"야가 시방 무신 소리를 하는겨? 그래도 한때는 시어머니 며느리 간이었는데 이렇게 막말해도 되는겨? 너 증말 창현이 그리 됐다고 막보고 나오는겨?"

그런 그녀의 성난 목소리가 오히려 영희를 편하게 해 주었다. 영희는 준비해 간 것이 아닌데도 이죽거리며 받았다.

"아줌씨, 아무래도 아줌씨가 뭘 단단히 오해하고 계신 것 같은데요. 나 아줌씨하고 그런 관계 맺은 적 없어요. 우리 사이에 무슨 놈의 시어머니가 있고 며느리가 있었어요? 있다면 껍데기까지 홀랑 벗기고 피투성이로 버림받은 골 빈 년과 그렇게 벗겨 먹은 사기꾼 놈하고 그놈 싸지른 에미지."

"뭐, 싸질러? 에미? 시방 너 말 다했냐?"

그런 창현의 어머니는 금방 게거품을 물고 덤벼들 것 같은 기세였다. 영희는 그런 그녀에게 눈 한 번 깜빡하는 법도 없이 핸드백을 끌어당겨 조용히 버클을 열었다. 그리고 그 안에서 접는 면도칼을 꺼내 천천히 날을 펼쳤다.

"아줌씨, 이 면도칼 말이에요. 이발소나 미장원에서 면도하는 데 쓰는 건데 일제라 날이 아주 잘 들어요. 조심하셔야 돼요."

그래 놓고 왼손을 들어 그 날을 가만히 쓸어 보았다. 금세 사납게 덤벼들 듯하던 창현의 어머니가 시퍼렇게 질린 얼굴로 멈칫했다. 영희는 그런 그녀를 무시하듯 자신의 말을 계속했다.

"알맹이를 다 빼 가 허드레 집기만 남은 미장원을 헐값으로 넘길 때 이거 하나는 남겼죠. 원래는 창현이 그 개자식 그걸 싹 도려내 버리려고 했는데요. 아니, 아예 멱을 따 버리려고 그랬는데요……. 생각해 보니 아무래도 내가 너무 밑지는 것 같아 그만두기로 했어요. 똥개 잡고 살인 물면 내가 너무 억울하잖아요?"

"그래서 시, 시방 어쩌겠다는겨?"

"더러운 게 사람의 정이라고, 그래도 혹시 미련이 남을까 봐 그걸 끊으러 왔어요."

영희는 그러면서 면도칼을 든 오른손을 천천히 들어 올렸다.

"그럼 시방 나한테……."

그녀가 뒷걸음을 치다가 갑자기 무슨 생각이 들었는지 게거품을 물며 다가들었다.

"오냐, 그래. 니 맘대로 혀라. 나도 천금 같은 자식 잃고 살 맘 읎다. 어느 천지 해매는지 생각만 해도 뼈가 저린다. 말이야 바른말이지, 우리 창현이도 니년 만나 잘된 거 하나 읎다. 니년 바람질에 배운

지 스탄지 된다고오 — 오르지도 못할 나무 바라보다 이제는 살인 누명 쓰고 쫓겨 다니게 생겼다아. 밤중에 반쪽이 돼 나타나아 따슨 밥 한 그릇 못 해 멕이고오 — 푼돈 몇 푼 긁어모아 줬더니 그걸 받아 바람같이 내뺐다아. 이 일을 어쩔 거나. 이 일을 어쩔 거나……."

그대로 두면 거꾸로 머리채를 휘어잡고 덤벼들 기세였다. 그러나 영희는 눈 하나 깜짝하지 않고 천천히 면도칼을 치켜들면서 차분하게 말했다.

"고정하세요. 그건 댁의 사정이고."

면도칼을 치켜드는 속도의 느림이 어떤 위압감을 준 것일까, 금세 덤빌 듯하던 창현의 어머니가 다시 멈칫했다. 영희는 여전히 그런 그녀를 무시한 채 천천히 왼손을 들어 자신의 머리채를 움켜쥐고 면도칼로 그었다. 싸악, 하는 기분 나쁜 소리와 함께 영희의 왼손에 잘린 머리칼 한 움큼이 남았다. 영희는 그걸 손수건에 싸 창현의 어머니 쪽으로 밀어 놓으며 말했다.

"아주머니, 이걸로 우리 모진 악연은 끝난 겁니다. 이거 보관했다가 그 인간 돌아오거든 전해 주세요. 그리고 또 하나 전해 주세요. 몸 성하게 살고 싶으면 앞으로는 먼빛으로 날 보더라도 피해 가라고 하세요. 혹시 그때 또 내 맘이 변할지 모르니 절대로 내 눈에 뜨이지 말라고 당부해 주시고요."

그리고 그제야 마음을 놓은 듯 본격적으로 악다구니와 하소연을 시작하려는 창현의 어머니를 무시한 채 그 집을 나왔다. 날을 접기는 했지만 아직도 꺼내 들고 있는 면도칼 때문인지 그녀도 영희를 굳이 잡아 두려고는 하지 않았다.

영희가 혜라의 셋방으로 돌아온 것은 오후 다섯 시 조금 덜 되었을 무렵이었다. 이제 막 화장을 마치고 출근 채비를 하던 혜라가 뜻밖이란 눈으로 영희를 쳐다보았다.

"이제 출근하려고?"

영희가 담담히 그런 혜라에게 물었다.

"응, 그런데 너 오늘은 일찍 돌아왔네. 무슨 일 있었어?"

"내 말했잖아 오늘로서 끝이라고. 그런데 말이야, 니네 보살 마담……."

"보살 마담이 왜?"

혜라가 반가움으로 눈빛까지 반짝이며 물어 왔다.

"내가 다시 찾아가면 이제는 받아 줄까?"

"뭐, 너도 이쪽으로 오려고?"

혜라가 다시 그렇게 물었으나 거부의 뜻은 전혀 보이지 않았다.

"그래, 이왕이면 네 말마따나 나도 큰물에서 놀고 싶어. 비어홀 같은 데로 되돌아가기는 싫어. 오늘 가거든 보살 마담한테 한번 얘기해 봐. 다른 누구보다 화끈하게 나를 팔 각오가 되어 있다고 말해 줘. 그리고 낼 당장이라도 일 나갈 수 있다는 것도. 알았지?"

영희는 그 말과 함께 자신의 여행용 트렁크를 끌어당겨 지퍼를 열었다. 그리고 핸드백에서 면도칼을 꺼내 트렁크 바닥 깊숙한 곳에 감추었다.

종장

　돌내골 사람들에게는 사실상 1년 중에 가장 큰 행사가 되는 운동회도 해가 기웃해지면서 조금씩 시들해졌다. 운동회의 꽃이라고 할 수 있는 마을 대항 마라톤의 선두 그룹이 운동장으로 들어선 뒤부터였다.

　해마다 그렇듯, 그해도 맹동산 자락 삼곡(三谷)까지의 20리 국도를 왕복하는 그 마라톤의 우승자는 두들마을뿐만 아니라 장터 사람들에게도 영 낯설었다. 그런 사람이 언제 이 면에 살았던가 싶을 정도로 만난 적이 드문 산골짜기 담배 농사꾼이 고무줄로 검정 고무신 밑창과 발등을 동인 채 뛰어 한 시간 남짓에 결승골로 들어섰다. 여름내 고된 담배농사에 그을어 새까만 피부에는 왕복 40리, 16km를 쉬지않고 달려온 사람 같지 않게 땀 한 방울 내비치지 않는 게 신기했다.

　자신에게서 당수를 배운 청년 몇이 마을 대표로 출전한 터라 명훈도 그 마라톤에는 적잖은 관심을 가지고 있었다. 그러나 두 번째로 고등공민학교의 젊은 체육 교사와 앞서거니 뒤서거니 들어오는 서넛 속에서도 여전히 자기가 찾는 얼굴이 없자 명훈은 천천히 결승점 부근을 떠났다. 자기에게 당수를 배운 녀석들이 우승을 한댔자 특별히 좋은 일이 있는 것은 아니었지만, 그래도 명색 운동을 했다는 것들이 시골 단축 마라톤 6등 안에도 하나 못 들었다는 게 약간은 서운했다.

　이웃 다른 면(面)에서 흘러든 시골 건달 몇에게 시비를 걸어 텃세 반(半) 주먹 솜씨 반으로 그들을 제압한 기분에 우쭐해 몰려 다니던 상두네 패거리가 술이 꼭지까지 돌아 흔들거리다가 명훈을 잡고 늘어졌다.

　"형님, 어디 갈라꼬요?"

　"응, 이젠 돌아가야지. 운동회도 이만하면 파장이고……."

　"뭐라 카시이껴(하십니까). 이제 시작인데요. 참, 형님, 영양 아아들 여다 들어온 거 아이껴? 글쎄 글마들이 여덟 놈이나 떼싸리를 지어 왔더라 카이요. 여어가 어디라꼬."

　상두가 혀 꼬부라진 소리로 명훈에게 무슨 보고 삼아 말했다. 담배를 삐딱하게 물고 있는 게 평소의 그 몸둘 바 몰라 하는 듯한 공손함에서는 많이 떨어져 있었다. 그게 거슬려 명훈의 목소리가 절로 엄해졌다.

"다른 면(面) 애들 오는 거 그렇게 너무 몰아대지 마. 너희들은 개들 운동회에 안 갈 거야? 똥개 텃세하는 것도 아니고. 게다가 보니 술도 어지간해. 더 길게 끌다 괜히 남 보는 데서 창피당하지 말고 이제 그만 돌아들 가."

"햐, 형님이 참 일타(이렇다) 카이. 우리를 어데 물렁 콩죽으로 보이꺼? 걱정 마소. 글마들도 하마 선매(세워 놓고 때리는 것) 몇 대 쥐박고 화우(화해)했니더. 저어쪽에서 오히려 저그 운동회 놀라 오라 카디더."

취한 중에도 명훈의 굳은 표정은 보이는지 상두가 조금 조심하는 말투가 되어 받았다. 명훈은 그런 상두와 그 패거리에게 한 번 더 따끔하게 주의를 준 뒤에야 돌아섰다.

한 해에 한 번 있는 큰 구경거리에 골짝골짝에서 나온 사람들도 하나둘 흩어져 가고 있었다. 돌아갈 길이 먼 처녀 아이들은 저물기 전에 돌아가기 위해 미진한 마음을 촌스러운 키득거림으로 감추며 교문 쪽으로 나가는데, 몇 잔 걸친 술기운으로 숫기가 살아난 이웃 마을 총각들은 또 그런 처녀 애들을 노려 뒤따랐다. 대여섯 발짝쯤 뒤에서 공연한 허허거림과 허풍으로 떠들썩하게 처녀 애들을 뒤따르는 총각 아이들을 보면서 명훈은 문득 자신이 늙어 가고 있다는 기분이 들었다.

"옥경이 오빠요, 옥경이 오빠."

교문께에 대여섯 그루 늘어선 오래된 수양버들 그늘을 지나는데 누군가 명훈을 불렀다. 해맑은 여자 목소리라 저도 모르게 가

숨을 두근거리며 돌아보니 버드나무 그늘에 차일을 치고 국밥 장사를 벌인 작은 신씨 아내였다. 목소리만큼이나 상냥하고 고운 여자여서 볼 때마다 볼품없는 작은 신씨에게는 어울리지 않는다는 생각을 떨쳐 버릴 수가 없었다.

"여다 와서 국밥 한 그릇 말고 가시이소. 수육하고 집에서 걸른 막걸리도 있심더."

발길을 멈칫하고 돌아보는 명훈에게 그녀가 상글거리며 한 번 더 불렀다.

안 본 지가 여러 날 되는 데다 끝도 그리 좋지 못하게 헤어진 셈이라 그녀의 부름이 뜻밖이다 싶을 정도였다.

하씨와 김씨가 떠난 뒤에도 남아 있던 세 가족이 명훈네를 떠난 것은 가을걷이가 다 끝나기도 전이었다. 그들은 큰 신씨 말대로 일껏 지은 배추 농사를 끝도 보지 않고 푸나물 상태로 싸게 넘긴 뒤 각기 제 갈 길을 가 버렸다. 큰 신씨는 울산으로 돌아가고 부뜰이네는 부산으로 떠났다. 단 한 집 작은 신씨네가 장터로 옮겨 돌내골에 남았으나 개간지를 떠나기는 마찬가지였다. 그 봄 명훈의 새로운 희망으로 나타났던 그들은 절망만 확인시켜 주고 모두가 떠난 셈이었다.

명훈이 진작부터 그들에게 걸었던 종교적 공동체로서의 혐의도 턱없었다.

"무극(無極)이라 카는 거는 천지의 시작이고 끝인 기라. 무극이 태극이 되고 태극은 음양으로 갈라져 팔괘(八卦)를 만들면서 천지는 복잡해지고 서로 뒤얽히지만 결국은 다시 무극으로 수합될 끼라 이 말이라요. 또 지금 세상이 어지러븐 것은 세상이 복잡해지면서 서로 안 맞아 삐그닥거리는 긴데 무극대도가 열리믄 모든 게 지자리로 돌아가고 뒤틀린 거는 바로 피지고(펴지고) 얼킨 게 풀릴 깁니더. 이 산술을 풀어 나가는 게 한울님이고요. 뭐, 그런 긴데 우리도 어시(별로) 마이 알지는 몬합니더. 고향에 있을 때 한 도사(道士) 선생님이 배워(가르쳐) 준 이치라 쪼매쓱 같이 공부해 보기는 하지마는 맨날 지자리 곰배지예."

그들의 지도자로 지목한 큰 신씨가 언젠가 궁금해하는 명훈에게 그렇게 말해 준 적이 있으나 그때 명훈은 그가 자기들의 별난 신앙을 숨기려고 그러는 줄만 여겼다. 그런데 실제가 그랬던 것 같았다. 결국 그들은 명훈이 한때 억측했던 것처럼 종교적 신천지(新天地)를 찾아온 사람들이 아니라 보다 나은 삶을 찾아온 실향민에 지나지 않았다. 그리고 기대를 걸고 찾아왔던 땅이 그들을 외면하자 그들 또한 매정하게 돌아서 버렸을 뿐이었다.

"막걸리나 한잔 주십쇼."

차일 밑 가마때기에 털썩 엉덩이를 내려놓으며 명훈이 말했다. 작은 신씨의 아내가 살풋 눈을 찌푸려 명훈을 흘기며 호들갑을 떨었다.

"아이고, 우째 그리 아던(알던) 정 보던 정 없는교? 우리가 여기 국밥 솥 건 거 다 알면서 점심은 어디 가서 삽샀능교?"

그러면서도 손을 잽싸게 움직여 동그란 알루미늄 상에 술과 안주를 얹어 냈다. 빡빡하게 뜬 개장국에 정갈하게 담은 포기김치, 그리고 양념 종지와 금세 썬 돼지고기 수육이 꽤나 먹음직스러웠다. 점심은 소위 지방 유지라는 이들과 영양옥에서 그럴듯하게 먹은 명훈이었으나 느낌으로는 그녀가 내온 상이 더 푸짐했다.

"국과 고기가 아직 이렇게 많이 남은 걸 보니 오늘 장사 아주 조진 거 아닙니까?"

명훈은 뒤이어 그녀가 건네 주는 술 주전자와 대폿잔을 받으면서 물었다. 작은 신씨가 잘 쓰는 '조진다'는 말을 섞은 게 농담으로 들렸는지 그녀가 호호거리며 받았다.

"아이라예. 조지기는 왜 조져예? 벌써 점심때 개값하고 재료비는 다 나왔어예. 이거 다 팔리믄 곱쟁이 장사가 넘을 기고 인제 안 팔리믄 남는 걸로 식구들 보신이나 하지 뭐예. 그리고 돼지고기는 내가 일부러 쪼매 꼬불쳐 논 기라예. 우야믄 파장에 귀한 손님이 올 것 같아서예."

"마판(馬板)이 안 되려면 당나귀 새끼만 모인다더니 그 꼴 난 거 아닌지 모르겠습니다. 아주머니, 나 빈털터린 거 아시죠?"

어쩐지 그래도 될 것 같은 느낌에 명훈이 솔직하게 자신의 빈 주머니를 밝혔다. 그녀가 이번에는 짐짓 새침한 표정을 지었다.

"옥경이 오빠, 참말로 너무하시네예. 아무리 하몬 내가 장사할라꼬 옥경이 오빠를 불렀겠어예? 우리가 생판 객지 여다 와서 그동안 받은 거만도 얼만데……."

"제가 뭐 해 드린 게 있어야지요. 농사도 안 되는 박토 가지고 공연히 사람 불러들여 오도 가도 못 하게 만든 것밖에……."

"아이라예. 도로시(도리어) 약속을 몬 지킨 건 우리 쪽이지예. 게다가 마음 의지 하나만도 어딘지 알아예? 이래 장터거리에 나와 살아도 객지 같지 않은 거는 다 옥경이 오빠 덕이라예. 아(애) 아부지는 우짜는지 알아예? 쪼매는 시비가 생겨도 우리 명훈 씨고, 뭔 어려운 일이 생겨도 우리 명훈 씨라예. 하늘맨쿠로 옥경이 오빠만 믿는다 아입니꺼……."

새로 비운 막걸리 사발 때문인지 아니면 그런 그녀의 말 때문인지, 명훈은 갑자기 치솟는 취기를 느꼈다. 그러나 호탕하고 유쾌한 취기는 아니었다.

"그런데 신 형은 어디 갔어요?"

상념이 자신의 메마르고 거친 땅으로 끌려가는 게 싫어 명훈이 그렇게 화제를 바꾸었다.

"아 아부지예? 빌린 동기(洞器) 돌려주러 갔어예. 인자사 점심 때맨쿠로 사람이 한꺼번에 몽싹(모조리) 몰리오는 일이 없을 끼라서……."

그녀가 그렇게 대답하고 있는데 등 뒤에서 작은 신씨의 반가워하는 목소리가 들렸다.

"하이고, 이거 이 주사 아인교? 아까 언뜻언뜻 보기는 했어도 높은 사람들하고 같이 있는 바람에……."

이어 작달막한 신씨가 지겟다리를 끌 듯 빈 지게를 지고 차일 안으로 들어왔다. 목소리뿐만 아니라 표정도 진정으로 반가워하는 것 같았다.

"봐라, 뭐하노? 여 술이고 고기고 있는 대로 내온나. 인자 장사
도 끝나 가이 나도 이 주사 모시고 한잔할란다. 뭐니 뭐니 해도 옛
날 주인 아이가? 한 여름이라 캐도 그 밑에서 빌어먹은 거는 빌
어먹은 기라."

작은 신씨가 그러면서 명훈의 상머리에 마주앉는 바람에 술자
리는 생각 밖으로 길어졌다. 술이 들어갈수록 싹싹하고 재치 있
어지는 작은 신씨에게서 명훈은 그네들 남도 사람들의 근황에 대
해서 자세히 들을 수 있었다.

"부뜰이네하고 봉수는 둘 다 괜찮은 갑심더. 무슨 공사장에서
함바(함바집)를 같이하게 됐답니더. 김씨도 대구서 우째 우째 자리
잡아 가고예. 안죽은 관문시장 모텡이서 잡일이나 하고 지내지마
는 안으로가 워낙 야물잖십니꺼? 곧 손에 쥐는 게 생기믄 좌판이
라도 벌일 생각인 모양이라예. 내만 여기 어중간하게 주질러앉았
다가 꼽다시(고스란히) 중도 소도 아닌 시골 장돌뱅이나 되고 마
능 거 아잉가 몰라."

대강 그런 내용이었는데, 듣는 명훈은 떠난 그들이 야속하기보
다는 왠지 그저 허전하고 쓸쓸하기만 했다.

명훈이 자리를 털고 일어난 것은 이래저래 막걸리를 한 주전자
나 나눠 마신 뒤였다. 그사이 운동회 행사가 모두 끝나 엉덩이 질
기게 마지막까지 버티고 앉았던 패거리가 대포라도 몇잔 더 마시
려는지 차일 안으로 밀려드는 걸 보고 일어나는 명훈을 작은 신

씨가 잡았다.

"이 주사, 왜 벌씨로 일어납니꺼? 그라지 말고 이바구(이야기)나 좀 더하게 어디 딴 데 가서 한잔하입시더."

이미 마신 술이 있었던지, 그의 눈가도 알아보게 풀어져 있었다. 그러나 명훈은 더 마실 기분이 아니어서 좋은 말로 사양했다. 그때쯤은 상냥하기만 하던 그의 아내도 하얗게(하얀 눈길로) 남편을 흘겨 작은 신씨도 억지로 명훈을 잡지는 않았다.

교문을 나와 집 쪽으로 향하는 동안도 명훈은 두 번이나 사람들에게 옷깃을 잡혔다. 하나는 중계(中溪) 총대(總代)였고, 다른 한 사람은 북천(北川)의 젊은 동장이었다. 중계 총대는 저희 동네가 우승을 한 기분에서였고, 북천 동장은 틈만 나면 술을 못 사 안달인 평소의 버릇대로였는데, 명훈은 그들도 굳이 뿌리치고 장터와는 반대쪽인 집으로 향했다. 그 무렵 들어 술은 다시 누가 언제 사 주어도 반가운 것이 되었으나, 작은 신씨 내외가 무얼 건드렸는지 그날은 영 그렇지가 못했다.

가을이 짙어서인지 해는 빨리 저물어 왔다. 추수가 끝난 들판 사이로 난 신작로를 휘적휘적 걸으며 명훈은 그 가을 들어 부쩍 심해지는 외로움에 둔감해지려고 애를 썼다. 그러나 하루 종일 여기저기서 얻어 걸친 술이 적지 않은 데다 악의는 없어도 작은 신씨가 들쑤신 실패와 종말의 예감이 갈수록 심하게 그를 몰아대 우울한 감상에서는 끝내 벗어날 수 없었다.

— 마, 안 되겠심더. 될성부른 나무 떡잎부터 알아본다꼬, 이건

땅이 아입니더. 봄부터 쎄(혀) 빠지게 걸꽈도(걸게 해도) 모(모종)가 꺼꾸로 땅에 기(기어) 드간다 아입니꺼.

— 아무래도 우리가 뭘 잘못한 거 같아예. 농사짓다 조진 팔자는 암만 캐도 도회지로 가야 피지게(퍼지게) 되는 긴데, 배운 도적질만 믿고 다시 촌구석에 찾아와 뭐가 될 끼라꼬. 이 선생님네 땅이 우찌 된 기 아이라 우리가 잘못 생각한 기라예. 땅 없으믄 결국 날품 팔아 사는 긴데, 날품이라믄 사시사철 일거리가 있는 도회지가 훨씬 안 낫겠어예?

— 미안합니더, 우리가 안 왔던 거로 생각하고 다시 시작해 보이소.

찾아올 때처럼 분명하게 떠나갈 뜻을 비치던 큰 신씨와 김씨, 하씨의 목소리가 되살아나고, 마침내는 지쳐 버린 듯한 어머니의 걱정 어린 표정도 떠올랐다.

— 야야, 어예겠노? 하마 보이 다 파이따(끝이다. 틀렸다.). 이 추수 가주고 겨울 날 일이 꿈같다. 하루이틀도 아이고 쌀 한 말 재 놓은 거 없이 또 한겨울 어예 나노? 고생, 고생 카지마는 내 아직 이래 가망 없는 고생은 첨이따. 거다 아아들은 풍비박산 흩어지고 ……달리 구처를 내 봐야 될따.

길에는 운동회에서 돌아가는 사람들이 여럿 있고, 개중에는 바쁜 걸음으로 명훈을 지나쳐 가면서 큰 소리로 인사를 건네는 축도 있었다. 그러나 명훈은 아득한 벌판을 혼자 걷는 기분이었다. 자신만의 생각에 골똘히 잠겨 걷는 사이에 어느새 저만치 솔 무더기와 집이 보이고, 그 위로 버얼겋게 펼쳐진 개간지가 한눈에 들어왔다. 처음 지을 때는 대궐같이만 느껴지던 흙벽돌 집이 그날따라 납작하고 초라하기 그지없는 움막으로 느껴졌다.

어머니도 옥경이도 아직 돌아오지 않았는지 집 안에는 인기척이 없었다. 명훈은 그런 집을 지나쳐 곧장 개간지로 올라갔다. 앞산 그리메엔 벌써 바알갛게 놀이 젖어 들고 있었다.

나의 대지는 붉다……. 개간지가 한눈에 내려다뵈는 산등성이까지 올라간 명훈은 거기서 쓰디쓰게 읊조렸다. 세 번째 가을, 떠나기는 했지만 그래도 농사 솜씨 하나는 맵고 바지런하던 남도 사람들 덕분에 개간지는 전해나 또 그 전해 가을처럼 황량하지만은 않았다. 결과는 김장거리는커녕 시래기로 말리기에도 한심스러운 수확으로 끝나고 말았지만, 그래도 집 근처에는 파랗게 채전이 펼쳐져 있고 이번에도 결실이 시원치 않아 베어 들이기가 망설여질 정도인 콩밭도 겉만은 제법 밭다운 모습을 보이고 있었다. 거기다가 그 콩밭 위로 3년째 내리 심고 있는 메밀밭에 이르면 하이얀 메밀꽃으로 제법 풍성한 느낌까지 주었다.

그러나 그런 것들을 내려다보는 명훈의 마음은 첫해 가을보다 훨씬 비참했다. 처음 그 시를 쓸 때만 해도 그의 비가(悲歌)는 과장 섞인 엄살에 가까웠다. 아직 크게 손상받지 않은 희망이 이제 막 출발한 자의 열정과 더불어 가슴속에 살아 있었고, 시간도 자신의 편으로만 여겨졌다. 그런데 이제는 아니었다. 모든 것은 그 여름을 마지막으로 탕진된 뒤였다.

'아아, 나는 무엇을 하나. 무엇을 해야 하나.'

명훈은 특별히 스스로의 감정을 과장하고 있다는 기분 없이 속으로 중얼거렸다. 갑자기 노을 낀 하늘마저 자욱이 내려앉는 것처럼 암담해지면서 그동안 마음속에 아프게 쌓여 온 여럿의 목소리가 새삼 귓전에 되살아났다.

"자학할 건 없어. 어차피 시들게 되어 있는 농촌이야. 해방 뒤 우리가 수입한 개인주의는 종종 개인의 자유보다 책임 쪽을 강조하는 형태로 영향을 준 탓에 우리는 은연중 자신에게 비정하게 된 측면이 있지. 그렇지만 농촌 문제라면 곧 개인의 문제가 아니란 게 드러날 거야. 틀림없이 너의 개간지는 박토고 또 너는 농사일에 익은 사람이 아니지만, 그래서 네 실패는 개인적인 것일 수도 있지만, 크게 보면 기실 처음부터 그 실패는 예정돼 있던 거야. 다만 너에게 몇 년 혹은 몇십 년 일찍 찾아왔을 뿐이지."

"너는 농촌살이가 더 나아졌다고 하지만 나는 그렇게 보지 않아. 어제와 오늘의 단순 비교라면 확실이 나아졌지. 무상(無償) 분배도 아니었고, 철저하지도 못했지만 어쨌든 토지개혁은 자작농의 비율을 크게 높여 놓았고 고리채 정리는 제법 그럴듯한 효과로 농촌에서 점증되는 부(富)의 집중 경향을 차단했지. 보릿고개는 없어졌거나 없어져 가고 있는 중이고 비료나 종자의 수급도 그어느 때보다 원활해. 특히 군사정권이 출현한 뒤 그들이 농촌에 보낸 성원과 격려는 그 자체만으로도 농촌에 활력을 보태기에 충분했다. 그렇지만 요는 기준이야.

단순히 먹고사는 게 삶의 전부라면 이제 농촌은 어느 정도 살 만한 곳이 됐지. 그렇지만 '인간다운 삶'이란 명제가 고개를 들기 시작하면 지금의 허상(虛像)과 착각은 곧 부서지게 되어 있어. 교육과 문화란 개념만 끌어와도 지금의 농촌이 얼마나 불리한 형편에 있는지는 금세 알 수 있지. 당장 이 면(面)에서 대학생 자녀를 둔 농가만 찾아봐도 사태는 명백할걸. 도시 인구와 견주어 진학 비율이 얼마이며, 그들이 그 값비싼 교육에 지불하는 대가가 어떤 것인지, 그것만 봐도 '잘사는 농촌'의 실상은 뚜렷해질 거야."

"이 정부의 중농정책(重農政策)이라고? 지난 5년만 놓고 보면 그런 이름을 붙일 수 있을지도 모르지. 고리채 정리부터 새마을 운동이며 네가 그토록 감격한 경지(耕地) 확대 사업에 이르기까지 정부가 중농주의적 제스처를 쓴 건 사실이야. 그 효과도 상당했고, 또 앞으로도 그런 제스처는 계속되겠지. 하지만 그걸 진정한 중농정책이라고 믿는다면 틀렸어. 그보다는 군사정권의 보상적 특질에다 권력 핵심의 중농(重農)적 감상주의가 보태진 결과로 보는 게 훨씬 더 정확하지.

정통성도 정당성도 없는 권력이 항상 의지하게 되는 것은 국민에 대한 물질적 보상이지. 그런데 우리 국민의 구성은 어떤가. 이제는 인구의 60프로로 농업 종사자가 줄어들었지만 도회에 나와 딴 업종에 종사하고 있는 이들도 그 멘탈리티는 의연히 농업적이라고. 따라서 국민에 대한 물질적인 보상이란 측면에서 그 대상으로는 농촌보다 더 효율적인 것도 없지. 국민이 곧 농민으로 치환(置換)될 수 있을 만큼 농업적 기반이 강한 우리 사회에서는 말이야. 거기다가 지금 권력의 핵심이 대개 농촌 출신이란 것도 그들이 보여 주는 중농주의적인 제스처와 무관하지 않아. 어떤 때는 진정한 애정과 신념으로 다가서는 듯해 중농주의라 불러 줄 만도 하지. 그러나 지극히 감상적이고 불안정한 중농주의일 뿐이야. 언제든지 현실적인 필요에 쫓기기만 하면 슬그머니 거두어들이고 말……."

"이 정권의 자가당착은 벌써 조금씩 모습을 드러내고 있어. 너도 5개년 계획이다, 공업화다 하는 소리는 들어 봤지. 울산이나 포항에 대규모 공업 단지가 건설되고 있는 것도. 공업화된 사회라는 거 그게 농촌에서는 무엇을 뜻하는지 알기나 알아? 그건 결국 농업을 다른 산업의 부양을 받아야만 유지될 수 있는 애물덩이로 만들어 버린다는 뜻에 지나지 않아. 특히 우리처럼 지대(地代)가 높고 농업 생산 방식이 노동 집약적인 나라에서는……."

그 말들은 기실 이 사람 저 사람에게 듣거나 어디서 구절구절로 읽은 것들이 의식 속에 가라앉아 있다가 재구성된 것일 터였다. 특히 최근에는 6·3 사태로 제적당하고 여기저기 피해 다니다가 영장을 받고 돌아와 입대 날까지 술로 보낸 문중 동항(同行)에게서 그런 말을 많이 들었을 것이다. 그런데 알 수 없게도 그 모든 말은 만난 지 벌써 1년이 넘는 황석현의 목소리로만 들려왔다.

'그래, 그의 말마따나 어차피 실패가 예정되어 있는 싸움이라면 일찌감치 끝장이 나는 것도 좋겠지. 그렇지만 이제 나는 여기서 떠나면 어디로 가나. 도회, 그 비정하고 가망 없는 아수라장으로 다시 돌아가? 그곳에서의 경쟁에서 우위를 확보할 아무런 수단도, 재능도 없이 빈손으로, 혼자, 다시 시작해야 한다는 것인가…….'

명훈은 한 개비 남은 담배에 불을 붙이며 진지하게 새 출발을 생각해 보았다.

'물론 이 개간지를 팔면 얼마간의 밑천은 되겠지. 평당 20원을 주겠단 작자가 있었으니 한 40만 원은 모아 쥘 수 있겠지. 하지만 서울로 나가면 허름한 집 한 채 값도 안 되는 돈…….'

생각이 거기에 미치자 명훈은 다시 움츠러들었다. 종말의 예감은 짙어져도, 새로운 출발의 각오와 용기는 전혀 일지 않았다.

그 바람에 다시 망연한 상념에 빠진 명훈은 가까운 밭둑에 퍼질러앉았다. 자세는 개간지를 내려다보고 있는 듯한 것이었으나 시선은 그렇지도 않았다.

그런데 무덤가 도래솔 쪽으로 움직이는 사람의 그림자가 문득 그런 명훈의 눈길을 끌었다. 웬 낯선 사람 둘이 도래솔 곁으로 난 길을 따라 개간지로 오르고 있었다.

이미 날이 저물어 오는 데다 두 사람 중 하나는 제대로 갖춘 양복 차림이라 명훈은 슬그머니 그들이 누군지 궁금해졌다.

자기를 찾아왔다면 당연히 집으로 가야 하는데 먼저 개간지로 오르는 것도 적잖이 이상했다. 그러나 워낙 축 처진 기분이라 몸을 일으켜 그들을 맞으러 갈 생각까지는 나지 않았다.

명훈이 보고 있는 사이에 두 사람은 개간지를 가로질러 명훈

쪽으로 올라왔다.

명훈은 그들이 자신을 발견하고 찾아오는가 싶었으나 그게 아니었다.

"오 주사, 여기 웬일이십니까?"

둘 중 하나를 알아본 명훈이 그들이 가까이 다가오기를 기다려 몸을 일으키며 인사를 건네자, 그때껏 무어라 손짓 발짓을 하며 양복 차림과의 얘기에 정신이 팔려 있던 오씨가 놀란 소리를 내질렀다.

"억, 이게 누고? 아이, 이 형 아이라(아닌가)?"

명훈이 산그늘 가까운 밭둑에 앉아 있었던 데다 옷 색깔까지 갈색 계통이라 그때껏 몰라본 것 같았다. 양복 차림도 흠칫하는 눈치인 것이 그 또한 명훈을 못 보기는 마찬가지인 듯했다.

"아이고, 놀래라. 까딱했으믄 아(아기) 떨어질 뻔 안 했나? 그래, 저물어 가는 산모퉁이에 혼자 앉아 뭐했디껴?"

오씨는 묻는 말에는 대답 않고 오히려 그렇게 물어 왔다. 그러나 명훈은 그가 오씨란 걸 알아보면서부터 벌써 짐작 가는 게 있었다. 오씨는, 말하자면 거간꾼이었다. 철따라 소 장사 하고 고추 장사도 했지만 그의 수입은 그런 장사에서보다는 이따금씩 하는 부동산 중개에서 더 짭짤하다는 게 돌내골 사람들 사이에 도는 소문이었다. 얼마 전에도 석공(石工)과 어떤 산주(山主) 사이에 다리를 놓아 백 2십 정보짜리 산 거래 하나에서만 10만 원은 거뜬히 벌었을 거란 말이 나돌고 있었다.

다만 데려온 사람이 워낙 도회물이 밴 양복 차림인 게 조금 미심쩍을 뿐이었다.

"그냥…… 땅 좀 둘러보느라고요. 그런데 오 주사는 어떻게 여길……?"

명훈의 그런 물음을 오씨는 이번에도 딴말로 받았다.

"왜, 나는 이 형 개간지 좀 구경하면 안 되이꺼? 그거는 글코 낯선 사람이 처음 만나이 서로 인사나 하소."

그러고는 양복 차림에게 명훈을 좀 과장스레 추켜올려 소개한 뒤 다시 명훈을 향했다.

"여기는 박 선생이라꼬. 경북 도청에서 높게 있던 분이씨더. 진안이 고향인데 이번에 퇴직해서 아주 살라고 일로(이리로) 내려왔니더. 여러 가지로 훌륭한 분이니께는 이 형도 알아 두어 그리 나쁠 게 없을 게씨더."

하지만 그때 이미 명훈은 오씨가 하려는 말을 다 들은 기분이었다.

'역시 그렇구나…….'

하지만 알 수 없는 것은 그 자신의 반응이었다. 작년 가을과는 달리 알맞은 작자가 나타났다는 데 은근한 안도감까지 인 까닭이었다.

개간지를 판다고 해도 그걸 부근의 농민들에게 나누어 팔게 되면 여러 가지로 어려움이 있었다. 어차피 한두 사람이 다 받을 힘은 없어 조각내 팔아야 하는데, 그게 과연 다 팔릴지, 그리고 일정한 기간 안에 목돈으로 뭉쳐질지 모두가 의심스러웠다. 가격도 그랬다. 2만 평을 한 덩이로 원하는 사람에겐 그 땅이 한끝에 이어져 있다는 것 자체가 한 값을 할 수 있었다. 그러나 조각조각 팔 때는 오히려 그게 불리하기까지 했다. 농로(農路)를 따로 내 주어야 하는 데다 사방 남의 땅 속에 갇히게 되는 부분은 땅값이 적잖이 깎일 우려마저 있었다.

오씨는 돌내골 일대에서 셈 빠른 거간꾼으로 이름을 얻고 있는 만큼 눈치도 밝았다. 명훈이 사람 소개만으로 자신이 온 뜻을 알아차린 듯하자 쓸데없는 말로 변죽을 울리는 대신 바로 본론으로 나왔다.

"이 형하고 내하곤데 빙빙 돌려 말할 게 뭐 있노. 고마 바로 얘기할라니더. 이 형, 혹시 이 땅 팔 생각 없니껴? 그랠라 카믄 내 아주 무더기로 한판에 다 살 사람 소개시켜 드림써더. 여기 이 박 선생임 같은 분도 계시이더만은 뭐 꼭 이 박 선생임한테 팔라는 건 아이고……."

그가 그렇게 바로 찌르고 나오는 바람에 오히려 당황한 것은 명훈이었다. 이상하게 아픈 곳을 건들린 것 같은 기분과 어차피 치러야 할 일이 때맞춰 찾아왔다는 기분이 묘하게 얽혀 한동안 그의 말문을 막았다.

"아니 오 주사. 그게 무슨 소리요? 나는 한 번도 이 땅을 내놓은 적이 없는데……."

이윽고 명훈이 되도록이면 표정 없는 얼굴을 지으며 오씨의 말에 대꾸했다. 내심을 들켜 거래가 불리해지는 것도 싫었지만, 턱없이 매몰차게 잘라 중개할 엄두를 내지 못하게 해서는 더욱 안 된다는 생각에서였다. 어쩌면 명훈은 그때 이미 개간지를 팔아 치우기로 결정하고 있었는지도 모르는 일이었다.

오씨는 한동안 작은 눈을 깜박이며 명훈을 쳐다보았다. 명훈의 속마음을 읽기 위함인 듯했으나, 오래 시간을 끌지는 않았다. 어쨌든 명훈은 땅을 팔아야만 할 사람이란 자신의 단정을 다시 확인하듯 오히려 전보다 더 자신 있게 나왔다.

"이 형, 또 왜 이카이껴(이러십니까)? 땅이라 카는 거, 똑 팔겠다고 외고(외치고) 댕겨야 파는 건지 아이껴? 그게 아이씨더. 하마 보믄 안다꼬요. 팔아야 되게 되믄 임자가 아무리 거머쥘라꼬 애를 써도 안 되는 게 바로 땅이란 말이씨더."

"그건 또 무슨 소립니까?"

"이 오병춘이 이런저런 거간으로 산 지 하마 20년이씨더. 척 보면 훤하다 카이요. 이 형은 땅을 뒤지기는(뒤엎기는, 개간하기는) 할 수 있을지 몰라도 걸꿀(걸게 할) 농사꾼은 아이라. 인제 여기서 이 형이 할 일은 끝났다꼬."

"어디 농사꾼의 씨가 따로 있습니까?"

"있지를, 있고말고요. 지게를 지면 등때기(등허리)에 지게가 차악 달라붙고, 밭에 붙어 앉으면 몸이 반은 흙에 푹 파묻히 비야(보여야) 하는 게 농사꾼이씨더. 아이믄 외국맨치로 넉넉한 자본 가주고 트랙타다 뭐다 들이대든가…… 그런데 이 형은 이거저거 다 파이

라. 오미 가미 내 눈여기보지만은 백날 가 봐야 이래 가주고는 안 된다꼬. 뒤진 지(개간한 지) 하마 3년인데 이거는 땅이 다부(도로) 산으로 돌아가는 꼴 아이라? 고마 나서는 사람 있을 때 넘가주소. 그게 이 형 고생도 면하고 땅도 꼬라지가 된다꼬."

"……."

명훈은 할 말이 없어서라기보다는 오씨의 얘기를 마저 듣고 싶어 잠자코 있었다. 오씨는 그게 자기의 말이 먹혀 들어가고 있는 걸로 알았던지 한층 열을 올렸다.

"여기 이 박 선생임만 해도 어예 해 볼 수 있을 께라. 퇴직금으로 땅 사고, 대구 집 팔아 한 몇 년 퍼부으믄 이 형하고는 얘기가 다르제. 거다가 축산과 나온 아드님이 군대 갔다 돌아오믄 여기는 똑 좋은 목장감이제. 큰길 가깝겠다, 지세 좋겠다……."

이제는 명훈과 박 뭐라는 그 사람을 아울러 겨냥해 중개인 특유의 입심을 부렸다.

솔직히 말해서 그날의 원매자(願買者)가 이웃의 농부였다면 명훈의 마음이 그렇게 흔들리지는 않았을 것이다. 또 퇴직금으로 목돈을 쥐게 된 여느 도회인이라도, 거래가 정말로 성립될지를 자신할 수 없어 그리 쉽게 땅을 팔 의사를 드러내지는 못했을 것이다. 그러나 목장과 축산과 졸업생이란 말을 듣자 왠지 명훈은 그 거래가 이루어질 것만 같은 생각이 들었다.

"하기야…… 그런데, 오 주사. 지금 이 땅을 내놓으면 평당 얼마나 받겠습니까?"

"그거사 시세란 게 있으이께는. 묵은 땅 반값은 안 될라. 개간지 도 개간지 나름이지마는 여기는 그래도 큰길가이께는."

오씨의 말투가 거기서 갑자기 조심스러워졌다. 그때껏 말없이 있던 양복 차림의 중년이 그 일만은 자신도 관계 있다는 듯 슬며 시 끼어들었다.

"아니, 오 주사. 묵은 땅도 층하가 있는 거 아니오? 문전옥답 절 반값이라면 누가 이런 개간지를 사겠소? 농사된 거 보이 아직 씨 갑값(씨앗 값)도 안 나오는 땅인데……."

"그거사 그럴 리가 있니껴? 진안 들판 일등 밭값 반 내놓으라꼬 는 안 칼 테이께는 걱정 마소. 여다도 아래위로 줄레줄레 붙어 있 는 묵은 땅이 안 있니껴?"

"그래도 마찬가질걸요. 저쪽 땅은 칠팔십 원이지만 이쪽 땅은 백 원도 더 달랄 텐데요."

이번에는 명훈이 그렇게 떠보았다. 오씨가 피식 웃으며 명훈의 말을 받아넘겼다.

"달라는 게 값이믄 평당 천 원은 왜 못 달라 카겠노? 70원이 든지 백 원이든지 그 값 물고 살 사람이 있어야 그게 값이지. 가 을(추수)하고 쪼매 오른다 캐도 이 근처 밭은 평당 60원이믄 아 주 딱상이라."

그럼 나는 평당 30원은 받을 수 있겠군. 명훈은 속으로 그런 짐 작을 했다. 지난번보다 평당 10원이나 더 받을 수 있게 되었다는 것보다는 손에 쥘 돈이 60만 원도 안 되리라는 게 여전히 한심했다. 그게 은근히 그 거래에 걸었던 기대에 찬물을 끼얹어 명훈을 다시 뻣뻣하게 만들었다.

"그럼 평당 30원이란 얘긴데, 오 주사. 그만둡시다. 어차피 이러나저러나 달라질 거 없을 바에야 그냥 버텨 보지요. 개간지야 여기 아니라도 많이 있으니 다른 데 가서 알아보쇼."

그렇게 잘라 말해 놓고 천천히 걸음을 옮겨 놓았다. 그사이 집에는 어머니라도 돌아와 있는 것인지 굴뚝으로 하얀 연기가 오르는 게 보였다.

명훈이 갑작스레 말을 자른 게 오씨에게는 뜻밖인 듯했다. 조금 전 제법 흥정을 붙이는 투가 되었던 그의 목소리가 다급으로 떨리며 뒤따라왔다.

"아이, 이 형. 얘기하다 말고 왜 이카노? 영 팔 생각이 없다믄 몰라도, 값이 문제라면 흥정을 해봐야제……."

"30원도 안 보는 땅이 흥정한다고 60원이 되겠소, 백 원이 되겠소? 아직 내놓을 마음이 없으니 그 얘기는 이쯤 합시다. 이왕 구경 오셨다니 땅은 천천히 둘러보시고……."

명훈은 그 말을 끝으로 성큼성큼 개간지를 내려왔다. 그때만 해도 일부러 뻗대 본다는 기분은 별로 없었다.

쉽게 만나기 어려운 원매자(願買者)라는 게 마음 한구석에 미련으로 남아 있었지만, 명훈이 흥정으로 나가기에는 아직 더 강렬한 자극이 필요했다.

그런데 그 자극은 바로 그날 저녁에 왔다. 옥경이가 지어 준 저

녁을 먹고, 깨기 시작하는 술과 오씨 때문에 생겼지만 내용이 분
명찮은 울적함으로 불도 켜지 않고 건넌방에 늘어져 누웠는데, 제
법 밤이 늦어서야 돌아온 어머니가 집 안으로 들어서면서부터 그
를 찾았다.

"야야, 훈아, 어딨노?"

그 목소리에 섞인 심상찮은 떨림에 명훈이 놀라 문을 열었다.
열여드레, 한 모퉁이가 알아보게 이그러진 달빛을 뒤로한 어머니
가 갑자기 낮고 불길한 목소리로 속삭였다.

"있었구나. 니 여 쫌 나온나. 얘기할 게 있다."

명훈은 그런 어머니에게 홀린 듯 까닭조차 물어보지 못하고 방
을 나왔다가 종종걸음으로 앞서는 어머니를 따라 마당을 벗어난
뒤에야 물었다.

"무슨…… 일이세요?"

"그냥 따라온나. 저다 가서 얘기하자."

어머니는 그러면서 턱짓으로 개간지 위쪽을 가리켰다. 저녁 무
렵 명훈이 올라갔던 곳이었다.

어머니는 미리 봐 두기라도 했다는 듯 해거름 때 명훈이 앉았
던 자리 근처에 가서야 겨우 여느 때의 목소리로 돌아가 천천히
입을 열었다.

"옥경이 집에 있제?"

"네, 그런데 갑자기 옥경이는 왜?"

"휴우, 야야, 아무래도 안 될따. 이래다가는 아아들 모도 다 잃

어뿔따."

어머니는 밑도 끝도 없이 그렇게 한숨부터 쉬어 놓고 다시 비밀을 주고받는 듯한 목소리로 물었다.

"그래, 니 눈에는 옥경이 그 기집아, 이상한 거 없드나?"

"글쎄요…… 왜 걔에게 무슨 일이 있어요?"

"일이 있고말고. 참말로 난리라. 기집아들이 아직 머리에 쇠똥도 안 벗어진 게……."

그래도 명훈은 무슨 일인지 얼른 짐작이 가지 않았다. 언제나 코흘리개 막내에 응석받이로만 생각하고 있는 옥경이라 도대체 무슨 일을 저질러 어머니가 저토록 상심하는지 가늠조차 서지 않았다. 어머니가 명훈의 물음을 기다리지 않고 체한 것을 토해 내듯 격하고 급하게 이어 나갔다.

"니 명숙이 알제? 김 고기쟁이네 둘째 딸 말이다. 오늘 그 기집아가 운동회 날이라꼬 설렁거리는 틈을 타 저어 집 돈궤에 손을 댔다 안 카나? 적은 돈도 아이고 5천 원이나 되는 큰돈이라. 저어 어마이가 암만 캐도 수상시러버 지 방을 뒤져 봤디, 참 같잖제, 이게 오입(가출)을 갈라꼬 하마 보따리까지 다 싸 놓은 게라. 그런데 더 기막힌 거는 뭔지 아나? 지 혼자가 아이라는 게라. 기집아 둘이 더 있다는 게라. 같이 오입 가자고 약속한 기집아들이…… 김 고기쟁이 몽두리(몽둥이)찜질에 튀나온 말인데, 하이고……."

"그럼 옥경이도……?"

"그래, 옥경이하고 한실[大谷]댁 인희하고…… 뭐 셋이서 서울

가서 공장에 나가기로 했다등강."

어머니가 그러면서 기어이 옷섶으로 눈물을 찍었다. 그러나 명훈은 도무지 실감이 나지 않았다. 생각해 보니 옥경의 나이도 벌써 열여섯이지만 섣달 생일이라 양력으로 치면 열다섯이 더 정확할 만큼 서러운 나이였다. 거기다가 어제 그제까지도 업고 다닌 기억이 남아 있는 막내라 더욱 그런 가출과 연관이 지어지지 않았다. 어머니는 이제 완전히 넋두리 조가 되어 이어 나갔다.

"까짓 거, 시골 고공(고등공민학교) 나와 봐야 뭐하노, 카미 서울가 돈도 벌고 야학도 하겠다는 게라. 시골 바닥엔 백날 썩어 보아야 고생만 하이…… 바람을 연(넣은) 거는 바로 김 고기쟁이 큰딸 그년이라. 거 왜 몇 해 전에 오입 나갔다가 이번 추석에 안 댕기갔나? 대국 년도 못 볼 꼬라지로 건청거리미(거들먹거리며) 장터를 썰고(쏠고) 댕기든 그 기집아 말이따. 한눈에도 기생 아이믄 다방 레지 꼬라지더라만, 그것도 입은 있다꼬 어린 기집아들 데리고 헛소리를 한 게라. 지가 객지로 오입 나가 뭔 큰 성공이라도 한 것맨치로 말이따. 그래, 그 소리에 바람이 든 기집아들이 사흘 뒤에 떠나기로 날을 맞췄고 준비를 했다고 안 카나? 엉이, 이거 어쩌믄 좋을로? 이 기집아를 어째야 되노?"

"설마 옥경이가…… 아니, 그 아이들 모두 그냥 저희끼리 얘기로 한 번 해 본 거겠지요."

"그양 저끼리 얘기로 하고 만 게 서 집 금고를 뒤배(뒤져) 5천 원이나 훔치나? 지(제) 옷뿐만 아니라 노리개까지 채곡채곡 보따리를 싸나? 오다가 한골댁네 들러 인희도 보고 왔다. 김 고기쟁이 딸 말, 하나도 틀린 게 없드라 카이. 그 기집애도 꼬치(고추)를 여남은 근이나 빼돌려 돈까지 몇천 원 가지고 있더라꼬. 참말로 이 일을 어째야 되노? 영희 그년이사 내 자식 아이라 캐도, 철이 저어 이모네 집 나간 뒤로 하마 몇 달째 이짝저짝에 다 소식 없제. 거다가 옥경이까지 이래 나서이 ……이래다가는 아아들 하나도 안 남겠다. 전부 다 잃었뿔따(잃어버리겠다)."

어머니의 얘기를 듣는 사이에 명훈에게도 차츰 옥경의 가출 계획이 실감으로 와 닿았다. 너무도 턱없는 일이라 오히려 더 충격적이었다.

"그래요? 안 되겠어요. 이 기집애가……."

명훈은 딱히 어쩌겠다는 계획도 없이 갑자기 몸을 돌려 집 쪽으로 향했다. 그걸 몹시 성이 나서 하는 동작으로 안 어머니가 매달리듯 명훈의 옷깃을 잡았다.

"아이라. 니가 나설 일이 아이라꼬. 영희 그년 때도 봤지만 이런 일 어디 왈기(몰아대어, 야단쳐) 되나? 이번 일은 내가 살살 어에 달래 보꾸마. 옥경이는 내가 맡으꾸마. 니가 할 거는 다부(도리어) 따로 있다."

"그게 뭔데요?"

어머니가 다급하게 잡는 바람에 자신이 정말로 무슨 격한 짓을 하려 했던 것처럼 느끼게 된 명훈이 굳은 목소리로 물었다.

"니, 침말로 이 땅 믿나? 이 땅이 우리한테 무신 큰 거를 줄 수 있을 것 같으나?"

"……"

"인자 이만치 했으믄 된 거 같다. 고만 이쯤치서 떠나자. 송충이
는 솔잎을 먹어야 산다꼬. 배우지 않은 농사에 이 박한 땅을 가지
고 무신 영광을 보겠노? 주는 대로 받고 팔아 다시 한 번 도시로
나가 보자. 죽이 되든 동 밥이 되든 동 우리가 살아야 할 데로 나
가 살자. 철이도 얼른 찾고……"

어머니는 마치 오씨가 왔다 간 걸 알고 있는 듯이나 그렇게 울
먹였다. 어머니가 자신의 입으로 그 땅을 포기하자고 나서기는 그
게 처음이었는데, 그래서 명훈에게는 더 결정적으로 들렸다. 이제
이곳도 끝인가. 드디어 나의 붉은 대지에도 종장(終章)이 다가오
고 있는가.

자리 잡기

집을 나온 인철이 온전히 홀로 헤쳐 가야 하는 세상살이의 어려움을 처음 실감한 것은 부산진역에 내린 지 겨우 일주일 만의 일이었다. 몇 푼 안 되는 돈마저 떨어져 저녁도 굶고 역 대합실로 향하면서 그는 비로소 자기 앞에 펼쳐진 삶의 가혹한 진상을 섬뜩한 공포로 바라보았다. 서울을 떠날 때 은근히 가슴까지 설레며 떠올렸던 상상들은 결국 미문(美文)으로 과장된 방랑 소설 또는 풍요한 서구(西歐) 사회를 배경으로 한 감상적인 성장소설에서나 일어날 수 있는 일이었다.

그 며칠, 인철은 홀로 거리를 돌며 일자리를 구해 보았다. 그러나 사람들에게는 스스로 찾아드는 낯선 일꾼에게 까닭 모를 불신을 품는 경향이 있었고, 더러는 인상에서 받은 편견으로 노동의

질까지 단정했다. 틀림없이 일꾼이 필요한 듯한데도 인철이 찾아가면 이런저런 핑계로 거절하기 일쑤였다. 인철의 짐작으로는 그 몇 달의 도회 생활로 다시 희고 맑아진 얼굴과 입고 있는 고등학교 교복이 그런 거절의 원인인 듯했다.

몇 군데 생겨나기 시작한 직업소개소도 인철에게는 별로 도움이 되지 못했다. 겨우 산업화의 문턱을 들어선 1960년대 중반의 이 사회는 아직 그리 다양한 일자리를 만들어 내지 못하고 있었다. 거기다가 만으로는 열여덟도 채우지 못한 인철의 나이가 알맞은 일자리를 찾는 것을 더욱 어렵게 했다.

이도 저도 안 돼 맥이 빠질 때 인철은 용두산공원이나 광복동 거리를 배회하며 동화(童話) 속에서나 있을 법한 행운을 기대해 보기도 했다. 하지만 불치의 병으로 죽음을 앞두고 일생의 성취를 물려줄 똑똑하고 진실된 젊은이를 찾는 노(老)신사도, 초라하지만 비범한 재능을 지닌 인철을 알아보고 기꺼이 뒤를 봐주겠다는 귀부인도 없었다. 춘추(春秋) 어지러운 시대를 불우하게 떠도는 공자(公子)를 반겨 맞아 주는 제후는커녕 전국(戰國) 말기의 막막한 날을 굶주리며 허덕이는 재사(才士: 한신)에게 밥 한 끼 먹여 주는 빨래터 여인[漂母]조차 없었다. 한 군데 조금이라도 오래 머뭇거리면 의심쩍어하는 눈빛만 사방에서 번쩍거릴 뿐이었다.

우연히 만났고 길동무치고는 기묘했지만 박달근이 일러 준 살이의 여러 기술이 실제 유용한 것이었음을 깨닫게 된 것도 그 무렵이었다. 나름의 품위를 지키느라 일자리를 얻기도 전에 가진 돈이 거덜 나 버리자 인철은 비로소 그가 가르쳐 준 변형된 구걸과 노숙의 여러 방식을 보다 일찍 채택하지 않은 걸 후회했다. 바로 그날도 그랬다. 진작부터 역 대합실을 활용해 숙박비만 아꼈더라도 그토록 빨리 끼니까지 굶어야 하는 처지에 빠지지는 않았을 것이란 생각이 들었다.

그새 날이 차가워진 데다 속이 비어서 그런지 인철에게는 역 대합실이 초저녁부터 썰렁하기 그지 없었다. 되도록 사람의 눈에 띄지 않으면서도 바람막이가 좋은 구석에 자리를 잡고 인철은 가방에서 한겨울에나 입는 점퍼를 꺼냈다. 좋던 시절의 누나가 사 준 두꺼운 모직 점퍼였다.

인철은 그 점퍼의 유난히 넓은 목깃에 얼굴을 반나마 묻고 일찌감치 잠을 청했다. 하루 종일 돌아다녀 피곤하기도 했지만 난방이 안 된 대합실의 새벽 추위로 잠을 설치게 될 때를 대비한 것이기도 했다. 그러나 처음 눈을 붙이고 잠깐 존 것뿐, 곧 어둡고 울적한 상념에 빠져들었다.

그 앞뒤 없는 상념 속에서 인철은 먼저 두 가지 유혹과 싸워야 했다. 하나는 그제나마 집으로 돌아가 다시 어머니와 형의 보호 속으로 숨는 것이었고, 다른 하나는 용기네 아이들을 찾아가 그들에게 기댐으로써 보다 덜 궁색하게 그 도시에 자리 잡을 시간을 버는 것이었다. 그 며칠 사이에 그만큼 그는 도시의 비정함과 살이의 혹독함에 지쳐 있었다.

그 두 유혹 중에서도 끝내 승리한 것은 집으로 돌아가는 쪽이었다. 비록 형제같이 느끼는 친구들이라 하지만 아직 나이 어린 그들에게 기대는 데는 어차피 한계가 있게 마련이었다. 거기다가 그렇게 한다 쳐도 그 도시에 자리를 잡는다는 힘든 일은 여전히 그의 몫으로 남겨져 있었다. 그 바람에 집으로 돌아가고 싶어 하는 쪽의 유혹이 더욱 커져 그 새벽 인철은 하마터면 안동으로 가는 첫차에 뛰어오를 뻔했다.

그런데 뜻밖의 분발이 집으로 돌아가는 길을 막았다. 뒷날에도 가끔씩 그의 삶에 새로운 전기를 마련해 주는 이상한 분기(奮起)였다. 이제 정말 막장이다 싶을 때, 그리고 이제 더는 비참해질 수 없다 싶을 때, 느닷없이 그를 몰아가는 까닭 모를 자대(自大)와 호승심이 그랬다. 자, 이제 나는 내 전기(傳記)의 가장 어려운 대목을 쓰고 있다…….

'그렇다. 육체가 받을 고통이 두려워 일껏 떠나온 장한 길을 버리고 초라하게 되돌아갈 수는 없다. 일생을 벗할 아이들에게 내 나약함을 드러낼 뿐만 아니라 짐이 되는 일이 있어서도 안 된다. 그리고 무엇보다도 미래의 내 전기 작가에게 이 우스꽝스러운 패퇴(敗退)의 꼴을 보이고 싶지 않다.'

무임승차를 위해 입장권을 사러 가던 인철은 그런 내부의 목소리에 걸음을 멈추었다. 그 목소리는 점점 커지더니 이내 여지없는 결의로 바뀌었다.

'그래, 여기 남아야 한다. 남아서 싸우고 이겨야 한다. 자칫 범용하고 지루해질 수도 있는 내 생애의 한 장(章)을 여기서 인상적인 승리의 장으로 바꿔야 한다. 서울을 떠날 때부터 나는 이미 더 물러설 곳이 없는 필사(必死)의 전사였다.'

그러자 일찍부터 가난하고 고달픈 삶을 통해 체득하기는 했으나 스스로 채용하기를 꺼려해 온 살이의 기술들이 눈부신 순발력으로 되살아났다.

이튿날 날이 밝는 대로 인철은 자신이 지니고 있는 것들 중에 돈이 될 만한 것들은 모조리 팔아 다시 한 번 시작할 밑천을 장만했다. 다행히도 그에게는 역시 좋던 시절의 누나가 사 준 손목시계가 있었고, 헌책방에 팔면 정가의 절반 이상을 받을 수 있는 두툼한 영어 사전과 몇 권의 이름 있는 고교 참고서들이 있었다. 인철은 전에 없는 신중함과 세밀함으로 다섯 군데 이상의 시계방과 세 군데 이상의 서점을 돌아 값을 비교한 뒤 가장 후하게 쳐 주는 곳에다 그것들을 팔았다. 시계가 특히 큰 몫을 해 2천 원 가까운 목돈이 되었다.

인철은 그중에서 천 원을 빼내 차림부터 바꾸었다. 국제시장 헌옷 가게에서 허름한 재건복 윗도리와 검은 물 들인 군용 작업복 바지, 그리고 천으로 된 싸구려 가방을 한 개 샀다. 그 옷으로 갈아입고 아직 남은 책 몇 권과 세면도구와 교복을 비롯한 몇 벌 옷가지를 함부로 구겨 넣어 울퉁불퉁한 가방을 드니 그제야 제법 그럴듯한 도시의 산업예비군(産業豫備軍) 모습이 나왔다. 인철은 얼마 안 되는 남은 돈을 주머니 깊숙이 갈무리한 뒤 다시 마음을 다잡고 일자리를 찾아나섰다.

이번에는 성과가 있었다. 이튿날 인철은 국제시장 언저리에서 일은 험하지만 제법 월급까지 있는 일자리를 찾아냈다. 믿을 만한 보증인만 있었다면 번듯한 옷가게의 점원 같은, 보다 마뜩한 일자리를 얻는 일도 가능했을 것이다.

인철이 하게 된 일은 가마니며 마대, 사과 궤짝, 마분지 상자 따위 당시 그 시장에서 쓰이던 모든 종류의 내구성(耐久性) 포장 용기를 수집하는 것이었다. 월급은 먹고 3천 원이라 처음 받는 것치고는 높은 편이었고, 잠도 점포 겸 창고의 가마니 위에서 자면 돼 따로 하숙을 구하지 않아도 되었다. 당장은 공부와 무관했지만 한 1년만 고생하면 무슨 길이 열릴 것도 같았다.

그런데 문제는 인철이 맡게 된 일의 종류였다. 그 점포에도 남 보기 사납지 않은 일은 얼마든지 있었다. 수집된 포장 용기들을 필요로 하는 업체에 되파는 일도 그렇고, 그런 것들이 대량으로 나오는 업체에서 정기적으로 거두어 오는 일도 그랬다. 그럴 때는 주문이나 약속에 따라 손수레에 실어 나르면 그만이었고 그 경우에는 대개 물건들도 정품(正品)이라 깨끗했다.

하지만 또한 그 일은 수금이든 입금이든 대개 적지 않은 돈이 오가는 일이라 뜨내기인 인철에게는 돌아오지 않았다. 그에게 돌아온 일은 시장 구석구석에서 부정기적으로 생기는 허드레 포장이며 재활용이 어려운 용기(容器) 같은 것들을 눈치보아 헐값으로 거두거나 공짜로 주위 오는 일이었다.

나무젓가락도 씻어서 다시 쓰고 버려진 시멘트 부대도 잘라 봉지를 만들면 훌륭한 상품이 될 만큼 아직도 일회용품이란 게 흔치 않던 시절이라 주인들이 버리거나 헐값으로 넘기는 물건들은 뻔했다. 소금 부대로 썼거나 쇠뼈, 내장 등을 담아 옮겨 젖고 더럽혀진 가마니와 또 그 비슷한 용도로 쓰여 그대로는 다른 곳에 쓸수 없을 만큼 지저분한 마대, 생선 좌판으로 쓰였던 사과 궤짝 따위가 그랬는데, 그런 것들은 거두는 방식마저 보기 사나웠다. 운반 수단인 지게에 물건을 많이 담기 위해 얹어 놓은 대나무 바소쿠리가 벌써 이른바 시라이꾼(넝마주의)의 '찌께망태'와 비슷했다. 그런 바소쿠리에다 벌건 피가 배어 있거나 눈살이 찌푸려질 정도로 더러운 가마니와 마대, 마분지 상자 따위를 가득 담아 지고 시장 바닥을 헤매는 일은 아무리 모질게 마음을 먹어도 열여덟의 수치심으로는 견뎌 내기 힘들었다.

　거기다가 더욱 인철을 견딜 수 없게 한 것은 그 일자리가 요구하는 시간이었다. 점포 겸 상점에서 잔다는 게 전체로 보아서는 통금 시간밖에 잠자는 법이 없는 그 시장과 함께한다는 뜻이었다. 그 물건들이 나오는 점포와 필요한 점포가 새벽부터 통금 사이렌이 불 때까지 주욱 이어져 있어 조용히 책을 읽기는커녕 잠조차 넉넉히 잘 시간이 없었다.

　그렇다고 인철이 주인의 마음에 썩 드는 것도 아니었다. 참을성은 있지만 워낙 처음이라 일마다 서투를 수밖에 없었고, 그런 장사에 필요한 숫기가 적어 물건을 수집하는 데도 불리했다. 인철에게는 도무지 공짜로 얻어 오는 재주가 없었고 헐값으로 후려칠 넉살도 없었다.

그 바람에 파국은 생각보다 빨리 왔다. 그날도 인철은 제 딴은 힘들여 물건들을 거두어 왔다. 큰 국밥집에 쇠뼈며 내장, 피 같은 걸 담아 왔던 마대와 생선 가게의 고기 상자, 젖어 뭉크러진 마분 지 상자 따위를 가득 지고 와 창고 앞 마당에 부리는데 주인이 혀 를 차며 말했다.

"하이고, 그것도 물건이라꼬 거다(거두어) 왔나? 그거 물건 만 들라 카믄 넘굴 때 단가보다 씩고(씻고) 말루는(말리는) 데 드는 품 값이 더 나가겠다."

그래도 한 나절 애써 그것들을 거두어 온 인철은 그 말에 자신 도 모르게 시무룩해져 받았다.

"그래도 안 내놓으려는 걸 개당 몇 원씩이라도 쳐 주겠다고 달 래 얻어 온 겁니다."

그러자 주인이 벌컥 화를 냈다.

"뭐시라, 그럼 저거를 돈까지 쳐 주고 사 왔단 말이가? 그저 조 도(줘도) 마다할 씨레기를. 안 되겠다. 몽지리(모조리) 다부(도로) 갔 다 조삐라(주어버려라)!"

나중에 돌이켜보면 그날 주인은 다른 데서 기분 상한 일이 있 었던 것 같았다. 그러나 그런 눈치까지 살필 만큼 닳아 있지 못하 던 인철은 더욱 서운해 맞받았다.

"받아 온 걸 어떻게 도로 갖다 줘요?"

"뭐시라? 야, 말하는 거 함 보래. 니 지금 내한테 말대척(말대꾸) 하는 기가?"

주인이 벌컥 화를 내며 그렇게 나무라더니 무슨 일이 바쁜지 점포를 나가며 거칠게 쏘아붙였다.

"그라믄 니가 가주온 거이 니가 씩고 말라 팔아가(팔아서) 그 돈 갚아라. 내사 몰따(모르겠다). 하도 바빠 사람 하나 더 돗띠(두었더니) 아가(애가) 우째 저러코롬 띠미하노(투미하나)? 저래 가주고 이 바닥에서 밥이나 지대로 얻어 물라."

두 사람의 곱지 않은 대화는 그걸로 그쳤으나 인철에게는 결국 그게 그 점포에서의 마지막 날이 되고 말았다. 자신에게 맞는 곳이 못 된다는 것은 진작에 알았으나 그래도 이미 시작한 것이라 얼마간 버텨 보려 했던 인철은 그날 밤 생각을 바꾸었다. 주인에게도 만족스럽지 못한 일꾼이라면 구태여 매달릴 일이 아니었다. 이튿날 인철이 주인에게 그런 자신의 생각을 밝혔을 때 주인도 미련을 두지 않았다.

"맞다. 이거 딴맘이 있어 하는 소리가 아이라, 니를 위해서락도(라도) 보내 주는 기 옳을 일 같다. 하마 니가 틈만 생기믄 책 쪼가리 딜따볼라 칼 때 내 알아봤는 기라. 니는 이런 데서 구불(구를) 아아가 아이라. 잘 가거래이. 보자, 니 온 지 열이레가? 약속이 있으이 월급을 날품같이 쳐 줄 수는 없고오 …… 반달 치 쳐 주꾸마. 너무 섭섭어하지 마래이."

그렇게 나옴으로써 그런 헤어짐치고는 평온하고 반듯하게 끝을 냈다.

　인철이 두 번째로 구한 일자리는 광복동 뒷골목에 자리잡고 있던 경양식집이었다. 국제시장에서 나온 뒤 인철은 이번에는 시간을 들여 나름대로 헤아리고 조사해 가며 새 일자리를 골랐다. 그것도 경험이라고 함부로 일자리를 얻었다가 다시 옮기기보다는 시간이 걸리더라도 자신과 맞는 곳을 골라 시작하는 게 나을 것 같아서였다.

　광복동과 충무동 일대를 사흘이나 돌아다닌 끝에 인철은 자신을 받아 주겠다는 곳을 세 곳 찾아냈다. 한 군데는 이발소였고 다른 곳은 양복점이었으며 세 번째가 그 경양식집이었다. 인철은 그 가운데 일자리를 고르기 전에 먼저 고용의 조건들을 알아보았다. 시간을 내기에는 이발소와 양복점이 유리했다. 둘 다 새벽부터 밤늦게까지 여는 점포들이 아니어서 잘만 하면 남는 시간을 공부에 돌릴 수 있을 것처럼 보였다.

　하지만 월급이 문제였다. 이발이든 재단이든 그것들은 모두가 기술과 숙련을 요구하는 직종이었고, 그때만 해도 기술은 거의가 도제(徒弟) 형태로만 전수되던 때라 월급이 형편없었다. 둘 다 초보적인 기술을 습득할 때까지는 먹여 주고 재워 주는 게 고작이었고, 그 뒤에도 겨우 잡비나 될까 말까 한 수준이었다. 그래도 이발소가 당장은 좀 나아 보였으나 그래도 인철은 다시 세 번째 집을 찾아가 보았다.

인철이 그 경양식집을 찾은 것은 새로 열어 겉보기가 그럴듯할 뿐만 아니라 입구에 '종업원 구함'이란 작은 쪽지가 붙어 있었기 때문이었다. 시계와 책을 팔아 마련한 돈이 아직은 좀 남은 데다 전에 있던 점포에서 받은 반달 치 월급이 더해져 인철은 다소 여유가 있었다. 그 여유에 의지해 이번에는 제법 세련된 방식의 구직(求職)에 들어갔다. 아무 내색 없이 그 집으로 들어가 돈가스를 시킨 일이 그랬다.

식사를 하며 살펴보니 그 집은 주인 내외가 직접 나와 일하는 것 같았다. 주방 쪽에 따로 전문 요리사가 있는 것 같은데 잘 보이지 않고, 홀 쪽의 서비스는 모두 주인 내외가 맡아 하고 있었다. 경양식집으로는 별로 크지 않아 뵈는 스무 평 남짓한 홀에 손님이 없는 시간대인데도 주인 내외만으로는 일손이 부족해 보였다.

"저…… 아저씨."

식사를 마친 인철이 테이블을 치우려는 30대 중반의 주인을 잡고 슬몃 물어보았다.

"밖에 종업원 구한다던데 주방하고 홀 중에서 어느 쪽에서 일할 사람인가요?"

"이 쪼매는 집에 어데 주방하고 홀 구별이 있겠는교? 이쪽저쪽 닥치는 대로 해야제."

"월급은 얼마나 됩니까?"

"와예?"

그제야 주인이 어딘가 미심쩍은 구석이 있는지 인철을 살펴보며 물었다.

"아뇨, 그냥 좀 알아보고 싶어서요."

"우선은 한 2천 원 생각하고 있심더. 기술 배우면 쪼매 더 얹어 줄 생각이고예."

"여기도 무슨 배워야 할 기술이 있습니까?"

"있고말고지예. 요리도 좋은 기술인 거 몰라예? 보기에는 같은 돈가스라도 만들기에 따라 맛은 하늘땅 차입니더. 테이블 서비스 일도 글코."

"하긴 그렇겠군요. 시간은 어떻습니까?"

"시간? 무신 시간예?"

그러다가 비로소 주인이 알겠다는 표정이 되어 말했다.

"아, 공부 같은 거 할 시간? 그라이 젊은이가 시방 일자리 구하는 모양이제? 맞제? 바로 글체?"

"실은…… 좀 알아보고……."

"쓰기에 따라서는 억시기(아주 많이) 시간이 없는 것도 아일 끼라. 저녁 늦가까지 문 여는 대신에 아침에도 늦가 문을 여이께는. 어디 아침부터 돈가스, 비후스텍(비프스테이크) 찾는 사람이 있나? 그라이 열두 시는 돼야 지대로 된 손님이 시작되는 기라. 글치만 어디 학교나 학원같이 딴 데 나가고 할 수는 없을 끼라, 암매. 어 떻노? 니 함 일해 볼래?"

주인은 더 둘러말할 것 없다는 듯 바로 물어 왔다. 인철은 그때 까지 마음을 정하지 못한 상태였다. 월급도 시원찮은 데다 공연히 으르딱딱거리던 이발사, 재단사 때문에 이발소와 양복점은 단념하고 있었지만 아직은 더 알아보면 나은 곳이 있을 성도 싶었다. 인철의 어떤 점이 마음에 들었던지 경양식집 주인이 갑자기 덮어씌우듯 말했다.

"안죽(아직) 머리도 다 안 길었는 거 보이 학생이었던 갑다마는, 그래고 우짜다 학교 때려치우고 일해야 하게 됐는지 모르겠다마는, 고마 여다 함 있어 봐라. 니 같은 어중간한 반피대기(반쯤 말린 것) 일꾼 찾는 일자리 어디 가나 뻔하다."

그러더니 인철의 대답도 들어 보지 않고 주방 쪽을 향해 냅다 소리를 질렀다.

"어이, 보래. 거 있나? 여다 함 나와 봐라. 얼릉."

그러자 주방 쪽으로 난 쪽문이 열리면서 주인 남자보다 훨씬 젊어 보이는 여자가 한 명 나왔다. 처음 들어서서 먼빛으로 볼 때는 종업원 아가씬가 싶기도 했는데 가까이 오는 걸 보니 주인아주머니 같았다.

"와 그라능교? 뭣 때메요?"

주인아저씨가 왜 그리 인철에게 집착하는지는 그가 아내를 돌아보며 하는 말에서 대강 짐작할 수 있었다.

"봐라. 따로 종업원 구할 거 없이 야 어떻노? 암만 캐도 당장은 주방보다 식당 홀 쪽에 많이 쓸 낀데 물상(物象: 여기서는 인물, 생김)도 훤하고, 때 묻고 깎인 데도 없는 게 여다 꼭 안 맞으까? 거다가 얼매 전까지 학생이었던 거 같은데, 고학생이라 카믄 손님들한테 인상도 좋고⋯⋯."

그제야 주인아주머니가 찬찬히 인철을 살펴보았다. 그 눈매가 맑고 고와 인철의 얼굴이 공연히 화끈거렸다.

"카이(그렇게 말하니), 그럴 것도 같고⋯⋯."

"가시나들, 가시나들 캐 쌌지만 손님들이 어디 가시나 얼굴 딜따보고 밥 무로 오는 것도 아일 끼고 또 가시나들 그거 이쁘믄 이쁜 대로 꼴값해 쌌는 거 더는 몬 보겠고. 때래치운(때려치운) 이 양그 가시나 함 생각해 봐라. 우쩼노?"

"나간 사람 망긴 후에(오래 지나서) 뒤에서 욕할 거는 없고오⋯⋯ 당신 좋으믄 그라이소, 마."

그때쯤은 인철도 마음이 움직였다. 무엇보다도 주인 내외의 부드러운 인상이 인철을 끌었다. 그때 주인아주머니가 남편을 예쁘게 흘기며 말했다.

"글치만 엄마야, 이 학생은 아까 들어온 손님 아이가? 당신 백지로 밥 무로 온 사람 부뜰고 헛소리하는 거 아이라예?"

"아이따. 난또(나도) 물어볼 거 다 물어보고 하는 소리라. 자, 학생 우짤래? 우리하고 함 지내 볼래?"

주인이 그렇게 나오는데 더 머뭇거릴 수가 없어 인철이 대답했다.

"네."

"그럼 됐다. 밥값이고 뭐고 때려찼뿌고 짐이나 가주온나. 오늘 저녁이 당장 바쁘다."

"짐은 이 가방뿐입니다."

"그라믄 저기 조짝 베니아 문 비제(보이제)? 저다 가서 그 문 함 밀어 봐라. 쪼매는 방 하나 있을 끼다. 거다 가방 갖다 놓고 바로 주방으로 나온나."

그 경양식집으로 가서 첫 일주일 인철은 자신이 드디어 그 낯선 도시에서 정착하는 데 성공했다는 확신으로 보냈다. 주인 내외는 첫인상대로 정이 많았고, 서른 이쪽저쪽으로 보이는 주방장도 겉보기로는 무뚝뚝하지만 특별히 인철을 힘들게 할 것 같지는 않았다. 시간도 인철이 불평할 정도는 아니었다. 낮 열한 시부터 두 시까지, 그리고 저녁 여섯 시부터 열 시까지는 눈코 뜰 새 없이 바빴지만 아침은 아홉 시까지 빈둥거릴 수 있었고, 오후에도 두어 시간은 한가했다.

인철이 책을 읽는 데도 모두들 관대했다. 성미가 까다로운 주방 장도 인철이 제 할 일을 다 한 뒤에는 책을 읽건 낮잠을 자건 싫어하는 기색을 드러내는 법이 없었다. 주인 내외는 한술 더 떠 인철이 꼭 공부하고 싶으면 학원 새벽 시간 수강은 받을 수 있게 해 주겠다고 나섰다.

하지만 그 경양식집도 오래 있을 곳은 못 됐다. 국제시장에서처럼 그 집에서 일한 지 겨우 한 달을 넘겼을까 말까 한 어느 날 오후였다. 교복과 책가방을 든 다섯 명의 남녀 고등학생이 그 경양식집에 들어왔다.

평소에도 없는 일은 아니라 인철은 별생각 없이 그들을 맞아 빈 자리로 안내했다. 그런데 무엇 때문에 그러는지 교모를 벗어 책가방 사이에 구겨 넣던 남학생 하나가 인철을 빤히 쳐다보며 말했다.

　"가마이 있자. 이기 누고? 어디서 마이 본 얼굴인데……."

　그 말을 듣자 인철도 그를 알아보았다. 반은 다르지만 틀림없이 국민학교 동창 녀석 중에 하나였다. 하지만 인철은 애써 어리둥절한 표정을 지으며 녀석을 쳐다보았다. 그러자 녀석도 처음에 말을 걸 때와는 달리 긴가민가한 눈길이 되어 물었다.

　"저, 혹시 밀양국민학교 졸업하지 않았습니꺼? 4반의 이……?"

　"아닌데요. 전 서울서 국민학교를 나왔습니다."

　하지만 녀석은 뜻밖으로 인철을 잘 기억했다. 인철이 서울에서 전학을 와서 다른 반 아이들에게도 별나게 보였을 뿐만 아니라, 갑자기 고아원에 간 일도 그들에게는 따로 기억할 만큼 인상적이었던 듯했다. 하지만 녀석이 지난여름의 국민학교 동창회에 나오지 않은 것은 인철에게 그나마 다행이었다. 그랬다면 그때 술에 취해 벌인 소동으로 인철을 더 뚜렷하게 알아봐 끝내 시치미를 떼기 어려웠을 것이다.

　"맞는 것 같은데…… 내가 잘못 봤나? 4반의, 이…… 그래, 이인철이라꼬."

　녀석은 꽤나 끈질겼다. 마침내는 인철의 이름까지 기억해 냈다. 그사이 다소간 여유를 찾은 인철은 가벼운 웃음까지 머금으며 거짓 이름을 둘러댔다.

"제 이름은 임동철인데요."

그제야 녀석도 단념한 듯 고개를 기웃거리며 중얼거렸다.

"하기사 글마는 서울서 고등학교 다닌다 캤제. 무신 일류 고등학교 댕긴다꼬 술 먹고 폼 잡다가 종도란 놈한테 디지게(뒈지게) 얻어터졌다 카든강……."

그런 말로 미루어 그새 자란 머리칼과 새로 사 입은 사복(私服)이 녀석을 속이는 데 특히 한몫을 톡톡히 한 것 같았다.

인철은 자연스럽게 그들의 주문까지 받고 나서야 자리를 떴다. 돈가스 셋과 비프스테이크 둘이었는데 끼니로서가 아니라 맛으로 먹으려는 듯했다. 식욕이 왕성한 그때의 고등학생들에게 흔히 있는 일이었다.

"왜, 아는 아아들이가?"

인철의 표정이 어땠는지 계산대에 앉아 있던 주인아저씨가 주문을 받아 적다 말고 인철을 힐긋 바라보며 물었다. 인철은 일부러 서울 말 억양을 강하게 살려 아직도 눈길로 자신을 쫓고 있는 녀석이 들으라는 듯 큰 소리로 대답했다.

"아뇨, 사람을 잘못 보았는가 봐요."

그 덕분인지 녀석은 두 번 다시 인철에게 주의를 기울이지 않았다. 곧 저희들끼리의 화제로 키들거리며 주문한 음식이 나오기를 기다렸다.

음식을 나르면서 인철은 그들이 주고받는 얘기에 슬몃슬몃 귀를 기울였다. 들은 걸로 짐작하면 그들은 남녀 두 학교의 문예반 반원들로 곧 있을 합동 시화전(詩畵展)을 의논하고 있는 듯했다. 곁들여 문학을 얘기하고 있는데 작은 문사(文士) 흉내를 내는 게 인철의 눈에는 그저 치기만만하게만 보였다.

그런데 식사가 끝난 테이블을 치우고 커피를 나른 뒤였다. 일없이 그들 곁에 붙어 서 있기도 뭣 해 계산대 곁으로 돌아가 무심코 그들 쪽을 돌아본 인철의 가슴을 갑자기 쿡, 찔러 오는 게 있었다. 그게 무엇인가 싶어 살펴보니 창가에 앉은 여학생의 옆얼굴이었다. 약간 상기되어 무언가를 떠들고 있는데 유난히 희게 보이는 귓바퀴와 그 곁에 늘어진 새까만 갈래머리 하나가 선명한 대조를 이루어 특이한 아름다움을 자아냈다.

'그래, 나도 저런 갈래머리 아이와 만나고 싶었다. 저런 아이와 그윽한 찻잔을 앞에 놓고 세상의 고귀하고 아름다운 것들을 얘기하고 싶었다.'

인철은 마치 오래 잊고 있었던 소중한 것을 다시 기억해 낸 사람처럼 그렇게 속으로 중얼거렸다. 그러고 보니 가까이 다가가고 싶고 함께이고 싶은 것은 그녀뿐만이 아니었다. 어느새 축복의 빛무리 같은 것이 그들 다섯 모두를 환하게 둘러싸 바라보는 인철을 눈부시게 했다.

'아직 한 번도 문학을 특별하게 유의해 보지는 않았지만 너희들이 말하고 있는 것은 나도 읽은 것 같다. 어쩌면 나는 너희들보다 훨씬 많은 것을 읽었을지도 모르고 그래서 더 많이 얘기할 수

있을지 모른다. 하지만 내게는 그럴 기회가 주어지지 않는구나. 언제나 행복한 것은 너희들이구나.'

인철은 난데없는 비감에 젖어 그렇게 중얼거리며 황급히 눈길을 다른 곳으로 돌렸다.

인철의 그런 감정 전개에는 틀림없이 그 특유의 비약과 과장이 거들었지만 그렇다고 그게 전혀 터무니없는 것 같지는 않다. 그 뒤 이어진 오후의 한가한 두 시간을 줄곧 음울하게 앉아 있었던 걸로 보아서는 무언가가 그의 내면을 아프게 할퀴고 간 것임에 틀림이 없다.

하지만 곧 바쁜 저녁 시간이 되어 인철은 그런 감상에 오래 젖어 있을 수가 없었다. 그날 저녁따라 유난히 많이 몰려든 손님 때문에 잠시 숨 돌릴 틈조차 없이 바쁘게 테이블 사이를 돌아쳐야 했다. 아홉 시가 넘어서야 먹게 된 저녁밥도 주방 조리대에 기대선 채였을 정도였다.

그러다가 열한 시가 넘어 주인 내외와 주방장이 퇴근하고 홀로 식당 구석의 좁은 골방에 남게 되자 낮의 음울한 감상이 슬그머니 되살아났다. 하지만 그 원래의 모습은 아니었다. 어느새 그것은 일생을 어둡고 쓸쓸한 곳만 헤매다 끝나고 말 것 같은 불길한 운명의 예감으로 자랐다가 다시 명혜를 향한 앞뒤 없는 그리움으로 변해 있었다.

한번 발동된 감정의 요사(妖邪)는 그 뒤로도 오랫동안, 그리고 여러 가지 형태로 인철의 외로운 영혼을 쥐어짰다. 그 한 달 자족(自

足)하며 적응해 가던 현실은 다시 초라하고 서글프기까지 한 전락으로 내려앉았고, 득의해서 세웠던 여러 장한 계획도 처음부터 실패가 예정된 흥행의 프로그램같이만 느껴졌다. 나중에는 그때껏 당연하게 인정해 온 삶의 다른 여러 가치들까지도 한낱 믿기 위한 미신이 아닌가 의심스러워졌다.

그런데 참으로 알 수 없는 것은 그런 감정 전개의 어이없는 결말이었다. 갖가지 괴로운 상념에 시달리다 자정이 훨씬 넘어서야 잠이 든 인철은 엉뚱한 악몽으로 날이 채 밝기도 전에 깨어났다. 어제 다녀간 녀석이 그 도시에 와 있는 모든 동창생을 데리고 그 경양식집으로 찾아온 꿈이었는데, 그게 악몽이 된 것은 슬픈 얼굴을 한 명혜가 그들 안에 있었기 때문이었다.

꿈에서 깨어난 인철은 펄쩍 놀라듯 그 꿈이 현실에서 일어날 가능성을 깨우쳤다. 어제 녀석은 나에게 속은 척 그냥 나갔지만 실은 나를 정확히 알아본 것인지도 모른다. 그래서 재부(在釜) 동창회 같은 곳에라도 가서 떠벌리면 용기네 아이들은 물론 명혜까지도 여기서 접시나 나르는 나를 구경하러 올 수 있다. 그런 생각이 들자 이번에는 의심이 암귀(暗鬼)처럼 인철을 몰아댔다. 맞아, 어제 나갈 때 녀석의 눈빛이 아무래도 이상했어. 나를 빠안히 쳐다보는 게 다시 한 번 틀림없는가 확인하는 눈치였어.

그렇게 되면 그 경양식집은 이미 더 있을 곳이 못 되었다. 상상만으로 후끈 달아 몸을 일으킨 인철은 곧 무엇에 쫓기는 사람처럼 짐을 꾸렸다. 며칠 새 너절하게 펼쳐 놓았던 책이며 옷가지와

소지품들을 그 볼품없는 가방에 다 쓸어 넣고 세수를 마치니 어느새 날이 훤하게 밝아 있었다.

인철은 금방이라도 동창 아이들이 떼 지어 몰려올 것 같아 다급한 마음 같아서는 그 길로 어디든 멀리 가 버리고 싶었다. 그러나 힘들여 그 다급함을 억누르고 주인 내외가 나올 때까지 자신을 잡아두었다. 서둘러 함부로 떠나는 것은 그동안 잘 대해 준 주인 내외에 대한 예의도 아니거니와 무엇보다도 쓸데없는 의심을 사는 게 싫었다.

주인 내외의 늦은 출근을 기다리는 동안도 인철은 가방을 문 앞에다 끌어내 놓고 있었다. 그들보다 아이들이 먼저 나타나면 그 가방으로 자신이 그 집과 무관함을 증명하기 위함이었다. 그전에 국제시장에서 했던 일이나 그 뒤 부산에서 그가 전전했던 여러 막일을 돌이켜 보면 어이없다 못해 쓴웃음 나는 자존심이요 결벽이 아닐 수 없었다.

그날따라 열 시 가까이 되어서야 나타난 주인 내외는 인철의 갑작스러운 작별 인사에 섭섭해하다 못해 화까지 냈다. 하지만 인철은 식당 안에 아무런 이상이나 없어진 것이 없음을 확인시키고는 도망치듯 그 경양식집을 떠났다.

그 위에 아무리 고귀한 목적이 설정되어 있더라도 비정한 삶의 현장에서 감상은 금물이다. 감상은 원시적 생명력을 약화시키고 그 효율적인 발현(發顯)을 가로막는다. 목적보다는 과정에 필요 이상의 무게를 싣고 자기 내부의 욕구보다는 타자(他者)로부터의 신호에 더 민감해지게 한다.

서울을 떠날 때 인철이 무엇보다도 자신에게 경계한 것은 쓸데없는 감상에 젖어드는 일이었다. 오직 냉철한 이성에 인도된 생명력으로 그에게 닥친 삶의 비상한 국면을 돌파할 결심이었다. 하지만 감상은 그에게 이미 한 성향을 넘어 자아의 일부를 이루고 있었다. 무엇엔가 한번 그 약점을 찔리자 자신도 걷잡을 수 없을 만큼 그는 무력하게 허물어져 내렸다.

그럼에도 불구하고 경양식집을 나온 그날부터 인철은 다시 일자리를 찾기 시작했다. 하지만 공부라는 상위(上位) 목적에다 그럴듯한 겉보기라는 다분히 감상적인 조건이 하나 더 추가된 구직이 전같이 쉬울 리 없었다. 크건 작건 아직도 시혜자(施惠者)의 심리에 빠져 있던 당시의 고용주들은 일을 시작하기도 전에 묻고 따지고 재고 고르는 그 별난 구직자에게 혀를 차며 고개를 내저었다. 그런데도 인철은 무엇에 홀린 사람처럼 완강하게 자신의 까다로운 조건을 충족시키려 들었다.

분주하게 돌아다니기는 하지만 아무런 성과 없는 날들이 여러 날 지나갔다. 그사이 인철의 비축은 급속도로 줄어들었다. 그리하여 시장통의 싸구려 국밥집과 허름한 여인숙에 의지한 열흘이 지나자 인철은 다시 빈털터리가 되고 말았다. 턱없는 감상이 거기까지 적용돼 이번에도 달근이 일러 준 살이의 요령을 지키지 않은 대가였다.

하지만 다시 빈속으로 역 대합실에서 밤을 지내면서도 인철은 며칠이나 더 버텼다. 날이 밝으면 거리를 돌며 언뜻언뜻 흐려 오는 눈길로도 저 일은 남 보기에 어떨까, 이곳에는 용기나 명혜가 와도 괜찮을까, 를 살폈고 굶어 허옇게 말라 오는 입술을 침으로 축이면서도 시간은 많은가, 공부는 할 수 있겠는가, 를 따졌다. 뒷 날 돌이켜보면 어이없지만 그때로 보아서는 나름의 뜨거운 열정 일 수도 있었다.

그러다가 다시 한 차례 큰 전환이 일어났다. 그날도 하루 종 일 공공시설의 급수대 수도꼭지에서 나오는 찬물 외에는 아무것 도 찬 것이 없는 속으로 거리를 떠돌다가 겨울 기운이 완연한 저 녁 바람에 쫓겨 역 대합실로 가는 길이었다. 그 어느 때보다 절실 하게 대합실의 온기를 그리워하며 걸음을 재촉하는데 이상한 일 이 일어났다. 열심히 걸어도 도무지 거리가 줄어들지 않는 것이었 다. 거기다가 머리가 어질어질하고 들고 있는 가방도 천 근의 무게 로 끌어당기는 듯했다.

'이게 왜 이럴까. 내가 병이 났나?'

인철은 매섭게 옷깃을 파고드는 거리의 바람도 잊은 채 걸음을 멈추고 멍한 머리로 남의 일처럼 자신에게 물었다. 그런데 그 순간 무슨 각성처럼 떠오르는 게 있었다.

'아니다. 이건 병이 아니다. 바로 굶주림이다.'

그러고 보니 그 며칠 부실했던 식사가 떠올랐다. 그것도 마지 막 동전을 털어 시장 좌판에서 막국수를 먹은 게 벌써 이틀 전이었다. 따지고 들면 그전 며칠도 결코 온전한 식단은 못 되었다.

그런 것들을 차례로 떠올리자 몽환 속을 헤매이는 것 같던 인철의 정신이 팽팽한 긴장으로 깨어났다. 아마도 육체가 맞고 있는 위기 때문이었을 것이다. 갑자기 그동안 그 육체를 소홀하게 보살펴 온 게 후회스러워지고 그렇도록 부추긴 허세와 허영이 어리석기 짝이 없게 느껴졌다. 그리고 그런 느낌은 곧 일련의 기억 안 나는 사유(思惟)의 과정을 거쳐 무슨 대단한 경구(敬句)와도 같은 결론을 끌어냈다.

'육체는 내 존재의 그릇이다. 이게 깨어지면 나는 아무런 의미도 담을 수가 없다. 내줄 것도 받을 것도 없게 된다.'

어쩌면 그같이 급속한 감정의 전환과 결론은 위기에 몰린 육체가 의도적으로 인철의 무의식을 유도한 것인지도 모른다. 하지만 그것들은 그 어떤 정밀하고 조리 있는 사유의 결론보다 더 큰 힘으로 인철의 의식을 이끌기 시작했다.

"날도 다 저물어 가는데 젊은이가 길가에 뻔히 서서 뭐하노? 술 취했나?"

누가 인철의 어깨를 치며 그렇게 말했다. 인철이 퍼뜩 정신을 차려 돌아보니 낮술에 알맞게 취한 중늙은이였다. 그의 술기운과 쓸데없이 간섭하기 좋아하는 잔정을 알아본 인철은 준비해 온 듯 받았다.

"아닙니다. 그저 좀 어려운 일이 있어서……"

그러자 인철의 예측대로 그 중늙은이가 바로 물었다.

"어려운 일이라이? 그기 뭔데?"

"실은 남부민동(南富民洞)으로 가야 하는데 차비가 없습니다. 거기까지 걸을 일이 하도 막막해서요. 혹 버스표 한 장 빌릴 수 없을까요?"

남부민동은 지난번에 그의 책을 가장 후한 값으로 사 준 헌책방이 있는 곳이었다. 그새 살아난 인철의 현실감각은 그때껏 지니고 있던 몇 권의 책을 팔아 당면한 위기를 벗어난다는 해결책까지 찾아내고 있었다.

"거, 참말로 오늘은 요상한 구걸을 다 당하네. 나 같은 늙은이한테 무신 버스표가 있겠노?"

그렇게 중얼거리던 늙은이가 주머니를 털어 10원짜리 동전 두어 개를 내밀었다.

"아나, 이걸로 차비해라."

다행히 버스 정류장이 멀지 않아 인철은 크게 힘들이지 않고 남부민동에 있는 헌책방에 이를 수 있었다. 낯익은 책방 주인아저씨가 서점 안 진열대 모퉁이에 앉아 담배를 피우다가 들어서는 인철을 보고 알은체를 했다. 그 앞에 놓인 빈 국밥 그릇으로 미루어 방금 저녁을 마친 것 같았다.

"아저씨, 제 책 좀 사 주시겠어요?"

인철이 그러면서 대답도 듣지 않고 가방의 지퍼를 열어 그때껏 남아 있던 책을 모조리 꺼냈다. 고등학교 2학년 주요 교과서들과 몇 권 사 모았던 시집, 소설책 따위였다. 그런 책들과 인철을 번갈아 살피던 주인이 그제야 정확하게 인철을 기억해 냈다는 표정으로 말했다.

"전에 그 학생이로구먼. 그때 그 책들은 공부할 거라고 남긴 거 아니었어? 그런데 이렇게 몽땅 팔아 버리면 공부는 어떻게 하려고?"

"다 끝났어요. 우선 살고 봐야죠. 공부는 다시 여유가 생기면 하는 거고요."

인철이 자신도 모르게 뒤틀린 목소리가 되어 대답했다. 어쩌면 마음속으로는 자신이 빠져들게 된 위기가 바로 그런 허영 때문이라는 자각이 있어 그랬는지도 모를 일이었다. 책방 주인이 거기서 무슨 흥미를 느꼈던지 갑자기 캐묻는 어조가 되었다.

"그러고 보니 교복도 안 입고 머리도 많이 길었네. 학교는 그만둔 거야?"

"그때도 학교 같은 데는 다니고 있지 않았어요. 지난 여름학기로 끝난 학굡니다."

인철은 일종의 방심 상태에 빠져 솔직하게 대답했다.

"집이 어디야? 여기 사람 같지는 않은데 어디서 왔지?"

"서울서 왔습니다만 집은 경북입니다."

"여긴 뭣하러 왔어?"

"서울 아닌 큰 도회지에서 혼자 힘으로 어떻게 공부할 수 있을까 해서요. 하지만 지금은 그만뒀습니다. 내가 혼자 상상했던 것

만큼 쉬운 일이 아니더군요. 지금 당장은 몸부터 우선 살려 놓고 봐야겠어요. 그런데 제 책 사지 않으시겠어요? 이거 모두 합쳐 얼마나 쳐 주시겠습니까?"

그제야 책방 주인치고 쓸데없는 것을 너무 많이 묻는다고 느낀 인철이 그렇게 흥정을 서둘렀다.

"그건 급하지 않아. 그래…… 몸부터 살려야겠다고 했는데 지금 여기는 아무도 아는 사람이 없어?"

"네."

"그럼 처음부터 일자리를 찾았는데 아직도 못 찾은 거야? 그때부터 지금까지?"

"그건 아닙니다. 다만……."

거기서 인철은 망설임으로 잠시 말을 끊었다. 그 한 달 보름의 경과를 이 아무런 상관없는 사람에게 얘기해야 하나, 싶어서였다. 그러면서도 한편으로는 그게 자신의 어리석음이든 세상살이의 어려움이든 누구에겐가 자신이 겪은 일을 들려주고 싶다는 충동도 있었다.

망설임은 오래지 않았다. 인철은 곧 자신도 이해 못 할 솔직함으로 국제시장의 헌 가마니 수집상과 광복동의 경양식집을 얘기하고 그 뒤에 있는 구직에서의 쓰라린 전전(展轉)과 지금 이르게 된 결론까지 간결하게 요약했다. 뒷날 빛을 보게 될 이야기꾼의 소질이 그때도 이미 자라 있었던 것일까, 어딘가 감동한 표정으로 듣고 있던 책방 주인이 뜻밖의 제안을 했다.

"그렇다면…… 우리 책방에서 일해 보는 게 어때? 지금은 이렇게 한가하지만 신학기가 되면 사람을 하나 두어도 눈이 팽팽 돌 지경이지. 두어 달 앞당긴 셈치고 점원으로 쓸 테니 생각 있으면 그렇게 해."

고마워서였을까, 방금 고해하듯 자신의 심중을 털어놓은 뒤끝이라 감정에 못 이긴 탓일까, 그 말을 들은 인철은 앞뒤 없이 눈물부터 쏟아졌다. 제안을 받고 보니 자기가 바로 그런 일자리를 찾고 있었다는 과장된 기분까지 들었다. 하지만 그 눈물이 너무도 굵고 뜨거워 스스로도 민망할 지경이었다.

"그렇게 해 주신다면 고맙겠습니다, 정말……."

인철이 눈물을 훔치면서 그렇게 말끝을 삼키자 주인이 문득 사무적인 목소리가 되어 근무 조건을 일러 주었다.

"잠은 가게 문 닫은 뒤 저기 있는 야전침대 펴고 여기서 자는 거야. 식사는 저 앞 국밥집에서 끼니때마다 날라다 줄 거고…… 하지만 월급은 크게 기대하지 마. 지금은 잡비나 되면 다행이고, 신학기 되면 그 경양식집만큼은 맞춰 보지. 그것도 일하는 거 보아 가며야."

따지고 보면 결코 다른 곳보다 좋은 일자리는 아니었으나 그때의 인철에게는 지옥에서 부처를 만난 것만큼이나 고맙고 기뻤다. 무슨 인연에 끌려 인철을 받아들였는지 책방 주인의 그다음 말은 더욱 인철을 감동시켰다.

"자, 그럼 남은 얘기는 나중에 하고 우선은 저기 저 국밥집에 가서 밥부터 먹고 와. 지금 네겐 그게 더 급할 것 같네. 우리 책방에서 왔다고 하면 잘해 줄 거야."

그런데 무슨 변덕이었을까. 허겁지겁 국밥 한 그릇을 비운 인철이 갑작스러운 식곤증으로 몸과 마음 모두 젖은 솜처럼 되어 돌아왔을 때 책방 주인이 느닷없이 의심 많고 인색한 상인의 본색을 드러냈다.

"단 신원을 보증해 줄 사람은 있어야 돼. 이 책방 겉보기에는 허름해도 내 전재산이야. 무얼 빼 들고 가도 당장 현금으로 바꿀 수 있고. 이걸 아무 보증 없이 맡길 수는 없어. 어디 보증인으로 세울 만한 사람 없어?"

그렇게 충족시키기 어려운 조건을 내걸었다가 다시 인철의 막막해하는 눈물을 보고서야 그걸 풀어 주었다. 나중의 짐작으로는 그렇게 함으로써 피고용인인 인철의 불비(不備)함을 깨우쳐 주는 동시에 고용주인 자신의 관대함을 강조하는 데 뜻이 있었던 것 같기도 했다.

……그 헌책방은 도로를 무단(無斷)으로 점유해 펼친 두 평 남짓의 긴 좌판과 그 위에 늘어놓은 책 때문에 겉으로 보기에는 제법 컸지만 실상은 길가로 길게 나 있는 대여섯 평 남짓의 작은 점포였다. 밤이 깊어 좌판을 걷고 그 위에 있던 책들을 들여놓으면 점포 안에는 겨우 군용 야전침대 하나를 펼 공간밖에 남지 않았다.

거기서 난 한겨울은 돌이켜 보기조차 끔찍하다. 남쪽 끝의 항구 도시지만 겨울은 내륙이나 다름없이 추웠고, 또 그 책방 한구석에는 작은 십구공탄 난로가 하나 들여져 있었지만 난방의 목적으로는 어림도 없었다. 점포라 서까래가 그냥 보이도록 둔 높은 천장이 그 보잘것없는 난로의 온기를 흩어 버리는 데다 송판에 함석을 입힌 투박한 점포 문들 사이에는 불을 끄고 있으면 달빛이 새어 들 만큼 틈새가 있어 습기까지 머금은 겨울바람을 그대로 받아들였다.

내게 주어진 침구는 삐걱거리는 군용 야전침대 하나와 역시 그만큼 낡은 군용 담요 두 장이 전부였다. 나중에 몇 푼씩 받게 된 잡비로 담요 한 장을 더 샀는데도 바깥이나 다름없는 점포 안의 추위를 막는 데는 큰 도움이 되지 못했다. 날이 새기 바쁘게 이빨을 덜덜거리며 해장국 때문에 일찍 문을 여는 단골 국밥집으로 달려가는 게 그때의 내가 추위의 고통에서 벗어나는 최선의 길이었다.

하지만 그 추위보다 더 기억에 생생한 것은 내가 한동안 빠져 보냈던 묘한 흥분과도 같은 자족(自足)의 세월이다. 일생 처음이어서인지 내 삶을 스스로 꾸려 가고 있다는 것은 은근한 자랑을 넘어 그 자체가 무슨 큰 성취처럼 느껴졌다. 특히 그리로 가기 직전의 혹독한 경험은 더욱 그런 자족의 기분을 키웠을 것이다. 이제 진정한 내 전기(傳記)는 시작되고 있다 ― 언젠가는 그렇게 중얼거린 기억도 난다.

거기다가 헤세나 체호프같이 한때 책방 점원의 이력을 가진 문학적 영웅들도 내게 적지 않은 위로가 되었다. 나는 손님이 없는 한가한 시간과 긴 겨울밤을 내 특유의 장기인 목적 없는 독서로 보냈다. 잊고 지나쳤지만 그 헌책방은 교과서와 참고서만 취급하는 것이 아니라 모든 종류의 헌책을 다 사고팔았다. 학기 중에는 오히려 그런 일반 서적의 거래로 유지되는 편이었는데 그때만 해도 헌책방에서 거래되는 일반 서적은 태반이 소설류였다. 잠시 정규 학과 공부에 질려 있던 나는 그 소설들을 닥치는 대로 읽으면서 마침내는 나도 이런 것들을 쓰는 사람으로 끝장을 보지 않을까 하는, 불길하면서도 달콤한 예감에 빠져들곤 했다…….

뒷날 인철은 어떤 잡문에서 그 헌책방을 그렇게 회상하고 있다. 험구를 하면서도 어딘가 우호적인 느낌을 주는 것은 거기야말로 그가 그 도시에서 처음으로 정착다운 정착을 한 곳이었기 때문이었을 것이다.

꽃피는 도회(都會)

　　모두 술에 취해 가면서 그 술자리의 구성원이나 목적 같은 것이 조금씩 분명해졌다. 그들이 술상에 둘러앉을 때만 해도 주(朱) 마담 언니가 살림 차릴 영감이라도 되는 듯 매번 극진히 모시는 한(韓) 사장이라는 사람을 빼고는 모두가 정체를 짐작할 수 없는 사람들이었다. 그런데 두 번째 양주 병이 비면서 고집 센 시골 양반처럼 말수가 적던 중년이 먼저 노래로 자기의 신분이나 경력을 은근히 내비쳤다. 몇 번인가 노래 순서가 와도 끝내 마다하던 그가 오래된 군가(軍歌)를 불러 대기 시작한 까닭이었다.

　　"무명지 깨물어서 붉은 피를 흘려 놓고……."

　　그러자 그에 못지않게 노래라면 질색을 하던 맞은편의, 나이에 어울리지 않게 머리를 짧게 깎은 점퍼 차림이 무슨 흥이 났는지

손바닥으로 상 모서리까지 쳐 가며 합창을 하기 시작했다.

"태애극기 걸어 놓고 천세만세 부르세……."

그 투박하고 굵은 목소리의 군가를 들으면서 영희는 그들이 오래 군대에 있었던 사람들이거나 어쩌면 지금도 군인일지 모른다는 생각이 들었다. 다른 아가씨들도 비슷한 느낌인 듯했다. 특히 그 집에서 가장 오래된 문 양 언니는 영희의 그런 짐작이 맞았음을 이내 확인해 주었다.

"이이 몸이 주욱어서 나라아가 서언다면

아아, 아아, 이이슬같이 주욱겠노라."

그들이 악을 쓰듯 그렇게 노래를 끝내자 그때껏 열심히 젓가락 장단을 맞추던 문 양이 머리를 짧게 깎은 중년에게 술 한 잔을 받쳐 올리며 말했다.

"아이, 장군님. 노래 잘하시면서 지금껏 빼셨네. 다시 봐 드려야겠어요."

영희는 문 양이 전에 그 사람을 본 적이 있어 알고 한 소리로 들었는데 꼭 그런 것 같지는 않았다. 일순 그의 눈에 날카로운 경계의 빛이 번쩍하다가 이내 취기 속에 스르르 풀어졌다. 하기야……하고 말하는 듯했다. 맞은편 시골 양반 같은 중년도 이미 들켰으니까, 하는 기분이었는지 그때부터 드러내 놓고 그들만의 감회에 젖어 들기 시작했다.

"야, 어드러케 가락이 옛날 같지가 않네?"

"미친 자슥, 그게 하마 15년이 넘었는데 우예 같겠노? 니가 아직 밥풀때기 하나 신삥 쏘위가?"

문 양에게서 장군이라고 불린 사람도 이제 더는 꺼릴 것 없다는 듯 그렇게 받았다. 또 다른 한 사람이 아주 감격했다는 말투로 끼어들었다.

"그럼 두 분이 소위 때부터……."

하지만 말끝을 다 잇지 못하거나 얼굴 가득 놀라운 표정을 짓는 게 아무래도 감격을 과장하고 있다는 의심이 들게 했다. 어쩌면 처음부터 그런 두 사람의 사이를 알고 한자리로 불러 모았을지도 모르는 일이었다. 그러나 그동안 이미 여러 잔을 받아 겉보기보다는 많이 취했는지 두 사람은 한번 자신이 드러나자 더는 건잡지를 못했다.

"와 아이라. 그때 6개월 단기 교육 마치고 자대라꼬 찾아가이 저기(저것이) 지도(저도) 어제 아래 온 신삥 쏘위면서 그래도 선임자라고 내한테 군기 잡을라 안 카나? 나도(나이도) 한참 어린 기 겁대가리 없구로."

"야, 오뉴월 하룻볕이 무섭다 소리 못 들어 봤네? 그때는 오공(50)년 던시(전시)라고 던시…… 그 한해에 동기들 절반이 죽거나 다치고, 살아만 남으면 두 달에 다이야몬드 한 개씩 늘 땐데 3개월이 어드러케 짧네? 우리 군번 사이에 들어 있는 군번, 줄 달아 이어놓으면 몇 십리가 될지 몰라야. 나이가 많아 봐준 거디, 아이면 기 자리에서 기양(그냥) 대갈통 날아갔어야."

그렇게 술자리는 잠시 둘의 추억담에 이끌렸다. 각기 계통을 달리하는 장교 임관 과정을 거쳐 6·25 첫 해 초봄에 처음 만난 그들은 그 뒤 3년 남짓의 남은 전쟁 기간을 줄곧 한 사단에서 보낸 사이 같았다. 철원, 김화(金化), 피의 능선, 펀치 볼…… 그런 귀에 익은 지명(地名)들과 함께 한동안 둘의 얘기는 생사를 넘나드는 긴박감으로 자리를 압도했다. 다른 사람들도 회고 조가 되어 한마디씩 6·25에 얽힌 기억들을 들춰냈다.

그런데 알 수 없는 것은 영희였다. 마치 딴 나라에서 온 사람처럼 그녀에게는 아무것도 떠오르는 게 없었다. 아버지와 관련된 기억 대부분은 여럿에게 떠들 수 있는 성질이 아니거니와 그 자리에 어울리지도 않았지만, 그 나머지까지도 새카맣게 지워져 버린 듯한 게 스스로에게도 이상할 지경이었다.

거기다가 더욱 알 수 없는 것은 근래의 기억까지도 산부인과에서 퇴원한 이후 외에는 남아 있는 것이 별로 없다는 점이었다. 어떤 때는 자신에게 부모 형제가 있었던가, 고향이 있고 과거가 있는가, 조차 아물아물했다. 아마도 창현의 배신이 그녀의 정신에 준 타격 때문이었겠지만, 그 창현마저도 이제는 애증의 빛깔이 없는 애매한 추상일 뿐이었다.

그렇지만 냉정히 분석해 보면 영희의 그 같은 의식 상태가 전혀 해명될 수 없는 것은 아니다. 알 수 없게도 그녀에게는 현실에서 겪은 좌절이 옛 의식과의 단절이란 형태로 나타났다. 그녀의 소녀 시절을 지탱하게 해 주었던 소공녀(小公女) 의식은 대략 첫 번째 박 원장과의 일이 있고 나서부터는 흔적 없이 지워지고 말았다. 박 원장의 비정하고 무책임한 방관에서 받은 충격이든, 그의 드센 처가가 벌인 소동에서 받은 느낌이든 그때 영희는 자신이 소공녀는커녕 바람둥이 주인의 유혹에 넘어간 하녀에 지나지 않음을 절감했음에 틀림이 없다.

그다음 그녀를 지탱한 것은 막연하나마 아직은 가족 또는 가문 의식에 바탕한 신분 상승의 욕구였다. 밀양에서의 첫 번째 가출에서부터 돌내골로 돌아올 때까지로, 그때만 해도 영희에게는 가족의 일원으로서 자신이 무엇을 하든 적어도 사랑하는 가족들을 해쳐서는 안 된다는 소극적인 가족 의식이 살아 있었다. 그리고 그것은 나름의 윤리관을 형성하고 경계와 수치심의 바탕이 되어 그녀를 도회의 막다른 진창으로부터 지켜 주었다.

영희의 신분 상승 욕구가 보다 원초적인 생존의 본능과 결합하게 된 것은 돌내골에서의 두 번째 가출 이후가 될 것이다. 그 출발은 창현의 첫 번째 배신에다 어머니와의 불화로 황폐해진 그녀의 심성에 있다. 그때의 그녀에게 가출은 그저 암담하기만 한 농촌의 현실과 이미 그것을 배겨 나기 어렵게 도회에 길들여져 버린 자신을 위한 결단에 지나지 않을 수도 있다. 그러나 보다 나은 생존 환경을 지향하고 있었던 만큼 그 또한 신분 상승의 욕구라 이름할 수 있을 것이다.

서울로 온 뒤 그래도 한동안은 굳건하게 유지되던 예전의 윤리 의식이나 신분 상승의 욕구가 차츰 원초적인 생존 본능에 자리를 내주기 시작한 것은 영희의 삶이 매음(賣淫)과 연관을 맺으면서부터가 된다. 그 뒤 박 원장을 다시 만나 그의 숨겨둔 여자가 되면서 그녀의 매음은 다소 은밀하고 기교적인 형태로 바뀌지만, 그때까지만 해도 윤리에 바탕한 옛 의식이나 욕구가 모두 지워진 것은 아니었다. 그게 적극적인 가족 의식으로 표출된 게 인철에게 쏠리게 된 실제 이상의 애정과 집착이었다. 그녀는 그렇게 과장된 가족 의식으로 점점 분명해지는 자신의 윤락을 분식(粉飾)하고 싶었음에 틀림이 없다.

창현과의 재회는 그렇게라도 유지하고 싶어 하던 영희의 윤리 의식에 마지막 타격이 되었다. 이미 남자를 충분히 알게 된 몸과 애증이 얽혀 더욱 불타오르게 된 치정(痴情)은 그때까지 남아 있던 옛 의식의 흔적을 말끔히 태워 버렸다. 그러다가 창현의 참혹하고 비정한 배신은 그녀의 기억에서 과거에로의 통로까지 막아 버렸다. 이제 그녀에게 남겨진 것은 맹목적이어서 오히려 더 세찬 원초적 생존 본능뿐이었다.

그 무렵의 기억 가운데 비교적 생생하면서도 가장 오래된 것은 두 달 전 혜라에게 이끌려 그 백운장으로 온 날의 것이 된다. 그전에 혜라의 셋방에서 열흘이나 몸조리를 했고, 다시 보름 가까이 창현을 찾아다녀 몸은 충분히 회복되었을 터였다. 그런데도 무엇 때문인가 갑자기 횅해 오는 머리와 휘청이는 몸을 겨우 가누고 앉았는데, 방으로 들어온 보살 마담이 혜라의 설명은 별로 들을 것도 없다는 듯 말했다.

"그것참 묘한 일이네. 내가 무얼 잘못 보았나? 사람의 상이 한두 해 만에 이렇게 바뀔 수가 있는지, 원…… 업(業)에 쫓겨 와도 아주 호된 업에 쫓겨 온 상이야. 그때는 못 본 도화살까지 활짝 폈군. 할 수 없지. 기꺼이 너를 맞고 거리낌 없이 팔아 주는 수밖에. 그게 또한 색도가(色都家)를 하는 내 업이 아니겠어? 여기서 네 남은 업을 풀고 미욱한 육신이라도 편히 고해(苦海)를 헤쳐 갈 길을 찾아봐라.

하지만 내 밑에 있으려면 세 가지는 꼭 지켜 줘야 한다. 첫째로 남의 정(情) 가르는 짓은 하지 말 것. 정히 서로 좋으면 몇 달 가만 살림 차리는 것까지는 좋지만 조강지처 내쫓고 안방 차지하는 것은 못 봐준다. 둘째로 살림을 덜어 내도 살 집과 먹을 양식은 남겨 줄 것. 화류계 사랑, 재물 오가는 거야 당연지사지만 남을 거덜 나게는 하지 말라는 뜻이다. 좋은 벌치기는 꿀을 떠도 반드시 남기고 뜬다. 셋째, 기둥서방은 안 된다. 서로 좋아 결혼하는 거야 말릴 수 없지만 기둥서방 두고 이 집 들락거릴 생각은 마라. 너희들을 위해서도 이 세 가지는 꼭 명심해야 한다. 너희들이 다시 업을 짓게 되는 것은 대개 이 세 가지를 지키지 못해서다. 됐다. 가서 며칠 더 쉬고 다음주부터 나오너라."

술자리가 한껏 풀어져 그새 그들의 신분은 한층 뚜렷하게 드러났다. 짧은 머리는 정말로 장군인데 군수 관련 요직을 맡고 있는 듯했고, 시골 양반은 장군이 되면서 바로 예편돼 무슨 공사(公社)

의 간부인 사람이었다.

영희도 세상이 군인들의 것이 되었다는 것쯤은 알고 있었다. 그러나 그날의 술자리는 아무래도 잘 이해가 되지 않았다. 낮에 한 사장의 전화가 왔을 때 주 마담은 반갑다기보다는 황공해한다는 표현이 알맞을 만큼 호들갑을 떨었다. 한 사장은 여러 개의 기업을 거느리고 있는 사람으로, 그중에는 영희도 이름을 들어 본 적이 있을 만큼 큰 기업도 있었다. 그런데 그 한 사장은 또 그들 두 장군을 상전 모시듯 하는 것이었다. 그 밖에 한 사장의 친구라는 대머리가 한 사람 더 있었으나 그의 공손함도 한 사장보다 더하면 더했지 덜하지는 않았다.

'지금은 전시도 아닌데…… 아무리 장군이라지만 군인이 민간인 회사 사장에게 해 줄 수 있는 게 무얼까? 몇십억 재산을 가진 엄청난 기업주가 군인들에게 저리 빌붙어야 할 이유는 또 무엇일까?'

이미 자신의 생존과 직결되어 있지 않은 세상일에는 무감각해져 있는 영희였으나 절로 그런 의문이 일지 않을 수 없었다. 그 며칠은 내리 일본 손님들만 받아 헤픈 웃음에 몸만 내맡겨야 하는 질펀한 술자리였기 때문에 우리나라 사람에 알아들을 수 있는 우리 말로 진행되는 그날의 술자리가 그녀의 의식에 어떤 자극이 되었는지도 모를 일이었다.

하지만 영희의 그런 별로 중요할 것 없는 의문은 갑자기 변한 술자리의 분위기 때문에 더 지속되지 못했다. 한 사장의 친구라는, 웃음소리가 호탕하고 기분파로 보이는 대머리가 이제 겨우 여유를 찾았다는 듯 한 차례 큰 잔으로 술을 돌리더니 갑자기 지갑을 꺼내 아가씨들뿐만 아니라 주 마담에게까지 빳빳한 5백 원짜리 두 장씩을 돌렸다.

"아무래도 기름을 안 치니까 뭐가 잘 안 돌아가. 너희들 아직 신고도 안 했지? 자, 이제 마담부터 신고해 봐."

장군들이 어지간히 취했다는 걸 알아보고 자신 있게 분위기를 유도하는 것인데, 영희가 보기에도 때를 잘 고른 것 같았다. 언제부터인가, 6·25에 얽힌 추억담도 시들해져 건성으로 소리만 높이고 있던 장군들도 그 소리에 기대하는 눈길이 되어 아가씨들 쪽을 보았다.

"어머, 아까 인사 다 드렸잖아요? 무슨 신고를 또 해요?"

대머리가 원하는 게 뭔지 뻔히 알면서도 곁에 앉은 문 양이 고참답게 새침을 피워 값을 올렸다. 대머리가 노련한 전문가답게 그 말을 받았다.

"이거 엊그제 나온 시로도(신출내기) 아냐? 아직 신고가 어떤 것인지 몰라? 좋아, 모르면 내가 알려 주지. 이리 와!"

그러면서 문 양을 와락 당겨 안더니 한 손으로 저고리 옷고름을 풀어 젖혔다. 문 양이 앙탈을 떠는 척하면서도 적당히 몸을 맡겨 이내 하얀 젖무덤이 드러났다. 대머리가 그 젖무덤을 두 손에 담아 받치듯 하며 소리쳤다.

"우리 문 춘향이 윗동네 문안이오!"

대머리는 그걸로 그치지 않고 다시 문 양의 치마폭을 걷어 젖혔다. 이어 그가 흰 인조견 바지마저 벗기려 들자 이번에는 문 양도 제법 거세게 앙탈을 부렸다. 후드득, 하며 어딘가 옷 솔기 터지는 소리가 나고 문 양의 몸부림에 상이 흔들려 술병이 쓰러졌다. 그 바람에 분위기가 조금 어색해지는 듯했으나 대머리가 다시 노련한 전문가답게 재빨리 수습했다.

"그래, 거기 금테는 안 둘러도 5백 원짜리 두 장으로는 관람 불가란 말이지? 알았어. 오늘 장군님도 모셨고 하니 특별 관람료를 내도록 하지."

슬그머니 문 양을 놓아 준 대머리가 넉살 좋게 웃으면서 다시 지갑을 열어 아가씨들에게 5백 원짜리 석 장씩을 더 돌렸다. 고급 요정에 속하는 백운장에 어지간히 익숙해진 영희도 그걸로 이미 횡재를 만났다는 기분이 들었다. 거기다가 일어날 때도 그냥 가지는 않을 테니 자리 팁만으로도 벌써 비어홀 시절의 외박 화대를 훨씬 웃도는 셈이었다.

그때껏 제법 낯 성까지 내며 앙탈을 부리던 문 양의 얼굴이 절로 펴지고 신 양, 유 양은 환하게 웃음까지 지었다. 대머리는 그러고도 서두르지 않았다.

"까짓 거, 한 잔씩 더 돌려 버려!"

그리고 맥주 컵에 반 가까이 따른 양주를 아가씨들에게 한 차례 돌린 뒤에야 후속 작업에 들어갔다. 어쩌면 그는 정말로 한 사장의 친구여서가 아니라 그 방면의 재능 때문에 특별히 자리에 끼게 된 것인지도 모를 일이었다.

"자아, 문향이 아랫동네 문안이오!"

이미 현저하게 저항이 약화된 문 양의 아랫도리를 다시 공략하기 시작한 그가 이번에는 어렵잖게 목적을 이루고 득의에 차 그렇게 보고를 올렸다. 그런데 영희는 그날 참으로 묘한 감정의 변화를 경험했다. 전에는 그렇게 드러나는 여자의 아랫도리가 역겹거나 기껏해야 애처로웠다. 그런 다음에는 무심해졌는데 — 그날 문 양의 그 같은 여자이면서도 희미하게 욕정이 일 만큼 아름답고 고혹적이었다. 그리고 문득 걱정까지 되어 아무도 없다면 자신의 아랫도리를 한번 열어 보고 싶은 기분까지 들었다. 나의 아랫배도 저리 희고 매끈할 수 있을까. 나의 음모(陰毛)도 저렇게 탐스럽고 윤기 있을 수 있을까. 과연 저렇게 수줍고 은밀한 계곡이 나에게도 남아 있기나 한 것일까.

이어 한 사장이 대머리의 예를 받아 곁에 앉은 신 양을 신고시키고 영희에게도 차례가 왔다. 그러나 치마가 젖혀지고 속곳이 흘러내릴 때에도 줄곧 영희를 사로잡고 있는 것은 바로 그 엉뚱한 의구였다.

아가씨들의 속곳이 벗겨져 색기(色氣)가 짙게 드리워지면서 술자리는 한층 질탕해져 갔다. 유두주(乳頭酒), 배꼽주, 계곡주로 내려가면서 취해 가는 그들은 몸에 밴 허세나 경계심, 거래적인 태도와 관찰의 눈길 같은 것들을 벗어부치고 대신 벌거벗은 인간 그대로의 희로애락에 충실해져 가는 것이었다. 중간에 보살 마담이

자기 집의 풍류와 품격을 내세우며 가야금과 장구를 들여보냈으나 산조(散調) 한 가락을 다 못 풀고 뽕짝에 밀려났다.

그렇게 되다 보니 초저녁 아가씨들을 들이지 않고 자기들끼리만 내밀히 주고받은 거래의 내용도 노래와 춤 사이사이에 거침없이 툭툭 끼어들었다.

"거 참, 아무리 생각해도 모르가서. 외국 차관이라고 해도 공짜가 아니디 않네? 그런데…… 공장도 짓기 전에 도대체 몇 할이나 떼이는 거이야? 코미숑(커미션), 리베이또(리베이트) 여기 1할, 저기 1할…… 그러고도 뭐가 되가서?"

"이율(利率)이란 게 있잖습니까? 이율 차이. 내국(內國) 금리가 너무 높아서. 은행돈보다야 조금 못할 수도 있지만 코미숑, 리베이또 물더라도 우리 사채 쓰는 것보다야 외채 끌어다 쓰는 게 몇 배 낫지요."

"혹시 글마들 그거 대강대강 짓는 척하다가 이거 빼먹고 저거 빼먹고 해서 껍데기만 남군 뒤에 벌렁 자빠지는 거 아이가? 빚은 보증 선 정부한테 떠넘갔뿌고……."

"그건 너무 지나치십니다. 우리 한창(韓昌)산업, 외국 차관 떼먹자고 어제오늘 세운 회사 아닙니다. 여기 이 회장님께서 20년 피땀 흘려 키운 기업이죠. 6·25 때도 맨주먹으로 부산까지 피난 가서 지켜 냈습니다."

그런 알 듯 말 듯한 대화가 끼어드는가 하면 이미 아무런 저항이 없는 몸들을 구석구석 더듬고 주물럭거리다가 문득 생각난 듯 심각해져 혀 꼬부라진 소리로 주고받기도 했다.

"거 말이야, 잘은 모르디만 외국 차관 이거 그쪽에서 준다고 함부로 넙죽 넙죽 받아 들여도 되는 거야? 무슨 공업이다, 무슨 단지(團地)다 하는 거 다른 말들도 있는 모양이라. 양코배기들 벌써 단물 쓴물 다 빨아먹은 거 비싼 값으로 우리에게 앵기는 거라고들 말이야. 뭐, 노후 산업이라던가. 공해산업이라던가 특히 정유 공장 같은 게 그렇다던데……."

"한몫 끼지 못한 치들이 배가 아파 하는 소리들이죠. 산업이란 게 다 단계가 있습지요. 선진국들도 모두 그 단계를 거쳐 오늘에 이른 겁니다."

"글치만 빌린 자본에 빌린 기계, 빌린 기술로 뭐가 되겠노? 거다가 석유 한 방울 원료 한 덩거리 똑똑히 나는 기 있나? 외상이믄 소도 자(잡아)먹는다꼬, 차관 덥석덥석 받아 공장 세웠다가 재주는 곰이 부리고 돈은 중국 놈이 먹는 거 아이가? 아이믄 껍데기만 뺀지르르하게 공장 세아 놓고 차관 이자까지 물어가며 핑핑 놀루튼가(놀리던가)."

"막말로 공알이 빠져도 속곳 밑에 있다지 않습니까? 어쨌거나 이 땅에 세워 놓으면 결국은 우리 거 됩니다. 박 대통령 각하께서 길은 바로 잡으신 거지요. 그리고 노후 산업, 공해산업 타령도 그렇습니다. 선진국이야 밥술 먹을 만하니 효율이니 공해니 따지게 됐지만 우리야 어디 그렇습니까? 그런 긴 우리도 살 만해진 뒤에 따져도 늦지 않습니다. 당장 굶어 죽을 판인데 찬밥 더운밥 가릴 처지가 됩니까? 주겠다면 뭐든지 받아다가 많이 세우고 많이 만들어 파는 게 장땡입니다."

영희의 의식이 조금만 더 깨어 있었더라도 그런 귀동냥만으로 그 자리에서 이루어지는 거래의 본질을 대강은 짐작할 수 있었을 것이다. 아니 두어 해 전의 영희였더라도 그들의 신분을 처음 알게 되었을 때 언뜻 품어 보았던 그 의문을 계속 유지했을 것이다. 하지만 이미 말한 대로 그때 영희의 의식은 무리한 임신중절수술의 후유증에다 그 몇 달 자학으로 내굴린 몸보다도 훨씬 더 심하게 허물어지고 황폐해 있었다.

따라서 어떤 이에게는 훨씬 심각하게 들렸을 대화도 그녀에게는 소음이나 다름없는 주정에 지나지 않았다. 술이 어지간히 돌았는지 장군들의 대화는 점점 더 거침없이 돌아갔다.

"야, 그런데 니 어떠노? 군복 벗고 국영기업 사장 돼 펜대 잡으니 해 먹을 만하드나?"

"듁을(죽을) 맛이다야. 골병대(공병대)도 아닌데 내가 길 닦고 다리 놓는 거 어드러케 아니? 귀때기 새파란 것들 눈치 보느라 눈알 굴리는 소리가 디굴디굴 한다야."

"그라믄 군복 멀라꼬 벗었노? 그대로 말뚝 박고 철모가 빵꾸 나도록 해 먹지."

"말이야 바른말이디, 군복 어데 내가 벗고 싶어 벗었네?"

"뭐시라? 그거는 또 무신 귀신 씨나락 까먹는 소리고? 도대체 언 놈이 니 옷 벗기드노?"

"꼭 옷을 벗겨야 벗니? 척 하면 삼천리다. 눈치 없이 미련 떨다가 된통 당하고 떨려 나야가서? 관서(關西: 평안도) 아이들 하나 옷 벗으믄 다음은 관북(關北: 함경도) 아이 차례란 거 다 알아야."

"이기 참말로 취했는가 베. 도대체 니 제대하는 데 관북, 관서가 왜 나오노?"

"박 장군, 서로 으르렁거리는 관북파와 관서파 정말 절묘하게 이용해 먹었다. 그때 우리 관북파가 벗어부치고 밀어 주지 않았으믄 제대로 쿠데타가 되기나 했갔어? 박 장군이 권력 틀어쥔 뒤에도 최고 회의에 영남 아이들 몇이나 되었네? 그런데 이제 변소 갈 때하고 올 때 마음이 달라진 거이야. 군을 믿을 만한 고향 아이들만으로 짜고 싶은 거디. 작년 올해 옷 벗은 아이들 주로 출신이 어딘가를 살펴보라우. 아직 그것두 몰랐네?"

"참말로 일마 이기 술 취했나? 아이, 술에 뭐 못 먹을 거라도 탔나? 이기 어떤 세상이라꼬, 클 날(큰일 날) 소리 하고 있네. 마, 안캐도 니 취한 줄 안다. 잔소리 말고 술이나 무라. 아이믄 기집아들 사타리(사타구니)나 후비든가."

그런 장군들의 주정이 그 한 예였는데, 거기 담긴 의미는 전혀 의식에 닿아 오지 않았다. 다만 영희가 그 밤의 나머지에서 본 것은 눈부시게 피어나는 도회였다. 하루 저녁 술값으로 웬만한 공무원 봉급 반년치가 넘는 3만 6천 원을 눈도 깜짝하지 않고 내던지는 돈 많은 사람들과 또 그 사람들이 상전처럼 모시는 힘 있는 사람들이 사는 곳, 이제 곧 상상조차 안 되는 액수의 돈이 외국으로부터 흘러 들어와 거대한 공장들이 들어서고 거기서 홍수처럼 상품들이 쏟아져 나올 곳, 모든 사람이 풍요와 화려함 속에 번성할 땅, 당장은 그렇게 명확히 표현하지는 못해도 영희가 그날 밤 그들의 등 뒤에서 본 도회는 그랬다.

물론 그런 느낌 한편으로는 아주 먼 곳을 스쳐 가는 풍경처럼 돌내골의 허물어져 가는 고가들이 피었다 스러지고 버얼건 개간지가 떠오르고 새카맣게 농투성이가 되어 가는 오빠와 작은 가방 하나를 든 채 한없이 걷고 있는 인철이 지나가기는 했다. 음산한 바람처럼 어머니의 성난 눈길이 쏟아져 오기도 했다. 그러나 그 어느 것도 이미 쓸 수 없을 만큼 그물코가 뜯어져 버린 의식의 그물에는 잡히지가 않았다.

그날 밤 영희는 아주 크나큰 행운이라도 잡은 느낌으로 대머리 술상무에게서 3천 원의 선(先)화대를 받은 뒤 장군과 함께 외박을 나갔다. 그리고 이튿날 아침 다시 장군에게서 미장원값이란 명목으로 2천 원을 더 받았을 때는 그들을 위해서라면 무엇이든 할 수 있다는 기분이 되었다.

떠나는 일가(一家)

그리운 분께

기다리던 편지는 언제나 음울한 안개에 싸인 황무지를 떠올리게
하고 저의 하루를 답답함과 아득함 속에 저물게 합니다. 당장이라도
달려가고 싶지만 혹시 그분께서 제게 보이고 싶지 않아 하시는 일들
을 보게 될까 봐 그마저도 뜻 같지가 못합니다. 정말 무슨 일이 그곳
에 일어나고 있는 거예요?

그렇지만 한 가지는 알아주세요. 어떤 결정을 하시든 저는 제가 믿
음을 건 분의 결정을 옳게 여길 거예요. 저를 아직도 상록수의 꿈에
취해 있는 어린 계집아이로만 보지는 마세요.

실은 저의 부모님도 그곳의 결정에 반대하실 것 같지는 않아요. 며
칠 전 제 불찰로 일기의 일부와 그리운 분의 편지 몇 통이 아버지의

손에 들어가 집안이 발칵 뒤집힌 적이 있어요. 그런데 아버지가 가장 우리 사이를 반대하신 까닭이 무엇인지 아세요? 그것은 딸이 그리워하는 이가 시골의 농투성이고, 그것도 메마르고 박한 개간지에 매달리고 있는 가난뱅이라는 것이었어요. 그런데 그곳 생활을 정리하신다면 적어도 그 이유는 없어지겠죠.

전 같으면 이런 일은 숨기고 말았을 거예요. 하지만 그곳을 떠나기를 너무 망설이고, 또 제가 그 일을 반대하고 있는 걸로 지레짐작하시는 것 같아 이렇게 밝힙니다. 아버지를 너무 섭섭하게 생각하지 마세요. 나중에 아시게 되겠지만 좋으신 분이에요.

그리고 또 하나 알려 드릴 일은 어쩌면 제가 내달부터 다시 직장을 갖게 될지 모른다는 것이에요. 아버지는 제게 일어난 이 모든 일이 제가 너무 집 안에만 틀어박혀 있어 생긴 걸로 단정하신 모양이에요. 그래서 친구분들께 부탁해 어렵사리 만든 일자리인데 나가서 나쁠 것은 없을 것 같네요. 믿을 만한 직장에서 세상도 배우고 돈도 번다면 굳이 반대하지 않으시겠죠?

그곳 일 결정 나는 대로 곧 소식 주세요. 제 운명에도 뭔가 깊은 연관을 맺고 있는 것 같아 신경이 쓰여요. 그럼 오늘은 이만 줄여요. 그리워하는 제 마음은 행간에서 읽어 주세요.

1966년 1월 21일
경진 올림

명훈은 어둑한 방 안에서 창호지를 뚫고 든 새벽 어스름에 의지해 다시 한 번 그 편지를 읽었다. 맞대 놓고는 당돌하게 명훈 씨라고 불러도 글로 쓰기에는 쑥스러운지 호칭과 이인칭을 교묘하게 피해 쓴 경진의 편지였다.

이미 몇 번이고 읽은 것이지만 다시 쿡쿡 가슴이 쑤셔 왔다. 그녀가 더는 눈 덮인 목장과 호사스러운 거실의 페치카를 꿈꾸지 않게 되었다는 점도 그랬지만 그보다는 이제 자신이 다시 가망 없는 도시 빈민에 편입되게 되었음을 모르고 있다는 게 더욱 마음 아팠다.

'아무래도 편지를 써야겠구나.'

명훈은 그런 생각으로 성냥을 찾아 그을린 남포 등에 불을 붙였다. 그러자 간밤에 쓰다 구긴 편지지가 눈에 들어오며 그렇게 된 원인도 한꺼번에 머릿속에서 되살아났다. 식구대로 달랑 돈 50만 원만 들고 낯선 도시로 떠나야 하는 이 현실을 어떤 식으로 미화하고 꾸며 대야 이 아이를 상심하지 않게 할 수 있을까. 그보다는 차라리 이대로 떠났다가 직장이 구해지든 장사가 자리 잡히든 하면 그때 무어라고 말해 주는 게 좋지 않을까. 그런 기분은 한밤이 지나도 그대로였다.

하지만 머지않아 수없이 반송되거나 누군가 엉뚱한 사람의 손에 떨어질 경진의 편지를 떠올리는 것만으로도 그대로 떠날 수는 없었다. 명훈은 잉크병을 흔들어 질 나쁜 잉크를 고르게 한 뒤 펜을 들어 썼다.

경진에게

네가 이 편지를 읽을 때쯤 나는 이미 이곳에 없을 것이다. 모든 것은 끝났다. 상록수의 꿈은 지고 나의 대지는 시들었다. 아니, 이제 나의 대지 같은 것은 없다. 지난 3년의 내 땀과 눈물은 한 줌의 지폐로 바뀌고 나는 그 미덥지 않은 지폐의 부피에 의지해 도시의 밑바닥에서부터 새로 시작하지 않으면 안 된다. 앞으로 한동안 내 삶은 그 어떤 뻔뻔스러움으로도 너에게 보여 주고 싶지 않은 형태가 될 공산이 크다. 당분간 편지 보낼 곳이 없어지더라도 너무 답답해하거나 서운하게 생각하지 마라. 아마도 나는 최선을 다할 것이고 그래서 남에게 보여도 좋을 만한 삶을 꾸릴 수 있게 되면 누구보다도 먼저 너에게 달려가마. 이렇게 되고 보니 비로소 내가 진정으로 너를 사랑하고 있었음을 깨닫겠구나.

1966년 1월 26일

명훈

되도록이면 짧게 쓴다고 썼지만 그래도 편지지 한 장이 다 메워져 있었다. 게다가 마지막 구절을 쓸 때는 절로 콧마루가 시큰해져 길게 콧숨을 들이켜지 않을 수가 없었다.

'어느새 진정으로 너를 사랑하게 되고 말았구나…….'

편지를 봉하면서 명훈이 망연히 속으로 중얼거리는데 안방 쪽에서 기척이 나더니 어머니가 방문을 열고 들어왔다. 차림도 표정도 잠자다가 방금 일어난 사람 같지 않았다.

"니도 잠을 설쳤구나. 어데다 편지 썼드노? 누(누구)한테 썼노?"

어머니는 그렇게 묻고 있었으나 누구에게 썼느냐가 정말로 궁금해서는 아닌 성싶었다.

"아뇨, 그저 친구에게……."

명훈이 제풀에 당혹스러워하며 우물거려도 캐묻기는커녕 진작부터 마음에 안고 건너온 듯한 의논부터 꺼냈다.

"우리 말이다. 차라리 다른 데로 가 보는 게 어떻노?"

"예에?"

"우리가 하마 서울이 몇 번째로? 너의 아부지 때로부터 치면 솔가(率家)해 올라가 본 것만도 벌씨로 세 번째라. 그런데 언제 한 번 무신 재미 본 적이 있나? 첫 번째로 올라갔다가는 경찰에 쫓기 하계(下溪) 골티기로 숨었고, 두 번째는 불벼락 떨어지는 하늘 아래서 너 아부지하고 생이별했다. 시(세) 번째는 식구대로 야반도주나 다름없이 밀양으로 달라빼야 했고…… 그런데 또 서울로 가는 거, 이거 너무 미련스러븐 짓 아이가? 소도 한 번 무릎 꿇은 언덕은 조심해 걷는다는데 거다 무신 영광 보겠다고 니(네) 번째로 다시 기 올라가노?"

"아무래도 거기가 가진 것 없이 벌어먹기 좋고…… 아는 사람도 많아 그렇게 결정한 것 아닙니까?"

조금은 난데없는 말이라 명훈은 간밤까지 서로 아무 이의 없었던 의논을 상기시켰다. 어머니가 자신은 한 번도 거기 동의해 본 적이 없다는 투로 새로운 제안을 했다.

"저어 우리 말이따. 부산으로 가 보믄 어떻노? 인제부터 걷어붙이고 장바닥을 구불 생각이라믄 차라리 생판 낯선 곳이 안 낫겠나? 거다서 이 눈치 저 눈치 볼 거 없이 신(신명)대로 한번 살아 보는 게라. 원래 물편가(물가) 상것 들(사는) 곳이니 인사가 있겠나 범절이 있겠나? 더군다나 아는 사람도 없으이 거기서 백정질을 한들 누가 뭐라 카겠노?"

그렇지만 어머니가 부산으로 가자고 하는 것은 그런 이유 때문만은 아닌 듯했다. 명훈이 너무 갑작스러운 제안이라 갈피를 못 잡고 있는데 어머니가 스스로 나머지 이유를 덧붙였다.

"그래고, 철이를 찾아야 한다. 전번 편지 우체국 도장이 부산 꺼라 캤제? 그게 맞다면 부산에 있을 께다. 한 도시에 살다 보믄 오다가다 만나게 되는 수도 있고, 수소문해 보기도 쉽다. 지 말로는 좋은 곳에 취직해 낮에는 일하고 밤에는 공부하이 걱정하지 마라 캤지만 보나마나 뻔하다. 이 각박한 세상에 그 어린 게 취직을 하이 무슨 취직을 하노? 별난 기술이 있나? 일을 지대로 할 줄 아나? 어디 가서 이러저리 후지박히며(구박당하며) 눈칫밥 먹고 있는 꼴이 눈에 선하다……."

그러는 어머니의 목소리는 벌써 물기를 머금고 있었다. 명훈도 가슴이 먹먹해 왔다. 한 달 전인가 인철이 발신인 주소가 없는 편지를 보내왔을 때만 해도 가슴을 쓸었던 그였다. 영희가 참혹한 배신을 당한 경위는 가슴 아팠지만 인철의 근황을 밝히는 구절은 뜻밖으로 밝았다. 어떤 책방에서 일하며 야간 고등학교에 다닌다는 내용인데 꾸며 댄 이야기로 보기에는 너무 자연스럽고 또 앞날에 대한 자신에 차 있었다.

인철의 소식이 끊어지고부터 밤낮으로 눈물 젖은 기도에 빠져 있던 어머니도 다소간 마음을 놓는 눈치였다. 주소가 없는 것을 아쉬워하면서도 그때부터는 인철이 때문에 눈물을 비치는 일이 없어졌다. 그리고 개간지가 덩이째 팔려 이사가 결정되었을 때도 그랬다. 인철이 돌아올 것에 대비해 동네 사람들과 두들마을 대소가(大小家)에 연결 고리를 만들어 놓는 일에만 열심이었을 뿐, 인철을 찾아 나선다는 생각은 하지 못하던 어머니였다. 그런데 출발의 날 아침에 갑자기 그렇게 인철이 문제를 들고 나왔다.

"뿌(뿐)이가. 세월은 쏜살같이 지나가고 저대로 놔뚜믄 가아는 무식쟁이로 굳어 노가다밖에 안 된다. 아무리 머스마라 카지마는 영희 그년 꼴이나 다름없는 꼴 또 보게 된다 카이. 가아까지 그래 되믄 내가 어예 사노? 니 하마 이래 나(나이) 먹어 인제는 공부해서 귀하게 되기는 글렀고오…… 거다가 가아까지 그래 되믄 우리 집안도 끝이다. 너 아부지나 어맴(어머님)이사 어예튼 둥 우리가 살 아만 있으믄 된다 카싰지마는 인제 보이 그것도 아이라. 너어 아부지 돌아와 우리 집 다시 일으케 세운다는 거는 하마 틀린 일이라. 이 집 다시 일어설라 카믄 결국 너어밖에 믿을 게 없는데…… 아무리 세상이사 달라졌다 카지마는 우리 집안이 어떤 집안고? 무신 삼대불하당(三代不下堂: 삼대 안에는 당상관이 나는 집안이라는 뜻)

까지는 아이라 캐도 대대로 글은 안 끊어졌는데, 내 대에 이래 결 딴나다이…… 아무리 요새 세상이라 카지마는 내 죽어 무슨 낯으로 조상을 대하겠노…….'

어머니는 전에 없이 가문까지 들먹이면서 기어이 눈물을 비쳤다.

"어머니, 왜 이러세요? 먼 길 떠나는 날 아침에…… 이러시면 객지에 있는 아이한테도 해로워요."

명훈은 먼저 그렇게 어머니의 눈물부터 막아 놓고 다시 차분하게 달랬다.

"어제 이미 짐까지 서울로 부쳤는데 이제 와서 다른 데 어딜 갑니까? 소도 비빌 언덕이 있어야 일어난다고 했습니다. 서울이 미더워요. 부산은 서울서 해보다가 정히 안 되면 그때 다시 생각해 봐도 됩니다. 또 인철이 일은 너무 걱정하지 마십쇼. 그 애가 집으로 돌아오지 않고 다른 곳으로 간 것은 혼자 어떻게든 공부를 계속해 보겠다는 뜻 아니겠습니까…… 걔를 믿으세요. 어머니가 걱정하시는 것 같은 상태라면 우리가 찾지 않아도 제 발로 돌아올 아이니까. 제가 편지에 쓴 대로가 맞을 겁니다. 이제 남은 짐이나 싸고 주계(朱溪) 할배 댁에 가서 아침이나 먹는 게 좋겠습니다. 자칫하면 낮 버스로도 못 떠나게 됩니다."

그러자 겨우 진정된 어머니가 옷소매로 눈물 흔적을 지우면서 안방으로 건너갔다. 뒤이어 어머니가 옥경이를 깨우는 소리가 나더니 오래잖아 안방의 이불이 이불보와 함께 건너왔다.

"이불 새에 자자부레한(자질구레한) 거 한데 묶어 한 뭉테기로

땐땐하게 묶어라. 그다음에 옷 갈아입고 가방도 꾸려 놓자."

그렇지만 눈물을 볼 일은 그 아침에도 한 번 더 있었다. 세 식구가 아침상을 받게 된 주계 댁에서였다. 주계 댁은 주계 할배가 손수 일할 줄 알아 논마지기를 제대로 보존한 데다 아들들도 실한 직장을 잡아 고향에 남은 문중에서는 비교적 살이가 넉넉했다. 거기다가 촌수로는 열두 촌이 넘어도 명훈네와는 가장 가까운 집안 가운데 하나라 떠나는 그들 일가를 위하여 아침상을 차린 것이었다.

귀한 닭을 잡고 해물전에 묵나물까지 갖춘 상머리에서 말수 적고 표정 없기로 소문난 주계 할배가 주름 가득한 얼굴을 더욱 주름지게 하며 말했다.

"지대로(제대로) 들따보지는 못해도 큰집 종부(宗婦)하고 주손(胄孫)이 여다 와 있다 카이 지젤로(저절로) 속이 든든하디 허엇, 그 참. 어예다 우리 큰집이 이 모양 났노."

명훈의 대로 보면 12대 봉사(奉祀)가 되지만 층층이 박힌 원(源) 종가, 큰종가, 작은종가 때문에 내놓고 종가와 종손이란 말은 쓰지 못해도 지손(支孫)으로서의 향념(向念)이 진득이 배인 주계 할배의 한탄이었다.

어떤 마디가 애절한 심사를 건드렸는지 그때부터 어머니의 눈에는 불그레한 기운이 비쳤다. 다행히 눈치 빠르고 말주변 좋은 주계 할매가 그런 남편에게 익살 반으로 타박을 주었다.

"저 신농씨(神農氏) 같은 양반이 좋은 상 앞에 놓고 무신 소리하노? 우리 큰집이 왜 어째서? 그냥 두믄 얌생이나 묶는 뻘간 야산 파 뒤배(파 뒤집어) 그만 목돈 쥐게 됐으믄 됐지. 인제 보소. 야들 서울 가믄 얼매나 큰 성공 하능강. 쪼매만 있으믄 서울서 새 부자 났다꼬 소문이 뜨르르할 께씨더. 그런데 이 모양이라이? 이 모양이 어째서? 백지로 길 떠나는 아아들 기운 빼지 말고 고마 숟가락이나 드소."

그러고는 덕담과 인정으로 훈훈한 상머리를 만들어 갔는데 상을 다 물리기도 전에 하나씩 둘씩 찾아든 문중의 할매 아지매들이 다시 분위기를 어둡게 만들었다.

"큰집 새댁이 이래 보내믄 또 언제 볼꼬. 부디 내 살아 있을 때 돌아오거래이. 옛말 하미 살구로."

"큰집 형님, 부디 성공해서 빨리 돌아오소. 참말로 간 사람도 야속하고 세월도 야속하데이. 큰집 아주버임은 어디서 뭘 하신다꼬 이길이 소리 흔적 없으시노. 내 처음 시집올 때만 해도 세상에 큰집 형님처럼 갖촤 사는 사람도 있을까, 싶다……."

저마다 어머니의 손을 잡으며 그렇게 코 막힌 소리를 하니 대답하는 어머니도 금세 목이 메어 수저질을 멈추었다. 주계 할매가 또 나서서 익살 반 타박 반으로 그런 눈치 없는 문중 할머니 아주머니의 별사(別辭)를 막았다.

"이 할마이들이 이거 모도 미쳤나 걸렸나? 밥 잘 먹고 있는 종부 뿌들고 왜 이래 꼬치(고추) 먹은 소리들을 해 쌌노? 봐라, 천전

댁이, 박실댁이 너어들도 글타. 여 어디 심청이가 인당수에 팔래라도 가나? 택도 없이…… 정 할 소리 없거든 빨딱 일라서서 「한양가(漢陽歌)」나 한 구절 뽑아라.”

그렇지만 끝내는 주계 할매도 막아 내지 못할 사태가 벌어졌다. 겨우겨우 눈물 없이 밥상을 물리고 감주(甘酒) 대접이 돌 무렵이었다. 마당에서 누가 숨을 헐떡이다 간신히 힘을 모아 소리쳤다.

“여다서 큰집 아침 한다 카디, 주계장(長)이 있나?”

“이거는 또 누고?”

주계 할매가 그러면서 문을 열고 내다보다 화닥닥 몸을 일으켰다.

“아이고, 닭실(酉谷) 아지뱀 아이껴?”

그 말에 다른 사람들도 놀라 모두 몸을 일으켰다. 마당에는 한 손에 지팡이를 들고 다른 한 팔은 손주 며느리의 부축에 맡긴 유곡 할배가 숨결을 고르며 서 있었다. 돌내골에 남아 있는 일문 중에서는 가장 연배가 높은 어른으로 명훈에게는 열 촌척의 가장 가까운 지하(支下)이기도 했다.

“우환에 계시다는 말 듣고도 한번 들따보지도 못했는데 유곡 형님이 여다까지 웬일이껴?”

주계 할배가 그런 유곡 할배를 방 안으로 맞아들이고 물었다. 겨우 숨을 고른 유곡 할배가 그런 주계 할배를 나무라듯 받았다.

“여다까지 웬일이라이? 큰집 종부 큰집 주손이 다시 먼 길 떠난다는데 내가 어예 안 와 보노? 아파 숨이 당장 껄떡 넘어간다

른 모리까…….'

그러고는 명훈의 손을 쓸어 잡으며 탄식하듯 물었다.

"여다서는 도저히 안 되겠더나, 엉이? 꼭 서울로 가야 살길이 나나, 엉이? 하마 20년이나 비어 있는 큰집 또 얼매나 너어를 더 기다려야 하노? 너어 아부지사 수없이 떠나고 돌아와도 아무치도 않디마는 너어는 어예 떠날 때마다 다시 안 돌아올 거 같노? 내 평생에 큰집 주인들 모두 되돌아와 옛날같이 왁작거리는 거 볼라 캤디 인제 그거는 참말로 틀린 게라?"

"저희는 영영 떠나는 거 아닙니다. 곧 돌아오겠습니다. 부디 그때까지 보중하시고 기다려 주십시오."

유곡 할배의 가래 끓는 목소리가 너무도 애절하게 들려 눈시울이 화끈해 왔으나 명훈은 짐짓 쾌활한 목소리를 지어 그렇게 자신 없는 약속을 했다. 하지만 소용없었다. 어느새 유곡 할배의 야위고 주름진 볼 위로 두 줄기 눈물이 흘러내렸다.

"내가 죄가 많다. 아이, 우리가 죄가 많다. 너어를 또 이래 기약 없이 떠나보내야 하나? 이 돌내골이 어느 집 때문에 원근이 다 알아주는 돌내골이 되었는데…….'

유곡 할배가 그렇게 한탄할 때는 벌써 어머니와 할매, 아지매들이 모두 코를 훌쩍이고 있었고,

"인제는 돌내골도 다됐다, 엉이. 너 왕벌 없는 벌이통(벌통) 봤드나, 엉이? 너 등거리(줄기) 없는 가지 봤드나? 등거리 없는 가지에도 잎 돋드나? 사파(私派) 종가라도 하마 12대 봉사(奉祀)믄 어디

가 내 놓아도 종가 못 된다꼬는 안 칼 께다. 엉간한(어지간한) 데서
는 파조(派組)로 내세워도 될 종가라. 그런데 너가 떠났부믄 이게
어예 되노? 종가(宗家) 없는 문중(門中)이 무슨 문중이로?"

그러면서 앙상한 주먹으로 아이처럼 눈물을 찍어 낼 때는 주
계 할배의 메마른 눈시울에도 눈물이 고였다. 쓸데없는 감상에 젖
지 않으려고 애써 버티던 명훈도 끝내는 눈물을 떨구고 말았다.

명훈네 가족이 개간지로 돌아오니 상두가 제 또래 건달 하나와
리어카를 끌고 와서 기다리고 있었다.

"형님, 짐이 이거 가지(전부)껴? 이삿짐 한번 단출해 좋디더."

벌써 집 안팎을 한 바퀴 둘러본 듯 상두가 문 앞까지 끌어내
놓은 이불 보따리를 가리키며 물었다. 평소처럼 건들거리는 말투
에는 이별을 앞둔 슬픔이나 아쉬움 같은 것은 조금도 느껴지지
않았다.

"나머지는 어제 벌써 부쳤잖아?"

"아, 그 버들고리짝하고 떨그덕거리던 냄비 보따리요? 그래 봤
자 세 덩거리뿐이잖니껴?"

"그만하면 됐지, 인마. 사람 사는 데 뭐가 그리 많이 필요해?"

사실이 그랬다. 유목민들처럼 이사가 잦은 명훈네에게도 내구
재(耐久財)의 개념은 역시 필요했지만 그것은 파손이 잘 되지 않는
침구와 식기류에 한정되어 있었다. 따라서 농짝이나 책상같이 이
삿짐의 부피를 늘이는 데 중요한 몫을 하는 가구류가 없다 보니

옮길 짐은 겨우 세 덩어리뿐이었다. 전 같으면 식구대로 하나씩 맡아 들고 떠났을 것이지만 이번에는 정기 화물(定期貨物)로 부치고 작은 가방만으로 차에 오르게 된 게 변화라면 변화였다.

"하기사 그거 들어냈다꼬 집 안이 디기(몹씨) 썰렁하네. 어느 거는 떠나가는 집 같다 카디, 바로 이긴 모양이라. 그럼 기다리소. 얼른 방천 가서 짐 부치고 표 쪼가리(화물표) 받아 줌씨더. 낮차 올 때까지는 시간이 많으이 동네 인사를 돌든지."

리어카에 짐을 실은 상두가 마당을 나서면서 말했다. 그때 뭔가 생각에 잠겨 있던 어머니가 명훈을 가만히 불렀다.

"야야."

"네?"

"우리도 고마 같이 떠나자. 여다서 낮차 기다릴 꺼 뭐 있노? 보나마나 그 차에는 돌내골 사람이 태반일 껜데 그 사람들한테 굿시러븐(굿스러운; 굿거리 보여 주는 것처럼 어지럽고 궁상스러운) 꼴 비줄 거 없다."

"그렇지만 방천까지는 10리 길인데……."

"짐도 없이 걷는 거 10리믄 어떻고, 20리믄 어떻노? 이 집도 글타. 이거 그래도 내 집이라꼬 공들이(공들여) 우부릴(얽을) 때를 생각하이 한시도 여다는 더 있기 싫다. 우리 고마 걷자. 거다 가서 짐 부치고 기다리다가 영양서 나오는 차 있으믄 바로 타고 떠나는 게라."

그 말을 듣자 명훈에게도 새롭게 살아나는 아픈 감회가 있었

다. 철들고는 처음으로 내 집을 가져 보는 뿌듯함의 기억이 설건
드린 상처처럼 가슴을 쑤셔 오는 것이었다. 그 흙담집을 비잉 둘
러싼, 이제는 남의 땅이 된 개간지도 그랬다. 거기 걸었던 꿈과 그
걸 위해 흘렸던 땀도.

"그래요, 오빠. 이왕 떠날 거 조금이라도 빨리 가요."

애써 숨기고는 있어도 이 출발에 은근히 달떠 있는 옥경이가 어
머니를 편들어 졸랐다. 명훈도 그때는 마음을 정한 뒤였다. 굳이
집 앞을 지나가는 낮차를 고집해 그 썰렁한 집 안에 두 시간이 넘
도록 머물러 있어야 할 이유는 없었다.

"그럼 이 가방도 리어카에 실어."

명훈은 들고 가기로 한 크고 작은 가방 두 개마저 상두에게 넘
겨 주고 리어카를 따라나섰다. 개간지에 특별한 이별의 의식을 치
를 필요는 없었다. 이미 그 의식은 몇 번의 통음(痛飮)과 그 이취(泥
醉) 상태 속에서의 배회란 형태로 치러진 뒤였다.

그들이 막 산소의 도래솔 그늘을 빠져나올 때였다. 도로에서 개
간지로 접어들던 진규 아버지가 큰 소리로 명훈에게 말을 건넸다.

"아이, 낮차로 떠난다 카디 벌써로 나서나? 그래믄 방천까지 걸
을라꼬?"

"짐도 없는데요, 뭐. 리야까(리어카)에 실린 것들은 어차피 방천
에서 정기 화물로 부칠 거고……."

"글치만 이래 떠나는 법이 어딨노? 까딱했시믄 가는 것도 본
볼 뿐 안 했나?"

그러면서 다가오는 진규 아버지의 손에는 작은 보퉁이가 쥐어져 있었다.

"에이, 그럴 리 있습니까? 아무렴, 하늘 같은 사범님께 인사도 안 드리고 떠나기야 하겠어요? 그러잖아도 가다가 집에 한번 들르려고 했습니다."

명훈은 다시 애써 지은 쾌활함으로 그렇게 받았다. 사범님이란 진규 아버지가 농사를 많이 가르쳐 주었다 해서 명훈이 농담 삼아 붙인 호칭이었다. 진규 아버지도 굳이 작별을 무겁게 하고 싶지는 않은 것 같아 보였다. 명훈과 비슷하게 농담조가 되어 받았다.

"인제는 끝난 농사 사범도 아인데 장히 찾아볼 생각을 했을따. 그건 글코, 옥경아, 아나, 이거 받아라. 먼 길에 심심하믄 입이나 다시라꼬 달걀 몇 개 익했다(익혔다). 땅콩하고 밤도 한 줌 옇고(넣고)
……."

그러다가 어머니가 어두운 얼굴로 말없이 걷는 걸 보고 말했다.

"그래, 마음 안돼 할 거 하나또 없니더. 송충이는 솔잎을 먹고 살아야 한다꼬, 하마 명훈이 저 사람은 여다 맞는 사람이 아이씨더. 내 한 3년 눈여기봤지만 저 사람 여다 백 년 있어 봤자 좋은 꼴 보기는 틀렸다꼬요. 일찌감치 잘 말아 치웠니더. 엎어지든 동 자빠지든 동 저 사람이 참말로 뭘 걸어 볼 데는 대처(大處)란 말이씨더."

"그동안 여러모로 고마웠니더. 빌려 먹은 쌀말인따나 되도록 갚았는강 몰라."

어머니도 진규 아버지에게까지 처량한 기분을 내비치기 싫었던지 평소의 말투로 짧게 받았다.

진규 아버지는 그리 멀리 따라오지 않았다. 자기 집으로 들어가는 밭두렁 길 어귀에서 발길을 멈추고 어디 가까운 데 장 보러 가는 사람이라도 배웅하듯 여전히 농담 섞어 작별을 했다.

"이 사람, 명훈이. 이번에 가거든 참말로 잘해래이. 진짜 힘쓸 때는 인제부터라. 그래서 돈 많이 벌거든 하이야(하이어 택시) 끌고 와 내 같은 뿔뜨럭농군(농투성이)한테도 맑은술 한잔 사도고, 그럼 잘 가그라. 잘 가소. 옥경이도 잘 가고."

하지만 그 마지막 마디에는 어딘가 그답지 않은 떨림이 느껴졌다.

대한(大寒) 무렵이어선지 휑하게 뚫린 국도로 들어서자 바람이 매서웠다. 그러나 아무도 추위를 타는 기색은 없었다. 상두와 그가 데려온 건달은 가방까지 실어 제법 한 짐이 된 리어카를 밀고 당기느라, 옥경은 서울로 가게 된다는 설렘으로, 그리고 어머니와 명훈은 어느새 정체 모를 괴물같이 되어 버린 그 도시와의 임박한 대면에 망연해져서.

그래도 그중 여유가 있는 것은 리어카를 밀고 있다기보다는 건들거리며 따라가고 있다는 편이 옳은 상두였다.

"형님이 있으이 언 놈이 와도 든든하디. 인제 내 혼자 어예꼬. 절마(저놈아)도 글치만 장터 찌씨래기(찌끄러기)들 한 놈도 쓸 게 있어야제. 주먹이 시나(세나) 글타꼬 깡다구라도 지대로(제대로) 있나.

진안 놈들, 영양 놈들 떼서리 지아 와서 까불락거리믄 그 꼴 눈꼴 시러버서 어예 보노, 내 참."

그렇게 명훈이 가고 난 뒤를 걱정하기도 하고, 아직도 그에게는 불패(不敗)의 영웅인 명훈에게 은근히 앞날을 기대 오기도 했다.

"형님, 자리 잡거든 꼭 연락하소, 잉. 내 꼭 놀러 갈씨더. 그래고 좋은 구찌(口: 일거리) 있거든 이 불쌍한 백성도 잊지 마소. 나도 오 도꼬(男: 남자 기질)가 있는 놈이라꼬요. 언제까지 돌내골 장터 바 닥에서 썩을 수는 없잖니껴? 구찌만 좋다 카믄 까짓 거 논이고 밭 이고 확 팔아 가주고 길든 짧든 손금 한번 확 보고 치울라이더. 까짓 거, 사나가 한 번 죽지 두 번 죽니껴? 짧게 살아도 한 번 확 굵게 살아 볼라이더. 가늘고 길게 살고 싶지는 않다 이 말이씨더."

"알았어."

이미 타이르거나 가르치기를 포기한 녀석이라 명훈은 그렇게 건성으로 대꾸해 주었다. 그러자 신이 난 녀석은 연신 '까짓 거'와 '확'을 끼워 넣으며 거창하기는 해도 종잡을 수 없는 포부를 끝없 이 늘어놓다가 명훈의 따끔한 한마디를 듣고서야 머쓱해 입을 다 물었다.

"떠나는 마당이라 이런 말은 않으려 했는데, 상두, 너 조심해라. 지금이라도 정신 차리지 않으면 굶어 죽거나 칼 맞아 죽는다. 그 건 오도꼬도 아니고, 짧고 굵게 사는 것도 뭣도 아냐!"

방천에 나와 있는 천일(天一)정기화물 출장소에서 짐을 부친 뒤에도 명훈이 버스에 오르는 걸 보고 돌아가겠다는 상두를 겨우 달래 돌려보내고 나니 적막한 한겨울 국도변에는 그들 세 식구만 남겨지게 되었다. 간이 정류장의 바람막이 있는 양지 쪽을 골라 서 있었지만 그나마 걷기까지 멈추어서인지 오는 동안은 잊고 있었던 매서운 겨울바람이 피부 깊숙이 찔러 들어왔다.

태산을 넘어 험곡에 가도
빛 가운데로 걸어가면……

그사이 어느 정도 마음을 가다듬었는지 귀에 익은 찬송 구절을 낮게 흥얼거리는 어머니의 어깨가 추위로 유난히 좁아 보이고, 이제는 떠나야 할 곳에 대한 미련과 애착에 시달리는 듯 눈에 보이게 침울해진 옥경의 입술도 새파랬다. 버스가 올 시간은 아직 십 분이 넘게 남아 있었다. 명훈은 자신보다 추위에 떠는 어머니와 옥경을 위해 정류장 옆 가게 안으로 들어갔다.

가게 안은 난로 같은 것을 피우고 있지는 않아도 유리 덧문을 해 달아서인지 한결 따뜻했다. 보기에도 답답할 만큼 옷을 껴입은 주인 여자가 안방 문을 삐죽이 열고 내다보았다.

"어예 왔니껴?"

명훈은 추위를 피하게 해 주는 값 삼아 빵 한 봉지와 사이다 한 병을 샀다. 주인 여자가 굼뜨고 성의 없는 몸놀림으로 물건을 내주고는 다시 방 안으로 들어갔다. 그녀의 굼뜬 몸놀림과 무언가 불만에 꽉 차 있는 듯한 얼굴이 문득 이태 전의 어떤 여름날을 떠올리게 했다. 그때 명훈은 가출하려는 영희를 잡아가려고 오토바이를 빌려 타고 그 가게로 달려온 적이 있었다.

그렇게 떠나야 하는 거, 바꿔 말해 농촌에서의 실패가 어쩌면 자신의 무능이나 개인적인 불운 때문만은 아닐지도 모른다는 생각이 조금씩 머리를 들기 시작한 것은 그때부터였다.

'그럼 정말로 영희 그 아이는 진작부터 모든 게 이리 될 줄을 알고 있었단 말인가. 그 아이의 세상 읽기가 더 밝았다는 뜻인가. 도대체 그 아이가 도회에서 읽은 게 무엇이었길래 그토록 참혹한 일을 당하고도 돌아오려고는 않는 것일까.'

영희를 떠올리면서 발단된 그 같은 물음은 점차 명훈에게 개인으로서는 어찌해 볼 수 없는 정연한 예정 혹은 완강한 구조 같은 것을 느끼게 했다. 그리고 뒤이어 떠오른 농촌에 대한 온갖 불리한 해석과 예측 들은 그런 느낌을 한층 더 실제적인 것으로 만들었다.

나의 대지는 시들었다, 이제는 떠나야 할 때.
은성한 제국(帝國)의 도회에서 불어오는 바람이여
뜨겁고 매서운 유혹이여, 채찍이여.
사랑하는 이 하나둘 불려 가고
가고는 다시 돌아오지 않는다.
잘 있거라, 내 나고 자란 변경(邊境)의 산과 들이여.

캄캄한 원주민의 밤, 황무(荒無)한 대지를 떠돌던 꿈이여.

끝내 상재되지는 못한 명훈의 시작(詩作) 노트 마지막은 이런 아직 완성되지 않은 듯한 시로 끝나 있는데, 그것은 아마도 그 가겟집에서의 느낌에 충실한 명훈의 고향과 농촌에 대한 고별사였을 것이다.

'이 떠남은 내 개인적인 성패나 특수한 상황이 빚어 낸 희비극이 아니라 이 땅과 이 시대의 예정이었는지도 모른다. 내 실패에 예외적이고 특별한 의미가 있다면 다만 그것은 남보다 몇 년 혹은 몇십 년 일찍이 실패를 경험하게 되었다는 것뿐일지도 모른다……'

그리하여 명훈이 그렇게까지 자신에게 관대하게 되었을 때 줄곧 밖을 내다보고 있던 옥경이 소리쳤다.

"오빠, 버스가 오고 있어요!"

(2부 끝)

변경 8

신판 1쇄 인쇄 2021년 9월 17일
신판 1쇄 발행 2021년 9월 25일

지은이 이문열

발행인 양원석
편집장 최두은 **디자인** 김유진 **영업마케팅** 양정길, 강효경, 정다은, 김보미, 구채원

펴낸 곳 ㈜알에이치코리아
주소 서울시 금천구 가산디지털2로 53, 20층 (가산동, 한라시그마밸리)
편집문의 02-6443-8844 **도서문의** 02-6443-8800
홈페이지 http://rhk.co.kr
등록 2004년 1월 15일 제2-3726호

ISBN 978-89-255-7973-3 04810
978-89-255-7978-8 (세트)